本书系 2010 年国家社会科学基金项目《引导民间组织健康发展实证研究》（10CZZ031）的阶段性研究成果

培 育 与 规 制

——中国政府的社会组织管理模式研究

陆明远　著

天津人民出版社

图书在版编目（CIP）数据

培育与规制：中国政府的社会管理模式研究 / 陆明远著. — 天津：天津人民出版社，2010.10
ISBN 978-7-201-06694-3

I. ①培… Ⅱ. ①陆… Ⅲ. ①社会管理—研究—中国 Ⅳ. ①D63

中国版本图书馆 CIP 数据核字(2010)第 147452 号

天津人民出版社出版

出版人：刘晓津

（天津市西康路 35 号　邮政编码：300051）

邮购部电话：（022）23332469

网址：http://www.tjrmcbs.com.cn

电子信箱：tjrmcbs@126.com

山东临沂新华印刷集团有限公司印刷　　新华书店经销

2010 年 10 月第 1 版　　2010 年 10 月第 1 次印刷

880×1230 毫米　32 开本　10.875 印张　1 插页

字数：230 千字

定　价：32.00 元

目　录

序　言

　　社会组织在西方发达国家较为成熟,有庞大的规模和丰富的功能,起到了积极的作用。相比之下,我国社会组织近年来也取得了可喜的成果,对中国现代化进程的影响已经逐渐显现出来,因此,如何促进社会组织的进一步发展壮大就成为目前应当重点思考的问题。

　　很多学科都纷纷对这一问题给出了解答,一个围绕社会组织建设而产生的学科组合正在逐渐形成,在这个理论框架中,政治学、公共管理学具有重要的位置,这是由我国社会组织发展的时代背景决定的。我国的改革具有渐进性,这一特点决定了改革的方向性、阶段性和整体性,社会组织的发展当然也要符合改革的总体要求。因此,在改革的进程中寻找社会组织的定位,根据中国改革的特点设计社会组织的发展路径,就成为本书写作的最初目的。

　　因此,在本书的构思中,笔者始终在寻找一个能够有效契合改革进程与社会组织发展的突破口,既可以服务于中国现代化总体进程,又可以促进社会组织发展,将理论思考与实践操作结合起来,最终,我将研究重点锁定在政府对社会组织的管理模式上。这一研究内容的确立,具有以下四个方面的意义:

　　第一,符合中国改革的总体进程。在中国的改革中,政府推动起到了重要的作用,政治体制改革本身也是关键的改革领域之一。具体到社会组织的发展上,首先,政府推动是社会组织的重要支持。目前,对于社会组织而言,处理好和政府的关系是各国社会组织的共同任务,政府通过合同外包等委托代理方式对社会组织的支持对于提高社会组织公信力、促进社会组织专业化将起到重要的作用,这些都属于政府管理的范畴。其次,实现政府与社会组织的共强。目前,我国改革需要一个主导性的政府,在政府主导中发展社会组织,在行业管理、社区自治的过程中,继续提高我国政治结构的稳定性和适应性,是今后社会组织发展中需要解决的一个深层次问题。解决这一问题,关键在于政府的社会组织管理模式,政府管理将在一定程度上决定社会组织的发展走向。因此,基于我国改革的总体特点,本书将政府对社会组织的管理模式作为主要的研究对象,在推动改革的大背景下,寻找社会组织发展的政府管理方案。

第二,实现宏观国家社会互动关系与具体政府社会组织管理实践的连接。在研究政府管理实践、社会组织案例分析的过程中,笔者始终在思考,在这一系列的实践中,起到根本作用的理论基础是什么,一个具有足够高度和视野的理论将成为本研究的重要理论框架,为接下来的研究提供宽广的平台。政府对社会组织的管理,调整的是政府社会组织的相互关系,那么,这一具体关系是否具有更深层次的政治、社会意义,这一具体关系的变化是否会带来更大范围的调整,回答这些问题的关键在于确立政府、社会组织的本质属性。托克维尔有句话:"只要存在不受制于国家权力支配的自由社团,市民社会便存在了。"可见,普遍地将社会组织视为市民社会的重要单元,这就将本书的研究引向了以市民社会理论为重要内容的国家社会关系理论,这一关系能够很好地支持本书关于政府社会组织关系的研究,同时,政府管理对于国家社会关系的变化具有明显的导向作用,这就为本书的研究提供了从理论到实践的对接,在这一理论的引导下,分析不同国家社会关系下的政府社会组织关系,就可以集中到不同国家社会关系下不同的政府社会组织管理模式上了,从而赋予了不同政府社会组织管理模式更高的战略意义。

第三,符合中国行政发展的总体要求。在政府发展的层面上,政府职能转变是我国社会组织产生的现实性因素。对于政府改革与社会组织发展的关系,可以直观地描述为交接关系,即政府将原本的部分职能交由社会组织来完成。市场经济体制的逐步建立,要求政府转变全能主义的管理模式,围绕职能转变进行各项改革,失去政府主体的职能需要由相应的社会组织来承载,但这种关系的建立是需要主客观条件的。具体来说,政府职能调整的同时,社会组织并不是当然的职能承载者,把重要的公共职能交由能力匮乏的组织只能是一种不负责任的做法,并将最终导致政府改革的停滞。因此,在政府自身职能转变的同时,还必须培育、规范社会组织的发展,为职能转变创造一个可靠的社会环境,这仍然属于政府管理的范畴,是政府通过管理实践来调整与社会组织关系的问题。可见,政府对社会组织的管理并不是一个单向的命令服从关系,而是一个双向互动,互相依存的模式,其中,政府的具体管理模式就成为调整这种关系的枢纽。

第四,符合中国社会组织发展的总体趋势。中国社会组织伴随着新中国建设而成长,在改革开放之中获得机遇,各项数据都表明,改革开放的三十余年里,是社会组织的飞速增长时期,由最初的社会团体,发展到社会团体、民办非企业单位、基金会等多种形式,由改革之初的不足千余,发展到至今的 43.1 万个,①这些都在说明,持续增长、功能拓展是中国社会组织的总体发展趋势。在这些数字的背后,政府对社会组织的推动是必须肯定和重视的。在经济体制、政治体制变革的大背景下,政府对社会组织的管理是保证社会组织增长的直接制度性因素,因此,研究社会组织的现状和未来,就必须从政府管理中寻找答案。同时,矛盾的观点决定了任何事物都存在着两面,近年来,西方社会组织的志愿失灵以及中国社会组织暴露出的种种弊端也引起了我们的关注,社会组织的腐败、专制、扰乱市场秩序甚至威胁国家安全等问题都给我们提出了一个问题:"社会组织究竟是好是坏,是利大于弊还是弊大于利?目前社会组织出现的

---

① 中国人民共和国民政部:《2009 年民政事业发展统计报告》。

这些问题究竟是社会组织发展中的必然还是偶然？"这在目前国内普遍赞同社会组织发展的声音中，显得非常另类。但这一问题却又是我们无法回避的，因为当社会组织发展到一定阶段时，当这类组织的正反两面都开始出现时，必须回答社会组织的本质属性问题，这将触及到社会组织的根本。也就是说，应该对社会组织进行理性的审视和判断，在我国的现代化进程中，在各项改革彼此呼应，共同推进时，社会组织究竟应当如何定位，如何发挥社会组织的优势，消除或者回避社会组织的劣势。带着这些问题，本书将结合具体案例，对当前社会组织的主要作用和主要问题进行深入的剖析，在此基础上，运用政治学中的"偏离"理论对社会组织的二重性进行初步的界定和判断。在明确了社会组织功能的主次方面后，积极功能要推动，负面问题要治理，这些都需要政府管理，因此，本书将进一步从政府管理的角度，研究今后规范、培育社会组织的基本策略。

围绕着上述思考，本书将总体框架设定为不同国家社会关系下政府管理社会组织的模式比较性研究，借鉴国家主义、多元主义、合作主义以及现代市民社会理论对政府、市场、社会组织的分析和批判，结合案例分析，综合性地判断社会组织的发展趋势，分析我国现有社会组织管理的特点和问题，在此基础上，围绕国家社会关系变迁设计今后我国政府管理社会组织的具体思路。

上述这些内容，在本书中共分为6章，第1章"引言"，重点在于提出政府社会组织管理的重要性，并对国家主义、市民社会、多元主义、合作主义进行综述，提出政府管理的必要性和界限；第2章"研究的概念及背景"，提出了本书研究的基本概念，尤其对于社会组织这类新型组织形式，需要为读者寻找阅读标的，将本书的研究对象与生活现实相对应，尤其界定了长久以来，我国社会组织相关研究中"七大概念"共存的特殊现象；第3章"社会组织的双重作用与政府管理的两个任务"，重点在于以案例分析分类目前中西方社会组织的正反功能，对社会组织的本质运用"偏离"理论进行基本的判断，在此基础上，明确政府对社会组织既要培育又要规范的双重管理目标；第4章"中国社会组织的发展及管理"，社会组织发展特点是检验政府管理成效的最好标准，本章将从规模、功能、结构和资源四个角度对我国社会组织的总体特点进行"一句话"概括，并与政府管理的具体相对应，提出政府管理调整的必要性；第5章"国家—社会关系视角下的社会组织管理模式比较"，虽然调整是应当的，但更重要的是选择好调整的方向，为此，需要借鉴别国经验。本章将重点选取国家主义——政府主导型、多元主义——分权型管理、合作主义——合作型管理三种具体的社会组织管理模式，从管理原则、管理流程和管理方法三个方面进行详细的比较性研究，分析对我国的借鉴意义；第6章"构建中国社会组织合作型管理模式的思考"，在明确现状和经验的基础上，本章要重点设计政府对社会组织管理的具体方案，这里将汲取不同国家的经验，按照我国的具体情况，从管理原则、管理方法和方式上给出针对性的对策组合。

最后，由于笔者学识有限，不妥之处，还望各位学界同仁不吝赐教！

陆明远

天津大学

2010 年 2 月

第一章 引 言

　　社会组织作为社会自治的主要功能载体,在西方发达国家中具有较长的发展历史,担负着多种多样的管理和服务职能,在政府、企业以及公民之间发挥了重要的作用,既有效解决了公共问题,又大大减轻了政府的负担,促进了整个社会的合理分工、高效运转和协调稳定。相比之下,中国社会组织的发展还没有达到西方发达国家的水平,但是仍然取得了一定的进展。随着党和政府深化改革开放的具体思路逐步明晰,扩大党的执政基础、构建公共服务型政府、创建社会协同的社会管理模式、畅通民众的利益诉求渠道等多项政策目标的提出,将对中国社会组织的发展提出更高的要求。为此,党和政府多次表明了积极培育社会组织的态度。可以预见,中国社会组织将会获得一个更为有利的发展环境。

　　但在肯定社会组织积极作用的同时,还需要更为全面的分析,必须看到中西方社会组织在发展中所出现的种种问题。近年来,中国及西方各国的社会组织由于其内部腐败、专制、低效、业余等弊端日益受到社会各界的抨击。虽然中西方社会组织存在问题的程度及具体成因有所不同,但其共性在于都揭示出了社会组织作为社会自治、公民结社的产物,在提供了较之以往更为有效的社会管理和服务模式以及更为民主的国内政治秩序的同时,也和政府失灵与市场失灵一样,存在着自身难以克服的问题,即"志愿失灵"现象。西方国家的政府管理经验表明,社会组织的参与是社会发展不可或缺的积极因素,但同时,社会组织也存在着脱离社会的基本控制,威胁社会稳定发展的可能。和谐的社会需要和谐的政社关系,西方国家中存在的"志愿失灵"现象说明,庞大的社会公益资源是公民社会自身所无法完全承载和充分配置的,这就为引入政府管理提供了必要的前提。目前,对庞大的社会组织资源进行控制和引导是大多数国家的政府部门必须面对的现实问题,也是实现社会稳定发展的必然要求。因此,政府在培育并鼓励社会组织发挥服务社会、利益诉求、规范行为等积极作用的同时,也必须控制非法结社、结社营私等社会组织违法行为对社会造成的不良影响。这种矛盾性的目标共同交织在各国政府的社会组织管理模式中,产生了政府与社会组织之间复杂多样的相互关系。了解不同国家社会组织管理模式的来龙去脉,能够为我国借鉴国外管理经验提供客观的标准,为我国政府调整对社会组织的管理模式,构建更为合理有效的社会组织管理模式提供参考。因此,构建符合中国具体情况的社会组织管理模式,在抑制社会组织消极作用的同时,更大限度地发挥社会组织的积极作用,更好地实现社会的和谐,就成为本书的主要研究目的。

在问题得到初步认定的前提下,需要理性的制度设计和高效的政策执行。首先,必要的政府管理对于社会组织发展是必须的。社会的分化更需要社会各个领域的协调与互补。本书认为,政府、市场、公民社会都有着自身难以克服的问题,都需要其他领域的帮助。正如政府规制能够减轻市场失灵,企业创新能够促进政府发展一样,政府管理也能够对志愿失灵起到有效的抑制作用进而推动社会组织进一步发展。其次,从实际情况看,各国政府对于社会组织都具有一定的管理职能,但区别很大。中西方社会组织的发展困境都在一定程度上对政府管理模式提出了新的挑战,在这一问题上,中国社会组织受政府管理的影响尤为明显,也较为特殊,这对调整中国社会组织管理模式提出了更为迫切的要求。因此,本书的研究重点在于以转型时期中国国家—社会关系的调整为背景,分析中国社会组织管理在社会转型过程中的渐进性和滞后性,从而对社会组织管理的下一步调整进行预测,提供设计。

第一节　问题的提出

一、研究的问题：政府的社会组织管理模式

对于中国，受多种因素的影响，在政府与社会组织这对矛盾关系中，政府对于社会组织的管理起着重要的作用。在改革开放的过程中发展社会组织，需要政府克服一定的经济、政治及社会压力，调整相应的制度安排，在适应国情的基础上，考虑社会组织的培育、管理模式。同时，社会组织克服自身困难发展起来也将对政府成长提供更为有利的社会基础。因此，这种互动关系决定了社会组织的管理模式具有丰富的内涵和重要的意义，是影响政府—社会组织发展的直接因素。

1. 社会组织管理模式体现着政府对于社会组织的基本定位

社会组织管理模式作为一项具体的公共政策，在一定程度上是外部环境影响与国家或政府自主性综合的产物。但考虑到政府是各项管理政策的主要设定和直接执行者，本书在这里仍将主要讨论政府对于社会组织的基本定位。国家或政府作为一种特殊的组织，掌握着公共权力，存在着固有的观念和利益，因此，在制定公共政策的过程中，这种固有观念和利益就在一定程度上影响着决策过程，并或多或少地体现在政策之中，甚至决定着政策的取向。具体到本书，由于中国的改革开放是政府主导型的渐进式制度调整，因此，政府对社会组织在国家经济、政治社会建设过程中的定位将直接影响社会组织实际管理模式的形成。鉴于此，对国家或政府观念和利益等内在因素的探讨就十分必要。政策过程起始于政策问题的认定，社会组织管理作为政府管理体系的重要组成部分，其制定与执行的起点在于政府对于社会组织的定位，即如何定位社会组织对于国家建设的作用。另外，政府作为独立的组织系统，在适应外部环境变迁的过程中，组织自身固有的一些因素

对社会组织管理模式的形成有非常大的影响。在这种情况下,社会组织管理就成为在国家固有观念和利益前提下的政策形成过程,政府对于社会组织的已有观念将在很大程度上决定着具体管理政策的产生,并影响着实际执行。因此,在分析社会组织管理的过程中,就要首先通过对管理模式的分析来理解政府作出决策过程中,起主导作用的价值取向、基本态度等内在因素,在此基础上,才有可能得出更为合理的结论。

2. 社会组织管理模式是政府—社会组织关系的制度性载体

政府管理意味着政府干预,干预的目的在于实现特定时期内的政策目标,政府对于社会组织的管理模式正是实现这一目标的实际载体。为了实现特定的政府职能,政府必须制定编制,设立专门的管理机构,出台相应的法律法规,设置一系列具体的管理措施,逐渐形成一整套对于社会组织管理的制度体系,使得政府对于社会组织的管理科学化、法治化。同时,制度体系一旦形成,在一段时期内将具有一定的权威性、稳定性,成为政府管理的重要组成部分,这将产生双重的作用。一方面,稳定的制度体系能够为规范政府行为、推动社会组织发展起到重要作用,另一方面,僵化保守的管理制度也将严重降低政府效率,制约社会组织发展。因此,尽管不同国家、不同时期的社会组织管理模式千差万别,但共同之处在于政府都将管理模式视为联接政府与社会组织之间的重要媒介,不同时期的政府都在一定程度上审时度势,因循着已有的社会组织管理体系,并在此基础上通过修订法律法规、编制政府部门、改革人事税收政策等多种方式进行调整和完善。可见,社会组织的管理模式作为政府在社会组织管理上的主要载体,其调整体现了政府与社会组织为解决各自问题所作出的各种变化。因此,社会组织管理模式作为影响政府与社会组织关系的基本变量,对政府发展与社会组织建设都具有十分重要的意义,在分析社会组织发展、政府管理职能等方面,都必须将政府的社会组织管理模式作为重要的研究对象。

3. 社会组织管理模式是目前影响中国社会组织发展的决定性因素

新中国成立以来,中国的政治体制是"政党国家体制"。政党本身是"建国者","革命政党"是代表全民的,它不仅负起"建国"的责任,更有"改造"社会的责任。"政党国家"的特点决定了政治体制的性格及其与社会的关系。①因此,在中国,国家与社会关系的改变,政府与社会组织关系的调整,这些在很大程度上都是需要党和政府的发起、倡导和推动的。1949 年以后,国家存在的合法性基础在于"革命政党"的地位、"卡里斯玛型"权威和"为人民服务"的政府行政宗旨与宣传上,加之后来的阶级斗争路线和计划经济体制,在这样一个"全能政府"体制中,社会组织管理模式相对比较保守,对社会组织的政治属性及政治任务过分强调,②致使社会组织自身的组织机构、活动范围甚至人事行政等都受到很大的限制,缺乏独立发展甚至生存的空间,其所能发挥的作用也比较有限。但不同的时代需要不同的社会组织,计划经济体制及其相应的行政管理体制所引发的问题使得政府开始调整对于社会组织的认识,相应地开始了对社会组织管理模式的不断探索。改革开放作为一种"政府主导型"改革,很多政策的创设、调整经常是通过党和政府发起并推动的。因此,在探讨促进中国社会组织蓬勃发展的诸多影响因素中不应该忽略对各因素背后的制度背景进行探讨,即政府扶持是社会组织最为根本的制度支持,是造成中国社会组织特殊性的最主要原因,在社会组织产生和发展的过程中起到了重要而深远的影响。对此,本书将从政府管理的角度,选取社会组织的发展规模、主要功能、内外部结构

---

① 金耀基:"从全球化与现代化看中国 NGO 的发展",见:范丽珠主编:《全球化的社会变迁与非政府组织》,上海人民出版社 2003 年版,第 7 页。

② 中国新中国成立初期的很多法律法规、政策文件都将民间组织定位在"群众路线的组成部分",主要功能在于"组织和发动人民群众","割资本主义尾巴"以及"巩固人民民主专政"。

和资源状况等四个方面来分析政府管理的效果，并在此基础上，对政府管理的制度体系、管理原则、管理环节三个方面进行针对性的分析，初步阐明现有的政府管理模式对中国社会组织所产生的各种影响，并在此基础上，归纳总结出目前影响中国社会组织发展的三个基本矛盾，达到初步理清政府与社会组织相互关系的研究目的。

4. 调整社会组织管理模式是促进社会组织进一步发展的首要前提

新中国成立初期，政府开始对社会组织实行双重管理，以政府职能部门和登记注册部门同时作为社会组织的管理单位，对社会组织进行全面的监督制约，这一做法主要是针对当时政府防止敌对势力破坏，保证新生政权，实现国家稳定的需要，在政策选择上以国家安全和政治改造为主要任务。客观地讲，这种模式一方面符合特定历史条件的要求，是党和政府必要的政策选择，取得了维护社会稳定的预期效果，体现了党和政府在整体社会稳定发展以及在特定历史时期对待社会组织问题上所具有的政治责任感。对社会组织而言，政府的严格管理保证了社会组织发展能够适应国家整体建设进程，实现了社会组织的稳定发展。但另一方面，随着中国社会的不断发展，双重管理体制已经开始产生了一些不适应新情况的问题，成为制约社会组织进一步发展的"瓶颈"。突出表现在社会组织的"行政化"和"商业化"问题上。在具体的工作中，应该作为中国公民社会重要力量的社会组织内部开始出现了官僚主义、追逐商业利润等违背社会组织"公共性"、"非营利性"原则的行为，这将严重破坏中国社会组织生存的合法性基础。解决这些问题，只靠单纯地加强监督是不够的，要从体制上寻找原因。中国改革开放至今，经济、政治、社会环境已经具备一定条件，部分社会组织几乎成了"准政府组织"，①

---

① 安蓉泉："中国民间组织研究中的概念矛盾分析"，《国家行政学院学报》，2003年第2期。

部分组织利用各种政策优势,片面追求商业利润甚至借公益之名牟取私利,这些问题从制度上讲都与政府的社会组织管理有着直接或间接的联系。因此,双重管理主体本身并不是问题,①问题在于双重管理的运行方式缺乏规范性,只有调整政府管理的基本模式,才能有效地突破目前政府对社会组织控制的种种弊端,从根本上推动政府改革及社会组织建设的进一步发展。

5.调整社会组织管理模式能够为行政发展提供坚实的社会基础

服务型政府的建立要求政府由"全能主义"向"有限政府"过渡,需要政府对社会进行放权、分权,转移的权力要由其他组织来承担,在这一过程中,社会组织能够发挥辅助决策、缓解矛盾、提高效率等多项积极作用,为政府职能转变提供重要的社会基础和组织保障。从西方国家行政发展的经验来看,社会组织能够担负起部分社会管理、服务功能,形成有效的社会分工,但前提是社会组织必须是独立的,并且具备一定的专业化水平。但从中国社会组织的现实来看,大部分的社会组织处于政府的严格控制之下,尤其是具有较大组织规模、较高社会威望的社会组织,其行政化的倾向仍然比较强烈。这将严重削弱政府职能转变的社会基础,使得职能转变成为权力循环,无法真正实现政府简政放权、提高能力的目的。解决这一问题,关键在于调整目前的社会组织管理模式,由"主导式控制"向"合作型管理"过渡,为社会组织独立发展,提高其专业管理、服务能力提供必要的制度支持。只有社会组织得到发展的情况下,行政发展才能获得更为有利的社会支持,使得政府能力得到进一步的提高。

总之,社会组织管理模式及其调整涉及到多种因素,比较复杂,既是宏观的,又是微观的,既是抽象的,又是具体的,既是政府与社

---

① 后面将对西方发达国家的社会组织管理模式进行比较,通过比较,大部分国家的社会组织都不是只由该国的单一行政部门管理的,而是由多个相关国家权力机关进行共同管理,因此,对于中国目前对社会组织管理设置两个行政部门,这在主体上并不是很大的问题。

会组织关系的主要表现,又是调整两者关系的重要工具。作为政府管理体系的一部分,社会组织管理模式在社会转型的大背景下,正在经历着一个调整适应的过程,对于社会组织管理的现状分析以及调整路径的选择则是本书的基本假设。

二、研究的假设:构建合作主义的社会组织管理模式

本书的基本假设在于中国政府调整社会组织管理模式的路径选择,基于合作主义来实现"主导型控制"向"合作型管理"的社会组织管理模式调整。

本书研究的普遍性在于,一般意义上的社会组织作为公民自治的产物,在对社会起到积极作用的同时,其自身也存在着"志愿失灵"等难以克服的问题,解决这些问题,本书认为,需要引入政府管理,让政府在解决社会组织困难等方面发挥更多的积极作用。

相比于西方国家在解决"志愿失灵"中主要探讨的政府介入问题,中国还具有一定的特殊性。中国社会组织实现公民自治的同时,还伴有明显的政府主导特征。本书将全面地分析中国社会组织的实际情况,并以此为参照来考察政府管理的效果。通过对管理主体和管理对象的分析,本书认为,目前政府不仅要积极培育社会组织独立发展,还必须规范社会组织的行为,使之符合中国的渐进式改革步伐。因此,在讨论中国社会组织发展中的政府管理模式调整时,不仅要涉及政府的介入,更要包含政府的退出。

政府调整目标的复杂性需要完善的制度设计。本书认为,目前政府在社会组织管理上需要同时完成"两个时代"的任务,即为适应中国社会转型培育独立的公民社会,以及抑制、消除西方公民社会日趋成熟过程中产生的"志愿失灵"及其他伴随社会自治所产生的问题。这反映到社会组织的具体管理上,兼顾社会组织的自治化和规范化是政府需要实现的双重目标。这种目标的矛盾性和中西方环境的差异性共同决定了中国社会组织管理模式的调整按照任何一种西方国家的既定模式都存在一定的不足。因此,本书提出构建合

作型的政府—社会组织关系，在兼顾社会组织管理普遍性的同时，围绕中国的特殊性进行制度设计，实现政府对社会组织的管理由"主导式控制"向"合作型管理"过渡，并提供了具体的调整路径，以此来实现中国稳定可控的公民社会发展，保证了社会整体的良性互动、和谐运转。

1. 解决社会组织的问题需要政府管理

(1)"志愿失灵"是社会自治的内生性问题

西方国家的社会组织具有较长的发展历史，甚至部分国家的社会组织早于现有国家政权产生，①这些组织在国家内部具有较高的社会认同和政治地位，已经具备了较强的代表性和服务能力。在西方国家的社会组织已经具备较强独立性的条件下，政府对于社会组织的管理更多的是一种"适应性"的管理，给予社会组织很大的自主空间，政府更多的是一种消极的"不干涉"，②其积极的功能主要集中在为社会自治提供法律框架、救济个人权利、合同外包以及相应的各项政策支持。这种情况下使西方社会组织的独立发展是较为充分的，但其所出现的问题也是明显的。近年来，西方国家中频频发生社会组织腐败丑闻，部分社会组织的服务特殊化，效率低下，并以自治的名义屡屡侵犯个人及公共利益，部分社会组织由于过分依赖政府契约而忽视代表性，这些问题被概括为"志愿失灵"。可见，"志愿失灵"是在西方社会自治充分实现的情况下出现的，更多的是自治体内部原因所导致的问题。这些问题的出现使人们开始重新审视社会自治的后果，解决由于过分依赖社会自治所产生的一系列问题。

(2)"志愿失灵"是引入政府管理的前提

---

① 详见[美]丹尼尔·J.布尔斯廷：《美国人—建国的历程》，谢延光等译，上海译文出版社1997年版，第367~413页。这里并不是单纯比较社会组织与政府建立时间的早晚，而是希望明确西方社会组织相对于政府的独立性。

② [德]克里斯蒂安·托姆夏特·结社问题.蒋小红译.见：[英]阿米.古特曼主编：《结社——理论与实践》，吴玉章等译：《三联书店》，2006年版，第37页。

西方国家的社会组织是社会自治的产物,一直对政府的介入持谨慎的态度,认为政府对于社会组织的干预将侵害公民权利,导致政府专制。这一点,如同西方国家在市场经济发展早期对于政府的界定一样,认为"管得越少的政府就是管得越好的政府"。但如同市场经济存在自身难以克服的"市场失灵"一样,公民社会及组织也存在着自身的问题,即"志愿失灵",多元分散的利益在缺乏秩序的情况下必然产生冲突,社会组织的"中介性"使其慢慢成为国家与社会之间的独立结构,仅靠内部成员的普遍认同和道德的维系是难以保证所有自治行为都合法、有效的。因此,既然历史已经证明市场失灵需要政府规制,相应地,也应当存在政府介入社会自治领域,对社会组织进行管理的可能。这一假设包含两个内容:"志愿失灵"是社会组织自身无法克服的问题;解决"志愿失灵"是政府介入的主要原因,其制度设计也应围绕这一问题展开,而不能随意扩展政府的行动范围。

2. 中国社会组织管理的双重任务

(1)积极培育社会组织

西方国家的经验已经表明,社会自治是自生性现象,结社自由是一项基本的公民权利,是在争取公民权益,满足个人需求的过程中发展起来的。社会组织的发展是现代化进程中,市场经济、民主政治条件下必然的产物,能够在社会服务、社会管理以及利益表达等方面起到重要的作用。因此,西方国家普遍对国内社会组织持积极的态度,以不干涉为前提,提供各种政策上的支持。相比之下,中国社会组织的发展也存在一定的自生性,但仍然需要一定的政府培育。第一,这是由中国的发展阶段决定的。中国作为发展中国家,在现代化过程中,政府需要起到主要的领导作用。同时,对社会组织的积极培育也说明,中国正在以积极的国内改革应对全球化所带来的影响,中国政府向世界展示中国迎接经济全球化,实现政治民主化、保障人权的态度和决心。第二,政府职能转变的需要。随着公共服务型政府目标的确立,政府职能需要从"全能"向"有限"转变,职能转变不只是政府内部的调整,还需要一定的社会基础,转移的职能只意味着政府不再直接提供,但并不是职能的空白,仍然需要社会组织来承担,因此,政府需要在特定历史时期围绕职能转变对社会组织加以培育,以避免政府职能转变所产生的社会管理和服务供给不足。第三,社会需求的紧迫性。社会自治是现代化进程中的必然产物,顺应了社会发展的要求。但考虑到中国的具体情况,由于种种原因,使得民众在就业、社会福利、社会保障、环境保护等多个方面存在较为迫切的需求。①缓解社会压力,满足民众需要,是目前政府工作的重点内容,但仅仅依靠政府解决如此复杂的问题显然是困难的,参考西方国家的经验,政府需要一定数量的社会组织来共同解决问题。在这种情况下,政府对满足特定社会需要的社会组织进行扶持具有一定的合理性。第四,社会组织发展初期的实际需要。社会组织独立发展需要社会资源的有效供给,但由于中国现阶段的情况,决定了社会志愿资源难以独立支持社会组织的发展,因此,政府给予社会组织一定的物质、经费、人力支持也具有一定的必要性。

(2)规范监督社会组织

在积极培育社会组织发展的同时,考虑到种种因素,仍然要对社会组织进行合理的监督和控制。第一,国内稳定发展的保证。目前西方国家还有部分敌对势力对中国频频发起攻击,以政治民主化、人权为由责难中国,煽动舆论,以国际援助的名义通过各种非政府组织(NGO)在中国进行非法活动,这些足以引起政府、民众的警惕,因此,在现阶段,政府需要对社会组织的自治行为保持必要的监督和规范,保证国内局势的安全。第二,改革开放顺利进行的要求。中国的改革开放属于政府主导型改革,各项具体改革之间互相支持,

---

① 例如中国进入老龄化社会所产生的种种新问题,对社会福利、医疗体系所构成的压力决不可能是发展五、六年社会组织就能解决的。

其渐进性、全局性的特点要求各项具体改革进程避免"单兵突进"，保持整体的统一性。因此，社会组织的发展也要服从这一原则，在现阶段，政府需要对社会组织进行一定的控制和引导，以适应改革开放的步伐。第三，社会组织自身问题的纠正。客观地讲，社会组织的问题具有一定的普遍性，与政府有着直接或间接的联系，这是由政府的管理所决定的。社会组织发展初期需要政府规范和引导，近年来，中国社会组织已经开始出现各种各样的问题，这些都需要政府监管来加以消除。

总之，目前中国政府对于社会组织管理需要同时兼顾两个时代的任务，既要积极地培育社会组织发展，解决各个方面的实际问题，又要进行监管，纠正、防止社会组织对国家、社会的不利影响。这种任务的矛盾性、复杂性决定了政府—社会组织关系的复杂性，也对接下来的制度设计提出了更高的要求。

3. 社会组织的发展困境凸显出政府管理的不足

(1)社会组织的发展困境

目前社会组织发展过程中所存在的问题，中西方学者著述甚丰。其中，"志愿失灵"具有一定的代表性。但本书认为，社会组织的发展困境应当从多个角度考虑，尤其从政府管理的角度进行分析，对中国社会组织困境的概括，应当在"志愿失灵"的基础上加以扩展。"志愿失灵"主要是针对西方公民社会相对较为成熟的条件下，社会组织自身问题所提出的，从本书主要探讨的政府管理角度出发，"志愿失灵"与政府管理存在一定的联系，但还不足以涵盖社会组织的所有问题。因此，本书认为，在"志愿失灵"之外，中国社会组织的发展困境还应包括社会组织的制度保障缺失等政府对社会组织更为直接的积极责任，这一点对于理解中国政府—社会组织关系具有重要意义。具体来说，本书所分析的社会组织目前的发展困境包括：第一，志愿失灵，包括志愿不足、公益的特殊性、公益腐败、公益低效(业余、行政化—官僚主义)、过度商业化以及公益的家长主义(行政化—官本位);第二,非法人型社会组织大量存在;第三,非社团法人型①社会组织大量存在;第四,非法结社及违法行为危及社会稳定。

(2)政府管理与社会组织发展困境的相关性

首先,需要强调的是,目前,造成社会组织问题的原因是多方面的,既有政府管理的原因,如政府对社会组织管理中的越位、错位、缺位,也有社会组织自身的问题,如人员匮乏、激励不足,还包括其他方面的影响,多种因素交织在一起,成为目前制约社会组织发展的瓶颈。其次,虽然原因是复杂的,但解决问题的关键是清楚的,目前调整政府的社会组织管理模式是最为直接和有效的办法。一方面,管理模式的调整是政府的自我转变,能够有效地规范政府与社会组织的相互关系,增强社会组织的独立性,有利于政府职能转变真正落到实处;另一方面,在中国目前的条件下,政府是对社会组织最有效的监督主体,②这就决定了社会组织管理模式的改变并不是排除政府的作用,由政府对社会组织严格控制到无为而治。实际上,西方发达国家行政机关也对社会组织具有一定的管理权限,因此,本书认为,目前政府社会组织管理模式的调整,不是政府对社会组织管理从有到无的简单退出,而是在符合社会整体发展需要的条件下,有限度地放松社会组织的约束,由"主导型控制"向"合作型管理"转变,将管理的重点转为规范、纠正社会组织自身发展中难以克服的一些问题,起到必要的引导、监督和制约作用。为了支持这一基

---

① "社团法人"是中国现行法律对于大部分社会组织定性的称谓,西方发达国家也都对本国民间组织有相应的法人分类,但称谓有所不同。在这一问题上,中西方的共性在于都在本国法人体系中为民间组织设置了区别于政府、企业的特殊法律地位。在此为重点说明中国的情况,故主要使用"社团法人"概念,仍与西方社会组织发展困境存在共性。

② 这点中国不同于西方发达国家,如美国、德国等。这些国家在行政机关之外,法院及其他民间自律团体也起到了非常重要的社会组织监督管理作用,对此,本书后面将加以详述。

本假设,本书将在后面提出具体的制度设计。

4. 调整社会组织管理应当引入权变观

权变式的管理是一种依据环境自变数和管理思想及管理技术因变数之间的函数关系,以此来确定对当时当地最有效的方法。可见,权变管理是针对管理上的僵化、一成不变而言的,这一理论认为,特定的模式针对特定的问题,管理模式蕴涵着多个管理要素的互动。权变管理要求对社会组织管理模式进行权变的理解,将其分为环境分系统、管理分系统、目标与价值分系统、技术分系统、结构分系统以及社会心理分系统。具体到本书,对于社会组织管理的研究,政府根据社会组织的具体条件,及其面临的外部环境,采取相应的组织结构、领导方式和管理方法,灵活地处理各项具体管理业务。这样,就使管理者、研究人员把精力转移到对现实情况的研究上来,并根据对具体情况的具体分析,提出相应的管理对策,从而有可能使其管理活动更加符合实际情况,更加有效。

这种对目前中国社会组织管理模式权变地分析具有两方面的积极意义。一方面,使政策调整更加具有合理性。政府和社会组织的功能随着时代的发展而变化,社会组织管理模式作为连接两者的管理体系,体现着时代的特点。不同的政策针对的是不同时代的特殊问题。特定的经济、政治、文化条件与特定的政府管理模式相对应,当历史条件发生变化时,管理方式、方法也应当及时作出调整。因为新的时代会产生新的问题,新的问题需要新的政策。社会组织管理政策的演进正是一系列内外部要素不断变化的过程,围绕政府管理来寻找出目前影响中国社会组织发展的多个要素之间的平衡点,实现各要素的协调,共同构成促进政府、社会组织发展的支持系统。因此,在特定的历史条件下考察政府管理与社会组织建设,才能减少不同意识形态所产生的分歧,才有可能对不同时期政府的管理政策、社会组织的组织形式等复杂问题作出科学的判断。

　　另一方面,有利于社会组织建设经验的国际交流。对社会组织管理所处的具体环境进行分析,还能够初步解决在不同经济、政治、社会环境下对中西社会组织及相关组织进行比较研究中所遇到的困难。随着全球化浪潮的推动,中国社会组织越来越多地出现在国际舞台上,境外非政府性组织也不断进入中国,中西方社会组织的国际交流已经成为一种必然。但也必须看到,目前一部分西方社会科学研究一味采用西方的相关理论及经验来认识中国社会组织,甚至将中国计划经济时代的社会组织管理思路作为重点来审视当代,预测未来,这都在很大程度上造成西方社会对于中国社会组织消极、错误、扭曲的认识。对此,本书认为,保守地、具体地、历史地分析中国的政府管理及社会组织建设在一定程度上是有其合理性的,但更应该从总体上、以发展的眼光来看待问题。这就需要分析影响不同社会组织管理政策以及社会组织情况的内外部因素,了解不同管理模式的具体指向,这将有助于消除中西方对于社会组织认识的差异,改善中国社会组织的形象,最终将为社会组织管理及建设的国际经验提供重要的完善和补充。

　　5. 合作型管理是中国社会组织管理的必要选择

　　社会需要的多样化是产生各种各样的组织的根本原因,很多组织都承载着不同的利益诉求。这就对中国以往的利益协调机制提出了挑战,以往的利益协调,一般是以政府通过政策手段来进行的,带有一定的强制性,是一种自上而下的调整。这种方式的成本比较高,需要动用庞大的政府资源,进行宣传、教育、补偿甚至镇压,并且这种方式的效果存在隐患,有可能产生民众对政府的抵触情绪,造成大规模群体事件的产生,破坏政府形象,不利于整个社会的稳定,从根本上抑制中国政治发展的活力。当民众需要依靠团结的力量来解决某些共同的社会问题的时候,民间结社就成为一种很正常也是很必要的途径。可见,利益的分化重组是支撑社会组织产生的主要社会基础,同时,利益的复合性决定了中国社会组织功能的多样性,当多种利益产生冲突的时候,这种冲突就成为组织自身在应对外部压力、调整内部结构功能的推动力。因此,在解决利益冲突的过程中,需要在政府的引导下,通过更多的社会组织来整合日益多元化的社会利益,共同参与到公共利益的实现过程中,以相互合作的方式,取长补短、通力协作来解决问题。可见,实现政府与社会组织的合作,既是中国社会转型的总体趋势,也是政府、社会组织及各相关领域获得更大发展的必然要求。为了实现这种政府—社会组织的合作关系,其中重要的一点就是转变目前政府的社会组织管理模式,顺应时代的发展,构建政府的合作型管理,把社会组织放在中国整体的社会发展当中来考量,以此来改善政府发展与社会组织建设的相互关系。

总之,相比西方国家,中国社会组织的发展还处于初始阶段。在取得成绩的同时,也必须客观地看到,中国社会组织的发展过程是复杂曲折的,在组织、功能等方面还存在着较大的特殊性,这一方面是社会组织适应中国具体国情的表现,另一方面,这些特点也在一定程度上反映了目前社会组织发展所遇到的历史性与体制性障碍。构建适应新时期各方面条件的新型社会组织管理模式,实现政府、社会组织的健康发展要求我们必须理性地对待这些差异,既不能照搬西方的发展模式来让中国社会组织"削足适履",也不能因循守旧,导致社会组织停滞不前。因此,本书认为,认识中国社会组织的发展,理性地选择社会组织管理模式的调整方向,客观冷静地分析现状是基础,积极开放地借鉴经验是前提,高效协调的实施管理是保证,科学合理地创新制度是关键。

第二节　研究综述

政府管理与社会组织发展间的相互关系,本质上是对国家与公民社会之间的界限划分及相互沟通的问题。一方面,组织自治的压力就像卷曲的弹簧,被国家的反作用力压制得很不稳定,一旦这种体制有所松动,它马上就会弹开。①公民社会的产生是现代政治民主化的产物,强调公民社会的独立性,与政府之间应当具有相对的界限。另一方面,公民社会的自治并不绝对排斥国家权力有条件的介入。公民社会如同国家、市场一样,也存在自身难以克服的问题。现代社会的三元结构在分化的同时也决定了三者之间存在着互补关系,克服公民社会自身的问题需要政府权力,但盲目依靠政府权力将导致政府极权,公民社会将"因被完全政治化而被统合于国家之中,并被彻底扼杀"。②因此,需要对政府权力的介入进行合理的界定,构建合理的政府管理模式,这对政府和社会组织发展都具有重要的作用。对此,本书探讨了国家主义、公民社会、多元主义和合作主义等处理国家—社会关系的相关理论。

这里需要说明的是,虽然这些理论在很多问题上存在较大的分歧,但都是通过对不同时期、不同国家的实际情况进行考察才作出的,因而都具有一定的实证性。另外,这些理论所构建的不同国家—社会关系模型,也都从不同侧面提出了国家、社会在发展过程中所产生的不同问题、成因及相应的解决方法,因此,在将这些理论应用于中国的过程中,首先不是对上述理论机械性的取舍,而是对这些理论进行批判性的分析,汲取这些理论中的积极成果,本书认为,无论是问题的认定、原因的分析还是方法的选择,这些理论都有可以借鉴的方面,而在理解各理论合理性的基础上才能取长补短,构建起适用于本书的理论框架。因此,从这个意义上说,对上述不同的理论进行分析,正是为本书的研究探讨提供坚实的理论基础。最后需要补充的是,对于中西方国家社会组织管理的具体内容,例如准入准出制度等,具有丰富的介绍,但考虑到本书对社会组织管理研究

---

① [美]罗伯特.达尔:《多元主义民主的困境——自治与控制》,周军华译.吉林人民出版社,2006 年版,第 3 页。

② 邓正来:"市民社会与国家——学理上的分野与两种架构",《中国社会科学季刊》,1993 年第 3 期。

的角度是以国家—社会关系作为主线,因此,对社会组织的管理模式的研究综述采用国家—社会关系的分类进行分析,对于具体管理方法的分析将在后面加以详述。

一、国家主义

本书认为,政府对社会组织管理的合理性在于,一般意义的社会组织作为社会自治的产物,存在自身难以克服的问题,因此,对"公民社会"①的自治,即社会自我运行过程中所产生的问题是研究的逻辑起点,国家主义对社会矛盾的分析能够提供较为有力的支持。同时,国家主义提出的国家主导型国家—社会关系模式也成为政府对于社会组织管理模式的一种选择。

国家主义强调国家具有独立的意志,固有的行为模式,能够在广泛的国家—社会事务中起到主导性的作用。在解释国家对于社会进行管理的原因上,在黑格尔和马克思的国家学说当中,都认为市民社会②存在自身难以克服的固有矛盾,这将对理解当前普遍意义上的社会组织"志愿失灵"及相关问题产生重要意义。在矛盾不可避免的前提下,需要国家通过管理进行解决,尽管两者在解决的方式上有很大分歧,但这一观点仍然为社会组织需要政府管理提供了一

---

① 对于"Civil Society",目前国内著作中译为"市民社会"和"公民社会",两者在译法上有所区别,在本书使用中,仍遵循原文的译法。对于译法上的不同,详见:何增科:《公民社会与第三部门》,社会科学文献出版社2000年版,第3页。

② 在黑格尔和马克思的著作中将国家管理的对象定义为"市民社会",是与国家相区分的,由需要和满足需要组成的,由经济活动连同由其产生的物质的和由物质而产生的精神的人与人之间关系组成的世界。这一概念有学者称之为市民社会(Civil Society)的近代概念或是"第一次被赋予了现代意义的市民社会概念雏形",与目前学界讨论的"公民社会"概念存在一定的区别,主要集中在概念的范围和对于自身运行机制的分歧上,黑格尔和马克思都认为是需求合作体系,而现代公民社会论者认为是国家、市场之外的领域,依靠成员的道德认同来运行。同时,两者也具有一定的共性,如都需要满足个人的需求,与国家相区分而拥有独立的自治范围,保护个人权利、表达利益诉求等。可见,排除了市场的现代公民社会仍然要解决公民个人的需求,这种起点上的共性决定了这一理论能够为本书提供有力的支持。

定的理论参考。

1. 公民社会存在自身难以克服的矛盾

在论述社会自身所蕴含的固有矛盾时,黑格尔作出了深入的分析,并对以后国家主义的发展奠定了基础。黑格尔的国家主义从独立人的需求出发,强调人在市民社会中的独立性,具有个人意图,而这种个人意图使得人们之间产生相互关联,为实现这些意图进行合作。可见,市民社会"是一个需求体系",被视为"具有个人间一系列经济关系的社会"。[①]这种根据需求而产生的合作与社会组织的产生机理是一致的,并十分符合中国社会转型时期社会组织发展的情况。在合作的过程中,人的需求是不断增长变化的,具有极强的超越性和普遍性。需求越是增加,社会分工将更为精细,也促进了更为高级的社会合作,这种思路肯定了社会合作的必然性,即市民社会是现代一般主体性亦即物质基础的本质体现,所以它是根深蒂固的。[②]同时也揭示了市民社会中联接个人之间的纽带并不是道德、忠诚,而只是机械性的基于满足个人需求的合作关系,[③]这种基于满足个人需求的社会分工合作体系成为市民社会矛盾的根本原因,并为国家的进入打下了基础。这种对公民合作机理的研究也从一定程度上说明了道德认同无法完全协调社会合作中的冲突,难以实现社会的整体统一性。社会组织也存在于这样的需求体系当中,如果将道德认同作为社会组织整合各项资源、规范自身行为的唯一途径,必然无法完全消除社会组织自身低效、腐败的问题。

既然基于个人需求的社会分工是必然的,在这种经济社会关系中,个人之间将具有不同的工作、生活方式和购买力,这将导致必然

---

① [加]查尔斯.泰勒:《黑格尔》,张国清译,译林出版社,2002 年版,第 664—665 页。

② [加]查尔斯.泰勒:《黑格尔》,张国清译,译林出版社,2002 年版,第 666 页。

③ 本书认为,这一观点虽然被认为忽略了组织对于成员个人统一精神方面的培养而遭到社群主义的诟病,但在解释现代社会自治中仅仅依靠个人对自治体的道德认同来协调矛盾,实现整体的统一性仍然具有一定的解释力。

的社会分化,使得人与人之间出现"等级",①产生贫富分化和经济利益的冲突,使得市民社会成为一切人反对一切人的个人权利的角斗场。社会组织无论是作为独立性的社会主体还是某一特定群体的代表,都将参与这种分化和冲突当中,并努力寻求自身利益的实现。因此,社会独立运行在这个为满足个人需求而产生的等级系统中,每一个人不可能实现总体的合题,②因为"个人只有成为定在,成为特定的特殊性,从而把自己完全限制于需要的某一特殊领域,才能达到他的现实性"。③可见,市民社会不仅是一个分工体系,还要保证其内部的个人能够实现这种独立性,即个人的自由选择必须受到承认。④社会组织能够实现个人的独立并且保护个人权利,但这种个人或者特定群体的利益实现又往往破坏了社会整体的统一性。在这种情况下,市民社会和社会组织出现了坚持个人独立性和实现整体理性的矛盾。

这一矛盾在黑格尔和马克思的理论中表现为经济利益的冲突,市民社会表现为一种基于个人需求的经济分工合作关系。生产的发展在增加财富的同时,也产生了大量的无产阶级,使得财富集中在少数人手中,⑤这使得市民社会"所占有而属于它所有的财产,如果用来防止过分贫困,总是不够的"。⑥可见,大多数人的生活需求无法在社会内部得到满足。黑格尔将这视为社会分工和交换系统的必然产物,在促进财富增长的同时,也产生了贫困,以及民众对社会的谴责。⑦虽然上述分析是在特定历史时期内作出的,与本书的主要内容存在差

① [德]黑格尔:《法哲学原理》,范扬等译,商务印书馆,1982年版,第212页。

② [加]查尔斯·泰勒·黑格尔:张国清译,译林出版社,2002年版,第668页。

③ [德]黑格尔:《法哲学原理》,范扬等译,商务印书馆,1982年版,第216页。

④ [德]黑格尔:《法哲学原理》,范扬等译,商务印书馆,1982年版,第216页。

⑤ [德]黑格尔:《法哲学原理》,范扬等译,商务印书馆,1982年版,第244页。

⑥ [德]黑格尔:《法哲学原理》,范扬等译,商务印书馆,1982年版,第245页。

⑦ 详见[德]黑格尔:《法哲学原理》,范扬等译,商务印书馆1982年版,第245页。

异，但这一论述揭示出了社会独立运行将产生个体间矛盾以及个体与整体协调困难的问题，这些无论在近代市民社会还是现代公民社会①的发展中都是存在的，正是这一矛盾决定了国家管理的必要性。

总之，国家主义认识到了社会经济体系运行所具有的不可避免的矛盾，这一矛盾正是本书强调社会组织存在失灵这一假设的理论支持，这将为政府管理的必要性提供帮助，但这还需要对政府在调和社会矛盾中的作用机理进行具体的分析才能得出更为准确的结论。

2. 国家与公民社会的关系

国家主义强调了国家对于解决社会矛盾的必要性，但不同学者对国家的定位存在分歧。黑格尔认为，国家是体现理性的共同体，是超越社会个体的存在，是"地上的神物"。②因此，社会矛盾的消解必然通过它的从属于较为基本的、国家的共同体的要求而得到调和。从国家所产生出来的较高级忠诚和规则必然使得人们不至于让位于那些营利自私的趋向的极端，而这些极端把社会推入无止境增长的洪流之中。③可见，黑格尔对于国家与社会的关系，是以国家作为整体理性的表现，缓解公民社会自身难以克服的矛盾为前提的，公民社会不可能支配自身，只有借助于被合并到较深层次的共同体中才保持着平衡。简而言之，国家是公民社会的基础，政府是公民社会的支柱。

而在马克思主义的国家学说中，国家不是社会，也不能包含社会，而是与社会共存的一种公共的共同体，是一种政治集合体。国家与社会之间无论是范围还是界限，抑或其生活内容，都不是相互重叠的。④在两者的关系上，是市民生活巩固了国家，现代国家的自然

---

① 对于现代公民社会自治以及民间组织所存在的问题将在"公民社会理论"中详述。
② [德]黑格尔：《法哲学原理》，范扬等译，商务印书馆1982年版，第285页。
③ [加]查尔斯·泰勒：黑格尔：张国清译，译林出版社2002年版，第673页。
④ [德]亨利希·库诺·马克思的《历史、社会和国家学说》，袁志英译，上海译文出版社，2006年版，第245~246页。

基础是市民社会以及市民社会中的人,即仅仅通过私人利益和无意识的自然的必要性这一纽带同别人发生关系的独立的人,即自己营业的奴隶,自己以及别人的私欲的奴隶。[①]国家是社会[②]在一定发展阶段上的产物;国家是这种社会已经陷入自身不可解决的矛盾中并分裂为不可调和的对立面而又无力挣脱这种对立之承认。为了使这些对立,这些经济利益相互矛盾的各阶级,不要在无益的斗争中互相消灭而使社会同归于尽,于是一种似乎立于社会之上的力量,似乎可以缓和冲突而把它纳入"秩序"之中的力量,便成为必要的了。这种从社会中发生、而又高于社会之上而且日益离开社会的力量,便是国家。[③]简而言之,国家从社会中分离出来并成为市民社会解决矛盾的途径。

总之,虽然对国家与社会的关系上存在一定分歧,但都将国家作为缓和社会矛盾的必要途径,这为本书中讨论社会组织自治中政府管理的必要性提供了一定的理论支持。

3. 国家的独立性

对国家本质的讨论并不是本书的重点,但仍需要对国家在现代社会中的地位加以描述,即现代国家主义对于国家独立性的分析。如前所述,无论将国家视为理想化的整体理性载体还是现实性的问题解决工具,这些认识都揭示出了国家相对于社会的独立性,这一点在现代国家主义中得到了更为深入的发展。现代国家主义更多地在强调西方社会中国家对于社会而言的独立性和在公共政策过程中的主导性。政府作为独立的组织系统,在适应外部环境变迁的过

---

① [德]马克思,恩格斯:《神圣家族或对批判的批判所做的批判》,中共中央马克思恩格斯列宁斯大林著作编译局译,人民出版社,1958年版,第145页。

② 这里的"社会"仍然是黑格尔意义上的社会,以个体需求、经济分工合作为主要内容。这是其"经济基础决定上层建筑"原理在国家—社会关系上的表述。

③ [德]恩格斯:《家庭、私有制和国家的起源》,张仲实译,人民出版社,1957年版,第163页。

程中,组织自身固有的一些因素对公共政策的形成有非常大的影响。因此，政策过程就成为在国家固有观念和利益前提下的政策形成过程,是经过国家在原有制度框架内加工处理后所形成的政策。这样,在公共政策过程的逻辑起点上，公共政策所要实现的目标就已经深深刻上了国家独立性的烙印。因此,在分析公共政策的过程中,就要首先理解政府作出决策过程中,起主导作用的价值取向、组织模式等内在因素。这些因素在很大程度上决定着公共政策的产生。这一点在解释目前政府对于社会组织管理模式的调整上具有一定的解释力。

综上,国家主义提供了政府对于社会组织管理的必要性和可能的路径选择，其对社会矛盾的分析加深了对于社会组织问题的理解,[①]能够为社会组织问题的必然性提供深刻的理论支持,并且为国家管理的合理性和独立性作出了一定的解释。这些都在解释目前的政府—社会组织关系以及政府的管理模式调整上具有一定的指导意义。但在具体的安排上,国家主义过于强调了国家对于社会的主导作用,忽视了公民社会、社会组织对于社会整体发展的积极意义,并且容易导致国家权力的过度扩张，侵害公民个人的合法权利,以及在政府管理上所导致的"官本位"、僵化保守等一系列负面影响。而国家主义的这些问题正是现代公民社会理论所希望解决的。

二、公民社会(Civil Society)

首先需要说明的是,公民社会理论"在西方政治理论中拥有一个漫长的、杰出的但含义又极为模糊的历史",[②]并且流派众多,本书难以一一详述,仅对与本书内容相关的部分加以讨论。

1. 公民社会理论的国家观

---

① 认为社会组织产生问题是由于"缺乏监督"等原因是现实性的分析,关于社会分化利益冲突必然性的论述可以说明社会组织无论作为社会利益代表还是独立的中间组织都存在破坏公共利益的可能性。

② [英]戈登·怀特:"公民社会、民主化和发展:廓清分析的范围",何增科译.见:何增科主编:《公民社会与第三部门》,社会科学文献出版社,2000年版,第58页。

当前讨论公民社会理论的主要原因,多数学者认为是"对猖獗的'国家主义'的回应"。①霍尔(John Hall)认为,公民社会是社会的一种特殊形式,它欣赏社会的多样性并能够限制政治权力的劫掠。②基恩(John Keane)认为界定出公民社会与国家之间的清晰界限,能够为实现政治民主化提供重要的基础,并分析了不同类型的国家权力中,公民社会在限制国家权力方面的区别。③沃尔泽(Michael Walzer)④、贝尔(Daniel Bell)强调公民社会的强大能够抵御国家权力的扩张。⑤在这种前提下,对于公民社会与国家的关系,公民社会论者多数认为公民社会应当制衡国家甚至对抗国家。尤其对于自由主义而言,国家是"必要的邪恶",若无外力阻止,国家权力将无限制地扩张并危及个人自由。更为激进的公民社会论者认为公民社会和国家是一种此消彼长的关系,并通过对东欧剧变的分析,认为公民社会能够通过更为激烈的方式来对抗国家。在这些论述中,社会自治型组织都被看做是独立于国家并制衡国家权力重要的功能载体之一。

本书认为公民社会理论为合理划分政府职能,保护公民权利,促进社会组织独立性等问题的解决提供了重要的理论支持,尤其在中国社会转型时期,上述问题无一不是目前改革的重点,因此,公民社会理论能够为本书的研究内容提供一定的理论基础。但对于政府对于社会组织的管理而言,只强调社会组织独立是不够的,公民社会理论中过于强调了国家的消极影响以及公民社会的独立性,这虽

---

① 邓正来:"国家与市民社会— 一种社会理论的研究路径:导论"见:[英]J.C.亚历山大,[中]邓正来主编:《国家与市民社会— 一种社会理论的研究路径》,中央编译出版社,2002 年版,第 3 页。

② [英]约翰.霍尔:"探寻公民社会"何增科译,见:何增科主编:《公民社会与第三部门》,社会科学文献出版社,2000 年版,第 55 页。

③ John Keane,Democracy and Civil Society.London:Verso,1998

④ Michael Walzer,The Idea of Civil Society.Dissent,Spring 1991

⑤ Daniel Bell,American Exceptionalism Revisited:The Role of Civil Society.The Public Interest,1989.95

然推动了中国的政府改革、促进了公民自治,但从长远看,容易误导国家与社会在功能上的基本定位。当社会结构的分化和重组不可避免时,强调各社会单元的独立性不是最终目的,而为了实现整个社会的良性运转,在肯定分化的同时,理性地构建各个社会单元的沟通协作关系将更加重要和具有现实意义。但这些问题,包括公民社会与政府权力的合作等方面,目前还不是公民社会理论研究的重点。公民社会理论研究的首要目的在于通过公民自治来限制国家权力,这容易在理论上机械地割裂了国家与社会二者之间的关系,忽视了国家与公民社会之间合作的内容,尤其在应用于中国现代化过程中政府与公民社会互动关系变迁的解释中,缺乏足够的说服力。这就决定了对于中国国家—社会关系以及政府管理社会组织的讨论中,公民社会理论所存在的不足,这些将在后面加以详述。

2. 公民社会与社会组织的相关性

这是本书使用公民社会理论的前提。现代公民社会是与国家相对的领域,需要以各种方式处理与政府权力的复杂关系,这些已被广泛认同。但公民社会与社会组织的相互关系需要进一步明确。只有在公民社会与社会组织存在一致性的情况下,二者的问题才具有统一性,公民社会理论中的部分内容才能成为本书的理论基础之一。

(1)社会组织是公民社会的执行载体

理论上的公民社会在很大程度上是由社会组织定义的。广义的公民社会理论把公民社会所起的各种作用都归功于公民社团。①就最低限度的含义来说,只要存在不受制于国家权力支配的自由社团,公民社会便存在了。②可见,公民社会在理论上主要是由社会组织来界定的。实践上,社会组织能够满足民众的特殊需要,增强了社

① [美]迈克尔.W.福利:"公民社会的悖论",闫月梅译。见:何增科主编:《公民社会与第三部门》,社会科学文献出版社,2000年版,第196页。
② [美]查尔斯.泰勒:"市民社会的模式"冯青虎译。见:[英]J.C.亚历山大、[中]邓正来主编:《国家与市民社会——一种社会理论的研究路径》,中央编译出版社,2002年版,第6~7页。

会协作,实现了公民社会的目标。在民主国家里,全体公民都是独立的,但又是软弱无力的。因此,他们如不学会自动地互助,就将全部陷入无能为力的状态。①在民主国家,结社的学问是一门主要学问。要是人类打算文明下去或走向文明,那就要使结社的艺术随着身份平等的扩大而正比地发展和完善。②社会组织是实现民众追求的保证,是实现公民社会价值的组织保障。

(2)公民社会是社会组织的权利范围

公民社会作为相对独立的空间,从政治层面而言,其主要目标在于保护公民个人权利不被专制政府肆意侵害。西方国家普遍具有进行利益表达的社会自治型组织,帮助公民反映诉求,甚至游说议会、政府等国家权力机关。从社会伦理层面而言,公民社会要满足公民多样化的要求,改善社会风气,社会组织正是在这一范围内进行各项工作的。西方学者认为,社会组织倾向于将社会分为相互不攀比的组织,并担当竞争、敌意和社会嫉妒恶性爆发的限制阀。③公民结社"是其自我恶性的解毒剂"。④因此,无论从国家整体发展的角度,还是从公民个人的角度,都需要在实际中"使国内的各个构成部分享有自己的独立政治生活权利,以无限增加公民们能够共同行动和时时感到必须互相信赖的机会"。⑤可见,公民社会既是手段也是目的。就是在公民社会里,社会组织使得国家受到控制,政策受到影响。同时,作为公民价值观的潜在储备库,公民社会必须保持活跃,为那些不被国家所容纳的思想和利益提供空间。⑥这种空间就成为

---

① [法]托克维尔:《论美国的民主》,董果良译,商务印书馆,2004年版,第637页。

② [法]托克维尔:《论美国的民主》,董果良译,商务印书馆,2004年版,第640页。

③ [英]罗尔斯:《正义论》何怀宏等译,中国社会科学出版社,1988年版,第459页。

④ [美]南希.L.罗森布拉姆.强制性社团:公共准则、自尊和排除的动力.刘培峰译.见:[英]阿米.古特曼主编.结社——理论与实践.吴玉章等译.上海:三联书店,2006:189

⑤ [法]托克维尔.论美国的民主.董果良译.北京:商务印书馆,2004:631~632

⑥ Dryzek, John S. Political inclusion and the dynamics of democratization. American Political Science Review 90, 1996,1:475~487

社会组织各项功能开展的基本界限,规范了社会组织的各项权利。从文化层面而言,公民社会多元化、开放性、包容性的价值准则需要在具体的行动中得到体现并维持,社会组织在很大程度上是围绕公民社会价值核心来运作的,在公民社会的指引下从事各类公益性、互益性活动。因此,社会组织与公民社会具有内在的统一性,这也使得公民社会自身的缺陷与社会组织的缺陷具有相当程度的关联。

3. 公民社会与社会组织缺陷的内在联系

(1)公民社会自身的不足

公民社会的基本价值准则包括,个人主义、多元主义、公开性、开放性、包容性、法治性。[①]强调公民社会是为了保护和增进公民个人利益而存在,要求个人生活方式的多样化,社团组织的多样性,思想的多元化。为了维系这种多元共存,公民社会理论提倡人与人之间的宽容和妥协,强调实质性的市民认同,要求民众能够“随时准备节制个人或地区与集团的特殊利益,而将共同利益至于首位”。[②]但这种价值体系和要求在实践过程中受多种因素影响将出现难以避免的困难。首先,多元化下的冲突是必然的。“每一种分解作用都必然会带来相应的分散作用,社会分化会很自然地使顾全大局的精神产生窒息,或者至少可以说会对这种精神产生深刻的阻碍作用。”社会分化“既可以使社会普遍得到发展和扩大,同时也可以把社会分割成为互不关联的团体,这些团体看上去,或者根本上已经不再是同类事物了”。[③]西方国家公民社会的建设经验表明,既然个人利益、多元主义是公民社会的重要内容,那么,受资源稀缺性的影响,在缺乏制度保证的情况下,大量特殊利益的出现将

---

① 何增科:《公民社会与第三部门》,社会科学文献出版社,2000 年版,第 5 页。

② [美]爱德华·希尔斯:《市民社会的美德》,李强译。见:[英]J.C.亚历山大、[中]邓正来主编:《国家与市民社会——一种社会理论的研究路径》,中央编译出版社,2002 年版,第 46 页。

③ [英]孔德:《实证哲学教程》第四卷,转引自涂尔干:《社会分工论》渠东译,三联书店,2005 年版,第 318 页。

导致冲突。其次,公民社会协调、化解冲突的能力有限。既然冲突是必然的,那么解决冲突的手段就必须及时有效。但从现实来看,仅仅依靠公民之间的包容与妥协是不现实的,建立明确的市民认同并得到广泛自觉遵守也过于理想化了。尤其对于中国现阶段而言,仍处于社会主义初级阶段,生产力水平还有待提高,社会结构正处于重构期,极易产生矛盾,并且受多种因素冲击,道德伦理的约束力比较有限,法律制度体系还不够完善。在这种情况下,公民社会的包容精神、市民认同就更难得到实现,社会内部的冲突和矛盾将更为复杂和尖锐。

(2)社会组织自身的不足

根据公民社会理论,社会组织作为公民结社的产物,是自由社会和民主政治的基本要求。但"将这一价值普遍化,并在理论和实践上推广,构造一个全部是自由社团构成的世界,完全是由自由组合的社会单元构成的社会,这是错误的"。沃尔泽等公民社会论者也认为这"是一个坏的乌托邦"。①就社会组织的现状而言,其面对内部的冲突和外部的限制仍然十分脆弱。此外,对它的许多误解妨碍着它有效地迎接自己所面临的挑战的能力。②社会组织的行政化、商业化、理想化都在不同层面上对组织的发展构成了挑战。

(3)两者问题的同质性

公民社会的困境在于多元互动下的利益自我协调和实现。相比国家层面的多元互动,公民社会内部的利益指向更为具体,更为同质化,区分个人和集体利益的难度更大,为实现集体利益而牺牲个人利益的可能性并不一定比国家层面更大。在这种情况下,要么出现"搭便车",要么出现损失分担,这都会破坏公民社会存在的社会

---

① [美]迈克尔.沃尔泽:"论非自愿社团",刘培峰译,见:[英]阿米.古特曼主编:《结社——理论与实践》,吴玉章等译,三联书店,2006年版,第131页。

② [美]莱斯特.萨拉蒙:"非营利部门的兴起"何增科译,见:何增科主编:《公民社会与第三部门》,社会科学文献出版社,2000年版,第252页。

基础,即民众认同。①这种公民社会的困境决定了社会组织自身的种种不足。首先,由于不同利益出现交叉,社会组织存在牟取个人私利的可能,即"公益腐败"。其次,由于公民社会强调的自愿性,使得社会组织缺乏有效的激励和约束,容易出现"公益低效"。最后,利益冲突以及公民社会过于强调区别于国家的存在,使得社会组织的资源不足,要么转向商业化运作,要么依靠政府部门,这些都会导致"公益异化"。以上这些问题统称为社会组织的"志愿失灵"现象,与公民社会的内在矛盾存在一致性。因此,必须在解决公民社会与社会组织困境的前提下,讨论引入政府管理的必要性及具体路径。

4. 公民社会理论的启示

(1)国家不能对公民社会随意介入

公民社会作为独立的社会领域,首先强调其对于国家的主体性,能够保护公民个人利益不被政府肆意侵害。这也是现代公民社会得以建立的主要原因。如果一个民主国家的政府到处都代替社团,那么,这个国家在道德和知识方面出现的危险将不低于它在工商业方面发生的危险。②在一个大国,政府之不能只靠自己的力量去维持和改进人们的思想和感情的交流,正如它不能只靠自己的力量去管理一切实业部门一样。因此,必须使社会的活动不由政府包办。③

(2)公民社会的困境需要政府有条件的介入

公民社会假定了一种与国家对立、冲突的关系而忽视了二者之间合作的部分,其研究的重点一直是限制国家的权力,公民社会已经被视为民主社会的重要组成部分。社会三元结构的独立性是相对的,三者之间是存在相互联系的,这种联系是复杂的,本书主要从政

---

① 居民楼的供暖体制、城市社区的物业管理等都是很好的例证。

② [法]托克维尔:论美国的民主,董果良译,商务印书馆,2004 年版,第 638 页。

③ [法]托克维尔:论美国的民主,董果良译,商务印书馆,2004 年版,第 638~639 页。

府与公民社会互补关系入手进行分析。公民社会同国家、市场一样，具有自身难以克服的问题，解决自身的问题就需要借助其他社会部门的力量。西方国家的经验表明，正如市场需要政府调控一样，公民社会同样需要政府的帮助，但这种帮助是有条件的，必须是在法治条件下进行的，最大限度地保持公民社会的独立性、自主性。

总之，公民社会理论是对国家—社会关系这一基本命题的又一种解释，政府在调整社会组织管理模式的过程中应当将公民社会理论作为必要的理论依据。该理论在处理两者相互关系的过程中，反对政府极权暴政，强调公民自由、平等以及个人权利的实现。这都指明了政府调整社会组织管理的发展方向。但在实现平等、多元、包容的过程中，公民社会自身存在着难以克服的不足，与之相应，社会组织发展也遇到了瓶颈。在这种情况下，本书将探讨能否同"市场失灵"需要政府调控一样，公民社会的"志愿失灵"也能够选择政府权力作为补充。具体到中国，这种假设必须结合现实情况加以综合的分析。中国的公民社会仍然处在发展初期，正在逐渐从国家领域分离，仍然处于政府相对严格的控制下。此时谈政府介入，必须充分考虑到政府权力对公民社会发育的负面影响。在政府改革成为一种必然趋势的背景下，本书认为这种负面影响从长期来看是不断弱化的，但在短期内有可能出现倒退，因此，必须对政府权力加以制度化的规范。同时，政府是国家—社会发展中不可或缺的因素，尤其是在社会分化时期，"统一性同样是必不可少的。不过，统一性不会自然而然地从分化过程中产生出来，因此，要想实现和维持这种分化过程，社会有机体就必须形成一种特殊的功能，并且要由一个独立的器官来代表它。这个器官就是国家或政府"。①可见，政府能够对公民社会的发展，尤其是对社会组织的发展起到直接的推动作用。正因为中国的公民社会建设还处于起步阶段，更好的加以规范将更有利

---

① [法]涂尔干：《社会分工论》，渠东译，三联书店，2005 年版，第 318 页。

于其今后的健康发展。在这一前提下，本书将分析中国社会组织发展过程中所出现的"志愿失灵"现象，探讨能否同"市场失灵"需要政府规制一样，在"志愿失灵"的情况下，选择政府管理作为必要的补充。这种补充不是政府权力在公民社会中的从无到有的进入，而是如何调整现有的政府—社会组织关系，通过政府的管理来实现政府与社会组织的规范化、合作化发展，实现国家—社会关系的良性互动。

需要说明的是，中国目前的现状是处于国家与社会逐渐分化重组的过程中，如何继续促进这一分离，规范分离中的组织间相互关系才是当务之急。因此，本书在讨论了国家及公民社会这一政府管理行为的主客体之后，将重点分析目前两种主要的国家—社会关系模式，即多元主义与合作主义，为本书的观点提供更为直接的理论支持。

三、多元主义（Pluralism）

多元主义作为一种意识形态，不接受任何一种单一的价值作为理想，但其本身以多重的方式起作用。[1]坚持多样性的多元主义在制度上反对国家主义和精英政治，因此，作为一种制度安排，多元主义指的是这样一种境况，政治权力是分散的，这些分散的政治权力存在于自治的社会集团和分散的政治决策中心之内。现代多元主义的中心假设是，政治资源广泛分布，在不同的年代和不同的政治争论中，不同的利益占据着主导地位。在具体的主体选择上，多元主义降低了投票作为民主筹码的重要性，为压力集团的活动提供了智识上的合法性。[2]可见，在多元主义的制度设计中，社会组织成为利益团体的重要组成部分而得到凸显，而国家和政府更多地以一个执行者的身份出现。

---

① 邓正来：《布莱克维尔政治学百科全书》，中国政法大学出版社，2002年版，第580页。
② 邓正来：《布莱克维尔政治学百科全书》，中国政法大学出版社，2002年版，第579页。

1. 多元主义中的社会组织

多元主义中的多元是指"组织的多元,也就是指在一个国家范围内许多相对自治的(独立的)组织(子系统)的存在"。[①]多元主义首先强调社会组织的产生是不可避免的,并且十分重视其相对于国家所具有的独立性,将其视为民主政体中必要的部分,"对民主过程本身的运转、对减缓政府的高压政治、对政治自由以及对人类福利也是必要的。"[②]

多元主义中的社会组织是与个人权利紧密结合的,需要人们按照个人需要有效地组织起来,这些组织能够满足需求,表达利益,同时能够与国家、企业、其他社会组织保持合作与竞争的关系。因此,社会组织成为多元主义社会中重要的服务提供者和利益代表,对政府决策施加影响力,是社会秩序的主要参与者,同时也在很大程度上成为社会利益冲突的主要竞争者。可见,在多元主义的制度设计中,社会组织成为利益团体的主要组成部分,是"由那些关心政府的决策和执行的人们组成的集合体",[③]具有重要的作用。首先,对于个人而言,积极参加各种自治组织有助于发展个人的思考能力并能够使个人需要得到满足,它为人们捍卫自己的利益和权利提供了各种可以诉求的力量。这种组织上的多样性集中了多种多样的价值和利益,以供政府考虑和解决。其次,对于社会整体而言,个人所参与的许多社会组织以组织化的形式抑制了个体的非理性;如果大多数人

---

① [美]罗伯特·达尔:《多元主义民主的困境》,尤正明译,求实出版社,1989年版,第5页。

② [美]罗伯特·达尔:《多元主义民主的困境》,尤正明译,求实出版社,1989年版,第1页。

③ 很多学者都认为民间组织与利益团体在具体标的上存在一定的交叉性,如"利益集团是自愿性的组织","利益集团多为非政府性组织"。谭融著:《美国利益集团政治研究》,中国社会科学出版社2002年版,第1~2页。"利益集团和压力团体等概念都是为了进行分析或汇集而命名的概念,现实中存在的知识某某协会、工会、中心等各种团体。"[日]辻中丰:《利益集团》,郝玉珍译,经济日报出版社1989年版,第15页。本书也在这种意义上,将利益代表、诉求、维护作为民间组织的主要功能之一,借鉴"利益集团"的相关研究进行论述。

都卷入不止一种组织的话，个人本身就成了一种竞争对象，各个团体的斗争就内化于其中；而如果每一个组织都必须求助于别的组织以获得足够的力量来提出自己最有力的要求的话，它就会常常发现有必要放弃次要的要求和原来的优先考虑，使之服从于其潜在同盟者的最高的优先考虑。在这种假设中，多元主义促进了稳定，但却没有过于依赖直接的国家强制或集体统一性。[1]可见，在多元主义的制度安排中，社会组织的功能非常重要，代表社会多元的利益、满足成员的个体需要，通过与其他组织的竞争合作来影响政府的决策。

本书认为，多元主义对社会组织的设计存在一定的合理性，能够在一定程度上解释目前中西方社会组织的实际功能，对社会组织的发展起到了积极的推动作用，但也存在一定问题。首先，多元主义忽视了社会组织作为相对独立的中间性层次，存在自身独立的利益，容易产生腐败、低效甚至专制的问题。其次，社会组织作为部分利益的代表者，在与公共利益发生冲突的过程中对公共利益的损害，并且忽视了组织作为整体对成员的管理协调功能。第三，在社会利益的冲突协调中，多元主义将冲突、竞争视为实现协调稳定的过程，认为只有多元利益团体的冲突才能实现稳定和协调，这种观点忽略了冲突本身对社会整体带来的不利影响。最后，多元主义虽然强调保持社会多元化，但忽略了现实中社会多元利益团体之间的不平衡，在缺乏公共利益的保证下，容易产生较大利益团体的垄断，这种不平衡情况下的冲突所产生的协调恰恰是对多元利益的破坏。

2. 多元主义中的政府

社会组织成为社会利益的代表，是参与社会利益冲突、协调的主要角色，担负着多元化、组织化和稳定化的功能。那么，政府要发挥什么样的作用呢？首先需要说明的是，多元主义作为一种意识形

---

[1] 邓正来：《布莱克维尔政治学百科全书》，中国政法大学出版社，2002 年版，第 579 页。

态,从历史上是反对绝对主权国家的,当代多元主义虽然不再排斥国家主权,但仍然反对权力集中的精英政治模式。①这种传统使得多元主义在讨论政府作用时,认为政府决策是由通过社会组织竞争后所产生的公民意志所决定的,政府需要这些团体来接触到被它们融合在一起的无数公民的愿望,通过利用这些社团,政府就能了解在纯粹政治关系中受到忽视的公民个人生活的意义,这就使它"更有能力进入个人的内心"。可见,现代多元主义是承认国家在社会中的重要作用的,作为公共政策的直接制定者,政府拥有不同于公民及其组织的地位和权力,但也严格限定了政府的合法性,即只有在反映公民意志的情况下,才具有权威。

多元主义对于政府的认识,能够在消除"官本位"思想,增强政府的开放性、促进政府改革等方面起到积极的作用。但问题在于更多地将政府行为描述为一种"反应性"行为,具有明显的被动性,而忽视了政府作为公共权力部门所拥有的独立性和在现实生活中所拥有的主导性,这在解释中国政府对于社会组织的管理模式上缺乏足够的解释力。

3. 多元主义的启示

（1）突出了社会组织的作用

多元主义的制度设计中, 社会组织以利益团体的身份出现,具有丰富而完善的功能,是多元主义社会中的重要组成部分。首先,代表社会多元利益是社会组织的基础。独立的社会组织整合了社会多元的利益,以自愿的形式有效地将个人利益以组织化的形式进行汇集,避免了原子式的社会利益分化和实现困难,既强调了社会组织的代表性,同时也揭示了独立性是代表性实现的前提,能够增强利益代表的有效性,以及与政府联系的可能性。其次,以利益为基础的形成方式决定了社会组织复杂的功能。从西方国家的情况来看,社

---

① 邓正来:《布莱克维尔政治学百科全书》,中国政法大学出版社,2002年版,第579页。

会服务、利益诉求和社会管理都是社会组织的重要功能。以利益代表为基础的社会组织需要通过种种方式实现成员的利益，提供服务、向政府反映意见都被视为实现本组织成员利益所作出的必要工作。第三，社会组织需要具备一定的规模。多元主义非常强调保持社会的多元化，维护个体权利。利益是社会组织产生的基础，随着社会利益日趋多元化，社会组织需要具备一定的数量来实现整合这些分散的利益。这在结社自由的国家中并不是难以实现的问题，但在对社会组织严格管理的大国中，让社会组织不仅适应政府管理的需要，更要跟上社会利益分化的步伐，就成为一个必须讨论的问题了。最后，社会组织间的关系是复杂多样的。多元主义将社会利益间的冲突视为维护个体权利，促进政治民主的途径，虽然冲突能否实现民主和一致是本书后面需要讨论的，但这里仍然揭示出了社会组织间的关系应该是冲突、合作并存的。允许代表群体利益的社会组织竞争协作，就意味着承认民众有组织起来捍卫个人权利的可能，这对于客观对待社会组织发展中的相互关系问题具有重要的意义。

(2)对改革政府管理具有指向作用

多元主义把政府视为区别于社会组织，需要这些组织传输民意，按照这些组织化的民意制定和执行政策的部门，这既表明了政府合法性的来源，也说明了政府在整个社会中的位置。首先，帮助政府调整对社会组织的定位。社会组织不是政府权力的延伸，而是满足社会利益要求的功能主体，从社会利益代表的角度出发，能够帮助政府的社会组织管理模式调整具有更强的方向性。其次，对政府调整多项社会组织管理措施具有指导性。多元主义对于社会组织社会利益代表的界定，有助于中国政府摆脱以往保守、政治性的管理观念，将社会组织的发展视为增强自身合法性基础，提高政府能力，满足社会需求，缓解社会矛盾的重要途径，调整登记注册、双重管理、限制竞争等各项具体管理措施。

(3)强调了利益代表的有效性

第一,代表性是中国社会组织的特殊问题。

社会组织是社会多元利益的代表,这是多元主义的基础。这在西方国家中基本上已经得到实现,无论从社会组织的实际组成和运行情况,还是政府对于这些组织的管理,都说明了社会组织已经成为独立于政府的民众利益载体。但这一点在中国还需要进一步的解释,尤其对于为数众多的官办社会组织,其社会利益代表性如何实现,这是多元主义中较少涉及的,用简单的国家—社会二分法也是难以解释的,还需要结合具体的政府管理情况进行分析。

第二,社会组织利益的独立性是个普遍性问题。

多元主义认为,政治的基本场所是社会而非国家,社会由自愿者利益团体组成,这些利益团体通过积极行动对政府构成压力。利益团体数量众多,成员不断扩大,且相互竞争,它以代表的广泛性获得力量,以确保社会中的多种利益要求有组织地流入政治过程。利益团体是社会政治行动的基本单位,它是位于公民个体和决策者之间的利益传递机制,利益团体的行动主导着社会的基本政治秩序。多元主义认定,正是"公民社会"提供了利益团体竞争的舞台。可见,多元主义强调了社会组织的代表性和中介性,但忽视了社会组织作为独立的单元,具有自身利益的现实,尤其是已经拥有一定资源优势的组织,存在着脱离社会成员,成为独立的中间层次的趋势。在一定程度上,这些组织不属于国家或社会成员,它只是为谋求自身的存在和发展,也成为社会利益的独立单元,而不仅仅是代表。这对于社会组织的腐败、专制等问题具有一定的解释力。

第三,社会组织参与的公正性以及秩序是个普遍性问题。

多元主义假定,社会中包含许多在利益和价值方面相互冲突的群体,它们由个体组成,个人通过参加群体集中利益、影响政策。在竞争性的政治市场中,各种群体依据自己的资源即支持率取得影响力。①但社会资源的稀缺性决定了社会组织间由于资源的优劣也将是不平衡的。而这种利益的平衡不能通过国家而只能由社会组织的竞争来实现,因为,多元主义认为国家的行动必须得到个体和利益组织的同意方可推行,相对于公民社会观念,国家中心始终是短暂和陪衬性的, 国家在意识形态上从未获得高高在上或超越于任何经济组织的地位。这种思路就将协调社会多元利益,保证社会利益公正实现的任务完全托付给了处在不平衡位置上的各个社会组织, 但这种缺乏外部协调的机制在现实中是无法保证弱势地位的利益团体免于优势团体压制的,而这将破坏社会整体的公正。同时,不同利益团体之间的冲突也将导致社会的动荡,尤其对于弱势团体,在无法在正常竞争中实现利益的情况下, 可能会采取更为极端的方式来引起社会各界以及政府的重视,这将更加破坏社会的秩序和稳定。因此,多元主义这种国家—社会关系的设定让公民社会成为实现秩序和公正的主要场所,可见这种观点与公民社会的主流思想非常一致,都推崇个体权利和组织的地位,而不以层级作为秩序的基础,更重要的是,它不承认国家的高级管理地位,而是从根本上相信,社会秩序来源于公民社会的自我管制,即它自己的自力机构(法院)的权威,这就构成了平等的利益团体"多元竞争"的条件。从一开始就已经出现了在运用于实际政治过程中的困难,这一问题也得到了多元主义的的承认,有学者认为, 一切政治团体都是由其他不同类型、更小的团体组成的,每个更小的团体都有自己的利益和行为准则。这些特定团体的意志总是有两种关系:对于社团的成员来说,它是一个普遍的意志;对于大的团体来说,它是一个私下的意志,这种意志在前一个方面往往被发现是正直的,而在后一个方面往往被发现是不道德的。②

---

① Christopher Ham,Michael Hill.The Policy Process in the Modern Capitalist State. Harvester Wheatsheaf,1993

② [法]卢梭:《政治经济学》,转引自[美]罗伯特.达尔:《多元主义民主的困境》,尤正明译,求实出版社,1989 年版,序言。

总之,多元主义把社会组织视为社会利益的代表,能够为政府转变对于社会组织的传统定位,明确社会组织发展的趋势,丰富社会组织的功能起到重要的作用。但对于协调社会利益冲突,避免政策受优势集团控制,损害弱势群体的问题,多元主义的社会自身冲突控制理论难以提供现实性的解决途径,即使只从社会稳定的角度,这种理论也难以符合目前中国社会利益不断分化的现实状况。因此,需要在明确社会组织利益代表和社会冲突不可避免的前提下,考虑如何通过内外部的调整来协调社会利益,实现社会的和谐。在这种情况下,合作主义作为另一种国家—社会关系模式同样值得研究。

四、合作主义(Corporatism)①

合作主义作为一种国家—社会关系的模式,不仅满足了部分国家—社会关系调整的需要,解决了转型时期的社会问题,具有丰富的社会实践基础,而且在理论上系统性地修正了多元主义所产生的一系列问题,提出了区别于多元主义的国家—社会关系模式。可见,在一定程度上,合作主义是针对多元主义而生的理念,目的在于解决多元主义在当代社会说引发的难以解决的社会冲突和不协调。②因此,本书将合作主义与多元主义进行对比,在比较的过程中阐明合作主义对于政府—社会组织管理的指导作用。

1. 合作主义中的社会组织

(1)社会组织的利益代表功能

合作主义与多元主义都是基于社会利益分化这一前提进行分析的,因此,两者都承认社会利益的多元代表,即利益团体是协调利益的主要载体,可见,社会组织作为利益团体,代表成员利益的这一属性在合作主义中得到了保留。

---

① 也被译为"法团主义"或"统合主义"。

② 张静:《法团主义》,中国社会科学出版社,2005年版,第3页。

(2)社会组织的内部协调管理功能

合作主义虽然承认社会组织的利益代表功能,但指出在社会组织实现这一功能的过程中存在一定的障碍,致使其代表性并不是必然地实现,这个障碍可能由社会组织利益的中间性和内部的不平衡性造成。为了消除这种障碍,合作主义认为需要强调社会组织作为利益团体应该有"协调性"的自我整顿责任,社会组织作为利益团体,整合成员利益的过程中这对于组织整体和社会而言,是一种公共责任。可见,对于合作主义来说,团体的代表功能,只是组织化利益的一半内容,另一半是它的协调和管制性质。[1]

(3)社会组织体系的建立

多元主义认为利益团体的数量应该不受限制,在同领域中,可以允许任意多个相同或相近的利益团体存在,这些利益团体都宣称自己是代表所在整体利益的,为获得更多支持而存在竞争关系,这种广泛存在的竞争能够增强社会利益的协调。而合作主义认为,这种无限的竞争可能的结果并不是协调,更多的将是分裂,这将破坏社会利益的整合及有效表达。因此,合作主义认为需要限制每一个社会领域的利益团体数量,对应领域建立垄断性社团,与本领域的其他团体是上下级科层关系,[2]由垄断性社团作为本领域的最高利益代表,这种地位须由体制认可。[3]垄断性社团作为本领域利益的最高代表,能够进入国家体制,成为常规性的政策咨询代表,参与公共政策。合作主义的这种设计目的在于避免多元竞争所导致的分裂,减少了政府的干扰,并使得社会组织与政府的关系更为规范化和制度化。

综上,合作主义认为社会组织仍然是社会多元利益的代表,但

---

① 张静:《法团主义》,中国社会科学出版社,2005年版,第120页。

② Philippe C.Schmitter.Still the Century of Corporatism?.,Trends Toward Corporatist Intermediation,Beverly Hills:Sage Publications Ltd.,1979,pp.47~49

③ 张静:《法团主义》,中国社会科学出版社,2005年版,第112~113页。

应当体现出中间性的特征,在代表的同时,相对于多元的个体利益,社会组织并不是无能为力的被动遵循,而是应当对这些利益进行必要的整合。这不仅是社会组织自身发展的需要,同时对于社会整体也有一定的意义。为了避免多元主义在现实中可能产生的冲突和分裂,合作主义认为应当建立社会组织的体系,通过一定的体制产生垄断性的团体来与政府结成稳定的关系,以制度化的社会组织分工协作体系对内整合利益、规范行为、提供服务,对外有效地反馈政策意见。本书根据合作主义对社会组织的设计提出"大团体协调论",强调社会组织在中国形成分工协作体系的必要性,社会组织的整合程度越高,利益的指向性越强,影响力越大,越能进入政策议程,与政府形成有效的互动,尤其对于中国这样实行单一制的大国,通过社会组织自身的利益传递整合机制能够更有效地提高政府信息的真实性、时效性;同时,有限的政府资源决定了政府部门不可能与大量的社会组织一一建立稳定关系,因此,经过政府与相关利益主体共同认可的大型社会组织在政府部门与中小团体间的整合沟通协调作用就显得尤为重要了。对于政府,大型社会组织是专业、可靠的政策咨询机构和信息传达机构;对于社会个体,如中小社会组织和个人,大型社会组织是服务的提供者、个体利益的协调者以及整体利益的唯一代表。当然,"大团体协调论"中社会组织体系的形成以及内部机制的建立,协调作用的发挥都对政府管理提出了新的要求,这些都需要本书在后面加以详述。

2. 合作主义中的政府

(1)提供社会组织合法性和支持

合作主义丰富了社会组织的功能,强调了社会组织的积极意义,同时,也调整了政府的功能,提出了政府对于社会组织发展甚至社会公共利益实现的必要性。通过政府,社会组织将具有如下的地位:资源地位,团体资源由国家提供的程度,例如,是否享有国家特许的税收权利;代表地位,团体代表范围由政治决策允许的程度,例如,团体容纳的法定成员是否由国家批准;组织地位,团体成员内部的结构关系、他们被组织管制的程度,比如,团体的规则是否需要有公共的标准;程序地位,团体被认可、准许、邀请参与的会议,它的合法角色、它对法制和政策计划的执行程度。① 这虽然是基于西方社会组织的理论,但仍然可以部分地概括中国社会组织得到政府承认后的积极意义,以中国的社会组织为例,首先,在经过所在地民政部门登记注册后,成为合法的社会团体、民办非企业单位或基金会,根据我国《税法》,其会员收费和服务收费以及公募款项即享有免税待遇,同时,像中消协这样的社会组织还能得到政府固定的财政拨款以完成工作,这都是由于国家承认而得到的财政"公开支持"。②其次,作为合法的社会组织,自然成为所在领域的利益代表者,成员自然被视为得到国家重视的社会群体,例如中国广泛的行业协会等。第三,得到合法身份,这意味着社会组织必须按照民政部三项条例③的对应内容建立内部决策运行机制,例如,三项条例都规定了社会组织必须设立成员大会,并作为组织的最高决策机构来行使组织的最高决定权和监督权等。最后,得到承认的社会组织被政府视为相关利益的代表和专家,其政策建议将被视为所代表利益的体现,被考虑进公共决策之中,例如 2006 年中国版权协会和中国音像业者协会在国家音像管理局制定卡拉 OK 版权收费政策上的作用。除了这四项支持之外,中国社会组织,尤其是官办社会组织,事实上由于得到相关政府部门的保护能够拥

---

① Claus Offe. The Attribution of Public Status to Interest Groups. in Suzanne Burger ed., Organizing Interests in Western Europe, Cambridge University Press, 1981, pp.123~158

② 近几年的国家审计署报告中,都出现了政府部门违规使用财政资金补贴下属社会组织的事件,这种支持虽然是非公开性的,甚至是不被允许的,但其对于部分社会组织的实际意义却非常重要。

③ 目前对于社会组织内部运行规则有具体规定的主要是三项条例,即《社会团体登记管理条例》、《民办非企业单位登记管理条例》以及《基金会登记管理条例》。

有更多的优势,例如本领域的垄断地位,官方背景中的权力效应以及更大的政治社会影响力。但本书认为,这种支持有利有弊,积极方面如中国青少年发展基金会的快速崛起以及在慈善事业上的巨大贡献,消极方面如2007年的牙防组事件以及大量的行业协会行业垄断专制事件,这些事件既说明了政府支持对于社会组织甚至社会发展的巨大作用,也揭示了政府支持存在被社会组织滥用,产生不利影响的可能。这对政府对于社会组织的管理提出了矛盾性的挑战。

(2)公共利益的独立维护者

合作主义认为多元主义的社会利益冲突机制无法解决利益不平衡整合的问题,也无法克服社会组织内部的专制现象。因此,合作主义认为需要一个独立于社会多元利益体系之外的政府,能够平衡社会多元利益的不断冲突,既要吸纳社会利益的诉求,同时也要照顾到弱势群体的需要,从而更有效地实现公共利益。为此,政府不仅不是被动消极的,相反是一个主动积极的社会管理者、改造者和协调者,同时也在积极地调整自身的结构和界限来适应社会的变化。①

(3)社会利益参与的秩序制定维护者

合作主义中,无论是对于社会组织的承认,还是公共利益的衡量与维护,都在说明,社会利益参与冲突协调的秩序是由政府来制定或维护的,为了保证公共利益的实现,政府不仅要及时化解突发性社会矛盾,而且,还要通过制度的形式,来规范随时发生的社会利益关系,保证社会的整体运行尽可能地处于一个稳定有序的状态。从这个意义上说,政府不仅是实际问题的解决者,更是规则的制定者和维护者。

3. 合作主义的启示

通过对多元主义、合作主义的比较,两者存在一定的共性,但提出的制度设计是不同的。多元主义强调社会组织自发形成、数量庞

---

① 从这种意义上说,有学者认为"合作主义"与"国家主义"存在一定的联系,都对社会自身的整合协调能力不信任,对国家、政府的积极作用具有很高的期望。

大、范围广泛,彼此之间展开竞争,通过广泛的竞争来实现公共利益;合作主义强调社会组织发展和参与的秩序、通过政府—社会组织的合作关系来实现彼此之间的共容互赖;多元主义相信,各个社会力量的竞争有助于体制的平衡;合作主义认定,以国家中心、团体为协调中介的有序互动,才能防止失衡,达到理性整合秩序。[①]合作主义质疑公民社会自我建设和自我协调的有效性,在保留社会组织自治和利益代表的基础上,强调社会组织的利益整合功能,通过建立社会组织的分工协作体系,让垄断性团体成为本范围利益的最高代表,在与政府的制度化关系中能够反映整合后的政策意见,以政府作为建立社会利益协调机制的核心,缓解了多元主义中的冲突和协调困难。可见,在制度设计上,合作主义非常强调政府与社会组织之间存在"复杂的政治交换过程"。[②]对于社会组织,需要建立有效的社会组织分工协作体系,以不同层级、不同功能的社会组织来兼顾利益整合、规范行为和社会服务的基本功能;对于政府,作为政策的直接决定者,需要与这些垄断性的最高团体保持制度化的关系,保持这种合作关系的稳定和健康。

第三节　研究的方法与重点

一、研究方法

1. 制度分析

制度研究着重研究现行法律法规上的问题,能够有效地发现应然与实然状态间的差异。在目前针对中国社会组织管理的研究中,针对社会组织管理的法律法规建设、管理原则以及西方国家社会组

---

① 张静:《法团主义》,中国社会科学出版社,2005 年版,第 50 页。

② Oscar Molina and Martin Rhodes.Corporatism:The Past,Present,and Future of a Concept.Annu. Rev. Polit. Sc,2002,5:305

织管理制度等内容已经取得了一定的进展。吴锦良先生的《政府改革与第三部门发展》、金锦萍女士的《非营利组织法人治理结构研究》、王名教授的《中国社团改革——从政府选择到社会选择》、吴忠泽先生的《发达国家非政府组织管理制度》等学术专著都很好地解释了上述问题。但本书认为,目前对与社会组织管理的研究总体上还停留在理论阐释、明确原则的阶段,还没有就社会组织管理的具体操作环节作出较为系统的回答。政府对于社会组织的管理问题多散落在以社会组织为主体内容的著作中,而这些著作关注的重点在于社会组织的实际运行状况,总体上缺乏将政府管理与社会组织运作对应起来,发现二者关联性的系统分析。

2. 体制分析

体制分析侧重发现研究对象的各个组成部分,并发现各单位之间的相互关系。目前对与中国社会组织管理的体制分析还有待进一步完善。一方面,对于社会组织管理的构成还需要明确。参照西方国家的经验,社会组织规制是一个复杂的管理系统,包括登记注册、业务主管、财务公开、税务审核、项目评估等一系列内容,都在不同程度上需要政府的管理。相比之下,目前针对中国社会组织管理体系的专门介绍还比较少,多以"分块"的形式进行管理内容的研究,主要包括邓国胜先生的《非营利组织评估》、邵金荣先生的《非营利组织与免税》等专著,就中国社会组织管理体系的系统性介绍还有待完善。

3. 系统分析

系统是"能与其环境超系统划分明确界限的一个有组织的,并由两个或两个以上相互依存的部分、成分或分系统所组成的整个单位"。[①]系统观强调"边界"的概念,其规定了组织活动的"范围"。[②]边

---

① [美]弗莱蒙特.E.卡斯特,詹姆斯.E.罗森茨韦克:《组织与管理:系统方法与权变方法》,陈旭明,李柱流译,中国社会科学出版社,2000年版,第126~127页。

② [美]弗莱蒙特.E.卡斯特,詹姆斯.E.罗森茨韦克.组织与管理:《系统方法与权变方法》,陈旭明,李柱流译,中国社会科学出版社,2000年版,第131页。

界的渗透性能够影响组织对外部环境的适应性。社会组织管理系统的边界是在社会组织的管理过程中,政府权力的广度和深度。一方面,中国社会组织管理具有多项构成要素,必须对各个要素综合分析才能解释规制系统的特点。另一方面,社会组织管理是在变化的。变化的产生取决于管理系统"边界"的适应性。即政府对于社会组织的管理越保守、越严格,管理系统变化的可能性就越小,反之亦然。另外,管理可分为封闭系统和开放系统,政府与社会组织都属于开放系统的范畴,即组织与外部环境存在较为密切的互动关系,在开放系统中,强调各组成要素、包括环境超系统在内的各分系统之间达到动态的平衡,即在不断变动的过程中,彼此相互适应。这为对社会组织进行动态性的研究提供了理论基础。

4. 权变分析

系统方法提供了研究社会组织管理体系内各部分即各分系统之间的关系的基础, 也为管理体系的权变分析规定了基本思路。权变理论是系统理论与经验理论的结合。权变理论的目的在于为管理构建一套科学的函数关系。权变观念的趋向是更为具体和强调各分系统间的更特殊的特征和相互关系模式, 它认为,组织是个系统,它由各分系统组成, 由可识别的界线与其环境超系统区别开来。权变观点所要研究的是组织与其环境之间的相互关系和各分系统内与各分系统之间的相互关系,以及确定关系模式即各变量的形态。权变观点强调的是组织的多变量性,并力图了解组织在变化着的条件下和在特殊环境中运营的情况。权变观点的最终目的在于提出最适宜于具体情况的组织设计和管理行动。[①]不同类型的组织都有适当的关系模式, 权变分析希望找到最适合这种模式的管理方法,实现动态性的管理。本书采用权变的方法分析

---

① [美]弗莱蒙特.E.卡斯特,詹姆斯.E.罗森茨韦克:《组织与管理:系统方法与权变方法》,陈旭明,李柱流译,中国社会科学出版社,2000 年版,第 143~144 页。

社会组织的管理系统,是系统论和权变观点在政府的社会组织管理上的具体应用。社会组织的管理模式的制定和调整需要涉及到组织的各个基本构成要素,既要考虑政府和社会组织内各个分系统的变化及相互关系,同时也要考察环境超系统的影响。随着各分系统以及环境因素的变化,政府对于社会组织的传统管理体系已经出现了滞后,本书希望通过后面的讨论对社会组织管理模式的调整提出一定的制度设计,由此推动政府管理的发展,实现二者的规范、健康发展。

5. 比较分析

社会组织已经成为中国和西方发达国家进行国内建设和国际交往中的重要组成部分,虽然社会组织的功能大体相同,但这些组织在不同国家或不同时期中所处的位置以及相应的政府管理模式却存在很多区别,社会组织的中介性、代表性、协调性、服务性等特点在不同国家、不同时期也具有不同的表现,这些差异都是与所在国家及特定时期的具体情况紧密相联的。因此,分析社会组织的管理模式及其调整,就有必要理清决定政府管理的主要因素,把握特定管理所处的环境及所针对的特定问题。通过这种比较性的研究,为全面把握特定管理模式提供现实性的基础,同时,也为条件变化及时调整管理手段提供必要的支持,另外还能为学习借鉴国外社会组织管理经验提供客观的标准,从而有利于国外经验与国内实际的结合,增强管理的有效性。

二、主要思路

1. 以国家—社会关系作为研究社会组织管理的基本框架

本书以政府对社会组织的管理为主要研究对象,不仅对中国的现行社会组织管理模式进行分析,还要与主要国家的社会组织管理进行对比,这就需要本书首先构建起一套适合于不同国家社会组织管理模式比较的分析框架。在这种情况下,本书的写作起点开始于尝试以国家—社会关系作为研究不同社会组织管理模式的基本框架，为各种社会组织管理模式找到了相应的理论基础。因此，本书论证了国家—社会关系在本书的适用性。首先，总结了不同的国家—社会关系模式。在国家—社会关系框架中，理论上对二者概念的每次变化都产生了相应的关系模式，这里也以此为线索对国家—社会关系进行梳理，从中明确本书所使用的基本理论。其次，阐明了国家与政府的关联性。通过进一步论证，本书认为，政府本质与国家本质具有一致性，国家作为人民的共同体，政府应当从属于国家，服务于国家，是国家体系中的重要组成部分。再次，阐明了社会与社会组织的关联性。社会组织是来源于非国家领域的组织，其目的是为了服务社会大众，维护公民的合法权利。从这个意义上，社会组织应当属于社会的范畴内。最后，明确了国家—社会关系与政府社会组织管理的一致性。通过论证，本书证明了国家—社会关系与政府—社会组织关系具有一致性、主导性、互动性的特点，这决定了国家—社会关系能够成为分析政府—社会组织管理模式的理论框架，通过国家—社会关系来解释不同的社会组织管理模式，并以国家—社会关系的变迁作为政府调整社会组织管理模式的决定性因素，为社会组织管理模式的调整提供必要的理论依据。同时，将国家—社会关系作为分析社会组织管理的框架，还能够超越意识形态的困扰，在理解合理性的基础上客观地看待不同的社会组织管理模式，为改革过程中处理继承与批判的关系提供科学的依据和合理的标准。在明确了分析框架之后，本书将从现实入手，对社会组织发展与政府管理的相关性进行分析，以明确改革现行中国社会组织管理模式的必要性。

2. 社会组织的正负功能

要研究政府对社会组织的管理，首先就要对社会组织进行客观、理性的分析，判断这一新型组织对社会发展的作用究竟是积极还是消极。因此，从研究的思路上，本书在构建了基本的理论框架之后，研究的重点就在于对中国社会组织的正负作用给出了相对完整的分析,作出了清楚的判断。首先,社会组织的积极作用是主要方面。无论西方国家的经验还是中国目前的情况都表明,社会组织在促进政府职能转变,规范市场秩序、促进社会公益等方面作出了巨大的贡献。而决定社会组织这些积极作用的因素不仅包括组织自身在结构上、功能上的优势,更包含着经济、社会、文化等外部因素的支持。因此,本书认为,社会组织是以积极作用为主要方面的,这是由目前社会发展的需要以及社会组织的特点所共同决定的。其次,社会组织的消极作用是次要方面。虽然社会组织作出了巨大的贡献,但毋庸讳言,这类组织也存在一定的问题,如果置之不理,对社会的发展也能够产生相当恶劣的消极影响。但这些问题是受特殊条件的影响所产生的,有悖于社会组织的基本目标,是社会组织发展过程中的"偏离"现象。因此,社会组织的消极作用是次要方面,是社会组织在发展过程中所遇到的障碍,随着外部条件的改善,这些问题都将一一得到解决。总之,社会组织如同其他类型的组织一样,在发展过程中,不仅对社会发展发挥了积极的作用,也不可避免地会产生很多消极的问题。在这种情况下,首先就要判断这类组织正负功能的主要次要方面,这是认识社会组织的定位以及今后发展的首要前提,只有在明确社会组织对社会的积极作用占主导地位时,才能够给予信任与支持,否则,就必须对这类组织进行坚决的取缔和禁止。可见,对社会组织正负功能的判断,不仅是对这类新型组织全面、理性的审视,而且,将作为重要的价值判断,对政府的管理实践产生直接的影响。

3. 社会组织发展与政府管理的关系

在确定社会组织对社会发展利大于弊的前提下,本书的研究内容深入到将中国社会组织的发展与政府的管理实践相结合,以社会组织的发展情况为参照,对政府的管理模式进行对应性地分析,并进一步提出了以下三个基本观点。首先,社会组织的正负作用决定了政府管理的双重任务。社会组织的积极作用是主要方面,但也存在着消极作用,这就要求必须对社会组织采取扶持、监督兼而有之的管理。从各国的实践来看,政府都是社会组织的主要管理者,既要培育、支持社会组织为社会发展多作贡献,又要对其实施监管,避免、惩戒社会组织的不法行为。本书将这两方面作为政府管理的"双重任务",是对政府管理社会组织的一个总体概括,而政府管理的重心还要结合具体情况来进行分析。其次,中国的政府管理对社会组织发展具有决定性的作用。本书详细地分析了中国社会组织的发展情况,并将这些情况与政府管理联系起来,认为现有的政府管理模式具有一定的渐进性,已经形成了以"双重管理"为核心的行政主导型管理模式,对社会组织发展产生了决定性的影响。最后,目前社会组织的问题需要通过改革政府管理模式来解决。虽然主导型管理模式在特定时期发挥了重要的作用,但随着社会转型的深入,无论从外部条件还是社会组织发展的一系列问题来看,现有的管理模式已经逐渐难以适应。因此,可以说是各方面条件共同决定了调整现有管理模式的必要性,同时,这些条件也构成了新型社会组织管理模式的现实性基础。

4. 国家—社会关系视角下的社会组织管理模式比较

既然中国现有的社会组织管理模式需要改革,那么,首先要了解的就是目前中国的实际情况,不仅如此,还应当借鉴吸收其他国家在社会组织管理上的宝贵经验教训,这些同样对中国的社会组织管理具有重要的积极意义。因此,本书第四个研究内容在于,以国家—社会关系为标准,对目前主要国家的社会组织管理模式进行分类,依次为国家主义下的业务主管型管理模式、多元主义下的分权型管理模式、合作主义下的合作型管理模式,并从制度体系、管理原则、管理环节三方面对不同模式进行了比较,并探讨了不同模式对于中国社会组织管理改革的借鉴意义。如图:

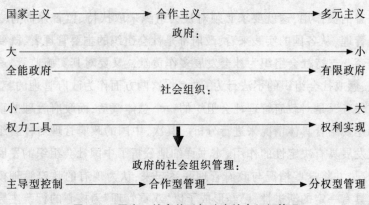

图 1.1　国家—社会关系与政府社会组织管理

本书认为,在国家—社会关系的研究背景下,根据政府在不同关系中的范围由大到小, 政府体现出全能政府到有限政府的区别,社会组织的功能范围和管理模式也存在很大的差别,[①] 在不同的政府管理原则和社会组织状况下,政府对于社会组织的管理也应该由主导型的管制向合作型管理发展,以适应政府自身以及社会组织的发展。通过对上面所涉及的国家主义、合作主义、多元主义作一个概括,在不同的国家—社会关系中,政府和社会组织也体现出不同的特点,相应的,政府对于社会组织的管理也有所区别。

5. 转型期中国社会组织管理的对策建议

通过对中西方社会组织管理的研究,本书认为,应当在立足中国实际的基础上,借鉴西方国家的社会组织管理经验,构建符合各方面要求的合作型社会组织管理模式, 这是本书的第五个研究内

————————

① 有学者提出在全能政府条件下是没有社会组织存在的, 例如新中国建国初期。但已有研究表明,即使在这段时间,中国仍然有一定数量的社会组织以政府实现各种功能的身份出现,即权力工具,可见,全能政府并不绝对排斥社会组织的存在,只是从自身需要出发对社会组织进行使用。详见:Qiusha Ma,"Defining Chinese Nongovernmental Organizations",Voluntas:International Journal of Voluntary and Nonprofit Organization.Vol. 13,No.2,June 2002.

容。首先,明确了改革社会组织管理模式的总体要求。政府管理模式
的调整需要同时满足三方面的条件,即切合中国社会转型的总体要
求、解决现实存在的问题、借鉴国外管理的经验。只有满足这三个条
件,中国社会组织管理模式的调整才可能收到预期的效果。其次,确
定改革的基本方向和思路。改革社会组织管理模式的条件已经齐
备,接下来就需要确定改革的基本方向和总体思路,本书认为,综合
中国目前的各方面条件,对社会组织管理模式的调整应当采取渐进
性的方式进行,通过转变政府职能、调整社会组织定位等手段逐步
建立起倾向于合作主义的合作型管理模式,并在其中借鉴其他管理
模式的制度设计,以此来弥补合作型管理可能产生的问题。最后,系
统性地提出社会组织管理模式的调整方案。主要从管理主体、管理
客体、管理内容以及管理方式等四个方面对合作型的政府社会组织
管理模式进行制度上的设计。

第二章 研究的概念及背景

对"社会组织管理"的概念分析是本研究的逻辑起点,而概念的界定又往往依赖于对基本构成要素的认识。管理作为一项系统性较强的实践活动,不仅包括主体、客体、内容、方法等结构要素,还必须与外界的环境超系统进行交换,体现出较强的适应性。近年来,社会组织在大多数国家中发展起来,逐渐成为国家经济建设、社会管理、公共服务的重要载体。随着社会组织的发展壮大,对社会组织的管理也开始成为各国政府的重要职能,围绕着本国的具体情况,制定了不同的法律规范,设计了不同的社会组织管理模式。对于不同社会组织管理模式的分析,一方面,需要对管理的主体、对象、内容等结构要素进行分析,因为这些要素是形成不同社会组织管理模式的直接原因,理解这些要素能够为分析现实中的管理实践提供清晰明确的框架,并为不同国家社会组织管理的比较研究提供合理统一的标准。另一方面,还要对社会组织管理形成的背景进行深层次的解读。一般意义上的社会组织作为公民结社的产物,是社会自治的主要载体,政府作为国家的直接权力主体,要对社会组织进行必要的管理。这种政府与社会组织的相互关系本质上是各国不同的国家—社会关系,这种关系在社会组织管理上得到了最为制度化的表现。因此,在国家与社会关系的背景下系统性地分析社会组织管理,将使研究获得更为有力的理论支持,拓展研究的理论广度和深度。

第一节 研究的相关概念

管理作为一项重要的社会实践活动,包括管理主体、管理对象、管理制度等构成要素,这些要素将为研究提供基本的范围,并成为研究展开的切入点。政府的社会组织管理活动作为一项具体的管理行为,在主体、对象、制度等方面具有较强的限定性,因此,首先需要对这一具体管理活动进行结构性的定义。在明确概念的情况下,才能理清现实中社会组织复杂多样的组织形态,把握好本书的研究范围。

一、管理主体:政府

在大多数国家中,政府都是社会组织的主要管理者之一,各项管理制度都是由政府参与制定并执行的。同时,由于政府自身概念的多样性以及在实际管理过程中的复杂性,所以,这里首先对社会组织的管理主体,即政府进行定义。

1. 政府:广义与狭义

政府是一种最为普遍的人类组织形式, 除了最原始的社会外,其他所有的社会都有着相对完整的政府结构。同时,政府作为普遍性和强制性的组织,对于社会发展具有重要的作用,没有政府的社会就像没有裁判的棒球比赛。政府扮演着类似裁判员的角色:它定下基本的规则,让每个人都必须遵守。[1]可见,悠久的历史、广泛的存在以及重要的地位决定了政府这一概念拥有丰富的内涵和广泛的外延。从目前的观点来看,对于政府的界定可分为广义和狭义两种。

(1)广义的政府

对于政府广义概念的界定,可以从不同的角度进行。从阶级关系的角度,政府作为国家机关,是阶级统治的工具,"一切国家机关都应成为林木占有者的耳、目、手、足,为林木占有者的利益探听、窥视、估价、守护、逮捕和奔波。"[2]就其作为秩序化统治的一种条件而言,政府是国家的权威性表现形式。其正式功能包括制订法律,执行

---

① [美]迈克尔·罗斯金:《政治科学》,林震等译,华夏出版社,2001年版,第38~39页。

② [德]马克思,恩格斯:《马克思恩格斯全集第1卷》,中共中央马克思恩格斯列宁斯大林著作编译局译,人民出版社,2002年版,第160页。

和贯彻法律,以及解释和应用法律。这些功能在广义上相当于立法、行政和司法功能。①通过对政府本质和职能的介绍,可以对政府的实际范围进行界定,广义的政府首先应当包括国家机构,即"一切国家机关的总和、总称"。②同时,作为主要分析中国政府管理活动的研究, 必须涉及政党, 即中国共产党在国家建设当中的巨大作用,因此,从管理实践的角度,这里将广义的政府定义为国家机构的总体和执政党之和,即"大政府"的概念。同时,在国家机关的内部,根据不同机关的职权及管辖范围, 可以分为纵向间结构和横向间结构,纵向间政府结构包括处于不同层级的国家机关,对应到中国,即中央到地方的五个层级;横向间的政府结构包括处于同一层级上的发挥不同功能的党组织和国家机关,即党组织、立法机关、行政机关、司法机关、检察机关等。

(2)狭义的政府

狭义的政府是指履行国家行政管理职能的国家行政组织,它是执掌国家行政权、依法对国家政务和社会公共事务实施管理的政府组织。③在国家权力体系中,行政机关根据国家的法律,负责制定、执行国家的政策,享有立法创议权和修改宪法的建议权,并对国内外的重大政治、经济和社会事件作出及时的反应和对策。行政机关是国家机构中最为关键的部分。④具体到中国,狭义的政府是指国务院及地方各级人民政府,是同级人民代表大会的执行机关,依照宪法及法律的规定行使区域内的最高行政权。国家行政机关是国家直接实现一切重大决策的工具。在社会组织管理的具体研究中,狭义的政府仍然具有双向的结构体系,不同层级、不同功能的政府职能部门在社会组织管理的不同环节中发挥着不同的作用。

---

① 邓正来:《布莱克维尔政治学百科全书》,中国政法大学出版社,2002 年版,第 312 页。
② 朱光磊:《现代政府理论》,高等教育出版社,2006 年版,第 2 页。
③ 沈亚平:《行政学》,南开大学,2003 年版,第 58 页。
④ 朱光磊:《现代政府理论》,高等教育出版社,2006 年版,第 5 页。

2. 不同概念在研究中的应用

广义上的政府概念对于本书的研究具有一定的积极意义，首先，理论上，为研究的展开提供了广泛的基础。作为国家权力机关的总和，政府具有多样的职能，这些职能对应着不同的国家机构，因此，在界定社会组织管理主体的范围上，广义的政府概念能够丰富对社会组织的认识，从而为接下来的社会组织管理分析和调整构建一个更为广阔的平台。其次，方法论上，将"大政府"作为管理主体，能够强调政府与其他政治现象乃至环境超系统的相互关系，这样就能为社会组织作为社会力量，反映公民利益诉求、规范行为、提供服务等与政府密切相关的功能提供结构上的连接。最后，实践上，从西方各国的社会组织管理实践来看，管理主体具有多样性、分工协作的特点，涉及不同的国家机关和部门，这一点也可以在中国社会组织管理的实际过程中得到一定的体现。在中国社会组织的管理上，中共、人大、行政、司法各部门，都在本职范围内颁布过与社会组织相关的法律法规、从事相应的管理工作。因此，选择"大政府"的概念作为管理主体，具有一定的合理性。但问题同样存在，即管理主体的多元化容易导致管理结构上的松散。在现实的社会组织管理活动中，不同国家机关的管理范围和程度各有不同，因此，在管理主体上使用"大政府"概念，多元管理主体之间的权限划分及因此在社会组织管理上产生的分工协作问题都是需要解释和理顺的。

为此，在使用"大政府"概念的前提下，仍将研究的重点放在狭义的政府，即以国家行政机关为社会组织管理主体的核心，同时兼顾其他国家机关在管理上的功能。首先，制度上，历年来，在各项关于社会组织管理的制度设计中，行政机关一直是社会组织的主要管理者。如"民众团体得协助政府进行各种公益事宜，并受当地政府之指导"，"边区内一切民众团体，需皆呈报当地政府转呈民政厅申请登记"，"社会团体的登记管理机关是中华人民共和国民政部及县级以上地方各级民政部门，社会团体的业务活动受有关业务主管部门

的指导"。①其次,实践上,各级民政部门和相关政府职能部门是中国
社会组织"双重管理体制"的主体,是社会组织管理体系中与社会组
织关系最为密切,也是作用最为直接和重要的管理部门。因此,将行
政机关作为社会组织的主要管理主体,能够使研究具有更强的针对
性和现实性。

　　对政府广义和狭义的解释,实质上是对社会组织管理主体的范
围及构成进行界定。以各级国家行政机关作为社会组织的管理主
体,考虑到了中国社会组织管理的现实,对特定主体的研究也能够
增强研究的深度。在此基础上,对具有管理作用的其他各级国家机
关进行分析,能够拓展研究的广度,并为社会组织管理的调整提供
现实性的组织保障。同时,这也为全面地了解西方社会组织管理创
造了条件。最后,强调政府的纵向结构,这既符合目前中国社会组织
属地、分级管理的现实,同时,理论上将管理主体范围的界定加以立
体化,为进一步针对管理主体的研究提供了基本的结构性框架。

　　通过上述对"政府"的界定,本研究所使用的"政府"概念是指为
实现一定的目标,具有相应权力,从事与社会组织管理相关的各级
各类国家机关的总和。在这一范围内,以国家行政机关中进行社会
组织管理的相关职能部门为重点,如民政部门、业务主管单位、税务
部门等;以职能范围涉及社会组织管理的其他国家权力机关为拓
展,如各级人大、法院等。一般情况下,"政府"将专门指国家行政机
关中的社会组织管理部门。

二、管理对象:社会组织

　　管理对象是管理主体在实施管理行为中直接影响和作用的客
体。社会组织管理作为针对一定范围内社会组织活动的具体管理模
式,是以社会组织作为管理的主要对象。因此,研究社会组织管理就

---

　　① 依次为《陕甘宁边区民众团体组织纲要》第六条,《陕甘宁边区民众团体登记办
法》第二条,1989年《社会团体登记管理条例》第六条。

需要对社会组织的基本属性进行清晰的界定。

1. 基本属性

认识事物的基本属性是界定概念的基础。只有在概念和属性清楚的情况下,才能确定这一概念所涵盖的具体范围。社会组织作为新型的社会组织,具有多样性和庞杂性的特点,加之研究的价值观念和理论视角的差异,使得对"社会组织"及相关概念的界定一直存在着分歧,在应用于国别研究中存在着较大的困难。因此,首先需要明确社会组织的基本属性,为研究的展开提供重要的理论基础。

(1)"五种属性":社会组织的一般界定

目前对于社会组织基本属性的界定,"五种属性", 即组织性(organized)、私立性(private)、非利润分配性(not profit-distributing)、自治性(self-governing)、志愿性(voluntary)。①这一概括具有很强的代表性,具有涵盖广泛、界限清晰的优势,是目前各国对"社会组织"基本属性描述中最为普遍的归纳。但在解释中国社会组织的过程中存在一定的困难,下面将在介绍"五种属性"的基础上,分析中国社会组织定义中的特殊性。

第一,组织性:结构性的理解。

组织指的是结构性和整体性的活动,即在相互依存的关系中人们共同工作或协作。因此,组织包括如下要素:目标、心理系统、技术系统、结构性的活动整体。②社会组织具有一定的组织性,首先,明确的目标是社会组织产生发展的前提。目前各国的社会组织成立首先就要向政府、公众阐明组织目标,以此来获得政府、社会的认同,才能继续发展下去。同时,明确的目标也将成为社会组织今后发展的主要方向,具有稳定性的特点,不得随意更改,必须经过相应的程序

---

① [美]莱斯特·M.萨拉蒙:《全球公民社会—非营利部门国际指数》,陈一梅等译,北京大学出版社,2007年版,第12~13页。

② [美]弗莱蒙特·E.卡斯特,詹姆斯·E.罗森茨韦克:《组织与管理:系统方法与权变方法》,陈旭明,李柱流译,中国社会科学出版社,2000年版,第4~5页。

才能变更。其次,为了实现组织目标,社会组织需要在内部构建合理的分工协作体系。组织的内部需要具有稳定的结构,形成结构的前提在于分工协作的组织内部关系。尽管大部分社会组织的规模都比较有限,但这种分工协作的关系仍然在大部分组织中存在,这些组织都具有稳定的议事会议以及程序性的决策结构。最后,社会组织具有独特的价值观。社会组织需要员工对组织目标具有高度的认同,部分社会组织的员工需要极高的奉献精神和社会责任感,这种组织心理系统上的特质决定了心理系统对于社会组织发展的重要意义。

第二,私立性:方向性的理解。

或者译为民间性。社会组织的私立性是相对于国家机关而言的。一般意义上的社会组织作为公民结社的产物,不是国家权力机关的组成部分,依法享有一定的自治权利。私立性的意义在于,一方面,使得社会组织在与从事相关工作的政府职能部门相区别,明确了社会组织社会化运作的基本方向。尤其对于中国而言,私立性作为社会组织的基本属性之一,能够与事业单位等具有类似功能又基本依靠政府拨款生存发展的组织相区分。①另一方面,私立性作为总体性的界定,并不绝对排除政府对社会组织的支持。理论上,在面对专制政府、维护个人权利免受政府侵害时,社会组织强调其相对于政府的私立性,但在具体的管理服务指向上,社会组织并不是绝对与政府对立或者分离的,二者之间在服务对象、内容上存在交叉。从各国的实际情况来看,社会组织的发展需要处理好与政府之间的关系,部分组织甚至需要得到政府的支持才能继续运作下去。可见,政府与社会组织之间由于多种原因,存在着千丝万缕的联系,这是具有普遍性的现象,强调社会组织的私立性并不是否定政府的支持甚至与政府对立,而是强调社会组织源于社会、服务民众的功能取向,

---

① 对于公共服务组织形态的对比,详见邓国胜:"公共服务提供的组织形态及其选择",《中国行政管理》2009 年第 9 期。

即无论支持的来源,都用于民众的权利维护和实现。这种方向性的角度对于理解中国社会组织的私立性具有较为现实的意义,能够避免社会化与政府支持在实际过程中的矛盾,转变对于官办社会组织的理解,①扫清社会组织在获得政府支持中的障碍,正视政府与社会组织联系的客观性、合理性。同时,也能为规范政府与社会组织的相互关系提供方向上的指引。虽然民间性不排斥与政府的合作,但民间性所强调的社会组织服务民众的功能是处理与政府关系,应用政府支持的核心目标,任何偏离这一目标的支持,无论来自政府、企业还是民众,都将被视为资源提供者对社会组织私立性的破坏,造成社会组织行政化或商业化,成为社会组织的主要问题。事实上,这一问题同样具有普遍性,即使在公民社会较为发达的国家,仍然存在很多社会组织自觉或不自觉地趋向于政府,政府在社会组织事务上大量干预,这在很大程度上弱化了组织的私立性,动摇了这些组织。②因此,对社会组织私立性的理解,这里是方向性的理解,即社会组织发展的主要方向是对公民权利的维护、实现。

第三,非利润分配性:目的性的理解。

也译为非营利性。非利润分配性是对社会组织经营目的的理解,社会组织不是商业性的,董事、股东和经理并不从机构利润中分配红利。非利润分配性强调社会组织收入的使用具有一定的"公共目的",③这是社会组织区别于企业等营利性组织的主要特点。社会组织从事各个领域的活动,需要相应的经费保障,为此,组织开展各项

---

① 官办社会组织,即由政府发起或推动建立的社会组织。对此,强调社会组织的私立性,应当承认政府在社会组织发展上的积极意义,同时,必须明确社会组织的功能定位,从这一角度来调整官办社会组织,而不要过多纠缠在社会组织的"出身"、"背景"上。

② [美]罗伯特·古丁,汉斯—迪特尔·克林格曼:《政治科学新手册(下册)》,钟开斌等译,三联书店,2006年版,第813页。

③ [美]莱斯特·M.萨拉蒙:《全球公民社会—非营利部门国际指数》,陈一梅等译,北京大学出版社,2007年版,第12页。

活动,通过募捐、会费等多种形式筹集经费,这是很多国家社会组织社会化发展的重要方面。对于这部分经费,大多数国家的政府都持鼓励态度,社会组织的收入大多享有免税资格,并得到政府的多种政策支持。在这种条件下,社会组织能够获得一定的经济收入,在得到收入的前提下,界定收入的使用目的就成为非利润分配性的主要内容,同时也是西方发达国家对于社会组织定性、日常监督的重要内容。[1]在界定社会组织的非利润分配性时,需要处理好两个关系:一是理清社会组织的利润和社会组织的非营利性目的的关系,其关键在于判断社会组织利润的目的,在实现非营利性、公益性目标的情况下,社会组织的利润是合法、合理的;二是社会组织的项目经费和日常经费的区分,其关键在于划定合理的比例。社会组织具有很强的社会责任,尤其对于一些公益组织,其主要的经费来源于公益项目的各项募捐、拨款,这些收入具有明确的目的,即投入到公益项目中,是经费的主要去向。但也必须考虑社会组织自身的生存发展,作为一类机构,社会组织需要正式的办公场所,一定数量的员工以及宣传、计划等日常管理,这些都要求社会组织必须将收入的一部分用于组织自身建设。对这部分组织日常经费,应当承认其合理性,在确定比例的情况下,将其排除在社会组织非营利性的范畴之外。总之,以使用目的作为处理社会组织经费中两个关系的依据,能够为界定社会组织各项收入的性质提供标准,进而明确社会组织非营利性特点的基本范畴。

第四,自治性:相对性的理解。

自治性是指社会组织具有自身的内部治理机制,自己有权停止活动,能完全控制其自身事务。[2]自治性包括两个方面的内容:首先,

---

① 社会组织也被称为"免税组织",其概念、范围主要依靠各国税法进行界定,因此,政府的税务部门也成为民间组织管理的主体之一。详见吴忠泽:《发达国家—社会团体管理制度》,时事出版社 2001 年版,第 141~161 页。

② [美]莱斯特·M.萨拉蒙:《全球公民社会—非营利部门国际指数》,陈一梅等译,北京大学出版社,2007 年版,第 13 页。

自治性强调了社会组织的独立性。社会组织既不是企业，也不是政府部门，而是服务民众的社会性组织，这种定位使得社会组织不是对政府、企业的要求被动地接受，而是在独立自主的前提下展开合作。其次，自治性强调社会组织的自我管理。社会组织对内的管理权是其独立性的基本保障，对内管理包括制定计划、员工招募、权责分配、项目运作等各个方面，在这些内部管理的范围内，社会组织应该不受外界的干扰，独立自主地进行管理。

可见，自治性的重点在于社会组织的独立性，但必须对这一特点进行相对性的理解，即社会组织的自治只是相对意义上的自治，是与依赖、服从、被动相区别的自治，是在一定社会条件、一定制度约束下的自治。第一，社会组织的自治权并不是排斥政府、企业以及民众的管理、参与。虽然社会组织享有独立正当的自我管理权，但并不意味着这种管理一定是合法、合理，甚至凌驾于国家—社会法律制度体系之上的。目前各国社会组织普遍出现的部门专制、歧视、不平等现象说明，社会组织的自治性并不一定完全促进民众个人权利的实现。因此，对社会组织的自治性必须进行制度的规范，社会组织的自治性必须是在一定范围内，受各项条件制约的相对的自治。第二，独立自治也要开展合作。目前大部分社会组织由于各种条件的限制，其社会筹款、员工更新等都存在一定的困难，在这个问题上，中国社会组织尤其明显，社会筹款紧缺、人力资源匮乏等问题一直是社会组织的难题。因此，开展与政府、企业的合作，获取这些部门的支持就成为大部分国家社会组织的必然选择。客观地讲，来自政府、企业的支持的确帮助社会组织渡过了难关。但随之而来的社会组织丧失独立性问题也需要解决。在这个问题上，这里认为外界的支持对于社会组织是必须的，为了独立性而排斥外界支持无异于舍本逐末，保证独立性的工作应该更多地由政府来承担。从各国实际来看，一般来说，在民主程度和公民社会越是发达的国家，政府对社会组织的自治性和独立性就会越尊重。①可见,对社会组织独立性的影响并不是政府支持与否的问题,而是政府态度是否尊重的问题,在政府尊重社会组织独立性,认识到社会组织独立发展重要性的条件下,对社会组织的支持不仅不是对社会组织独立性的破坏,相反是对其独立性、自治性的支持。总之,社会组织的自治性、独立性只能是相对意义上的,是在一定社会条件中,符合制度规范要求的自治,其目的在于社会组织能够独立自主地与政府、企业开展合作,获取支持。

第五,志愿性:价值性的理解。

对于社会组织的志愿性,可以从多个价值性的角度来理解。首先,对于个人而言,志愿性是指成为社会组织的会员或参与其中既非法律要求亦非强制。②这一界定强调了民众参与社会组织的自主性,即非强制的个人行动。在此基础上,志愿性可以进一步的解释,民众参与社会组织是以利他主义和奉献精神等价值为导向的,一方面,个人的志愿性来自于"利他主义",即"视为慈善事业和公益事业作贡献并带动更多的人参与公益事业是一种义务";③另一方面,志愿性更来自于"正确理解的利益原则",即"参与公益活动可以得到一定的成长经验或成就感",④这种因参与公益活动所带来的经验与成就感本身也是一种"受益"。在这里,利益的范围由原来的经济收益扩大至非物质层面的各种收益。在这种利益的定义下,非营利组织的公益活动为人们实现某种价值提供了一个稳定、规范、有效的平台,参与非营利性组织的公益活动能够满足个人的利益需求,能够对个人行为产生驱动作用。其次,对于组织而言,志愿性体现在社

---

① 王杰:《全球治理中的国际非政府组织》,北京大学出版社,2004年版,第23页。

② [美]莱斯特·M.萨拉蒙:《全球公民社会—非营利部门国际指数》,陈一梅等译,北京大学出版社,2007年版,第13页。

③ 王绍光:《多元与统一——第三部门国际比较研究》,浙江人民出版社,1999年版,第38~41页。

④ [法]托克维尔:《美国的民主下册》,董果良译,商务印书馆,1988年版,第651~658页。

会组织的人力资源、经费收入等都是基于志愿而得到的,即"自由人的自由联合体"。①这种特点决定了社会组织内部没有等级森严的科层结构,而是开放式、网络式的公民志愿组织。最后,对于服务而言,志愿性是社会组织提供社会服务的主要依据,在接受捐助和提供帮助的过程中,社会组织具有一定的中介性,因此,其通过志愿获取的资源需要准确地反映捐赠者的意愿和受助人的需要。

在界定社会组织志愿性时,需要处理好两个关系:一是社会组织的正式员工与志愿者间的关系。社会组织的人力资源包括正式员工和志愿者两个部分。正式员工是社会组织的专职员工,一般与社会组织是雇用劳动关系,根据劳动获取报酬,正式员工是社会组织内部的主要管理者,负责组织的日常管理和项目运作。志愿者是那些具有志愿精神、能够不计报酬、主动帮助他人、承担社会责任的人。②志愿者属于社会组织的兼职、非正式员工,两者之间的关系较为松散,志愿者一般不以获取报酬为参加社会组织的首要条件,但仍然根据相关法律法规以及具体情况,从服务的社会组织领取相应的津贴、保险等,这部分经费具有一定的补偿性,是志愿者基本的生活、工作费用,因此,不能将这些费用认为是对社会组织志愿性的否定,而应当得到承认和保障。二是志愿与收费的关系。除了提供服务的志愿者应当获取补偿,社会组织提供的服务也应当有条件的收费。社会组织的服务面向民众,具有一定的公益性,因此,这种服务从本质上应该是志愿性的,无偿的,但也需要根据情况适当调整。大多数国家的社会组织在提供服务的过程中都要收取一定的费用,尤其是一些会员制的互益型社会组织,在提供服务中一般都要收取相应的费用,这不仅能够补充社会组织服务的付出,延续组织的服务能力,也能够增强成员或受助者与社会组织服务的联系,避免"吃救

---

① 王名,刘培峰:《民间组织通论》,时事出版社,2004 年版,第 11 页。
② 王名:《非营利组织管理概论》,中国人民大学出版社,2002 年版,第 142 页。

济"问题的出现。总之,志愿性体现着社会组织的价值观基础,[①]是一种方向上的指引。在这一基础上,承认社会组织志愿收费、员工报酬的合理性,不是对志愿性的破坏,而是对志愿性更好的鼓励和保障。

界定概念的目的在于应用于实际中,划定认识事物的范围,从而与外界进行清晰的区分,因此,基本属性往往强调与其他事物的区别。"五种属性"作为社会组织概念的核心,是在与政府、企业等传统组织相区别的过程中提炼总结出来的,都在强调社会组织与政府、企业等其他组织的区别。这种定义为研究提供了宽广的范围,同时与政府、企业划定了相对清晰的界限,为比较研究提供了一定的标准。然而,对这些基本属性还需要理性的认识,强调这些基本属性并不是强调社会组织与政府、企业的分裂。对于社会组织的私立性、自治性等基本属性都不是绝对化的"一刀切",而是基于方向性、本质性、基础性的认识,需要具有一定的弹性,这在一定程度上增强了概念的解释力。实践上,社会组织的五种属性能够为政府管理以及组织自我管理提供重要的参考,特别在应用于不同国家、时期的研究中,需要在明确核心的基础上适当模糊概念的界限。这样能够将概念真正应用于相应的管理活动中,为社会组织的发展提供指导。"五种属性"是社会组织的本质属性,为管理客体,即社会组织提供了一个基本的范围。在此基础上,结合研究的具体条件,下面将继续设定社会组织的其他重要特点,进一步将社会组织的概念清晰化。

(2)"四种属性":社会组织的深入界定

"五种属性"是对社会组织一般意义上的界定,是对多个国家社会组织共性的总结,在此基础上,需要结合中国社会组织的具体情况来做进一步的界定。

第一,公益性。

这是根据社会组织所提供的公共物品、服务的性质所进行的界

---

① 王杰:《全球治理中的国际非政府组织》,北京大学出版社,2004 年版,第 24 页。

定。具体来说,社会组织的公益性包括两个层面:首先,部分社会组织面向不特定多数人群提供纯公共物品、公共服务。这部分物品及服务具有明显的非排他性,例如环保组织抵制污染,改善环境,这些行动能够使得不特定的大多数人受益。其次,部分社会组织提供的是"准公共物品",或互益性物品。这类社会组织非常强调受益群体的特定性,即社会组织具有更为明确的利益背景,往往采用会员制等组织形式,组织成员与组织整体存在比较强的一致性,例如行业协会制定标准、提供咨询等行动,都具有明显的集体利益。这类社会组织的产品虽然没有直接向社会大众开放,但仍然是服务于成员整体利益的,因此,这类社会组织具有准公共性,或互益性,可以将其理解为"一定范围内的公益性或者较低程度的公益性,在这种意义上,社会组织在总体上具有公益性的特征"[1],仍然属于公益性的范畴。

第二,专业性。

即对社会组织能力水平的界定。社会组织需要具有一定的专业性,这主要是由两个方面的因素决定的:首先,一般意义上的社会组织作为公民结社的产物,在服务上具有较强的具体性、针对性,这种服务上的特点决定了社会组织对特定领域的掌握必须是充分的,对所涉及的相关业务知识也应该是熟悉的,并且应当有意识地积累一定的工作经验,从这个意义上讲,社会组织应当具有一定的专业背景。其次,社会组织从事领域广泛,每个领域都与一定数量的民众切身利益息息相关,因此,社会组织提供的服务必须是及时有效的。尽管很多人认为社会组织在公益领域的工作是"做善事",但"做好事也要精益求精",[2]尤其对于扶贫、教育等社会弱势群体救助,以及赈灾等社会突发事件的处理,这些都带有很强的紧迫性,这就要求相关的社

---

① 王名,刘培峰:《民间组织通论》,时事出版社,2004年版,第12页。

② [美]V.卡斯托列·兰甘:"做好事也要精益求精",北京新华信商业风险管理有限责任公司译,见:[美]里贾纳·E.赫兹琳杰主编《非营利组织管理》,中国人民大学出版社,2000年版,第159页。

会组织必须具备较高水平的管理、服务能力,能够及时提供相应的物品。因此,从上述两个方面来看,专业性是贯穿于社会组织各项活动之中的一项基本原则,应该成为社会组织的内在特点之一。总之,社会组织的专业性越来越受到重视,尤其对于中国社会组织而言,专业性的提高应该成为组织今后进一步发展的重要方向。

第三,合法性。

这是对社会组织的制度基础进行分析。一般来说,社会组织是公民通过自由结社产生的,在大多数国家中,公民都享有法律框架内的结社自由。虽然公民结社是社会组织形成的主要原因,但公民结社具有更广的范畴,其结果并不一定能够成为正式、合法的社会组织,这就涉及到社会组织的合法性问题。合法性具有复杂的内涵,一般来说,至少满足三个条件才可以说是合法的:一是必须从正面建立规范秩序;二是在法律共同体中,人们必须相信规范秩序的正当性,即必须相信立法形式和执法形式的正确程序。三是这种正式程序的合法性能力的基础必须具体确定下来。①将这一概念应用于社会组织的合作性研究,需要从两个方面加以界定:一是社会组织在程序上的合法化。大多数国家的社会组织都需要满足一定的条件,经过一定的程序才能实体化,享有法律规定的相应权责。从这个意义上说,社会组织是公民结社制度化后的产物,即获得政府的承认是社会组织实现合法化的直接途径。另一方面,社会组织在社会认同上的合法化。合法化的核心在于社会认同,"只有那些被一定范围内的人们内心所体认的权威和秩序,才具有政治学中所说的合法性"②。社会组织需要所在环境的认同,这是社会组织取得合法性的基础。社会组织获得社会认同的途径具有多样性,政府承认是其中最直接的一种,但仍然需要政

---

① [德]尤尔根·哈贝马斯:《合法化危机》,刘北成等译,上海人民出版社,2000 年版,第 128 页。

② 俞可平:《治理与善治》,社会科学文献出版社,2000 年版,第 9 页。

府在社会组织成立后进行适当的管理以延续这种合法性,同时,社会组织也需要加强自身管理,提供更为优质的服务,自觉接受社会各界的监督,才能将社会组织的社会认同感保持并提高下去。

第四,排除性。

这是对社会组织族群中一些特殊社会组织的排除。从目前各国的社会组织研究和实践来看,"社会组织"作为一类社会组织的总称,其公益性具有很强的方向性,在这一前提下,需要把社会组织与三类特殊社会组织相区别。首先,社会组织不涉及宗教事务,即不以宗教的名义来招募成员和管理员工,这就把宗教团体从社会组织的范围中排除出来。虽然大部分宗教团体也开展公益活动,扶危济困,但其本质上仍然是在遵从一定教义的情况下进行活动,并通过活动来宣传宗教,吸收教徒,这就与以志愿精神为价值基础的社会组织产生了明显的分歧,因此,应当将宗教团体排除在外。其次,社会组织不以获得政治权力为目标。需要明确的是,社会组织具有政治性,但其前提是社会组织为了维护民众权利,在这一前提下才参与到政治过程当中。因此,社会组织的政治性是建立在私立性基础上,以实现特定民众利益为目的的,从这个意义上说,社会组织不以取得政权为目的,这就将社会组织与政党组织相区别。最后,社会组织不实行家族式管理。社会组织以志愿性为基础,因此,成员之间平等的分工协作关系,个人与组织之间是契约关系,虽然存在纵向层级,但仍然是以工作为中心,制度化的正式管理。宗族组织同样具有民间性,但其内部成员间具有明显的血缘关系,宗族事务依靠家长式的管理,在内部关系及管理上,社会组织不同于传统的宗族组织。总之,排除性的目的在于,在强调社会组织与政府、企业区别的基础上,进一步将其与其他具有特殊历史传统、政治属性的组织相区分,以达到进一步明确"社会组织"这一概念的目的。

总之,社会组织作为新型社会组织,既是在各国普遍存在的,又是各国具体国情的产物,具有一定的特殊性。"五种属性"揭示了社会组织作为一个整体的普遍性,为研究的展开提供了宽阔的平台,提供了界定概念的基础,降低了比较研究中的障碍。"四种属性"分析了社会组织作为个体的特殊性,社会组织是个综合性很强的概念,将其应用于实践中,尤其应用于政府管理的实践中,需要具体化,即在"五种属性"普遍性的基础上,针对具体情况对"社会组织"这一庞杂的范畴进行筛选,选择的标准在于"四种属性"。通过二次筛选,对"社会组织"进行如下界定:社会组织是指为实现公益目标,在社会领域通过志愿而结成,具有正式结构,从事特定领域工作的自治性合法组织。

2. 涵盖范围

对社会组织属性的分析,是在理论上对社会组织的界定,还要将其应用于管理实践,需要对其实际涉及范围进行确定,即通过具体标的来进一步明确社会组织的范围,使这一概念形成更为直观的认识。

(1)社会组织的国际分类法:最大范围

根据美国约翰—霍普金斯大学在非营利组织国际比较研究项目中形成的国际非营利组织分类法 (International Classification of Nonprofit Organizations,ICNPO),将社会组织及相关组织分为 12 大类,26 个小类,如下表。①

第一组:文化和娱乐(Culture and Recreation)

1100 文化和艺术(Culture and Arts)

1200 体育(Sports)

1300 其他娱乐和社交俱乐部(Other Recreation and Social Clubs)

第二组:教育和研究(Education and Research)

2100 初等教育和中等教育(Primary and Secondary education)

2200 高等教育(Higher Education)

2300 其他教育(Other Education)

---

① [美]莱斯特·M.萨拉蒙,S.沃加斯.所可洛斯基:《全球公民社会—非营利部门国际指数》,陈一梅等译,北京大学出版社,2007 年版,第 15,378~385 页。

2400 研究（Research）

第三组：卫生保健（Health）

3100 医院和康复中心（Hospitals and Rehabilitations）

3200 护理中心（Nursing Homes）

3300 心理健康和危机干预 （Mental Health and Crisis Intervention）

3400 其他卫生保健服务（Other Health Service）

第四组：社会服务（Social Service）

4100 社会服务（Social Service）

4200 应急和救济（Emergency and Relief）

4300 收入支持和维持（Income Support and Maintenance）

第五组：环境（Environment）

5100 环境（Environment）

5200 动物保护（Animal Protection）

第六组：发展和住宅（Development and Housing）

6100 经济、社会和社区发展 （Economic、Social and Community Development）

6200 住宅（Housing）

6300 就业和培训（Employment and Training）

第七组：法律、倡导和政治（Law、Advocacy and Politics）

7100 公民和倡导性组织（Civic and Advocacy Organizations）

7200 诉讼和法律服务（Law and Legal Service）

7300 政治组织（Political Organizations）

第八组：慈善中介和弘扬志愿精神（Philanthropic Intermediaries and Voluntarism Promotion）

8100 慈善中介和弘扬志愿精神 （Philanthropic Intermediaries and Voluntarism Promotion）

第九组：国际（International）

9100 国际活动(International Action)

第十组:宗教(Religion)

第十一组：商业和专业协会和工会 (Business and Professional Associations、Unions)

第十二组:未分类的(Not Elsewhere Classified)

这是对社会组织及相关组织范围最为广泛的划定,每一组每一类组织基本上符合"五种属性"的界定,同时,这种分类法涵盖了社会组织及相关组织的几乎全部功能,是按照活动领域对这类组织所进行的分类。①

(2)中国社会组织的范围

国际分类法是以"五种属性"为依据,综合多个国家的情况,按照功能对社会组织及相关组织范围的界定,在此基础上,结合目前中国社会组织可能涉及的具体组织形式,从公益性、合法性、专业性以及排除性对这一范围进一步设定,如下表:

表 1.1　中国民间性组织族群(具备特性:√;不具备特性:×)

组织＼属性	公益性	专业性	合法性	排除性(非宗教、非政治、非宗族)
社会团体	√	√	√	√
民办非企业单位	√	√	√	√
基金会	√	√	√	√
事业单位(部分)	√	√	√	√
人民团体	√	√	√	×
内部团体	√	×	×	√
业委会	√	√	×	√
网上团体	√	√	√	√
市场中介组织(非社团)	×	√	√	√
居委会	√	√	√	×
村委会	√	√	√	×
外国商会	√	√	√	√

① 王名,刘培峰:《民间组织通论》,时事出版社,2004 年版,第 18 页。

第一,社会团体:纳入。

社会团体(简称社团)是指中国公民自愿组成,为实现会员共同意愿,按照其章程开展活动的非营利性社会组织。[①]在具体的组织形式上,社会团体包括行业协会、商会、学会、职业团体、互助合作组织以及其他相关组织等。首先,社会团体以实现成员的共同意愿为目标,加之不以营利作为组织活动的目的,因此,具有明显的公益特征。其次,从这些组织的具体功能来看,多是为成员提供相关信息、技术等服务,协调内部分歧、统一内部行动等,这些工作都需要社团具备一定的专业基础,因此,社团应当是具有一定专业水平的。再次,社团的建立需要符合法律法规的要求,履行必要的程序,负有相应的责任,在社团的日常工作中,满足成员的需要,维护民众的利益是社团获得社会支持的重要途径,同时,积极参与政府决策和执行,监督反馈政策效果也是社团的重要工作。因此,社团具备一定的合法性。最后,社团不以独立的身份直接参与选举等政治竞争,不宣传特定的宗教教义,不吸纳教徒,组织内部依靠契约、正式的结构来进行管理,因此,具有明显的排除性。总之,社会团体符合社会组织的基本属性,属于社会组织的范畴。

第二,民办非企业单位:纳入。

民办非企业单位是指企业事业单位、社会团体和其他社会力量以及公民个人利用非国有资产举办的,从事非营利性社会服务活动的社会组织。[②]与社团相比,民办非企业单位更强调私立性和服务性,主要包括民办的医院、学校、文化场馆、研究所、福利机构等。这些组织具有较强的社会服务功能,虽然大多具有一定的经营性项目,但从方向上看,这些收入主要用于维护、改善组织的服务能力,

---

①《社会团体登记管理条例》(1998 年 10 月 25 日国务院令第 250 号),第二条。

②《民办非企业单位登记管理暂行条例》(1998 年 10 月 25 日国务院令第 251 号),第二条。

仍然属于社会公益事业的范畴,且在大多数国家中,这类组织都享有相应的减免税资格,从目前中国的实际情况,民办非企业单位在提供社会服务,尤其在扩大教育范围,丰富社区民众生活,救助社会弱势群体等方面发挥了重要的作用,具备相应的主体资格和专业能力,应当属于社会组织的范畴。

第三,基金会:纳入。

基金会是指利用自然人、法人或者其他组织捐赠的财产,以从事公益事业为目的,按照本条例的规定成立的非营利性法人。[①]基金会具有明确的公益目的,尤其对于公募基金会而言,能够面向公众开展社会募捐活动,虽然并不排除政府部门的支持,但仍然从属于社会募捐的范畴,并且,作为志愿性的组织,主要依靠社会各界的志愿捐助,具有非强制性的特点。相应的,为了实现募捐的顺利进行和善款的合理运用,基金会需要一定的财务、项目管理知识。因此,基金会同样符合社会组织的基本特点,属于本书的研究范畴。

第四,事业单位:部分纳入。

事业单位是指受国家行政机关领导,没有生产收入,所需经费由国库支出,不实行经济核算,提供非物质生产和劳务服务的社会组织。[②]事业单位是中国自 1949 年以来,推行公有化,实行计划经济体制和全能政府的产物,是具有中国特色的一种社会组织和体制现象。在类型上,事业单位是与政府、国有企业同属于国有单位,但也具有特定的地位和运行方式。从事业单位以往的定位和运行来看,是计划经济体制下"政府办社会"的产物,随着各项改革的进行,事业单位以满足"社会共同需要"[③]为基本目标,也逐渐改变以往由国家财政供给、行政化运作的特征,部分事业单位开始社会化转型。可

---

① 《基金会管理条例》(2004 年 3 月 8 日国务院令第 400 号),第二条。
② 黄恒学:《我国事业单位管理体制改革研究》,黑龙江人民出版社,2000 年版,第 2 页。
③ 黄恒学:《我国事业单位管理体制改革研究》,黑龙江人民出版社,2000 年版,第 27 页。

见,从方向上,一部分事业单位开始逐渐转型为民间性的社会组织,从功能上,社会共同需要是社会组织与事业单位共同的目标,从范围上,事业单位与社会组织,尤其是民办非企业单位具有很强的交叉性,很多以往国有的图书馆、养老院、中心等现在都通过服务进行收费,并接受社会的捐助,很多民办的服务机构也能够得到当地政府的政策优惠,从内部运作上,事业单位也开始逐渐淡化以往行政级别的划分,内部员工依靠契约的方式,公开招募。总之,从各个方面,相当数量的事业单位正在逐渐向着社会组织的范畴转型,尽管仍然存在一定的差异,但这种差异是过渡性的,两者存在交叉并且逐渐趋于一体化已经成为一个必然的趋势,①因此,从这个意义上,事业单位,尤其是逐渐社会化的事业单位,应当在管理的方向和具体途径上逐渐与社会组织管理一致化,而在本书的研究中,主要针对一些已经改制为社会组织的前事业单位进行探讨,因此,对于事业单位,本书在概念上只是部分的纳入。

第五,人民团体:排除。

人民团体在新中国成立初期,主要包括两大组成部分:一是中国共产党直接领导的工会、农会、妇联、青年团等基本人民团体和革命文教团体;二是拥有一定群众,在人民政权下还享有一定合法地位,政治上还发生一定影响的各种旧的团体。②这部分团体虽然在具体的范围上有所区别,但其共性在于,受当时的各种条件影响,都体现出了比较强的政治属性,比较强调自身与党的直接领导服从关系,以及在统战工作中的积极作用,相应地,这部分组织享有一定的

---

① 在涵盖的范围上,事业单位和社会组织仍然将在相当长一段时间内保持交叉,二者重合的部分,或者说事业单位通过改制成为社会组织的数量会越来越多,但考虑到各种因素,仍然会保留一部分的事业单位继续沿用以往的体制,因此,这里使用的"一体化"主要是从事业单位转型为社会组织的角度来解释二者交叉性的逐渐增强,研究中所涉及的事业单位也将是部分的涉及。

② 王邦佐:《中国共产党统一战线史》,上海人民出版社,1991年版,第449页。

行政级别和政治地位,如参加政协等。①因此,这部分团体是产生于特定时期的产物,受多种条件的影响,已经成为"政府之内的团体",②不属于本书"社会组织"的范畴。

第六,内部团体:排除。

所谓内部团体,仍然具有正式的名称及成员,但组织结构非常松散,且这些组织多数都在一个组织的内部产生,因此,称之为内部团体,例如高校内部大量的学生社团,各类同学会、老乡会等。这部分组织具有明显的内部性,其成员、活动范围等都具仅限于所在组织的内部,在管理上一般归属于所在组织的相关职能部门,例如学生社团大多由所在学校的学生工作部门管理,或者由于其活动的有限性和松散性而无须经特定程序和特定部门管理,任其自行组建及活动,在管理上,任由其自生自灭。另外,目前对于社会组织管理的相关法律法规中,一般都将这类管理内部团体视为部门内部管理的范畴,对这类团体加以排除,如"机关、团体、企业事业单位内部经本单位批准成立、在本单位内部活动的团体",不属于社团及相关组织的范畴。③

第七,业主委员会(业主大会):排除。

业主委员会作为物业管理区域内代表全体业主的业主大会的执行机构,即代表和维护物业管理区域内全体业主在物业管理活动中的合法权益,④实施自治管理的组织。中国的业主委员会产生于新型的房地产开发小区内,它是配合物业管理市场化而产生的,因此,发展时间还比较短,并且,其工作的对象主要集中在由于物业管理

---

① 需要说明的是,近年来,随着中国两会代表构成的不断完善,已经有社会组织的负责人通过选举成为两会代表,如2008年首次当选人大代表的永嘉县绿色环保志愿者协会会长陈飞等,但从整体上,民间组织作为社会利益代表进入两会机制的数量还十分有限。

② 康晓光:《权力的转移》,浙江人民出版社,1999年版,第107页。

③ 《社会团体登记管理条例》(1998年10月25日国务院令第250号),第三条。

④ 《物业管理条例》(国务院令第379号),第八条。

而产生的与物业公司的纠纷处理以及业主维权等方面。从发起来看,业主委员会由业主自发推选产生,具有明显的民间性、志愿性。在日常的管理中,维护广大业主的利益,主要针对物业公司进行协商、谈判、订约甚至诉讼,具有较强的实体性、专业性和公益性。在与政府的关系上,政府部门对业主大会、业主委员会的成立具有指导、监督和管理的关系,从实践来看,政府通过颁布法规来明确业主委员会的权利义务以及相互关系,并在具体事务中多以第三方的身份对业主与物业公司、房地产开发商之间的矛盾进行调解和仲裁,可见,政府对业主委员会的行为仍然属于政府对于社会性组织管理的范畴,因此,业主委员会在未来应当成为社会组织的组成部分。[1]但需要说明的是,在目前的政府管理体制中,根据现在的法律法规,业主委员会既不是群众团体——未到民政部门报批,又不是公司——未到工商部门报批,更不是政府机构——无上级机构的行政任命,这个"在房地产行政主管部门指导下"(物业管理条例第十条)成立的机构没有报批,没有发证,而有的仅仅是"到房地产行政主管部门备案"(物业管理条例第十六条)。可见,由于现有法律法规上的缺欠,业主委员会难以成为接受政府法治化管理的独立法人实体。因此,从目前的管理实践出发,本书仍将业委会排除在研究的主要范围以外。

第八,网上社团:纳入

网上社团是以互联网为媒介进行活动,其产生和发展的时间还比较短,因此,对这类组织的界定也还需要进一步明确。一般认为,网络社团"具有明确的宗旨,主要依托于互联网,定期或不定期地在

---

[1] 业主委员会在政府管理这个环节与社团、民非等社会组织仍然存在一定区别,例如,业主委员会是通过物业所在地的区、县人民政府房地产行政主管部门备案来成立的。这与社团等组织必须经过所在地民政部门的注册才能成立存在一定区别。这里认为,基于管理细节的差异,虽然从组织的基本属性来看,业主委员会完全符合社会组织的特质,但由于合法性的缺失,本书仍在对中国社会组织现状的分析中将业委会排除在外。

网上举办交流、筹款、管理等活动"。②同时,互联网的开放性也使得这种组织具有一定的虚拟性,因此,结合目前的现实情况,这里将网络社团认为是具有共同目的的民众以互联网为主要媒介,通过自愿组成,从事一定共同活动的非营利性社会组织。这部分组织可以被看做是依托于互联网进行主要活动的社会团体,因此,目前影响比较大的网上社团多数都是按照《社会团体登记管理条例》进行定性和管理,例如绿网等。因此,网上社团应该属于社会组织的范畴,但由于这类组织的虚拟化和松散性,目前在中国能够称为正式组织的数量非常有限,在统计和管理上一般都记入"社会团体"的范畴内,应当在管理中进行更为准确的界定和分类。

第九,农民专业合作社:纳入。

农民专业合作社是在农村家庭承包经营基础上,同类农产品的生产经营者或者同类农业生产经营服务的提供者、利用者,自愿联合、民主管理的互助性经济组织。农民专业合作社以其成员为主要服务对象,提供农业生产资料的购买,农产品的销售、加工、运输、贮藏以及与农业生产经营有关的技术、信息等服务。①从目前的法律上看,2007 年实施的《中华人民共和国农民专业合作社法》中规定了"县级以上各级人民政府应当组织农业行政主管部门和其他有关部门及有关组织,依照本法规定,依据各自职责,对农民专业合作社的建设和发展给予指导、扶持和服务"。以及工商行政管理部门作为等级主管机关的"双重管理体制",并要求在合作社内设立成员大会、理事长等社会组织必要的内部管理结构。可见,无论从组织的目的、组织的政府管理以及内部管理机构来看,农民专业合作社都应当属于本书的研究范围。

第十,城市居民委员会:排除。

---

① 王名:"网上社团及其管理:NGO 新领域探讨",《南京社会科学》2002 年第 1 期。

② 《中华人民共和国农民专业合作社法》第二条。

　　中国的城市居委会制度以 1954 年的全国人大一届四次会议通过了《城市居民委员会组织条例》为标志。在目前的《城市居民委员会组织法》中，城市居民委员会（简称居委会）是居民自我管理、自我教育、自我服务的基层群众性自治组织。不设区的市、市辖区的人民政府或者它的派出机关对居民委员会的工作给予指导、支持和帮助。居民委员会协助不设区的市、市辖区的人民政府或者它的派出机关开展工作。居民委员会的设立、撤销、规模调整，由不设区的市、市辖区的人民政府决定。①通过对目前法律的了解，居委会的确具有民间性、自治性等特征，但从现实来看，居委会自 1956 年已经"成为我国城市社会管理体制的一个有机组成部分"。②虽然在名义上是居民的自治组织，但实际却更多地扮演了国家代理人角色。③因此，对于居委会的定性，虽然有学者认为应当属于"社会"的范畴，成为社区自治的载体，但这还需要结合中国的社区建设以及相关基层管理制度经过一段时间的完善才能实现。对上述问题综合的考虑，居委会是与社会组织具有类似属性和功能的组织，具有较长的发展时间，已经形成了独立的组织体系和管理制度，并更多地与社区建设紧密相联，因此，在这里把居委会作为社会组织的"伙伴"，在分析社会组织的管理时会与居委会管理进行对比，但从概念上，将居委会与社会组织相区分。

　　第十一，村民委员会：排除。

　　村民委员会（简称村委会）是村民自我管理、自我教育、自我服务的基层群众性自治组织，实行民主选举、民主决策、民主管理、民主监督。村民委员会办理本村的公共事务和公益事业，调解民间纠纷，协助维护社会治安，向人民政府反映村民的意见、要求和提出建

---

① 《城市居民委员会组织法》，第二条，第六条。

② 李秀琴，王金华：《当代中国基层政权建设》，中国社会出版社，1995 年版，第 245 页。

③ 河沿玲："中国城市基层自治组织的'内卷化'及其成因"，《中山大学学报（社会科学版）》2005 年第 5 期。

议。在管理上,乡、民族乡、镇的人民政府对村民委员会的工作给予指导、支持和帮助,但是不得干预依法属于村民自治范围内的事项。村民委员会的设立、撤销、范围调整,由乡、民族乡、镇的人民政府提出,经村民会议讨论同意后,报县级人民政府批准。①从法律的规定上看,村委会与居委会类似。在发展历程上,中国的村委会制度是人民公社解体后填补农村基层政权真空的产物,对其功能的界定,首先并不在于政治民主、甚至不在于乡村民主,而应当被理解为特定政治和社会情势下国家治理的一种方式。②从这个意义上理解,村委会与居委会类似,也具备了独立的组织体系和管理制度,在职能范围、内部的复杂程度上已经远远超过一般社会组织,因此,村委会在概念上也区别于社会组织。

第十二,外国商会:纳入。

外国商会是指外国在中国境内的商业机构及人员依照本规定在中国境内成立,不从事任何商业活动的非营利性团体。目的上,外国商会的活动应当以促进其会员同中国发展贸易和经济技术交往为宗旨,为其会员在研究和讨论促进国际贸易和经济技术交往方面提供便利。③可见,从相应的规定上,外国商会具备社会组织的非营利性、公益性、私立性等特点。外国商会主要是随着我国对外开放而产生的,随着我国经济的发展,越来越多的跨国企业、境外资本进入中国,相应的,外籍员工也在不断增加。这些企业和员工所面临的普遍问题就是与当地政府进行沟通,适应当地情况。政府,尤其是地方政府,作为与具体外资企业人员直接接触的管理者、服务者,也需要一个社会性、中介性较强的组织进行协调和沟通。因此,外国商会得以产生并得到政府认可。从基本属性和实际功能来看,外国商会应

---

① 《中华人民共和国村民委员会组织法》,第二条,第四条,第八条。

② 沈岿:《谁还在行使权力》,清华大学出版社,2003年版,第135~136页。

③ 《外国商会管理暂行规定》(1989年6月14日国务院令第36号公布),第二条。

当属于社会组织的范畴,只是相对于社会团体、民办非企业单位和基金会,外国商会在规模上还比较小,政府对外国商会的管理更为特殊一些。①

根据对上述 12 种具体组织的分析,这里认为,社会组织从范围上可以包括广义和狭义之分, 或者是社会组织范围的核心和外延。12 种相关组织当中,社会团体、民办非企业单位、基金会是社会组织范围的核心,结合目前的政府管理实践来看,社会组织也主要包括这三类组织。②在核心清晰的基础上, 对于具有社会组织类似属性,但政府在管理上自成体系,另有法律法规要求的社会性组织,例如业委会、外国商会、转型事业单位等,以及属于新生事物,仍需加以管理的新型组织,如网络社团,对于这部分组织,可以认为是社会组织范围的外延,在具体的管理体系中不涉及,但可以作为社会组织管理的参照物进行比较。最后,对于人民团体、居委会、村委、内部团体等具有明显政治性、排除性的组织,均不属于社会组织的范畴,不在研究的范围内。③总之,社会组织的范围形成了核心突出,外延清楚的结构,如图。

---

① 特殊之处在于,外国商会的成立应当通过中国国际商会提出书面申请,由其报送中华人民共和国对外经济贸易部(以下简称审查机关)审查,通过后才能到民政部登记。这意味着管理上的两个特点:一是审查机关单一,即所有外国商会的审查机关均为对外经贸部。二是集中化管理,即所有外国商会都在民政部登记,而没有选择属地化的登记管理方式。

② 1998 年,国务院将设于民政部的社会团体管理局改为民间组织管理局,此后,民间组织正式成为政府管理中的一项用语。前面引述的《社会团体登记管理条例》、《民办非企业单位登记管理暂行条例》以及《基金会管理条例》并称为目前中国民间组织管理的"三大条例",加上《外国商会管理暂行规定》,这四项条例都对民政部门在民间组织的管理作出了明确的规定。因此,从管理上,民间组织范围的核心应当包括社团、民办非企业单位以及基金会。

③ 对于人民团体、内部团体,《社会团体登记管理条例》中已经将这些组织排除在社会团体的范围之外。详见《社会团体登记管理条例》第三条。对于村委会、居委会,中国已有相应的法律来进行规范,且两组织均具有复杂的历史背景和政治、社会功能,因此,也不在社会组织的范围之内。

社会组织(范围)

核心

社会团体(行业协会、商会、学会、协会、兴趣团体等,
接受《社会团体登记管理条例》的管理)

民办非企业单位(民办学校、社会福利机构、研究
所、中心等,接受《民办非企业单
位登记管理暂行条例》的管理)

基金会 (从事公益事业的公募基金会或非公募基
金会,接受《基金会社会组织(范围)管理
条例》的管理)

外延

业主委员会(接受《物业管理条例》的管理)

外国商会(接受《外国商会管理暂行规定》的
管理)

事业单位(改制后的事业单位分别属于社会团体或
民办非企业单位,接受相关条例管理)

网络社团(属于社会团体,接受《社会团体登记管
理条例》的管理)

农民专业合作社(接受《中华人民共和国农民专业
合作社法》的管理)

图 1.1 中国社会组织概念的标的范围

经过逐渐排除,社会组织的基本属性和范围得到了界定,在研究中,一般情况下,社会组织主要是指社会团体、民办非企业单位和基金会三类,涉及其他组织的分析中,将结合情况具体说明。

3. 选择称谓

经过属性和范围的界定,社会组织,作为本书的主要研究对象之一,在特点和形式上得到了一定的明确。但对于这类组织的研究,还存在一个必须说明的问题,即称谓的问题。一直以来,对这类组织的命名五花八门,从不同的角度给出了多个称谓,例如"非政府组织(Nongovernmental Organizations)"、"非营利组织(Nonprofitable Organizations)"、"第三部门 (Third Sector)"、"社会中介组织"以及"社会团体"①等,这些名称都从不同的角度对实际生活的社会组织

及相关组织作出了描述。这里就出现一个问题，即本研究中使用"社会组织"的原因，对于其他的称谓，如何在研究中协调和使用。因此，这里将重点讨论这一问题。

20世纪70年代以来，社会组织日益受到国际社会的普遍关注。在中国，随着社会转型的深入发展，社会组织也越来越受到党和政府及社会各界的高度重视。近年来，国内学者对社会组织的定义给予了普遍的关注，对社会组织的内涵及外延从各个角度作出了多种解释。在多种定义中，国内学者基本都认同美国学者莱斯特·萨拉蒙教授对于社会组织"五种属性"定义方法，即组织性、私立性、非利润分配性、自治性和志愿性。但在针对中国社会组织的具体研究当中，由于多种原因，国内的相关论著中经常出现若干意义相近的名称，如第三部门、非政府组织等，这些概念彼此重叠交叉，容易引起混淆。因此，结合近年来国内学界的相关研究，本书对社会组织的各种概念作如下分析。

（1）第三部门（The Third Sector）

第一，"第三部门"是社会结构分化的产物。

"第三部门"（也译为"第三域"）这一概念由美国学者T.列维特（T.Levitt）于1973年首次提出，用以统称那些处于政府和私营企业之间的社会组织。即非公非私的、既不是国家机构也不是私营企业的第三类组织。②第三部门是与公民社会理论相伴生的一个概念，是现代化过程中人们生活日益形成国家与公民社会（即个人主义的或个人本位的社会）二元格局的结果。③

第二，"第三部门"是一种新兴的经济模式。

"第三部门"的概念还可以从经济模式的角度来理解，美国社会

---

① 这里的"社会团体"是在理论研究中所使用的概念而非前面法规中的界定。

② T.Levett.the third Sector:New Tactics for a Responsive Society.New York，AMACOM，1973

③ 秦晖："从传统民间公益组织到现代'第三部门'——中西公益事业史比较的若干问题"，见：秦晖主编：《传统十论》，复旦大学出版社，2003年版，第130页。

学家里夫金(Jeremy·Rifkin)在其著作《工作的终结》一书中对"第三部门"也有过论述:"由于技术进步,人类正迈入一个新的历史阶段。传统的工作会逐渐减少,新的工作机会主要将不是来自农业,制造业,甚至服务业,而是来自第三部门"。①"第三部门"概念的提出是相对公域(政府)和私域(市场)而言的,是以人与人之间的亲密感情、同伴关系、兄弟般联系和管理为中心的,在这个空间里,个人的精力可以被充分挖掘出来为公共利益服务,因此,"第三部门"是一种新的经济模式,即社会经济。

第三,"第三部门"在中国的具体使用。

结合上述定义,"第三部门"这一概念在学理上与西方的公民社会理论相一致,在范围上涵盖了除政府及企业之外的一切社会组织。因此,这一概念在国际交流、组织分类等方面具有重要意义,同时也为开展中国"第三部门"的深入研究准备了必要的理论基础。"第三部门"成为比较早引入中国的相关概念,在中国的学术研究领域具有相当大的影响。②但是,"第三部门"的概念在应用于本研究中,范围过于宽泛和灵活,这种领域性的概念,不利于在管理实践上进行界定,将影响对"管理"的研究。

(2)非政府组织(Nongovernmental Organizations)

第一,"非政府组织"的产生。

非政府组织(NGO)一词是英文"Nongovernmental Organizations"的缩写,汉语直译为"非政府组织"。"非政府组织"这一概念是由联合国于1945年提出。鉴于非政府组织在维护和平以及联合国成立中所作出的贡献,《联合国宪章》提出"非政府组织"这一概念,《宪

---

① [美]杰里米·里夫金:《工作的终结——后市场时代的来临》,王寅通等译,上海译文出版社,1998年版,第67页。

② 代表著作包括李亚平、于海先生的《第三域的兴起》,徐永光先生主编的《第三部门丛书》,何增科先生主编的《公民社会与第三部门》以及吴锦良先生著《政府改革与第三部门发展》等著作。

章》第71条将非政府组织定义为地方、国家或国际一级成立的非营利、自愿的公民团体,将非政府组织作为联合国的咨询角色。"国际NGO"(INGO) 的定义由联合国经济暨社会理事会 (ECOSOC)于1950年2月27日的288(x)决议首次提出:"任何国际组织,凡是未经政府间协议建立的,均被视为是为此种安排而成立的非政府间国际组织。"①目前,活跃在国际经济和社会发展领域的约2100个非政府组织在联合国经济及社会理事会享有"咨商地位",这些非政府组织的代表可以应邀在理事会会议上发言。此外,约有1670个非政府组织经联合国新闻部认可,执行联合国所关注问题的宣传方案。许多非政府组织在联合国总部派驻正式代表,向联合国提供了与世界人民联系的宝贵渠道。可见,非政府组织这一概念倾向于指代那些支持第三世界国家中的经济、社会、文化发展的国际组织。②在中国,比较多和比较早地出现在官方媒体上的"非政府组织"也多指带有国际交往性质的国际组织,如世界妇女大会等。

第二,"非政府组织"在中国的具体应用。

受"非政府组织"的国际性以及"非政府"称谓的影响,"非政府组织"在宣传活动过程中,常常被有意无意地与一些恐怖组织、邪教组织混淆。这一方面是由于一些国际非政府组织受所在国家政府影响,成为国家间经济文化渗透等政治斗争的工具;另一方面,是由于普通民众中对"非政府"与"反政府"之间的界限划分不够清楚。因此,为了避免不必要的误解,"非政府组织"这一称谓应当在准确释义的情况下使用。在中国的学术界,"非政府组织"这一称谓有一定的影响力,清华的NGO研究所,《中国NGO研究》都是国内非常著名的研究机构及学术刊物。

---

① Union of International Associations.Yearbook of International Organizations 2000 – 2001,Vol.3,K.G..Saur Munchen,2000,pp1658

② [美]朱莉·费希尔.NGO与第三世界的政治发展.邓国胜,赵秀梅译.北京:社会科学文献出版社,2002:8

综上所述,"非政府组织"这一称谓的优点在于,便于开展同类组织的国际交流活动,同时,有利于引进西方的研究理论和组织管理经验。但这一称谓在现实使用中存在两大弊端:一是在组织指代上容易与反政府组织混淆,造成组织活动与宣传的困难;二是这一称谓所强调的"非政府"性,即保持与政府部门的独立性,与中国很多"非政府组织"依靠政府开展工作的实际情况大相径庭,并为国内外学者所诟病。

(3)非营利组织(Nonprofitable Organizations)

第一,非营利组织的定义。

"非营利组织"最早应用于美国,是指那些有服务公众的宗旨,不以营利为目的,组织所得不为任何人牟取私利,组织自身具有合法的免税资格和提供捐赠人减免税合法地位的组织。[①] 在这一称谓的最初使用中,不仅包括基金会、慈善筹款会等公益类中介组织,也包括社交联谊、互助合作、业主和专业协会等互益类组织,还包括私人创设的学校、医院、社会福利服务机构、艺术团体、博物馆、研究机构等服务类组织。美国甚至把教堂也归入非营利组织。

第二,"非营利组织"在中国的具体应用。

"非营利组织"这一称谓的优势在于没有从相关组织与政府的独立性来界定,从而避开了相关组织与政府的复杂关系,而是从组织活动的目标及资源使用的角度来进行定义。这一定义的优点在于,一方面发现了"非营利性"、"公益性"这些中西方非营利性组织的共性,为国际交流创造了条件;另一方面,这一称谓符合中国的实际情况,可以更为贴切地说明这类组织的特点。而且这一称谓顺应了当前形势以及党和政府的号召,对目前党和政府所积极培育的公益型社会组织具有比较直接的理论指导和宣传作用。

但这一称谓在应用中的最大困难在于,与目前相当一部分非营

---

① 邓国胜:《非营利组织评估》,社会科学文献出版社,2001年版,第4页。

利组织的法律性质不符。由于双重管理体制中的业务主管单位的单向选择性以及民政部门对非营利组织成立的资格设定较高、注册手续较为复杂等因素，相当一部分组织放弃了在民政部门以社团法人的身份登记，而是选择了在工商行政管理部门以企业法人的身份注册，或者干脆不注册就直接开展活动。这就导致了非营利组织的企业法人性质与其"非营利"内涵出现了明显的冲突。解决这一问题的重点在于调整规范双重管理体制中"业务主管单位"与下属非营利组织的关系，同时民政部门适当降低组织成立标准以及简化注册手续等。这些问题已经日益受到国内学界以及相关政府部门的重视，上海的"三元管理模式"、浙江的"准一元模式"以及深圳的"新二元模式"等都是地方政府对上述问题所作出的有益尝试。因此，笔者认为，非营利组织这一称谓符合中国相关组织发展的具体情况，同时有利于中外交流，其指向范围也比较广泛，有重要的理论价值。

(4)社会中介组织

第一，"社会中介组织"的定义。

与前三个概念相比，"社会中介组织"是中国所特有的概念，在国外文献中没有准确的对应词条，在翻译过程中，基本上是针对具体组织的特点来加以拆解分类。同时，"社会中介组织"是一个存在多种歧义的概念。一种代表性的观点是：在政府和各类不同经济主体之外的那个层面，就是人们常说的社会中介组织。[①]这一界定在范围上忽略了在工商行政管理部门以企业法人身份登记的那部分社会组织，与前文提到的"非营利组织"在范围上是一致的。

第二，"社会中介组织"的具体应用。

由于"中介"概念的广泛性、复杂性和动态性，并且在政府、市场以及广大民众之间起到沟通、服务功能的社会组织数量不断增多，相关组织的结构形式不断多样化，因此，"社会中介组织"这一称谓

---

① 吴锦良：《政府改革与第三部门发展》，中国社会科学出版社，2001年版，第228页。

的内涵和外延变得模糊起来。因此,笔者认为,对这一概念应尽早加以分类整理。

事实上,这一称谓在实际使用中,经常被理解为伴随着改革开放,产生的很多活动于政府、传统工商业和市场之间的市场中介组织,这些组织处于政府与企业和政府与市场之间的中间地带,发挥着将政府、企业和市场彼此联结起来的作用。因此,很多时候"社会中介组织"与"市场中介组织"同义。在具体使用中,这一称谓经常指代中国的行业协会以及行业联合会,如"目前,中国有为数众多的中介组织,其中绝大多数是改革开放以来伴随着政府对行业管理部门的逐步撤并而产生的。"①1993 年 11 月 14 日中国共产党第十四届中央委员会第三次全体会议通过的《中共中央关于建立社会主义市场经济体制若干问题的决定》中指出"发展市场中介组织,发挥其服务、沟通、公证、监督作用。"2005 年中国共产党第十六届中央委员会第五次全体会议通过的《中共中央关于制定十一五规划的建议》中使用的"市场中介组织"。可见社会中介组织开始倾向于指代参与市场经济活动中的中介组织。在近年来的政府相关文件中,"社会中介组织"这一提法的出现已经越来越少,而代之以更为具体的名称,如下面提到的"社会组织"、"社团"等。

(5)社会团体

第一,"社会团体"的定义。

"社会团体"(简称"社团")这一名称较早地出现在中国政府的法律法规及相关文件中,并由法律法规来进行释义。1949 年新中国建立以前,社会团体多采用"民众团体"的名称,如 1942 年中国共产党颁布的《陕甘宁边区民众团体组织纲要》以及《陕甘宁边区民众团体登记办法》,在这些法律法规中规定了民众团体的自愿原则、经费自筹原则和等级原则等基本原则。①此时的民众团体多是自下而上

---

① 彭忠义:"中介组织在政府与企业间铺设服务的桥梁",中国机构 1999 年第 5 期。

建立的群众组织,多以政治性活动为主。新中国建立以来,社会团体的称谓得到广泛地应用,如 1950 年的《社会团体登记暂行办法》,1989、1998 年颁布的两部《社会团体登记管理条例》。1998 年由中华人民共和国国务院颁布的《社会团体登记管理条例》(简称《条例》)对"社会团体"这一称谓进行了定义,社会团体"是指中国公民自愿组成,为实现会员共同意愿,按照其章程开展活动的非营利性社会组织"。并对社团的成立标准、管理体制、组织结构等作出了详细的规定。

第二,"社会团体"的具体使用。

在作为组织名称使用时,"社会团体"这一称谓受到广泛认同,不仅为国内学界经常使用,政府以及相关法律中也经常采用,如每年民政部发布的《社会团体年检公告》,以及社团法人是目前中国法律法人结构中重要的组成部分等。

但是,法律法规的释义并未使"社会团体"这一称谓具有明确的组织标的,很多学者认为,《条例》并没有给出明确的定义,而仅仅划出一个大致的范围。[②]根据这一定义,社团的范围过于宽泛,"使得'社会团体'这个名词所指代的对象成为一个大杂烩"。[③]因此,国内学界通过分类的方法来对这一名称加以确定,如根据组织目标与会员的差异,社团可以包括会员互益型组织、运作型组织、会员公益型组织;根据组织的民间性程度将社团分为官方、半官方以及非官方的互益组织等。可见,"社会团体"这一名称在中国使用的时间是比较长,也最为中国社会各界所接受。在研究中,仍将坚持《条例》对社会团体的规定,将其作为社会组织的组成部分来对待。

---

① 《陕甘宁革命根据地史料选编第一辑》,甘肃人民出版社,1981 年版,第 166 页。

② 王颖,折晓叶,孙炳耀:《社会中间层——改革与中国的社团组织》,中国发展出版社,1993 年版,第 21 页。

③ 王名:《中国社团改革——从政府选择到社会选择》,社会科学文献出版社,2001年版,第 17 页。

(6)民间组织

第一,"民间组织"的定义。

"民间组织"这一称谓官方译为"Nongovernmental Organization"。根据2000年民政部颁布的《取缔非法民间组织暂行办法》,"民间组织"包括"社会团体"和"民办非企业单位"两类,在后来的政府管理中,又加入了基金会。这一称谓非常强调组织的"草根性",即主要依靠社会力量,自下而上建立起来的组织。这体现了政府希望"政社分开"的改革取向。

第二,"民间组织"的具体使用。

相对其他概念,"民间组织"这一称谓更为强调社会组织的"民间"性。一方面,"民间"是与"官方"相对应的概念,容易对相应组织进行辨别;另一方面,"民间"具有"取自民众,服务民众"的意义,符合民间组织目前在中国的主要功能,显然更容易得到政府以及社会大众心理上的认同。因此,虽然这一名称没有由中国政府正式颁布的法律法规进行释义,但经常配合政府相关职能部门的政策需要出现在各类公务文件及政策宣传中,日益为社会各界所关注。更为重要的是,民间组织是目前政府管理中的主要称谓之一。选择这一名称,既能够体现社会化的发展方向,又能够结合中国政府管理的实际情况,具有很强的针对性。

(7)社会组织

第一,"社会组织"的定义。

相对于前述的六个概念而言,"社会组织"的提出是最新的,也是最与目前中国的发展情况相一致的。在党的十六届四中全会上通过的《中共中央关于加强党的执政能力建设的决定》中第一次明确提出了"社会组织"的概念,在"加强社会建设和管理,推进社会管理体制创新。深入研究社会管理规律,完善社会管理体系和政策法规,整合社会管理资源,建立健全党委领导、政府负责、社会协同、公众参与的社会管理格局。更新管理理念,创新管理方式,拓宽服务领域,发挥基层党组织和共产党员服务群众、凝聚人心的作用,发挥城乡基层自治组织协调利益、化解矛盾、排忧解难的作用,发挥社团、行业组织和社会中介组织提供服务、反映诉求、规范行为的作用,形成社会管理和社会服务的合力。健全社会保险、社会救助、社会福利和慈善事业相衔接的社会保障体系。加强和改进对各类社会组织的管理和监督。"在2007年党的十七大通过的政治报告中,把社会组织摆到了更加突出的位置,在多个领域对社会组织的功能定位进行了具体的表述。首先,在这一报告中确认了"社会组织"的概念,首次将社会组织作为"发展基层民主,保障人民享有更多更切实的民主权利"的重要内容,提出"发挥社会组织在扩大群众参与、反映群众诉求方面的积极作用,增强社会自治功能"。其次,这一报告对在不同领域的社会组织进行了针对性的分类指导。这些领域包括:围绕"促进国民经济又好又快发展",明确"规范发展行业协会和市场中介组织,健全社会信用体系";围绕"坚定不移发展社会主义民主政治",不仅要求增强社会自治功能,还要求"加快推进政府与市场中介组织分开";围绕"推动社会主义文化大发展大繁荣",提出"完善社会志愿服务体系","深化文化体制改革,完善扶持公益性文化事业的政策","坚持把发展公益性文化事业作为保障人民基本文化权益的主要途径";围绕"加快推进以改善民生为重点的社会建设",明确"鼓励和规范社会力量兴办教育",要求"以慈善事业为补充,加快完善社会保障体系",提出"要坚持公共医疗卫生的公益性质,实行政事分开、管办分开、营利性和非营利性分开","鼓励社会参与"公共卫生服务体系、医疗服务体系等建设,强调"健全党委领导、政府负责、社会协同、公众参与的社会管理格局","重视社会组织建设和管理";围绕"始终不渝走和平发展道路",提出"加强民间团体对外交往,增进中国人民和各国人民的相互了解和友谊"。

第二,"社会组织"的具体使用。

"社会组织"在当前称谓多样化,舶来品有之、本土化有之,总体来说,社会组织在理论及时间应用中与民间组织及其他表述与社会组织从实质所指涉的组织类型是相同的,只是不同表述强调的侧重点不同。然而,概念的不统一容易造成人们观念的混乱与交流的困难,从而最终导致社会组织积极作用的发挥。为此,在当前用社会组织取代民间组织等其他称谓来指称当前我国第三部门实属必要,具有重要意义:①

首先,社会组织具备更好的包容性和灵活性,适用于本书的研究。如前所述,本书的研究涉及较为广泛,尤其在对事业单位改革、官办社团的研究中,以往的"民间"、"非政府"等提法都容易出现矛盾的问题。相比之下,社会组织包括的范围广泛,能更准确概括除政府组织、企业组织之外的其他组织。从概念上而言,社会组织、政府组织、企业组织可完全覆盖现代国家的所有类型组织。其中,政府、企业的组织边界明确,范围易于确定。只要把一国的这两类组织排除后,剩下的组织从性质上就可被归为社会组织。

其次,从文化社会心理角度而言,社会组织更适合于目前的政府管理和社会动员。一方面,政府及其工作人员更易接受社会组织这一概念。从理论上讲,社会组织与政府的关系非常重要,任何国家如果没有政府有效扶持与监管,社会组织将难以有大的作为与发展。但实践却并非如此,当前我国除登记管理机关与业务主管单位外,无论中央还是地方的其他政府部门,这一理论预期均未得以明显证明。这其中的原因相当复杂,尚需深入研究。但民间组织这一概念的使用,不能不说是一个重要的原因。因为,民间组织的这一语词潜含着民官对应的二元分析框架,而这则会让一些政府公务人员或多或少联想到民与官是不同的、甚至存在民官对立的可能。社会组织这一语词则完全杜绝此方面的联想,彻底消除民间组织这一语词

---

① 这部分的研究,详见刘洪涛:"'社会组织'概念的政策与理论考察及使用必要性探析",《社团管理研究》2009 年第 4 期。

可能给其心理上带来的不理解与排斥感,其结果是避免了因概念问题而使这类组织失去政府原本可提供的理解与支持。

另一方面,社会组织这一语词可为中国社会在转型时期形成社会共识起到积极的推动作用。中国当代社会学的研究认为,改革开放以来中国社会逐渐进入快速转型期。计划经济时代形成的社会共识逐渐被日益多元的社会意识瓦解而处于解体状态,但一个社会若想真正稳定与繁荣,社会共识不可缺少。当前中国之所以追求和谐社会,原因之一就是希图在新的历史条件下进行社会重建,社会共识应是其题中应有之义。正如前面分析的那样,民间组织或非政府组织,容易造成不同社会群体对社会组织的不同理解,而产生如此歧义本无必要。社会组织这一概念的使用则可避免上述情况,易为社会所认同。虽仅是一个小小语词,但一旦为社会不同群体所接受,也难能可贵。正是诸如此类的点滴细流汇入,中国社会共识的汪洋大海才终有可能形成。

最后,社会组织一词已在现有法律法规中使用,成为法律术语,更易与现有立法衔接。我们知道,法律关系是为法律所规范的社会关系。并非所有社会关系都会被法律所调整,当社会关系被纳入法律规范时才成为法律关系。现行专门调整民间组织的规范性文件主要有以下三部由国务院颁布的行政法规:《社会团体登记管理条例》(1998 年 10 月 25 日)、《民办非企业单位登记管理暂行条例》(1998 年 9 月 25 日) 和《基金会管理条例》(2004 年 3 月 8 日)。其中,《社会团体登记管理条例》第 2 条规定:"本条例所称社会团体,是指中国公民自愿组成,为实现会员共同意愿,按照其章程开展活动的非营利性社会组织。"《民办非企业单位登记管理暂行条例》第 2 条规定"本条例所称民办非企业单位,是指企业事业单位、社会团体和其他社会力量以及公民个人利用非国有资产举办的,从事非营利性社会服务活动的社会组织。"这两个条例均将所规范的对象界定为"社会组织"。此外,由全国人大及其常委会颁布的涉及这一组织的法律在表述时使用的是"社会组织",这些法律主要包括:《中华人民共和国循环经济促进法》、《中华人民共和国就业促进法》、《中华人民共和国未成年人保护法》、《中华人民共和国科学技术普及法》、《中华人民共和国国防教育法》、《中华人民共和国产品质量法》、《中华人民共和国预防未成年人犯罪法》、《中华人民共和国高等教育法》、《中华人民共和国老年人权益保障法》、《中华人民共和国义务教育法》、《中华人民共和国民办教育促进法》、《中华人民共和国职业教育法》、《中华人民共和国教育法》、《中华人民共和国教师法》等。民间组织一词仅在全国人大制定的文件中出现过两次。由此可见，如果从人大制定的规范性法律文件看，"社会组织"无疑比"民间组织"使用得广泛。从今后制定专门的社会组织法的角度而言，社会组织一词无疑比民间组织更为合适。

综上所述,中国社会组织的发展正处于重要时期,明晰的理论有利于为社会组织发展提供重要的依据,而阐明理论的基础就是要明确社会组织的概念。如前所述,中国的社会组织研究已经进行了一段时间,由于各种原因,造成了目前中国社会组织概念由"三个舶来品、四个本土词"构成,存在"根本内涵一致下的多概念共存"现象。对这一问题应加以客观地对待,一方面,由于世界范围内社会组织发展时间的短暂以及组织形态的多样,适当的将名称加以拆解是正常的。不同背景下产生的理论概念互相碰撞,这在一定程度上可以促进理论研究的深入,并为理论发展打下了坚实的基础。另一方面,必须要注意的是,缺乏足够的理论铺垫以及实证基础的理论不仅不会对中国社会组织的发展有利,反而可能混淆视听,甚至给中国社会组织的发展制造不必要的困难。因此,笔者认为,对社会组织概念的分类使用必须是在标准明确以及结合中国社会组织的实际情况的基础上进行的,只有这样,理论研究才能为中国乃至世界社会组织的发展提供具有重要意义的参考。

三、管理的内容

本研究是对政府的社会组织管理所进行的研究,在明确了管理主客体的概念和范围后,就需要对主客体之间的具体关系,即管理的内容进行界定,以此来完善研究的主题。

1. 管理(Management)的定义

管理作为一项专业性的实践活动,内容丰富,范围广泛,既可以是一个"抽象的概念",又是"一切人类活动中最广泛的、最苛求的活动"。①这些特点就决定了要对管理进行定义,需要综合考虑管理的框架和过程。

(1)管理的框架

这是对管理静态的描述。管理作为一项活动,包括如下内容:职能,即组织、计划、控制、人员配备和指挥;资源,即人力、物力、财力;技术,即标准、评价方法、控制措施等;概念,即沟通、领导能力、激励、冲突;目标,即个人的、部门的等;发展,即个人和整体的发展。②可见,管理是包含多种要素而形成的整体。

(2)管理的过程

这是对管理动态的描述。管理是一个社会过程,之所以称之为一种过程,是因为它包含着为完成目标而进行的一系列行动。对于管理过程的分解,具有不同的观点,有学者认为,管理工作的全部任务可分为四个部分:组织,计划,领导和控制。③也有观点认为,管理的过程更为复杂,包括协调、联系、反应、发展、执行以及担任各种角色。④可见,管理从过程的角度,包括多个环节,尽管环节的划

---

① [美]弗莱蒙特·E.卡斯特,詹姆斯·E.罗森茨韦克:《组织与管理:系统方法与权变方法》,陈旭明,李柱流译,中国社会科学出版社,2000年版,第4页。

② [美]约瑟夫·M.普蒂,海茵茨,哈罗德·孔茨:《管理学精要(亚洲篇)》丁慧平等译,机械工业出版社,1999年版,第29页。

③ [美]W.H.纽曼,小C.E.萨默:《管理过程——概念、行为和实践》,中国社会科学出版社,1995年版,第18~19页。

④ [美]弗莱蒙特·E.卡斯特,詹姆斯·E.罗森茨韦克:《组织与管理:系统方法与权变方法》,陈旭明,李柱流译,中国社会科学出版社,2000年版,第5页。

分各有不同,但都指明管理是一个复杂的动态过程,其具体环节需要考虑具体的条件。

综合上述分析,管理既是包含多个要素的整体,又是具有多个环节的动态过程,结合研究的条件,这里对管理进行如下定义:管理是为实现一定目标,管理主体利用各类资源,通过计划、组织、控制、发展、协调等手段,调整内部各分系统活动,处理与管理客体及其他环境要素之间关系的过程。

2. 政府的管理

对于管理的研究,主要起源于工业革命,是企业及其他大规模组织在规模及复杂性方面发展的结果。[1]在这种条件中产生的管理研究成果,主要目的在于提高组织的生产效率。但政府不同于企业,政府行为涉及到公共权力的行使,在这种情况下,政府的行为更多的使用"行政(Administration)"的概念。这就涉及"管理"与"行政"的关系,以及在研究中的应用问题。

(1)行政的定义

对于行政,被看做是"保持控制的问题,这里的控制是指控制者知道什么应该发生,什么正在发生,而且有办法在二者之间有一定差距时,使后者与前者保持一致。"[2]一般认为,"行政"基本上指服从指令和服务。[3]对于行政的具体范围,多数研究都将行政作为国家职能的一种,与立法、司法并列起来,如孟德斯鸠的三权分立制衡理论、洛克的分权理论,威尔逊和古德诺强调的政治与行政的分立和关系。在国内的相关研究中,行政是指国家的一种职能,是拥有行政权的国

---

① [美]弗莱蒙特·E.卡斯特,詹姆斯·E.罗森茨韦克:《组织与管理:系统方法与权变方法》,陈旭明、李柱流译,中国社会科学出版社,2000年版,第5~6页。

② 邓正来:《布莱克维尔政治学百科全书》,中国政法大学出版社,2002年版,第7页。

③ [澳]欧文·E.休斯:《公共管理导论》,彭和平等译,中国人民大学出版社,2001年版,第6页。

家机关依法对国家事务和社会事务进行组织和管理的活动。④

(2)政府的行政与管理

综合管理和行政的分析，在将这两个概念应用于政府实践过程中，必须要协调二者的关系。对于两概念在政府行为中的使用，存在不同的观点，一种观点认为，行政常常暗含着政府或其他非营利组织，而管理则与工商企业相关，在实际使用上，两词在用法上有交叉重叠的情况。①另一种观点认为，行政基本上是指服从指令和服务，而管理是指取得某些结果以及取得这些结果的管理者的个人责任。②还有观点表明，"管理"应当包括"行政"在内。③可见，"行政"和"管理"不是同义词，两者各有侧重。对于不同的观点，结合研究的条件，以及目前国内对于管理和行政的定义，这里对这两个概念的关系作出如下界定：行政主要集中于政府的行政部门，④是政府的管理行为，加上"政府"限定的管理就是行政。马克思曾经指出，行政是国家的组织活动，从这个意义上，行政本身就包含"政府是行政主体"的意思。

考虑到本研究是针对政府对于社会组织的各项影响展开的，在这些影响中，政府不仅要进行强制性的命令，还要通过其他多种方式与社会组织保持沟通、实现合作。这就使得政府在管理上不仅要采用传统的行政方式，还要积极借鉴一些企业管理的方法，如绩效评估、合同外包等。因此，从这个意义上说，本书所用的"政府管理"

---

① 沈亚平：《行政学》，南开大学出版社，2003年版，第2~3页。

② [美]弗莱蒙特·E.卡斯特，詹姆斯·E.罗森茨韦克：《组织与管理：系统方法与权变方法》，陈旭明，李柱流译，中国社会科学出版社，2000年版，第6页。

③ [美]弗莱蒙特·E.卡斯特，詹姆斯·E.罗森茨韦克：《组织与管理：系统方法与权变方法》，陈旭明，李柱流译，中国社会科学出版社，2000年版，第6页。

④ Mullins,Laurie J.Management and Organizational Behaviour,Fourth Edition,London: Pitman,1996,400

⑤ [美]戴维·H.罗森布鲁姆，罗伯特·S.克拉夫丘克，德博拉·戈德曼·罗森布鲁姆：《公共行政学：管理、政治和法律的途径》张成福译，中国人民大学出版社，2002年版，第5页。

更加侧重于行政和管理的结合，一般使用政府管理的概念，译为
"Governmental Administration and Management"。

　　3. 政府的社会组织管理

　　通过上述对管理主体、客体以及管理内容的界定，这里将明确
研究的核心概念，即政府的社会组织管理，是指以各级行政机关为
主的国家权力机关为实现一定的目标，利用各类资源，通过计划、组
织、控制、发展、协调等手段，调整内部各分系统活动，处理与社会组
织及其他环境要素之间关系的过程，本书将在后面从管理的制度体
系、管理原则和管理环节三个主要方面来对社会组织管理进行深入
分析和比较。

第二节　分析的框架：国家—社会关系下的政府—社会组织管理

　　从辩证的角度，管理不仅是主体对客体的控制，还包括客体对
主体的反作用，因此，管理是处理主客体相互关系的过程。在这一关
系中，管理主体通过自身一系列行为对管理对象所施加的影响是矛
盾的主要方面，决定着二者关系的发展。结合本书的研究，政府对
于社会组织的管理作为处理政府与社会组织相互关系的行为，政
府作为管理主体具有主导性的作用，在管理上具有很强的独立
性，同时，受外部环境和社会组织发展的反作用，政府也体现出一
定的适应性，综合在一起，促使政府不断调整组织、方式、方法来
实现对社会组织的有效管理。环境、政府、社会组织形成了社会组
织管理的要素，结合环境条件、政府及社会组织的情况，处理政府
与社会组织的关系就成为政府社会组织管理的主要任务。可见，
区别不同社会组织管理模式的标准在于特定环境条件下的政
府—社会组织的相互关系，而解释、划分不同关系类型的框架就
是国家—社会结构。因此，研究将采用国家—社会关系作为解释

政府社会组织管理的主要分析框架,为此,这里需要对这一框架在本研究中的适用性进行证明。

一、结构性命题

国家—社会关系与政府—社会组织关系,这两对关系能否形成关联是这里需要重点分析的。只有在两对关系具有密切相关性的基础上,国家—社会关系才能成为解释政府社会组织关系的分析框架,并进一步为研究的展开提供结构性的支持。

1. 国家—社会关系的选择

对于国家—社会关系的研究源远流长,内容丰富,随着时代的发展,对"国家"、"社会"作出了不同的解释,二者的关系也不断产生着变化。在国家—社会关系框架中,理论上对二者概念的每次变化都产生了相应的关系模式,这里也以此为线索对国家—社会关系进行梳理,从中明确本书所使用的基本框架。

(1)国家高于社会

第一,从文明发展的角度,国家[①]是人类文明的重要标志。在古希腊时期的研究中,城邦是正义的体现,是"至善的团体"。[②]在个人与城邦的关系上,个人是城邦的有机组成部分,个人的价值依赖于城邦。离开了城邦,人就无法完善自身。[③]因此,"人类自然是趋向于城邦生活的动物。"[④]个人及团体应该无条件地服从于政治共同体,即国家高于社会的一体化,简言之,"国家在社会中,社会因国家而存在。"[⑤]

第二,从现代公民社会的角度,国家仍然是整体理性的集合体,公民社会必须服从、服务于来自国家权力机关的统治。在这一理论

① 在柏拉图和亚里士多德的著作中,城邦是国家的主要形式。
② [古希腊]亚里士多德:《政治学》,吴寿彭译,商务印书馆,1965年版,第7页。
③ 徐大同:《西方政治思想史》,天津教育出版社,2000年版,第41页。
④ [古希腊]亚里士多德:《政治学》,吴寿彭译,商务印书馆,1965年版,第7页。
⑤ 曾峻:《公共秩序的制度安排》,学林出版社,2005年版,第5页。

中,对社会的界定发生了变化,即现代公民社会的概念第一次被完整地、系统地确立,是私人生活领域及其外部保障构成的整体,包括个人及各种自治团体,是一个"需求的体系",①是自私而贪婪的,是只为"等级",或享有特权的"资产阶级"服务的。②可见,公民社会理论中,强调个人权利的独立性,并以个人权利的实现为基础解释公民社会去道德化的内在机理,与绝对理性国家结合在一起,成为"国家至上"理论的主要观点。

总之,对"国家至上"理论的两种分析,其共性在于都以国家与社会的分离为前提,都揭示了国家权力对社会整体发展的合理性。但实践中,专制政体,尤其是封建君主制政体、法西斯国家的产生,加上现代福利国家的问题,都说明,仅仅依靠国家的"至善"是不可能充分实现国家—社会关系协调运转的。

(2)国家同于社会

"公民社会"这一概念约在14世纪开始为欧洲人采用,其含义则是西塞罗在公元前1世纪提出的。它不仅指各个国家,而且也指业已发达到出现城市的文明政治共同体的生活状况。这些共同体有自己的法典(民法),有一定的礼仪和都市特性(野蛮人和前城市文化不属于公民社会)、市民合作并依据民法生活并受其调整、以及"城市生活"和"商业艺术"的优雅情致。③有学者称之为公民社会的古典概念,是与国家的同义词,是与自然状态相对的政治社会或国家,而不是现代意义中与国家相对的实体社会。④从这个意义上说,国家与社会的关系具有同一性。这种大社会、大国家的概念是在特定历史条件中形成的,随着时代的发展,现代公民社会理论重新定义了公民社会和国家,提出了国家—社会关系的新框架,即社会高

①[加]查尔斯:《泰勒·黑格尔》张国清译,译林出版社,2002年版,第664~665页。

②邓正来:《布莱克维尔政治学百科全书》,中国政法大学出版社,2002年版,第132页。

③邓正来:《布莱克维尔政治学百科全书》,中国政法大学出版社,2002年版,第132页。

④邓正来:《市民社会与国家》,四川人民出版社,1997年版,第25页。

于国家。

(3)社会高于国家

从黑格尔开始,公民社会获得了独立于国家的定义,这种产生于个人需要的独立性成为以后公民社会理论的核心，为公民社会先于国家,高于国家提供了前提。随着"全能主义"和"福利国家"所产生的种种问题，国家扩张所导致的严重后果被凸显。在这种现实条件下,公民社会理论作为"对猖獗的'国家主义'的回应"而得以发展,[①]将国家视为人们为了维护自身安全和利益而建立的政治组织，只是实现社会福祉的工具。对于社会来说,国家是一种"必要之恶"。[②]在这种国家—社会关系中,公民社会是"由货币经济、在像自由市场一样的地方随时发生的交易活动、给开化而聪颖的人带来舒适和体面的技术发展、以及尊重法律的政治秩序等要素构成的一种趋于完善和日益进步的人类事务的状况。"[③]国家是民众"一致同意"的产物。这种契约论的观点将公民社会置于国家至上,为现代公民社会理论中保护公民个人权利不受国家侵害，公民社会制约国家提供了理论基础,同时,其所提倡的限制政府规模对于目前"全能政府"的调整具有一定的指导意义。但对于公民社会的内部协调、管理机制还缺乏深入的探讨,这也使得在解释目前各国在社会自治领域出现的问题出现很大的困难,并且这种高于国家的理念,容易导致对国家的简单化、敌对化,这都不利于整个社会的协调稳定。因此,寻找国家—社会关系的第三种模式,即国家、社会的良性互动关系得以出现。

(4)辩证唯物主义视角下的国家—社会关系

---

① 邓正来:"国家与市民社会——一种社会理论的研究路径:导论",见:[英]J.C.亚历山大,[中]邓正来主编:《国家与市民社会——一种社会理论的研究路径》,中央编译出版社,2002年版,第3页。

② 邓正来:《市民社会与国家》,四川人民出版社,1997年版,第11页。

③ 邓正来:《布莱克维尔政治学百科全书》,中国政法大学出版社,2002年版,第132页。

作为对国家-社会关系互动性的一种研究，马克思和恩格斯在辩证唯物主义理论曾经有过相应的分析。

第一，从唯物主义的角度，肯定公民社会的决定性。

马克思的公民社会定义认为，公民社会是"按照自身法则运行而不受法律和政治团体的伦理要求影响的经济和社会秩序。"②在国家、社会两者的关系上，马克思认为，国家不是社会，也不能包含社会，国家是社会在一定发展阶段上的产物。在两者的从属上，马克思认为是市民生活巩固了国家，现代国家的自然基础是市民社会以及市民社会中的人，即仅仅通过私人利益和无意识的自然的必要性这一纽带同别人发生关系的独立的人，即自己营业的奴隶，自己以及别人的私欲的奴隶。③这一观点同黑格尔在论述公民社会内在属性有一定的共性，都强调了个人的需要及其满足是公民社会的内在动力，在此基础上，运用唯物主义的观点，认为由个人需要产生的各种活动组成了整个社会的经济、社会基础，并以此来决定国家，这一政治共同体的形式和活动。

第二，从辩证的角度，肯定国家—社会的互动关系。

马克思、恩格斯肯定了社会对国家的决定作用，也辩证地指出了国家对社会发展的反作用。通过阶级分析的方法，马克思主义肯定了国家的必要性。人类进入阶级社会以来，就产生了国家。这时，社会是人类生产力与生产关系的总和，而国家是这种社会已经陷入自身不可解决的矛盾中并分裂为不可调和的对立面而又无力挣脱这种对立之承认。这种从社会中发生、而又高于社会之上而且日益离开社会的力量，便是国家。③可见，国家作为上层建筑，能够对社会

---

① 邓正来：《布莱克维尔政治学百科全书》，中国政法大学出版社，2002年版，第132页。

② [德]马克思，恩格斯：《神圣家族或对批判的批判所做的批判》，中共中央马克思恩格斯列宁斯大林著作编译局译，人民出版社，1958年版，第145页。

③ [德]恩格斯：《家庭、私有制和国家的起源》，张仲实译，人民出版社，1957年版，第163页。

基本矛盾产生一定的作用,即国家对社会的反作用。

辩证唯物主义对国家—社会关系的研究,提供了与以往对国家—社会关系"非此即彼"划分所不同的思路,强调了二者的互动性,尽管其中很多概念与现代公民社会理论有很大的差异,但这种辩证的视角,对国家—社会互动性的认识都为研究的进行提供了方法论上的支持。

(5)国家—社会的分立与协作

经过对国家—社会关系分离化的认识,加之西方国家民主化进程的推进,现代公民社会理论普遍地将公民社会视为当代社会秩序中的非政治领域,是国家控制之外的社会、经济和伦理秩序。①不再讨论国家、政府是否应该存在或者到底是国家至上还是社会至上的问题,而转向对二者各自内部的异质性及互动性的研究,这正是研究的重点。通过对内部不同机制的设计,出现了多元主义和合作主义两种现代国家—社会关系框架。两种模式都在肯定政府、公民社会相互分立的基础上,讨论具体的制度设计,实现二者的相互合作。通过这种合作,能够在国家与社会之间形成"一种双向的适度制衡关系,并以此来抑制各自的内在弊病,使国家所维护的普遍利益与公民社会所捍卫的特殊利益得到符合社会总体发展趋势的平衡。"②但多元主义和合作主义也存在很多差异,对政府、公民社会、社会组织、协调的方式等问题持有不同的见解。客观地分析这些模式的存在条件和内在机制,是区分这些模式的标准,也是选择国家—社会

---

① 对于"公民社会"的定义几乎贯穿了整个国家—社会关系的讨论,逐渐地,公民社会开始与一般的"社会"定义相区别,而在目前国家—社会关系的讨论中,公民社会是国家与社会的中介还是社会的组成部分,只存在于社会范围内,对此仍然由不同的认识,这种讨论在多元主义与合作主义的比较中也有所体现。在本书中,将结合具体的关系模式进行选择。详见黄宗智:《中国研究的范式问题讨论》,社会科学文献出版社2003年,第241~283页。张静:《法团主义》,中国社会科学出版社2005年版,第74页。

② 邓正来:《市民社会与国家》,四川人民出版社,1997年版,第13页。

关系发展方向的前提,而这种方向的调整一旦明确,必将对政府的管理产生重要而深远的影响,政府对社会组织的管理作为国家—社会关系的重要组成部分自然也不例外。

总之,梳理国家—社会关系的发展能够为研究提供清晰的理论背景,不同的国家—社会关系所具有的合理性和局限性将为划分、选择目前中国的国家—社会关系模式提供科学的依据,并能够为政府的具体管理实践提供必要的理论支持。在此基础上,接下来需要建立国家—社会关系与政府—社会组织关系的相关性,从而明确国家—社会关系这一背景能够对政府的管理实践产生重要的影响,因此能够成为研究政府—社会组织管理的理论基础。

2. 国家与政府的关联

这里需要证明国家与政府的一致性,从而将政府纳入国家—社会关系的范畴。首先,政府本质与国家本质具有一致性。对于国家和政府的起源和界定,流派众多。对于国家,这里主要介绍黑格尔的理想化国家以及马克思的阶级关系的对立统一体。在国家—社会关系的结构中,“国家”这一定义更倾向于实体化、独立化、主导性的组织机构,即政权性质的国家(State),这就为证明国家与政府的一致性提供了前提。对于政府,洛克认为是由“人民的一致同意”产生,其目的“只是为了人民的和平、安全和公众福利”,履行“立法权、执行权和对外权”①等各项国家权力。马克思认为政府是“阶级统治的工具”。虽然对国家、政府的定义不同,但各项定义的共性在于都认为国家与政府存在较强的关联,无论理想还是实体的国家,都需要具有强制性的权力,也都由实际的组织承载不同的功能,这就是政府,即国家机关。因此,国家与政府在本质上是一致的。其次,政府从属于国家。这主要体现在,第一,国家性质决定政府的组织形式。国家性质体现着国家的目标、原则、结构形式等要素,这些都决定着政府

---

① [英]洛克:《政府论(下篇)》,翟菊农等译,商务印书馆,1982 年版,第 80~89 页。

的具体组织结构必须紧密地围绕国家的性质进行设计，为它服务。第二,政府是国家意志的执行者。国家意志是人民的意志,需要具体的组织机构加以执行和实现。从这个意义上说,政府体现着国家本质,是履行国家意志的主要机构。①总之,国家与政府具有密切的一致性,在关系上,国家作为人民的共同体,政府应当从属于国家,服务于国家,是国家体系中的重要组成部分。

3. 社会与社会组织的关联

这里需要证明社会与社会组织的一致性,从而将社会组织也纳入国家—社会关系的范畴。对于"社会"的定义,理论上更为复杂多样。在研究中,作为与"国家"相区别的概念,"社会"强调的是非政权化、个人权利、独立性等,这就为社会与社会组织的一致性提供了价值观上的共性。首先,从起源上看,一般意义上的社会组织是公民结社合法化的产物,即使在政府背景的社会组织中,也具有一定的社会性,具有一定比例的社会收入。②其次,从目的上看,社会组织是服务于民众的,针对民众的不同需求提供各种社会服务和福利。第三,从运作上看,社会组织是志愿性的,非政治性的,不属于国家权力机关。因此,社会组织就是来源于非国家领域的组织,其目的是为了服务社会大众,维护公民的合法权利。从这个意义上来说,社会组织应当属于社会的范畴内。

4. 国家—社会关系与政府—社会组织关系的相关性

(1)一致性

通过国家与政府,社会与社会组织一致性的证明,可以认为,国家—社会关系与政府—社会组织关系存在较强的相关性,这里需要进一步说明的是二者的正相关,即一致性。一般来说,国家权力机关

---

① 张丽曼:"政府活动必须与国家本质保持一致性——马克思主义国家学说的一个基本原理",社会科学研究,2002 年第 3 期。

② 对于大部分官办社会组织,让这些组织社会化发展,即与政府"脱钩",一直是近年来党和政府的基本态度。这里认为,社会组织的"社会性"更多地应体现在目标和功能上。

直接负责的事务越多,社会自治的范围就越小,公众的自主性和独立性就越可能受到抑制,相反,国家权力直接覆盖的领域越小,公众自发组织的独立性就越强,功能就越丰富。与这种关系相对应的,政府越是趋向于"全能主义",社会组织存在的空间就越有限,反之亦然,这在 1949 年以来中国政府与社会组织的发展历程中尤为明显。可见,国家—社会关系与政府—社会组织的关系具有较强的一致性。

(2)决定性

国家—社会关系与政府—社会组织关系间存在着一致性,这里需要进一步明确二者之间的层次性。如前所述,国家—社会关系是对社会整体结构的基本划分,包含丰富的内容,国家—社会关系的调整是社会整体性的变迁,对政府、企业、社会组织等组织以及公民个人都将产生深远而复杂的影响。从这个意义上说,国家—社会关系在范围上包含政府—社会组织关系,是主要矛盾,决定着政府—社会组织关系的发展,是政府的具体管理模式产生的重要背景。相比之下,政府—社会组织关系是次要矛盾,从属于国家—社会关系,是国家—社会关系的内容之一,随着国家—社会关系的变化而变化。

(3)互动性

政府—社会组织关系是国家—社会关系的组成部分,在由国家—社会关系主导的条件下,能够对国家—社会关系产生能动的反作用。如前所述,政府是国家意志的执行者,政府行为的效率直接决定着国家意志的实现程度,社会组织作为社会利益的代表,其组织化、专业化的程度直接体现着民众的自主性,关乎公众的切身利益。政府通过改革优化结构和功能,实现更为科学的管理和服务,社会组织不断创新,逐渐发展壮大,这都使得政府与社会组织的相互关系处于不断的变化之中,而这种变化最为制度化和直接的体现就是政府的社会组织管理模式。因此,政府调整社会组织的管理模式将对国家—社会这一整体关系造成直接的影响,成为国家—社会关系巩固或调整的重要动力,对这一国家—社会关系起到积极的反作用。

综合上面的观点,国家—社会关系与政府—社会组织关系具有一致性、主导性、互动性的特点,这种特点决定了国家—社会关系能够成为分析政府—社会组织管理模式的理论框架,通过国家—社会关系来解释不同的社会组织管理模式,并以国家—社会关系的变迁作为政府调整社会组织管理模式的决定性因素,为社会组织管理模式的调整提供必要的理论依据。同时,将国家—社会关系作为分析社会组织管理的框架,还能够超越意识形态的困扰,在理解合理性的基础上客观地看待不同的社会组织管理模式,为改革过程中处理继承与批判的关系提供科学的依据和合理的标准。

二、实证性命题

国家—社会关系为认识和调整社会组织管理提供了必要的理论依据,在此基础上,需要在实践中寻找政府对于社会组织管理的合理性和调整管理模式的必要性,为研究的展开提供坚实的现实基础。

1. 社会组织的积极作用

社会组织具有一系列的代表、管理、服务功能,这在实践中非常清楚,并且对于各国都带有一定的普遍性。这里需要明确的是,社会组织所具有的一系列功能是独有的,是相对于政府、企业而言的一种优势,这种优势无论对于政府还是民众,都具有重要的积极作用,尤其对于社会转型时期的中国,社会组织发挥着协助政府决策、汇集表达民意、缓解社会矛盾等多项重要的作用,将成为中国社会发展中不可或缺的积极因素,应该得到政府及社会各界的充分信任和支持。因此,"社会组织积极作用"命题的目的在于以此来凸显社会组织存在和发展的必要性。

2. 社会组织的消极作用

尽管社会组织作出了很多贡献,对政府、民众具有极其重要的意义,但不可否认的是,在现实中,社会组织仍然存在很多问题,近年来,在中西方各国的社会组织都出现了公益腐败、结社营私、官僚主义等现象,这不仅破坏了社会组织的自身形象,同时也侵害了民众的权利,妨碍了政府决策的科学和公正。可见,社会组织的消极作用同样具有一定的普遍性,是社会组织发展中不可避免的障碍。因此,从理论上分析社会组织产生消极作用的内在机理,尤其针对中国社会组织及其问题的特殊性展开研究,从而为管理实践提供必要的理论基础和客观依据。因此,"社会组织消极作用"命题的主要目的在于通过分析社会组织问题的普遍性和在中国的特殊性,解释政府管理的必要性,为政府管理的介入和存在提供前提,同时也为政府管理的调整提供依据。

3. 社会组织发展对政府管理的要求

社会组织发展与政府的管理存在密切的关联。从政府管理的角度,培育与监管并重是处理与社会组织关系的核心任务。

(1)积极作用要求政府培育

社会组织的发展对政府、企业和民众都具有积极的作用,是现代社会发展中不可或缺的要素。而发挥这些重要功能的前提是社会组织能够获得合法的身份、独立的资格、明确的权责、充足的资源、广泛的信任和制度的保障,这些条件将对社会组织能否存在和发展产生直接而重要的影响。要具备这些条件,一方面需要社会组织不断努力创新,提供更为优质的服务,进行有效的管理;另一方面,来自政府的各种支持是必要的。无论从西方国家的社会组织发展经验还是从中国社会组织的现实状况,都揭示了政府对社会组织发展能够起到的重要推动作用。因此,这一命题将在"社会组织的积极作用"命题的基础上,提出政府培育,这一具体管理模式的必要性,同时,结合中国的具体情况,这里继续讨论,"发挥社会组织的积极作用"应该成为政府培育的主要目标,并以此来衡量政府管理的有效性。

(2)消极作用要求政府监管

社会组织和政府、企业一样,具有自身的问题,会出现一些消极的作用。任由这些问题发展下去,将产生不良的后果,因此,随着各种社会组织问题的出现,对社会组织活动进行更为有效的监督和规范成为了一个新的课题。面对这一问题,不同国家都采取了不同的监督办法,在这些办法中,政府都具有重要的作用,成为社会组织管理体系中的核心。这种管理的实际结果,一方面是由社会组织自身的问题造成的;另一方面,是由政府在社会发展中的地位所决定的,即作为国家的权力机关,政府有责任也有能力对社会组织的失范进行纠正,规范社会组织的活动,保护民众权利,维护社会的公正。因此,这一命题在"社会组织的消极作用"命题的基础上,提出政府监管是社会组织乃至整个社会良性发展的必要保证,同时,结合中国的具体情况,这一命题进一步讨论,"纠正社会组织的问题"应该成为政府监管的主要目标,是衡量政府管理是否有效的重要标准。

总之,社会组织的正负作用是一对决定社会组织发展的基本矛盾,从现实来看,社会组织的积极作用是矛盾的主要方面,决定了社会组织尽管存在问题,但仍然是社会发展的重要力量,需要政府及社会各界的信任和支持。在此基础上,需要政府加强对社会组织活动的监管,规范社会组织的行为,确保社会组织健康的发展。可见,这种社会组织的双重作用也决定了政府在管理上的双重任务,即培育和监督并重,在培育的基础上实施有效监管的总体思路。这种管理实践中的具体思路与国家—社会关系转型这一宏观背景结合在一起,共同决定了政府—社会组织关系的发展方向,由此也直接对政府的社会组织管理模式形成了新的要求。

第三章　社会组织的双重作用与 政府管理的两个任务

社会组织作为新兴社会组织,如同其他类型组织一样,在产生了积极作用的同时,也会出现一些新的问题,不利于民众、其他组织乃至社会整体的运行发展。在这种情况下,讨论对社会组织的管理首先就要对社会组织的积极、消极作用作出清醒的判断,分清主次,并以此作为政府设定社会组织管理目标的基本前提。

第一节　社会组织的积极作用

社会组织,作为一种实现民众意愿,由民众自发结成的非营利性团体,在西方发达国家具有较为悠久的历史,发挥着广泛而积极的作用。在世界范围内,社会组织的发展也已经逐渐成为一种趋势。20 世纪 70 年代以来, 一个被称为 "全球社团革命" 的 NGO 发展浪潮在世界各地兴起。[①]可见,社会组织的产生和发展已经成为当今各个国家一个普遍性的现象。分析这种现象的成因,即理解社会组织产生的必要性,对于明确社会组织的定位,改善社会各界对这类新型组织的认识都将产生重要的影响。因此,这里将以中国社会组织的情况为主,结合西方发达国家社会组织的发展经验,从社会组织对政府、企业和民众三方的影响进行分

---

① [美]莱斯特·M.萨拉蒙:《全球公民社会—非营利部门国际指数》,陈一梅等译,北京大学出版社,2007 年版,第 1 页。

析,①阐明社会组织的优势和积极作用,明确其存在和发展的必要性。

一、改进政府管理

政府作为掌握公共权力,配置公共资源的组织,是公共事务的主要管理者和公共服务的主要提供者,这一点毫无疑问。但随着一些国家"全能政府"诸多问题的产生,"政府失灵"越来越引起各界的重视。这些问题说明,随着社会事务的复杂化和社会利益的多元化,以往由政府独揽所有公共事务处理和利益协调的局面已经难以适应社会的发展,必须有所改变。为此,"重塑政府"、"管理主义"、"新公共管理"等理论和改革路径都在从不同的角度来解决政府的问题。这些理论的共性之一在于仍然将政府作为主要的公共管理、服务主体,但不是唯一的,需要社会组织以及其他组织、个人的参与来实现合作式的管理和服务模式,以此来解决政府由于全能化所产生的弊病,提高社会管理和服务的效率。可见,从政府的角度,社会组织将对政府管理和服务起到积极的作用。

1. 辅助政府决策

现代公共政策已经延伸到社会生活的几乎每一个领域,②其内容具有广泛性、复杂性的特点,与广大人民群众的切身利益息息相关。因此,每项公共政策的产生都要求政府在决策过程中坚持科学化、民主化的原则,避免决策失误,实现政策效果的优化。但是在现代社会中,随着科学技术的突飞猛进,信息激增,出现了"信息爆炸",在整个社会系统中产生着大量的信息,这对政府行政信息的处理能力提出了严峻的挑战,可以说,任何一条信息处理不当,都有可能导致整个公共政策的失误。因此,必须提高政府的信息收集、处理

---

① 需要说明的是,社会组织能够产生的影响是复杂多样的,除了上述三方之外,对政治民主化、价值多元化等也将产生重要的影响,但结合本书的研究范围,这里将主要围绕政府管理的范畴来设定社会组织的影响对象。

② [美]托马斯·戴伊:《理解公共政策》,中国人民大学出版社,2004年版,第1页。

能力,在加强政府行政信息系统建设的同时,大量的社会组织在信息收集、处理、提供决策方案等方面有着自己特殊的重要作用。首先, 中国社会组织大多数是活跃于基层地区的组织, 据统计,2006年省级及省内跨地(市)域活动的社团 21506 个,地级社团 56544个,县级社团 112166 个。①这些基层性的社会组织由于工作的需要,接触当地民众非常密切,不少社会组织已经开始社区化发展。可见,相对于政府而言,社会组织更接近民众,在多年的工作中对民众的实际需求有着更为深切和直观的体验,掌握着大量有价值的信息资料,这些第一手的信息资料具有真实性、有效性的特点,将为政府决策提供重要的依据和参考。因此,中国社会组织客观上是有能力为政府决策提供有力支持的,它们收集整理的民意对于政府实现决策民主化科学化有着非常重要的积极作用。其次,社会组织不仅是在信息传输的阶段能够辅助政府决策,在决策的设计、选择阶段,能够起到重要的参谋作用。随着社会组织的发展,在与政府的沟通中,一部分社会组织已经不再是简单的意愿表达,越来越注重建议的合理性和技术性, 这样既为政府决策提供了有效的参考和技术支持,避免了政府在决策中的失误,又增强了组织目标的说服力,更容易得到政府的认可。如 2005 年, 天津市人大委托律师协会调研并起草《天津市地方立法听证办法(草案)》,打破了地方立法草案通常由相关职能部门、人民团体起草的习惯,开创了地方人大委托社会团体起草法规草案的先例。2004 年,温州商会通过向当地政府提交大型市场设计方案的方式,争取到地方政府的批准,兴建起大型市场,从而扩大了本行业的市场范围和销售途径。

2. 完善政府体制

政府管理体制是政府进行社会管理,提供公共服务的基础。当前,政府职能定位的突出问题是"三位现象"较严重,即政府"越位"、

---

① 数据来源:中华人民共和国民政部:《2006 年民政事业发展统计报告》。

"错位"和"缺位"。造成上述问题的根本原因在于以往对政府职能的定位已经不适应现代社会的发展。因此，转变政府职能，并在职能转变的指导下进行政府机构改革就成为完善中国政府行政管理体制的重要途径。从我国以往机构改革的经验来看，转变政府职能是使机构改革取得实际成效的关键。伴随着中国社会主义市场经济体制的建立和经济全球化的发展，在政府的大力推动下，大批社会组织迅速发展起来，在数量迅猛增长的同时，中国社会组织在职能范围上也日趋合理化和多样化，由这些组织来提供一些以往由政府负责的管理和服务职能，这将有利于进一步深化政府职能转变，推动政府机构改革顺利进行。例如，2003年，北京市东城区司法局与惠泽人咨询服务中心共同签署了"东城区社区矫正试验项目"合作协议书，通过合同的方式将原有的社区矫正功能委托给社会组织负责，不仅减轻了政府的负担，而且促进了社会组织的参与，成为北京市社区矫正工作中政府与民间机构合作的里程碑，被认为是国家刑罚体制改革的有力推动。2005年，民政部将办理特定执业资格注册登记、行业产品质量管理等四大行业管理职责移交中国殡葬协会，推动了政府相关职能向社会组织让度的进程。

3. 增强政府能力

政府能力是指建立政府行政领导部门和政府行政机构，并使它们具有制定政策和在社会中执行政策，特别是维持公共秩序和维护合法性的能力。[1]政府能力的大小强弱是评价一个政府优劣的重要标准，政府能力的增强也是现代政府改革与发展的重要内容。中国政府是代表广大人民群众根本利益的政府，因此，对政府能力进行检验的一个重要标准就是政府能否及时地回应民众的要求。对于现代政府而言，及时回应民众的需求，不仅是民主政治的要求，也是公

---

[1] [美]A·阿尔蒙：《政治经济学：体系过程和政策》，上海译文出版社，1998年版，第433页。

共行政的崇高使命。如果一个政府在人民的利益和需求面前反应迟钝或没有反应，最终会招致民众对政府的不满，就会导致政府的信任危机。所以，对民众需求的敏感性如何，回应性和回应力如何，是现代政府能力的一个重要体现。[①]而官僚组织的优点和效率与是否存在能够履行此类职能的社会组织有关。[②]社会组织对于提高政府能力具有两方面的意义：一方面，社会组织更为贴近民众生活，了解百姓生活中的实际需要，能够及时发现广大民众生活工作中遇到的实际问题，通过意见表达，社会组织能够将这些情况传输到政府，引起政府重视，帮助政府掌握民众的实际诉求，及时解决民众的困难。另一方面，中国社会组织是对特定领域、特定阶层的服务，工作内容更加具体，工作方式更加灵活，在求精、求细的工作中，社会组织从微观上做好本组织成员的服务工作，这是对政府工作的一种补充，弥补了政府决策的不足，减轻了政府负担，保证了政府的总体政策规划顺利进行，同时也对政府行为具有一定的参考借鉴意义。在这方面，西方发达国家具有一定经验，例如，美国政府的农业补贴大多通过民间协会发放，这种方式"既避免了政府补贴政府传递的低效，又巧妙地避开了政府干预市场的不正当竞争的嫌疑"，[③]是对政府能力的一种促进。日本颁布的公共场所禁烟措施由日本烟草业协会进行推广，通过开发 TAPOS 卡来限制未成年人购买等方式来促进该政策实现。在中国，近年来，大城市的社区中纷纷建立各种形式的"社区服务中心"，对社区内的孤寡老人等弱势群体提供了较为周到具体的服务，不仅满足了一部分民众的实际需要，而且对政府的社会保障体制是一种完善。

---

① 党秀云："政府再造与政府能力之提升"，《行政论坛》2004 年第 6 期。

② [美]安东尼·唐斯：《官僚制内幕》郭小聪译，中国人民大学出版社，2006 年版，第43 页。

③ 贾西津：《转型时期的行业协会》，社会科学文献出版社，2004 年版，第 75 页。

4. 降低政策阻力

政策阻力产生的原因非常复杂,包括政策自身以及政策主客体双方的各项因素,双方在政策认知、政策认同、政策方法、政策沟通等多个方面的差异都可能阻碍政策的顺利实施,这里既包括制度性的因素,也包括"人情—面子—关系网"等非正式因素。[①]从政府管理的角度,保证政策的高效执行是首要目标,因此,缓解、消除政策阻力是政府管理必须解决的问题,为此,发展社会组织来缓解一部分的政策阻力就成为政府一种必要的选择。首先,对于政策主体而言,社会组织的信息和参谋功能能够辅助政府决策,增强决策的科学化、民主化程度。其次,对于政策客体而言,社会组织作为中介性的社会组织,能够在加强政策宣传、弥补政策不足、促进政策沟通、改善政策方式等多个方面起到积极的作用,有效地缓解了政策的阻力。例如,2006 年,为弘扬以"八荣八耻"为核心的社会主义荣辱观,响应"文明办网、文明上网"的号召,中国互联网协会成立中国互联网协会网络艺术家联盟,并发出"倡导网络文明,繁荣网络文化"的倡议。近几年,为了配合党中央和政府提出的治理网络"黄赌毒"专项行动,中国互联网协会积极宣传"黄赌毒"在网络蔓延的危害,积极构建民众参与监督的网络共同治理模式,配合公安机关极大抑制了网络相关犯罪活动的发生。在上述事件中,社会组织通过自身的积极努力有效地降低了政策的阻力,增强了政策的效果。

总之,随着政府体制改革逐渐成为今后中国社会转型的重点领域,继续科学合理地深化行政管理体制改革、坚持政府职能转变和更新行政方式将成为未来一段时期内的中国政府的主要任务。在这一过程中,无论是西方国家的发展经验,还是目前中国的实际情况,都表明社会组织有条件在政府决策、执行过程中发挥积极的作用,能够为

---

① 详见丁煌:《政策执行阻滞机制及其防治对策》,人民出版社 2002 年版,第 108~234 页。

减轻政府负担、实现科学决策、转变政府职能提供良好的条件,是转型时期政府体制改革继续深化的社会基础。因此,社会组织对于政府而言有着诸多积极的意义,应该得到政府的充分信任和大力支持。

二、完善市场经济

社会主义市场经济的建立是中国经济体制改革的核心内容,也是目前中国社会转型的基础性领域,为了适应这一深刻的变革,政府、企业、劳动者都在不断地调整。在转型期,需要明确市场作为资源配置的基础方式,以市场为中心,处理好政企、企事、行业等多种关系,来保证社会主义市场经济的规范、高效运行。

1. 促进企业发展

市场经济鼓励竞争,通过竞争实现各主体的优胜劣汰,激励企业不断改进生产技术,提高生产效率。这就要求各个企业准确掌握市场动态,科学预测市场前景,合理制定经营战略,及时调整生产、经营及服务模式,以此在激烈的市场竞争中实现企业的生存与发展。在企业实现发展的过程中,社会组织越来越成为重要的支持力量,对企业、行业的发展具有重要的推动促进作用。首先,提供市场信息。市场信息是企业决策的基础和前提,及时、准确的信息能帮助企业了解市场变化,把握商机,开发出适销对路的产品和服务,实现企业利润的增长。行业协会、农村的专业技术协会等行业性、专业性的社会组织,积极地通过各种形式向会员企业、农户提供信息资料,帮助企业、农户及时地了解到市场需求,为生产和销售提供了重要的信息基础。其次,提供技术支持。当今时代的经济发展已不再单靠原始资本的积累,技术、人才等高附加值的资源日益成为企业发展的重要动力。因此,企业为实现自身发展,纷纷投入巨大的成本来进行技术的研发和人才的培养。社会组织作为专业性的团体,不仅是简单的信息收集传递,更是对市场信息的分析和研究,形成的专业分析意见将对企业发展具有方向性的指示作用。同时,社会组织开展各种讲座、培训活动,为企业、农户等提供针对性的技术支持,实现了人力资源的更新,有效解决了企业、农户在生产经营过程中的困难。最后,拓展商务平台。企业的发展需要广泛的社会支持,企业间实现互利互惠、合作共赢是实现整体经济水平提高的前提。但由于种种原因,企业间,尤其是跨地区、跨国家的广泛交流与合作一直存在着一定的困难,社会组织能够以非官方的企业代表身份,排除外界因素的干扰,牵头、举办各种形式的交流会、经贸会,为企业间接触、沟通提供一个宽松、广阔的平台,有助于企业间达成共识,形成合作。例如,近年来,中国的多个行业协会通过召开会议的形式,实现企业间的沟通,共同面对市场中的各种波动,增强了企业自身的抗风险能力,同时,拓展了企业的社会关系,对于企业具有重要的促进作用。但需要说明的是,行业协会的这种串联拓展作用由于可能造成垄断在西方发达国家受到了必要的限制,例如,美国的行业协会是不能干预国内市场价格的。中国在最近也开始了类似的尝试,例如 2007 年,国家发展和改革委员会发文对国际拉面协会中国分会组织的速食面企业"方便面价格上涨"通气会所作的判断以及2008 年国务院颁布的《国务院关于修改〈价格违法行为行政处罚规定〉的决定》(国务院令第 515 号)对行业协会组织本行业的经营者相互串通,操纵市场价格等行为明确了处罚措施等。

2. 规范市场秩序

市场经济强调竞争,但这种竞争必须是良性的,要在平等自愿、规范有序的条件下进行。首先,市场竞争是平等和自愿的。各个市场主体在市场体系中,是以独立、平等的地位进行生产交换活动,是在自愿的基础上作出的生产经营决策。因此,各市场主体所发生的合同关系基本上属于私法调整的范畴。但这种平等是相对的,市场经济的活力在于给市场主体以充分的自由自主权利, 并承认市场主体由于能力和态度抑或是机遇上的差异所造成的财务拥有量的差别。[①]因

---

① 陈晓春:《市场经济与非营利组织研究》,湖南人民出版社,2001 年版,第 120 页。

此,市场主体的经营自主权和平等更加需要保障。其次,市场经济是一种注重规则的经济体制,要求各市场主体在有序的条件下进行活动。虽然市场经济中的关系是复杂多样的,但要求各市场主体在处理各种关系中必须遵守诚信、效率、平等的基本原则,任何破坏这种规范的企业行为都将受到市场无情的惩罚。现实中,一部分企业和个人出于各种目的,通过垄断行为、合同欺诈、恶意竞争、欺行霸市等行为违反市场经济体制的基本秩序,从中牟利,这将阻碍我国社会主义市场经济体制的健康发展。总之,市场经济秩序是市场经济体制建立的制度保障,必须通过一定的方式来惩治、预防各种不良行为,在这方面,政府规制是必要的手段,但不是唯一的手段,西方发达国家的经验表明,行业协会、专业协会、商会都能发挥积极的教育、纠正、协调作用,通过价格协调、制定行业标准等方式,行业协会实现了企业间的沟通,"促进工商经济的发展, 进行内部的利益均衡,"①维护了市场经济运行的整体秩序。这种社会组织的功能在中国的社会主义市场经济体制建立完善中也应当充分发挥出来,不仅是对政府职能转变有力的支持,而且对于调动企业、行业创新积极性,规范市场秩序都将起到积极的作用。

　　3. 实现主体权利

　　市场经济体制是以市场为基础性的资源配置方式,需要多主体以独立、平等的地位共同参与。在这一过程中,各主体都具有明确的利益追求和主体权利,促进这种目标的实现,保护各市场主体的合法权利,满足各主体的合理要求就成为市场经济建设中必须解决的问题。首先,明确企业的经营自主权。企业是市场经济中的基本单位,企业的兴衰成败是决定一个国家整体经济水平以及市场经济体制的关键性因素。因此,调动企业积极性,提高企业生产经营效率,强化企业创新能力就成为当今各个国家促进本国经济发展的重要

―――――――――――

　　① 冷明权:《经济社团的理论与案例》,社会科学文献出版社,2004年版,第74页。

手段,尽管具体措施各有不同,但共性在于都将企业视为独立的市场主体,重视企业对其他组织、个人的巨大影响,赋予企业明确的自主权,鼓励企业自主发展。在这方面,西方发达国家中的各种商会、协会发挥了巨大的作用,例如,20世纪70年代中期开始的美国放松政府规制过程中,民航业、铁路运输业等行业的协会、商会作为企业利益的合法代表,积极游说政府修改对相关行业的规制性法律,减少对企业的相关限制,争取有利于企业自由发展的各种政策。①其次,维护企业利益。市场经济是竞争性的体制,企业间的激烈竞争是正常的现象,特别在当今经济全球化的时代,企业间竞争的范围空前扩大,随着国际经济贸易的愈加频繁,国家贸易争端也逐渐成为各国政府、企业维护各自利益的舞台。近年来,随着中国"入世"的逐渐深入,中国参与国际经贸活动的深度和广度与日俱增,相应地,中国的多项产业,如农产品、彩电业等,相关企业也开始被卷入国际贸易争端之中。在解决争端的过程中,西方行业协会作为本国行业利益的代表,在国内外积极进行诉讼准备工作,努力维护企业利益,这对我国行业协会的建设具有一定的启示。例如,1998年,美国苹果协会经过调查,组织美国的浓缩苹果汁加工业对中国的相关企业进行反倾销起诉,直接促成了1999年美国商务部对中国的浓缩苹果汁所展开的反倾销调查。2002年,美国正式起动限制钢铁进口的"201条款",成为迄今为止美国对进口钢铁施加的最严重的一次贸易限制,这正是在美国钢铁协会长期大量的游说、宣传工作下为本国企业争取到的利益。西方发达国家的经验已经证明,社会组织是实现企业利益的重要力量。

　　总之,社会组织不仅是计划经济向市场经济体制转型中政府的替代品,而且是与市场经济相伴生的企业利益代表性独立组织,这

────────

① 夏大慰:《政府规制——理论、经验与中国的改革》,经济科学出版社,2003年版,第74~76页。

说明社会组织不只是政府行为的产物,具有一定的自生性。以此为基础,结合西方发达国家的经验,将为社会组织在市场经济体制中的进一步发展拓展出广阔的空间。对于政府及企业等其他主体,这将有助于明确行业协会等社会组织在市场经济发展过程中的定位,促进社会组织在我国社会主义市场经济体制的建立和完善过程中发挥更大的积极作用。

三、促进社会稳定发展

社会转型是现代中国社会经历的一场深刻变革,这一变革必然包括政治、经济、思想文化等各方面的巨大变化。[①]尤其对于走向现代化的国家,"经济增长以某种速度促进物质福利提高,但却以另一种更快的速度造成社会的怨愤。"[②]因此,社会转型过程中容易出现破坏社会和谐的因素,包括观念冲突、群体摩擦、政治腐败、社会不公、政治参与无度等多个方面,[③]这些因素可能造成大规模的群体性事件,这将破坏整个社会的稳定和发展。因此,缓解甚至消除社会转型中的动乱性因素就成为一个现实的课题。对于缓解上述不稳定因素,社会组织基于自身的一些优势,能够起到有效的促进、抑制、协调和监督的作用,有助于维护社会转型中的稳定和促进社会整体的发展。

1. 促进社会结构分化重组

改革以来,中国的社会变迁中意义最重大、最引人关注之处就是社会结构剧烈、持续、深刻的分化。结构分化是指在发展过程中结构要素产生新的差异的过程,它有两种基本形式:一是社会异质性增加,即结构要素(如位置、群体、阶层、组织)的类别增多;另一种是

---

① 沈亚平:《社会转型与行政发展》,南开大学出版社,2005 年版,第 43 页。

② [美]塞缪尔·P.亨廷顿:《变革社会中的政治秩序》,王冠华等译,三联书店出版社,1989 年版,第 47 页。

③ 详见邓伟志:《变革社会中的政治稳定》,上海人民出版社 1997 年版,第 66~74 页。

社会不平等程度的变化,即结构要素之间差距的拉大。①新型社会要素是一系列复杂条件的产物,这些条件的成熟将是社会要素产生的重要前提,特别在新要素产生之初,由于相关管理经验、制度以及社会认同感的缺乏,这些新型要素往往要承受巨大的压力,这种压力如果处理不当,将破坏这些新型要素对社会环境的适应,产生社会不公或社会危机。因此,及时有效地整合社会利益需求,解决社会结构分化过程中出现的新问题就具有更为现实的意义。对于结构分化,社会组织具有一定的促进作用。首先,为结构分化提供动力。社会结构的分化是一个动态的过程,其中外部条件的变化将对新型社会因素的发展产生重要的影响,社会组织能够促进有利条件的成熟和完备,抑制不利因素的干扰,保证结构分化的外部支持。其次,整合分散的社会要素,对于转型国家,社会结构的分化已经成为一种不可避免的现象, 从原有结构的解体和调整中产生出众多个体化、原子化、分散化的个体,这种态势如果扩大,将增大整个社会的运行成本,因此,需要对这部分个体进行重新整合,但这种整合是高度分散化的个体难以有效进行的,这就需要社会组织代替传统原有结构发挥组织整合的功能。从中西方国家的经验来看,新型社会要素的产生一般都伴随着相关社会组织的出现,例如,越战之后,美国国内退伍士兵大量增加,相应地,为该人群提供就业机会、救助伤残病患,争取社会福利的社会组织也随即出现,通过各种形式将这部分人整合起来,并缓解了当时的社会矛盾,稳定了这一群体,避免了分散化所导致的社会危机。在中国,随着20世纪末开始的国企改制,下岗职工、失业人群迅速产生,解决这部分人的实际困难,提供再就业机会是当时一个棘手而迫切的问题, 在解决这一问题的过程中,大量的职介中心、专业协会、福利组织、基金会发挥了一定的积极作

① 孙立平:《转型与断裂——改革以来中国社会结构的变迁》,清华大学出版社,2004年版,第4页。

用,缓解了部分苦难职工的生活问题,提供了大量的就业机会,对这一群体的稳定发挥了重要的作用。

2. 满足民众多样化需求

中国在改革开放以来,打破了传统的城市单位制和农村公社制度,改制后的企业不再负担职工原有的大部分福利保障。这样,调整民众在计划经济体制中的资源获取途径,以新的途径来满足民众的需求就成为社会管理、服务领域一个重要的任务,例如,随着中国进入老龄化社会,养老、医疗等问题日益对国内的社会福利保障体制构成压力,解决民众在这些方面的实际需求不仅关乎千万民众切身利益,更是一个国家长治久安的保障。同时,随着社会经济飞速发展,人民的生活水平得到了提高,这种物质生活水平的提高必然会反应到人们的精神生活层面,使得民众在价值观、社会文化、休闲、娱乐等方面也不可避免地形成了一些新的社会问题和社会需求。可见,一方面是传统的满足民众需求的体制被打破;另一方面,是民众日益多元化增长的需求,这种矛盾决定了必须对现有社会管理服务体制进行改革,以增强体制供给能力。

从西方发达国家的经验来看,发展社会组织是一项积极有效的选择。首先,社会组织多是针对性较强的团体。社会组织是产生于民众实际需求之中的,自产生之初就具有明确的服务对象和特点,这种针对性强的优势能够使得社会组织与民众多元需求之间形成有效的对应关系,确保管理和服务的到位。其次,部分社会组织是专业性的团体。社会组织要发展就必须提供令民众满意的服务,这就要求社会组织服务供给的有效性,专业化是其重要的保障。社会问题关乎民众的切身利益,这就使得这些问题不仅是多样的,而且是复杂的,这就要求社会组织不仅要坚持志愿性、公益性的原则,更要有高效、专业化的能力。目前,部分社会组织具有一定的专业技术水平,对解决特定领域的复杂社会问题能够起到重要的作用。最后,社会组织是社会管理服务体制中的"填充剂"。社会是不断发展的,民众的需求也在不断的变化，其总体趋势是不断的分散和具体化，与之相比，社会管理服务体制具有一定的稳定性，制度变革就更是一个过程，需要时间。尤其对于特定的政府管理服务体制，与民众多元动态的需求体系相比，具有一定的滞后性。这种服务供给与多元需求体系之间的空白，由形式同样灵活多样的社会组织来填补正好具有适用性。社会组织的这种"填充"作用客观上完善了社会管理服务体制，同时，其本质目的在于满足民众的实际需求。例如，随着流动人口的不断增加，这部分劳动者在为城市建设作出贡献的同时，其工作生活中的一些实际问题也需要在城市得到解决，比如这些劳动者的适龄子女入学问题，这部分孩子由于种种条件的限制，只有一少部分能够在城市的公立学校(中小学)就读。因此，发展民办教育，依靠民办非企业单位来扩充现有城市的基础教育规模，以此来满足大量外来务工人员子女的入学困难，这不仅满足了民众的实际需求，更成为社会组织提供教育资源，完善城市教育体制的积极举措。

3. 缓解社会矛盾

改革开放以来，社会主义市场经济体制的实行极大地提高了我国劳动生产的效率，但经济快速增长的同时，也出现了一些社会不公正的现象，出现了许多新的弱势群体以及由此产生的社会问题。例如，贫富差距的扩大和贫困人口问题、流动人口及流动人口中的妇女和儿童问题、失业人口的增多和城市贫困阶层的形成、吸毒问题、拐卖妇女与儿童问题、老年人问题等等。完全通过市场来解决这些问题显然是不可能的，而完全通过政府来解决这些问题也是不现实的。特别是改革开放以后，政府在提供社会福利、解决社会问题方面心有余而力不足。在"政府失灵"和"市场失灵"的情况下，社会需要有组织的创新，来弥补政府与市场的不足。而国际经验表明，社会组织在满足弱势群体的社会需求、解决一些长期性的社会问题方面具有独特的优势。例如，社会组织具有创新性、灵活性的优势；具有与基层联系密切、了解基层实际情况的优势；具有成本低、效率高的优势等等。这些优势使社会组织在满足弱势群体的需求、解决社会问题方面具有政府与市场不可替代的作用。例如,在解决社会问题上,2006 年,为了宣传防控"艾滋病"的重要意义,哈尔滨市疾控中心性病艾滋病预防控制所通过调查以及集中培训的方式,义务为该市同性恋者及 CSW(女性性服务人员)讲授相关防病知识,类似工作也在南京、杭州等城市以计划生育协会为主体相继展开。这项工作对防治我国性病,尤其是艾滋病工作的开展具有积极的意义,但由于适用人群的特殊性及社会影响,由政府直接去做具有一定的困难,社会组织以私立的身份参与其中,能够发挥积极的作用。又如,在扶贫工作上,2006 年,国际小母牛项目组织、江西省山江湖可持续发展促进会、江西省青少年发展基金会、宁夏扶贫与环境改造中心、中国国际社会组织合作促进会、陕西省妇女理论婚姻家庭研究会等 6 家社会组织,利用江西省扶贫办提供的 1100 万元财政扶贫资金,在国家扶贫开发重点县江西乐安县、兴国县和宁都县的 6 个乡镇 18 个重点贫困村开展村级扶贫规划项目。这被认为是对中国现行扶贫工作体制的一个创新,也是对扶贫资金管理上的一次探索与突破。

4. 保护公民权利

随着我国将依法治国确定为国家的基本治国方略,通过法律法规来规范政府、市场以及个人的行为,保护公民个人的合法权利成为一个迫切的问题。

第一,保护公民权利要实现公共权力运行的有效和公正。一方面,提高政府实现公民权利的有效性,即提高政府能力,社会组织所起到的积极作用是明显的。另一方面,对于保护公民个人的合法权利免受政府权力滥用的侵害,并提供权利救济,社会组织同样具有重要的作用。政府在与公民个人产生各种关系的过程中,存在滥用权力,牟取个人私利、部门私利的可能性,公民个人的合法权利将因此而受到不公正的待遇和侵害。各个国家的法律监督体系都对这一问题进行了大量的立法、司法工作。中国在宪法的基础上,接连制定颁布了《行政诉讼法》、《行政许可法》、《国家赔偿法》等法律来规范政府权力,保护公民权利的法律,逐渐完善中国的行政诉讼体系。在一系列法律法规的制定实施过程中, 律师协会等专业团体通过提议、设计草案等方式,积极参与到权利保障立法之中。在相关法律出台之后,这些社会组织积极向民众宣传法律知识,对有需要的民众提供法律咨询,促进了各项法律的普及和应用,从法律的角度保障了公民的个人权利。另外,为了保护公民个人权利免受政府滥用权力的侵害,很多社会组织还积极通过舆论宣传、游说政府等手段,向相关政府部门反应民意,保护本地区民众的公共利益。典型的案例如 2004 年,"绿家园"和"云南大众流域"这两个民间环保组织通过组织宣传动员、政协质询、与政府官员沟通,向环保部门反映诉求等方式,使得中央政府作出了"暂缓怒江大坝工程"的决定。这被认为是"社会组织的活动和声音极大地影响了中央政府的决策,这在中国还是第一次。这是一个标志性的、甚至具有里程碑意义的事件。"①

　　第二,保护公民在市场经济活动中的合法权利,即实现市场体系的劳动者、消费者的合法权利。在市场经济中,企业为了短期私利,容易出现欠薪、降薪、超时工作不予补偿等违反《劳动法》,损害劳动者合法权利的行为,产生劳资纠纷,激化劳资矛盾。同时,对于普通消费者,也往往被企业利用生产销售过程中的信息不对称、行业垄断等优势所欺诈侵害,使得消费者维权成为近年来一个热点问题。保护劳动者和消费者的合法权益是实现公民个人权利的重要内容,在这方面,社会组织具有积极的作用。对于劳资纠纷,社会组织具有维权、调解的功能,作为劳方的社会组织,代表劳动者的利益,向资方争取合理的补偿和改善工作条件。作

---

① 曹海东:"怒江大坝突然搁置幕后的民间力量",《经济》2004 年第 5 期。

为资方的组织,代表资方的利益,为了生产的继续,也在以客观的心态与劳方进行谈判,争取双方的和解。典型的事例如 2007—2008 年出现的由美国编剧协会组织的编剧业者长达三个月的罢工。对于消费者权利,社会组织具有重要的维权、警示、监督作用。目前世界各个国家和地区都有专门的消费者权益保护组织,消费者协会作为中国最大的消费者维权组织,不仅维护消费者个人权益,而且对企业有重要的监督作用,对消费者群体也有重要的警示作用。当然,这些组织由于种种原因也存在着一些问题,将在后面详述。

第三,对于自然环境等公民生存的基本权利,具有重要的监督、保护和治理作用。目前,随着各国经济的发展,工业化所带来的环境污染问题日益受到各界重视,环保社会组织通过各种活动,了解各地企业的污染状况,组织动员志愿者参与环保行动,游说政府出台相应的法律法规政策,配合政府职能部门监督企业的污染治理情况等,这些工作都对保护公民生存的基本自然环境发挥了重要的作用,甚至在部分西方国家,这些环保社会组织受政治体制的影响,能够成为"绿党",参与议会讨论,影响政治议程,对政治权力运行起到更为直接有效的作用。①在中国,民间环保组织也发挥着不可忽视的作用,最近,中国公众与环境研究会对内地跨国公司的污染状况进行了高标准、大范围的调查,取得了重要的调查成果。另外,20 多家环保组织共同发出"绿色选择"倡议,呼吁消费者选择环保企业的产品,抵制高污染企业的产品,迫使很多污染企业主动上门,向政府部门以及这些环保组织提交整改材料,获得认可。

总之,社会组织不仅能够对政府、企业发挥积极的作用,更与民众的切身利益紧密相联,能够在公民与政府、企业的关系中起到重要的权利保障作用。将上述三者的积极作用结合在一起,证明社会组织无论是在国际范围还是对于现阶段转型时期的中国,都具有不

---

① 详见刘东国:《绿党政治》,上海社会科学院出版社 2002 年版,第 26 页。

可或缺的重要地位,对其他各个社会领域都能起到不可忽视的积极作用。但在强调积极性的同时,也必须承认,社会组织也存在着违法、失范现象,对于这些问题的探讨,将有助于我们更为全面客观地了解这一新型的社会组织。

第二节　社会组织的消极作用

社会组织的发展能够对政府、企业和民众起到积极的作用,但在现实生活中,无论是西方发达国家还是中国,社会组织都出现了一些负面的问题,公益腐败、低效、专制的丑闻日益引起各界的重视,这不仅破坏了社会组织自身形象和社会基础,更危及民众的合法权利。对于这类问题需要全面客观的认识,既要看到问题的普遍性,社会组织同政府、市场一样,在发展过程中会产生一些不良的社会影响,即社会组织所存在的"志愿失灵"问题,又要看到各个国家社会组织问题的具体成因和程度上的区别,结合各国的实际情况进行具体的分析。这里首先就社会组织消极作用的普遍性进行分析。

一、腐败

对于腐败的定义,观点不一,国际货币基金组织将腐败定义为:"腐败是滥用公共权力以谋取私人的利益。"也有观点认为,腐败是指利用公共权力谋取个人利益并侵犯了正值的规则。[①]也有观点从组织的角度来定义腐败,是"利用公共部门,通过违反法律和其他形式的规定来追求私人的利益"。另有观点从"公共利益"的角度来对腐败进行定义,认为"为个别利益侵犯共同利益的行为是腐败"。将腐败和社会组织联系起来,首先需要明确这一问题

---

① [美]奎伦·法布瑞:"分权化、腐败和犯罪:对中国的比较分析",见:胡鞍刚主编:《中国:挑战腐败》,浙江人民出版社,2001年版,第181页。

的排除性和范围。

1. 社会组织腐败的排除性

社会组织具有公共性，其目的在于实现一定范围的公共利益。社会组织大多是针对特定群体和事务的，这在范围上具有多样性和有限性，但共同点在于都为了实现所代表群体的共同利益。尽管在一定条件下，这种代表性可能会妨碍社会整体统一，但就其本质而言，仍然是公共利益的范畴，相应的行为也不在腐败之列，例如，西方国家的一部分社会组织能够以利益集团的身份进行政府游说，其目的就在于影响政府决策实现本群体利益，但这种在美国法律规范下的社会组织行为是合法的，并不涉及腐败的问题。因此，应当将这部分社会组织行为排除出腐败的范围。

2. 社会组织的腐败

社会组织利用公共性及相关方式为组织内部的个人私利服务才是腐败。社会组织的公共性目标是组织存在和获取社会资源的基础，无论是行业协会这样具有明确利益倾向的会员制组织，还是公募基金会、社会救助协会这样具有公益性质的非会员制组织，这些组织的建立和发展都需要实现各自的公共性目标，并以此作为得到政府支持、社会认同的基本条件。相应的，政府结合社会组织的具体公共目标，给予减免税以及其他各种支持，有一部分国家的政府甚至只参考社会组织的公益性目标及其实现情况来进行管理。企业和民众也由于社会组织公益活动的吸引，作为志愿者参与其中，或给予捐助等其他形式的支持。这种围绕公益目标所产生的资源交换关系说明，无论是政府还是企业社会的支持，对于社会组织而言，都带有明确的目的性，这就形成了政府、企业、社会为实现公益目标与社会组织达成的"委托代理"关系，相应的，外界的各种支持也带有了公共利益的性质，属于"公益资产"，[①]社会组织由于这种关系也具有

---

① 宁锐："公益产权：保卫谁的奶酪"，《中国发展简报》2006年第12期。

了一定的资源使用权,以实现公共利益。②可见,公益性是社会组织赖以生存的基础,也是社会组织资源的保障,同时,一旦利用这种公共性作为个人私利的谋取工具,则应当纳入到腐败的范围,即"公益腐败"。"公益腐败"作为一种新形式的腐败,主要包括公益机构的违规筹款;挪用公益基金及捐赠物资从事不符合宗旨的活动和事业;侵占或贪污捐赠的款物;逃税漏税、逃汇骗汇;日常管理中的财务浪费。①近年来,中西方各国的社会组织都出现了一定程度的腐败问题,例如,1995 年,美国联合道路前任主席诈取组织 120 万美元而入狱,同年,美国有色人种促进会也因常务理事挪用组织基金而被解职,帝国蓝盾和蓝十字协会理事在组织信息系统开发中滥用职权和中饱私囊。2007 年,日本远藤农业协会诈取农民互助保险金,在中国,近年来,云南"中国妈妈"胡蔓莉违规使用善款,用社会捐赠资金购买私宅并送女儿出国留学等社会组织腐败事件。这些事件无一不是在社会组织公益性的掩护下,谋取个人私利的腐败行为。这些事件说明,公益领域、社会组织同样可能产生腐败问题,

　　与腐败密切相关的另一种社会组织行为是过度商业化的问题,即"公益异化"现象。"公益异化"主要是指社会组织违反国家有关规定,擅自从事带有营利性质的商业活动等非公益性行为。一直以来,"非营利原则"都是社会组织活动的基本准则之一,但是在具体实施中由于各方面原因却屡屡受到侵犯,如近年来,中国科

---

　　① 对于公益资产的所有权问题,有学者从整个社会的层面认为应属于社会,也有学者认为上述观点在法律、管理上难以操作,应属于公益组织。这里认为,无论所有者为何,社会组织通过公益性获取社会支持是肯定的,那么,社会组织基于公益性,在使用社会资源的过程中,必须对捐助者担负相应的责任,保证捐助者的各项权利、资源有效的配置和公共利益的实现。这为界定社会组织的腐败行为提供了基本依据。

　　② 周志忍,陈庆云:《自律与他律——第三部门监督机制个案研究》,浙江人民出版社,1999 年版,第 110~126 页。

技发展基金会原副秘书长抗南违规运作资金将基金会大量资金直接拆借给企业。甚至影响最大的中国青少年基金会也被报道涉嫌违反国家规定，挪用"希望工程"捐款逾一亿元，用于投资股票、房产及各类风险企业，并招致巨大亏损，其中不少投资项目以"回报少、效益低"告终。"公益异化"问题虽然直接破坏的是社会组织的"非营利原则"，并且在一定程度上有助于社会组织提高公益活动能力，但从公益事业发展的整体来看，"公益异化"对各国公益事业的发展还是弊大于利，社会组织忙于商业活动，必将影响其公益事业的开展，而且容易让社会组织中的管理人员利用公益资源谋取私利。

3. 社会组织腐败的危害

社会组织的腐败行为出现之后，将在多个方面产生非常不利的影响。

首先，阻碍社会组织发展。社会组织的生存发展归根到底是要靠全社会的支持和信任的，公益事业的开展是以社会慈善捐助为根本支持的，但是"公益腐败"的滋长蔓延将严重损害各国社会组织的形象，并进一步从根本上破坏社会组织生存和发展的基本环境。尤其对于中国，处于新兴发展阶段的社会组织如果出现严重的腐败事件，将使社会各界对其丧失更多的信任和支持，这种社会信任的支撑一旦破坏，对社会组织的影响将是深远和难以弥补的。例如，1995年，当美国民众看到媒体披露有关6名社会组织的管理者每人领取100万美元薪酬的报道时，人们都义愤填膺。

其次，拖延其他领域的改革进程。如前所述，社会组织的发展能够对政府、市场经济以及民众产生积极的影响，但这是在社会组织坚持公共性的前提下。腐败可以被视为社会组织背离初衷甚至欺骗民众的行为，组织目标也难以实现，这将使得政府职能转变、市场经济运行和公民权利促进等需要社会组织发挥功能的改革领域由于失去了社会组织的支持而放慢步伐。

　　最后,社会心理上的潜在影响。社会的发展需要人与人之间的信任、互助和合作,古今中外,概莫如是。作为当今社会中民众互助、信任的载体之一,社会组织无疑能够将这种信任、友爱的精神扩大范围,延伸到更远的距离。从这种意义上说,社会组织就代表着社会信任、互助、团结与博爱,是这些崇高价值理念的实体化形式之一。而腐败的产生将是对这种社会价值系统根本性的破坏,并对民众的心理产生一定复杂的影响,丧失其对社会信任、互助的信心,这不仅对社会组织,而且会在更大的社会范围内产生深远的影响。总之,腐败是具有一定普遍性的社会组织的消极作用之一,是必须加以治理的问题。

二、业余和低效

　　分工的作用在于维持社会的平衡。分工的来源就是人类持续不断地追求幸福的愿望。工作越是分化,生产出来的产品就越多。分工为我们提供的资源更丰富、更优质。①随着中国政府体制改革的深入,结合西方发达国家政府管理服务的经验,服务型政府的建立需要与社会组织形成一定的分工合作关系。因此,社会组织在实现公益性目标的过程中,也具有特定的功能,这就需要社会组织无论从政府伙伴的角度,还是从社会管理服务的角度都应当具备一定的专业水平,尽管具体到不同组织的专业程度有所不同,但都应当具备充分的效率意识。

　　1. 社会组织的专业化

　　社会组织是进行社会管理、提供公共服务的组织,这不仅要求社会组织在目标上具有明确的公共性,而且,落实到执行上,也对社会组织的能力提出了要求,即社会组织应该成为整体社会分工体系中的一环,具备一定的专业化水平和效率。然而,在现实中,社会组织由于种种原因仍然存在着严重的业余和低效,"关于社会组织的

---

　　① [法]埃米尔·涂尔干:《社会分工论》,渠东译,三联书店,2005年版,第189页。

效益及效率等重大问题,往往无人问津",①但这将产生严重的危害。因此,强调专业与效率的必要性就成为认识社会组织目前业余和低效危害的前提。

(1)符合社会发展的整体需要

效率成为中国社会组织的发展目标,最主要的原因在于社会发展的整体需要。现代国家已经明确了国家—市场—公民社会三者之间的相互独立,同时,更应该重视三大社会领域相互协作,共同发展的重要性。这一方面说明,无论是政府还是市场经济作为一种实现资源最优配置的制度设计,都要求资源利用的高效率;另一方面,也在说明政府和市场都存在着自身的问题,即政府失灵与市场失灵,在社会发展中,二者不可偏废。因此,在普遍存在"政府失灵"和"市场失灵"的情况下,社会的整体发展更需要有相应解决问题能力的新型组织产生,来弥补政府与市场能力的不足,这就是具备一定专业水平的社会组织。而国际经验表明,社会组织在满足弱势群体的社会需求、解决一些长期性的社会问题方面具有独特的优势,其中一个重要的优势就在于这种组织运行的专业化、高效率。这些优势使社会组织在满足弱势群体的需求、解决社会问题方面具有政府与市场不可替代的作用。可见,专业化正是保证社会组织能够发挥应有作用的关键,社会组织只有在有效实现公共利益的前提下,才能有效地消除政府、市场经济的副作用,推动社会整体的发展,同时,专业化又从组织内部提高了社会组织的实际工作能力。因此,为适应社会发展,社会组织的发展应该以专业化为基本目标之一。

(2)实现公益资源的合理配置

社会组织强调专业化建设和提倡效率意识的另一个理由是存在严重的公益资源匮乏和资源配置不合理甚至浪费的现象。社会组

---

① [美]里贾纳·E.赫茨琳杰:"公众对非营利组织和政府的信任可以恢复吗?"见:[美]里贾纳·E.赫兹琳杰主编:《非营利组织管理》,中国人民大学出版社,2000 年版,第 10 页。

织作为公益资源的主要筹集、使用者,需要尽可能高效地利用这些宝贵的资源,这就要求社会组织在工作中强调效率意识,提高专业水平,实现公益资源配置的不合理到合理。一方面,目前公益资源总体上还比较匮乏,社会组织在公益活动中普遍存在"志愿不足"、社会筹资困难的问题, 这些都要求社会组织必须视效率为工作目标,更加珍惜现有的公益资源,通过专业化的项目运作等手段尽可能地实现已有资源的公益价值最大化, 才能保证组织的生存与发展;另一方面,社会组织的专业化水平是扩大公益资源总量的保障。如前所述,各国社会组织还在一定程度上存在着"公益腐败"等问题,这种负面影响对公益事业发展是不利的, 需要社会组织以更专业、更高效、更优质的服务来缓解和消除。因此,专业化是社会组织树立形象,争取社会支持的重要保障。从政府、企业和公众的态度上,也希望社会组织更为"专业",才能更加信任社会组织的活动,积极给予各项支持。

(3)保障公益目标的实现

社会组织的专业化发展,还有一个理由是实现公益目标的技术需要。公共利益始终是社会组织活动的基本价值取向和首要工作目标,但必须要注意的是,公共利益的实现过程是复杂的,既反映了公民的整体利益和长远利益, 同时又与个人的利益存在密切的关联。公共利益的实现过程必然包括协调整体利益与个体或少数群体利益这对基本矛盾, 从目前因公共利益的可变性所引发的争执来看,主要的问题也在于此。社会组织所履行的公益职能也主要集中在对社会公众,尤其是处于社会弱势地位的群体利益的服务上,因此,社会组织中的"公益"强调的是非营利组织在代表民众利益上的功能。但这部分利益却并非传统的"效率"目标所关注的重点,传统的效率是市场经济制度中的生产效率,强调公平竞争、自身利益最大化、优胜劣汰等,这也正是市场经济引发社会问题的一个主要原因。与之相对的,社会组织的"效率"强调的则是在公益项目执行上的及时有效。当公益目标进入实施阶段的时候,在原有的"价值理性"的基础上,还需要引入"工具理性",通过严密的组织结构,合理的制度安排和高效的项目运作来加以实现。在社会组织的公益活动中强调专业化,要求组织根据具体问题的性质和特点选择适当管理方法用以解决组织的效率问题,有利于效率的提高的一切方法都在效率管理关心的范围之中,通过分析社会组织公益项目运作的具体流程,对组织的效率进行规定、评估和分析,制定出改进的计划,以此来提高组织的效率,从而有效地实现社会组织的公益目的。此时,专业化是公共利益得以实现的技术保障,当公益目标进入具体项目运作过程中,社会组织的执行能力就成为决定组织目标得以顺利实现的重要保证,在这一前提下,专业化的重要性进一步得到凸显。

2. 社会组织的业余低效

社会组织专业化的必要性更加凸显了现实的问题,即社会组织的业余和低效问题。低效率的组织与它们所花费的金钱相比,成果距理想效果相差甚远。例如美国的一些全国性慈善机构在募捐和管理上花费太多,而只将收入中不足 50% 的部分用于为公众服务。① 这种社会组织运作的低效率意味着公益资源的极大浪费。具体来说,社会组织的业余低效主要包括组织过分拘泥于陈旧的组织管理制度;政府公务人员兼任社会组织负责人;"官本位"和"按资排辈"等官僚主义现象严重;公益项目执行效率低下;阻碍人才发展等。这些问题表面上虽然只是社会组织的内部管理事务,并不涉及社会组织公益性的核心价值,但事实上仍然对其产生了深远的消极影响,长此以往,不仅具体的公益目标无法实现,而且将失去社会各界的信任和支持。这主要是因为,与政府的公共服务不同,社会组织的服务带有一种"俱乐部产品"的性质,是对特定领域、特定阶层的服务,

---

① [美]里贾纳·E.赫茨琳杰:"公众对非营利组织和政府的信任可以恢复吗?"见:[美]里贾纳·E.赫兹琳杰主编:《非营利组织管理》,中国人民大学出版社,2000 年版,第 5 页。

更加具体,更加灵活,这种针对性强的特点既是社会组织存在的优势,同时也意味着其与民众迫切的现实需要息息相关,尤其对于社会弱势群体,社会组织的帮助能否及时有效地发放到位甚至决定着这部分人的基本生存需要。因此,一旦社会组织的业余低效妨碍了公益资源的有效配置,造成的后果可能是十分严重甚至是不可挽回的。而社会各界将放弃继续支持这些低效的社会组织,转而采用直接施助、自发组织、政府分配等其他形式来实现帮助他人的目的,这个时候,社会组织的存在将毫无意义。可见,社会组织业余低效问题的存在从根本上反映的是目前社会组织的内部管理制度落后的问题,这些问题致使社会组织难以发挥自身优势,进而制约了组织的发展。

　　总之,社会组织的业余低效将浪费宝贵的社会公益资源,阻碍自身公共利益的实现,产生恶劣的影响,破坏社会整体的高效协调运转。因此,克服社会组织的业余和低效,朝着专业化发展具有重要的现实意义,应该成为社会组织未来的发展方向。但需要说明的是,社会组织形式灵活,功能多样,在对其专业化的管理中,也应当按需设定,没有必要绝对化。

　　三、专制

　　社会组织的发展能为其他各社会单元提供有效的支持,是公民行使结社权这一宪法赋予的基本政治自由权利的产物。无论是社会发展的实际需要,还是公民依法享有的权利,社会组织都已经在现代国家—社会体系中获得了稳定和合法的地位,成为不可或缺的社会单元。这种定位的明确,一方面为社会组织的发展提供了坚实的基础,另一方面也在说明,社会组织能够成为独立于以往社会单元的存在,即社会组织在以往利益代表的基础上,随着规模的不断扩大和地位的稳固,开始具有独立的意志和利益倾向。这种独立化的趋势与特定外部条件联系在一起,存在部门利益压制成员个人利益,甚至侵害民众个人权利的可能。因此,结社的巨大化、官僚化使结社同时化为个人不自由的源泉,重视社会控制机能的倾向往往容易引起无视个人自由的公权力监督与干涉的强化。①这种社会组织的专制行为具有一定的复杂性和危害性,需要认真的分析。

1. 社会组织专制的界定

第一,社会组织具有自主管理权是必要的。为了发挥社会组织的积极作用,赋予社会组织独立的地位和明确的权责是必要的,这样能够进一步激发社会组织的能动性,对实际工作的开展也能起到制度性的支持。明确社会组织权责的必要性要求社会组织能够以独立的身份对内对外行使管理权,因此,社会组织管理内部事务、调配人力资源的独立性是受到法律保护的,应当得到其他组织的尊重和承认。在现实生活中,西方发达国家的社会组织内部运作是"受到保护的活动",因为,"如果结社自由不包括为了授予个人组建的社团一个有效的组织结构而从事某些活动的权利,那么组建和加入社团的自由只不过是毫无意义的形式"。②各国政府都承认社会组织的独立地位,基本上不干涉社会组织的内部管理事务。例如,《欧洲人权公约》第11条规定各缔约国政府有义务不阻碍组建和加入社团的权利的行使。这不仅是发挥社会组织作用的保障,而且更是保护民众权利的表现。因此,社会组织权力的合法性是必要的,并不必然导致社会组织对个人权利的侵害,只是社会组织专制的必要非充分条件。

第二,社会组织滥用权力对个人权利造成侵害才是专制。社会组织拥有自主权是合法并受到保护的,因此有关成员的选择及内部纪律的问题不允许公权力的介入(司法的介入),原则上任由其自治

---

① [日]佐藤幸治:"结社的法律性质及其制约"张允起译,见:[英]阿米·古特曼主编:《结社——理论与实践》,吴玉章等译,三联书店,2006年版,第76~77页。

② [德]克里斯蒂安·托姆夏特:"结社问题",蒋小红译,见:[英]阿米·古特曼主编:《结社——理论与实践》,吴玉章等译,三联书店,2006年版,第32页。

处理。不过,关系到个人的权利、自由以及公共秩序的场合则另当别论。^②社会组织权力的对象是组织的成员和对内对外事务。但权力具有双重性,一方面,权力的强制性能够保证组织运转的效率,实现组织目标;另一方面,强制性的权力被滥用,会侵害成员和民众的个人权利。这种社会组织权力的有效和有限的平衡一直是社会组织管理中必须解决的课题,关键在于以实现公共利益为目标,防止社会组织滥用权力,保护社会组织的有效性。目前,随着社会组织地位的提升,在西方发达国家中,社会组织相对于政府、企业的独立性已经较为稳定,但随之而来的社会组织因权力滥用而侵害民众权利的专制现象也开始蔓延开来,成为社会组织管理中一个新的课题。例如,美国律师及相关法律界团体都是要求相关职业者强制入会的社会组织,日本的医师职业协会独占权力而导致非会员医师无法被医院所接收,以及这些协会对成员的惩戒等问题,这些社会组织由于权力的存在虽然可以更加稳定强大,但极有可能出现专制行为,因此,对这部分行为, 西方发达国家多数是采用司法途径来进行解决的,这种介入的目标并不是对社会组织权力的剥夺,而是对更高层次的制度来对公民的合法权利进行保护。在中国,社会组织权力滥用的现象同样存在,例如,2007 年,黄冈市驾驶员协会强制驾驶员入会,但却并不提供相应服务。2007 年,河北省行业协会越权开除某会员企业厂长。这些事件说明中国社会组织同样存在着专制问题。可见,中西方社会组织的专制现象都在说明,社会组织的自治权力存在产生消极影响的可能,需要加以防止。

2. 专制的危害性

第一,侵害公民个人权利。社会组织权力的直接对象是公民个人,因此,其专制行为直接侵害的就是公民的个人权利。如前所述,

---

① [日]佐藤幸治:《结社的法律性质及其制约》,张允起译,见:[英]阿米·古特曼主编:《结社——理论与实践》吴玉章等译,三联书店,2006 年版,第 80~81 页。

社会组织在社会发展中的作用日益显著,与民众的切身利益密切相联,为此,社会组织也取得了合法的地位,具有了相应的权力,这种独立化将导致民众的部分权利必须要借助相关领域的社会组织才能实现,这一点在西方发达国家中较为明显。这种组织权力的独立性和个人权利的依赖性相结合,产生了组织整体利益与成员个人利益的分离,社会组织不再对任何成员的个人要求唯命是从,开始为了实现组织整体的发展,从自身利益出发,以强制的形式迫使成员遵守规定,交纳会费,奖惩会员。这种权力虽然对于社会组织的发展是必要的,但同样存在权力滥用、专制暴政的危险,将对公民个人的合法权利构成严重的侵害,因此,必须纳入到政府监督的范围中。

第二,阻碍社会组织发展。社会组织是志愿性的社会组织,具体到组织的内部管理,社会组织在结构上较之政府与企业趋于扁平化、网络化,①提倡内部的平等和决策的民主参与。但现实中,社会组织依靠权力的垄断实现专制,这不仅对内侵害了成员的权利,而且对外部服务对象的利益也构成了威胁。这种专制性的社会组织将丧失民众的支持与信任,严重的还将受到政府的制裁,这都不利于社会组织社会地位的巩固。

第三,扰乱社会秩序。市场经济是各主体公平竞争的体制,这就要求各主体以平等的身份参与。但在现实中,一些行业协会利用在行业中的垄断地位和影响力,干预会员企业的内部管理,排斥外地企业、新企业进入市场。这些行为都已经严重背离社会组织实现公共利益的核心目标,造成了极其恶劣的社会影响,严重扰乱了正常的市场经济秩序,激化了社会矛盾,破坏了社会整体的稳定和发展。

总之,社会组织随着不断的发展壮大,日益成为社会管理中的

---

① 王名:《民间组织通论》,时事出版社,2004年版,第109页。

独立主体,具有受保护的自主管理权,但这种权力的运用并不是不受任何制约的。在中西方各国出现的社会组织专制现象说明,社会组织的权力需要受到监督,公民个人权利在这些组织中并不能得到绝对的实现,同样需要各种方式的保护和救济。

四、妨碍公正

实现社会公正,是当今各个国家追求的目标。为此,需要从多个方面防止社会矛盾的激化,保证政府决策以实现公共利益为根本目标,保障公民权利的平等。在现实生活中,社会组织作为独立的社会管理、服务主体,在拥有权力的同时,出于本团体利益,对外利用各种手段游说政府,使得政府决策朝着这些组织的利益倾斜,这虽然是正常的,但将在一定程度上破坏社会整体的公平,并在特定条件下,将造成严重的社会矛盾;对内,以商业化、歧视性的原则对待部分民众,排除异己,使得民众丧失了通过社会组织获得服务的基本权利。社会组织的这些行为都对社会公正构成了威胁,特别是在社会利益结构分化剧烈的转型国家中,这一问题更为明显。

1. 歧视

当社会组织获得合法的身份,成为特定领域中的独立权利主体时,这就意味着社会组织具有了独立的利益追求,即社会组织首先要实现自身的生存和发展,为了满足这一现实需要而实施各种管理和服务。虽然这种现实需要从根本上说仍然应该是以组织成员或服务对象的广泛支持为基础的,但在具体的行为过程中,这种利益追求往往需要首先维护组织整体的利益。为此,社会组织运用自主管理权力采取了会员资格的限制性政策或服务提供的选择性政策,虽然制定这些政策在一部分社会组织中是合法和可以接受的,例如一些具有宗教色彩和职业性、志趣性协会,但对于另外一部分从事社会公益事业或范围广泛的社会组织,如公益互助协会等,虽然这些政策也是出于社会组织自身稳固发展的考虑,但由于组织的广泛社会属性,对于广泛的会员和民众而言,将使得这些民众难以从社会组织那里得到应有的服务,产生了受到歧视的心理影响。这虽然并不是谋取私利的腐败问题,但仍然是为了社会组织实现自身利益而服务的,在一定程度上侵害了更大范围内的社会公平。因此,当一个具有价值社会目标的世俗社团采纳了限制性成员资格政策或限制其成员,而这又是立宪民主制度所反对的时候,结社自由的程度和限制所面临的伦理上重要而知识上又富于挑战性的问题就逐渐产生了。①近年来,社会组织的歧视性行为越来越受到社会各界的关注,典型的事件如1984年,由于美国青年商会明尼苏达分会拒绝女性加入而产生的罗伯茨起诉事件,而在商会的全国组织中也有类似的歧视行为,例如,组织虽接受女性会员,但女性成员无权任职和选举,也不能参与决策和得到晋升。同样的歧视性做法在很多组织中都存在,如扶轮社等。这些组织的限制性政策客观上都是出于自身考量而作出的,是以现实需要为优先选择的,但这种排斥行为已经破坏了社会公平,造成了消极的社会影响。

2. 特定政策性行为

公共政策的影响无疑是巨大的。从利益分配的角度,每一次政府决策的产生和执行都意味着一次相关利益格局的重大调整,这就使得各相关利益主体都希望能够影响政府决策,让政策倾斜于自身利益,而作为政策的直接制定和执行者,政府就成为各利益主体关注的焦点。社会组织作为特定群体利益的代表,也在争取影响政府决策,为本组织利益服务,这就是社会组织的政策性行为。

第一,这种行为是现代民主政治中的合理现象。理论上,民主政体要求民众能够广泛地参与政府决策,这是保证民众利益的根本途径。实践中,政府也需要倾听民意,这能够保证政策的认可度和执行

---

① [美]阿米·古特曼:"导言",吴玉章译,见:[英]阿米·古特曼主编:《结社——理论与实践》,吴玉章等译,三联书店,2006年版,第6页。

力。因此，社会组织作为利益代表参与政府决策，即使是从其所代表的群体利益出发，也应该是合理的。

　　第二，特定条件下将破坏政策的公共性。社会组织参与决策是合理的，但也必须看到，在社会利益分化不完全，决策体制不够民主科学的条件下，社会组织的参与会造成政策公共性的丧失。一方面，社会利益分化的不完全，意味着部分社会群体已经形成，能够迅速组织起来形成明确的利益取向。如具体的行业性组织，这些组织一旦形成就会积极地影响政府决策，确保自己的优势甚至垄断地位，争取更大的利益。同时，由于分化不完全以及资源劣势等原因，另一部分群体存在着能力上的差距，难以有效地将意见反映到政府层面。另一方面，社会各群体间的资源差异是不可避免的，这就更加要求政府决策要保持民主化，坚持公共利益最大化的根本原则，赋予不同利益群体在参与政府决策上的平等地位，通过各种途径保证不同位置的利益诉求能够有效地反映进来。否则，资源差距明显的各利益群体加上缺乏民主保障的政府决策体制，将使得处于优势的社会组织能够单方面地影响政府决策，势必将严重侵害弱势群体的利益，破坏政策的公共性，使得整体社会结构陷入强势组织更加强势，而弱势群体难以获得救济的恶性循环。这种强势团体导致的政策公正性丧失在很多国家的转型期中尤为明显，很可能出现权钱交易等严重的腐败行为，更加激化了社会矛盾。①

　　第三，阻碍政策的执行。社会组织是拥有自主权的法人实体，其使命是维护成员或特定群体的利益。出于这种目的，社会组织在公

---

　　① 这种社会组织作为利益集团影响政府决策，导致腐败及妨碍政策公正性的现象在很多国家民主体制不健全的情况下都出现过，如20世纪70年代前，美国、日本也曾经出现过利益集团以不正当行为操纵政府决策，导致严重腐败的事件。随着相关法律和体制的完善，这些问题才得到控制。详见[日]辻中丰：《利益集团》，郝玉珍译，经济日报出版社1989年版，第103页。谭融：《美国利益集团政治研究》，中国社会科学出版社2002年版，第149页。

共政策的执行中,特别当具体政策触及特定群体利益时,会通过游说、组织游行示威、诉讼等方式进行阻碍,即社会组织的政策阻碍作用。对此,需要具体的分析。一方面,现代法治国家以保护公共利益最大化为目标,限制政府的行为,因此,保护公民权利不受政府滥用权力之害是国家法治化的主要任务,在这一前提下,民众通过结社、反映诉求、提起诉讼来抵制政府的政策执行,维护自身利益是合法的行为,应当被认为是民众权利意识和维权能力提高的体现,尤其在转型国家中,这更应当受到关注。典型的案例如西方国家中普遍存在的环保组织发起的反对政府和企业在工程中污染环境的诸多抗议活动。另一方面,社会组织阻碍政策执行合法性的前提是政府滥用权力而侵害公共利益,这一前提下的阻碍政策能够抑制政府专制、维护民众权利。但这种阻碍必须是在法律框架内的行为,而不能单纯从局部利益出发,以自治为名,随意扰乱政策执行,这将破坏政府的统一性和在广泛意义上的公共性。现代政府是公共利益的最主要代表,是实现公共利益的主体。因此,公共政策从本质上是以实现公共利益为根本目的的,是为社会整体性的发展和进步服务的,从这个意义上说,公共政策应当得到有效的执行,虽然具体到特定政策可能由于各种原因存在侵害局部利益的现象,但这仍然需要通过追踪政策来加以弥补,因为,在整体利益面前,局部利益必须作出牺牲,这种牺牲是有价值并会得到救济的,这正是政府对公众负责的体现。反之,如果从局部利益出发,抵制政策执行,则是对社会整体利益的侵害,是对政府权威、公共利益的侵害,这是必须在推行社会自治过程中加以防止的。典型的案例如,近年来,美国的各居民社区协会在社区自治中阻止在本社区内修建基本的教育、福利设施、要求地方政府退税并拒缴各项税款。一些西方国家的极端环保主义组织所采取的一些过激行为。这些行为的结果,对成员来说,对所在的全国共同体和地方共同体的忠诚和投效将会降低;对非成员来说,提供公共服务的计税基础将会降低;对整个国家来说,人们将日益疏离于政治体制,贫富差距将越来越大。而这种趋势的最大后果之一是,国家必将更加割据分裂。随着住宅所有者退进私领域,共同体精神这种更宽广的意识将消失。①

3. 垄断

社会组织不仅能够影响政府决策,使政府决策在公共性原则上发生偏离,同时,在市场经济过程中,也能够以行业代表的身份,形成垄断,控制企业生产经营和市场价格,从而破坏市场经济的公平竞争秩序和消费者的切身利益。如前所述,社会组织能够以专制的行为压制个别企业在市场经济中的生产经营。另外,社会组织能够以企业代表的身份,谋求行业中的垄断地位,为自身及会员企业谋取利益,这种行为较之专制将更为严重地破坏市场经济的公平秩序,而且关系到千万民众的切身利益,因此,这里将其作为破坏社会公正的问题加以分析。行业性的社会组织是本行业利益的代表,通过各种服务和管理来促进整个行业的发展,赢得市场竞争。为此,社会组织不仅要向游说政府争取有利于本行业的政策,同时,更要在具体的市场运行过程中,发挥组织、协调、服务的作用,在政府之外实现对各成员企业的管理,这在各个国家具有普遍性。但受企业营利性目标的影响,社会组织可能受利益驱使,以不正当甚至违法行为来实现企业利润,这是需要绝对禁止的。为此,西方国家一般都立法禁止行业协会影响国内产品价格。但在一些发展中国家,由于政府体制改革及其配套改革存在一定滞后性,②使得政府管理和相关法律法规上对市场价格的监管出现空白。在这种情况下,行业协会等社会组织以行业代表的身份,趁机串通全行业企业合谋哄抬市场价格,这不仅对市场运行,更是对广大民众切身利益的直接侵害,将

---

① [美]丹尼尔·A.贝尔:"市民社会与公德",翟小波译.见:[英]阿米·古特曼主编:《结社——理论与实践》,吴玉章等译,三联书店,2006年版,第207页。

② 详见朱光磊:"中国政治发展研究中的若干思维方式问题析论",《天津社会科学》,2005年第6期。

造成严重的经济社会影响。典型的案例如 2007 年,中国河北省网吧协会统一提高上网价格,以及方便面价格上涨事件,在这些价格上涨的原因中,虽然具有一定的原材料价格等客观因素,但行业协会在这些事件中所扮演的角色是在西方国家中普遍禁止的,是违反市场经济正常运行的。

　　总之,社会组织既是社会公正的维护者,同时,作为局部利益的代表,也可能破坏社会整体的公正。由于社会组织具有多个方面的功能,关乎民众的切身利益,因此,其所造成的社会不公问题也将产生恶劣的经济社会影响,应当成为政府管理和社会监督的主要内容。需要说明的是,由于社会组织的多样性和复杂性,在具体的管理过程中,必须针对具体的社会组织行为进行全面客观的分析,以此作为其是否破坏社会公正的标准,而不能以此为理由,绝对化地排斥社会组织,剥夺社会组织的合法权力,为此,需要政府在管理上作出更大的努力。

五、威胁国家安全

　　社会组织是公民社会的实体化形式之一,具有明确的利益代表性,强调其相对于政府的独立并通过各种手段维护成员的权利。如前所述,虽然这种利益上的分化和冲突导致了社会组织存在积极和消极两个方面的作用,既能抵制政府权力滥用,维护公共利益,又可能过于狭隘,破坏社会的整体协调,但这些行为都是以承认目前政府权威,针对特定问题的具体行为,并且是在国家既定的制度框架内进行的,也没有以否定国家政权为根本目的,因此,这些社会组织的作用,无论积极还是消极,都应当被视为是在一个国家民主化运行或朝向民主化发展的过程中所出现的现象,应当科学地加以对待,而不能成为压制甚至消灭全部社会组织的依据。但与之相反,当部分社会组织造谣滋事、纠集党羽、图谋政权的时候,不仅将造成大范围剧烈的社会动荡,而且严重威胁到了国家的政权稳定,因此,必须加以严肃的惩处和治理。

　　社会组织威胁国家政权的问题在近十余年间得到了广泛的关注,这些行为以"民主、自由"为掩护,以非正当的激烈手段来对抗国家,颠覆政权,已经严重背离了正常的民主秩序框架,对国家、社会都将造成毁灭性的后果,因此,必须警惕部分社会组织这种行为的出现,遏制这种行为的源头。

　　第一,社会组织威胁国家安全的主要原因是国际局势,尤其是大国关系中的冷战思维在作祟。虽然冷战已经结束,但冷战思维仍然在一些大国中存在,使得这些国家在处理与其他国家的关系中,经常借口人权、自由、民主,肆意干涉别国内政、抨击别国政权、煽动别国国内舆论,扰乱别国国内秩序,借以达到其抑制"对手"崛起,打压"对手"的真正目的。可见,这是冷战思维在当今时代中的新体现,其中,一些社会组织则扮演了不光彩的角色。目前一些西方国家经常以各种援助为名,通过经济援助、项目合作、开设分会等方式在其他国家建立各种形式的社会组织,这些组织取得了所在国的合法身份,仍然是所在国社会组织的范畴,其行为表面上是为所在国民众服务,但实质上则是西方一些国家拘泥于冷战思维,对别国实行渗透侵略的工具,这些组织的存在对所在国政权和民众的生活构成了严重的危害。典型的案例如,美国全国维护民主捐赠基金会(又译为"美国国家民主基金会")是由美国国会通过法案成立的,资金全部来源于政府拨款,是一个以私人形式运作的政府部门,与多个政府部门合作,对别国政权实施颠覆,有"第二中情局"之称,该组织策划了近年来多次对委内瑞拉国内选举及查韦斯政权的颠覆活动。与之类似的案例还包括,2006 年的俄罗斯"石头间谍案",以及近年来的东欧"颜色革命"中,"索罗斯基金会"、"开放社会研究所"、"全国民主基金会"、"国家民主研究所"、"卡特中心"、"自由之家"等西方社会组织在乌克兰的"橙色革命",格鲁吉亚的"玫瑰革命"中担任指挥部和智囊团,并给予大力经济支持。这些案例中的社会组织无一不是受西方国家控制,煽动民众、混淆视听、破坏国家形象、颠覆原有政权的工具,从根本上,这些组织存在的原因正是冷战思维在当今时代的存在。因此,对于这种全无公共性可言的所谓"社会组织",为了国家安全和民众利益,必须通过立法等各种形式进行严肃的清理。

第二,毋庸讳言的是,一些社会矛盾的激化给了不法之徒可乘之机。在国家建设过程中,出现一些困难和障碍是不可避免的,但不能因此而否定国家整体的前进方向, 尤其对于发展中国家来说,处于转型的特殊时期,很多困难更是难以完全预料和避免的,这个时候更要求民众及社会各界能够团结一致共渡难关。但在现实中,由于社会矛盾的存在,总有一些不法之徒借口解决社会问题而成立一些社会组织, 利用民众的心理从事非法活动已达到个人敛财目的,甚至与境外敌对势力相勾结,获取各种支持,从事颠覆政权的反国家行为。这种情况在近年来中东欧国家中屡见不鲜,已经严重地干扰了国家正常的政治经济社会秩序。可见,一些社会矛盾的存在和激化有可能为别有用心之人所利用,通过社会矛盾给人们造成的负面影响增强社会组织的活动能力, 以达到其不可告人的险恶目的,因此,社会矛盾的激化可能成为一些社会组织危害国家安全的直接诱因,解决这部分问题,一方面,需要社会各界认清特定时期社会矛盾的本质,及时有效地缓解和消除社会矛盾,从源头上杜绝这种不法行为的产生;另一方面,要坚决取缔不法社会组织,防止其对民众利益和国家安全构成更大的危害。

总之,社会组织有可能为各种势力所控制,成为危害国家安全的因素之一,在这种情况下,社会组织已经完全失去了其追求公共利益的本质属性和目标,在严格意义上,已经不属于社会组织理论上的范畴。但在管理实践中,仍然将其作为管理的对象,因此仍在这里进行讨论。社会组织危害的直接对象虽然是国家政权,但其不可避免地将导致社会动乱、经济衰退和价值崩溃,将使广大民众蒙受难以估量的损失。因此,可以说,威胁国家安全是社会组织最为严重,也是最应当预防和控制的危险。

第三节　政府的双重任务

社会组织既是社会发展的积极因素,同时在现实生活中也确实产生了种种消极影响,这种社会组织作用的矛盾性就要求对于社会组织应当进行客观全面地审视,确定矛盾双方的相互关系,这也成为政府对社会组织进行管理的理论基础。

一、社会组织的主次作用

1. 积极作用是社会组织的主要方面

矛盾的主要方面是起主导作用的方面,决定着事物的性质和发展方向。社会组织作为独立性的组织实体产生并存在,关键就在于能够对外部环境产生积极的作用,以此来得到环境的支持,因此,积极性是社会组织合法性的基础,是社会组织作用矛盾性的主要方面,也决定着其性质和未来发展方向。

第一,积极性是社会组织的本质属性和发展方向。积极性是社会组织的本质属性,对社会组织的认识,"无论从什么学科角度出发,大家都围绕一个问题而展开,那就是如何更好地维护公民依法享有的结社权利"。[①]社会组织作为公民合法权利的产物,其产生之始就带有明确的权利意识,维护、促进民众权利是社会组织的根本目标,因此,无论社会组织的具体管理、服务对象,其最终的落脚点都应当是民众的公共利益,这是社会组织之所以能够存在并发展的决定性因素。

第二,积极性能够让社会组织得到法律、政府及社会各界的认可。首先,得到制度的认可。目前,大部分国家的法律法规都对社会组织的目的和性质作出了明确的规定,一个共同点在于,将社会组

---

① 吴玉章:"'政府管理社团'模式及其效果"见:吴玉章主编:《社会团体的法律问题》,社会科学文献出版社,2004年版,第1页。

织的积极性作为允许其建立并发展的前提，以制度来划定社会组织的范围。例如，美国的《非营利法人示范法》第 3.01 条第一款规定，"除非法人章程规定了目的限制，根据本法设立的任何法人的目的是从事任何合法行为。"法国《非营利社团法》第三条规定，"成立社团所要实现的目的是被禁止的、违反法律、善良风俗的，或者其目的是危害国家领土和政府共和政体的，该社团无效。"日本《特定非营利活动促进法》第一条规定，"本法的目的是，通过赋予从事特定非营利活动的组织以法人地位等手段，促进志愿者从事的特定非营利活动以及其他由公民无偿进行的有利于社会的活动的健康发展，从而促进公共福利的进步。"越南《社团组织、运作及管理规章》第二条规定，社团的目的是"召集并联合其成员，以规范无私的方式运作从而保障其成员的合法权益，帮助彼此卓有成效地工作，为国家的社会经济发展做贡献。"中国《社会团体登记管理条例》第四条规定，"社会团体必须遵守宪法、法律、法规和国家政策，不得反对宪法确定的基本原则，不得危害国家的统一、安全和民族的团结，不得损害国家利益、社会公共利益以及其他组织和公民的合法权益，不得违背社会道德风尚。社会团体不得从事营利性经营活动。"可见，积极性是社会组织获得政府认可以及法律地位的前提。其次，得到社会的认同。合法性的根本来源是社会的广泛认同，社会组织要产生并发展，必须获得政府、企业和民众的大力支持，而获得这些外部支持的根本途径就在于社会组织能够为政府提供相应的支持，能够为企业提供相应的资源，能够满足民众各方面的需求，只有这样，才能证明社会组织对社会发展的积极性，保证社会组织继续存在。

　　总之，社会组织对政府、企业以及民众的积极作用，实现公共利益最大化是组织追求的最终目标，是社会组织存在发展的决定性因素。因此，政府及社会各界应当允许社会组织的存在，为组织的发展提供各项必要的支持，同时，在此基础上，积极治理社会组织所产生的不利影响。

2. 消极作用是社会组织的"偏离"

虽然社会组织在任何国家都是受法律约束的,其产生和行为过程都是依法进行的,但由于各种主客观条件的影响,社会组织都会一定程度上"偏离"了社会组织的目标、原则以及制度的规定,需要对其进行具体的分析。在这些"偏离"中,有些是属于法律限度以内的灵活性,有些是法律的"空当",有些是"擦边",有些是不合法的,有些是局部性的,但都是客观存在的。[①]具体到社会组织的消极性,腐败、低效、专制等都是社会组织的"偏离",并且是一种"负偏离",虽然具体成因不尽相同,但都是背离组织的原则和价值,违反制度精神及规定的行为,将产生恶劣的影响,必须加以限制和消除。

第一,消极作用在现阶段的社会组织发展中是次要的。虽然社会组织存在种种消极的负面影响,但各国的社会组织仍然处于一个稳步发展的时期,以致于有学者将近几十年的社会组织发展描述为一场"全球结社革命"。[②]尤其在中国,社会组织的增长速度在近二十年总体上一直保持着一个平稳而快速的增长趋势。在规模不断扩大的同时,社会组织的积极作用也在日益得到政府及社会各界的认可和支持,在西方国家中,社会组织已经成为社会管理、公共服务中的重要组成部分。随着中国以建立公共服务型政府为目标,社会组织也必将成为中国社会管理体制中不可或缺的主体之一。相比目前世界各国社会组织的主流发展趋势, 消极作用是居于次要地位的,是在现有法律法规以及社会组织积极性原则下所发生的不同程度的"偏离",并不能从根本上决定社会组织的本质和发展方向。这种主次方面的判断能够避免政府以消极性为由对社会组织采取过激、简单化的排除, 而将政府管理的焦点放在治理社会组织的问题上,其

---

① 朱光磊:《当代中国政府过程》,天津人民出版社,2002 年版,第 15 页。

② [美]莱斯特·M.萨拉蒙等:《全球公民社会——非营利部门国际指数》,陈一梅等译,北京大学出版社,2007 年版,第 5 页。

最终目的是促进社会组织的发展。

第二,消极作用是社会组织自身难以克服的。如前所述,国家主义认为民众结社是出于自身的需求,这种得到满足的需求体系是民众结社的物质基础,也是社会组织得以产生的首要前提。既然满足成员需求是社会组织的首要目标,那么,在社会利益分化的当今社会,个体或局部利益的独立性是必须得到尊重和维护的,社会组织作为一个个局部、具体利益的代表,就必须努力去实现这些分散的利益。在实现的过程中,从局部利益出发的社会组织很可能出现冲突并破坏社会统一性的行为,前面分析的腐败、专制、妨碍公正等都是具体的表现。可见,社会组织这种单纯强调个人或者特定群体利益的行为往往破坏了社会整体的统一性,社会组织消极作用存在的根本原因在于社会组织内部坚持个人独立性和外部实现社会整体理性的矛盾。但这一矛盾是社会组织自身无法解决的,因为代表特定群体的利益,满足这些需求是社会组织的根本目标,其积极性和消极性皆源于此。因此,一旦放弃对特定群体利益的追求,社会组织将失去了现实中的社会支持,其主导性的积极功能也无法实现,这样社会组织将消亡。社会组织消极作用的客观存在也为引入政府管理提供了必要的前提。

第三,消极性的影响在一定条件下将扩大。虽然在现阶段,社会组织的消极性仍然不能从根本上动摇社会组织的发展趋势和社会基础,但必须看到腐败、专制、危害国家等问题已经具有了一定的普遍性。这些问题如果继续发展,不仅对社会组织自身,而且将对国家、社会造成深远和严重的负面影响,任由这种危害存在发展下去,消极性将有可能取代积极性成为社会组织的主要方面,支配着组织的性质和整体发展。在这种情况下,社会组织将彻底成为反政府、反社会组织的同义词,社会组织将完全失去政府及社会各界的信任和支持,成为公共利益的对立面,沦为不法之徒的犯罪工具。对社会组织问题预测性的判断有助于加强外界对于社会组织管理的必要性和紧迫感,更有利于社会组织问题的消除。

　　总之,社会组织作用具有两面性,而积极性是社会组织的本质属性和发展方向,是社会组织得以存在并获得各界支持的基础。同时,消极性虽然处于次要地位,但所造成的负面影响是不可忽视的,如果任由其发展,将会对社会组织的存在构成严重的威胁。而这种对社会组织自身两面性的认识将成为政府对社会组织管理的逻辑前提,并为社会组织管理的基本方向提供指导。

二、政府管理的基本目标

　　社会组织具有两面性,并以积极性为主要方面,这种社会组织的定性在肯定了社会组织存在的必要性的同时,提出了对社会组织进行管理的现实要求。

　　1. 政府管理的必要性

　　社会组织的两面性虽然为社会组织管理提供了必要的前提,但对于管理主体的界定还不够清晰,即由谁对社会组织进行管理是目前比较适合的,同时,多管理主体之间的关系如何协调等问题,需要在这里首先进行说明。

　　(1) 政府管理是关键

　　这里认为,政府是能够对社会组织进行管理的多个主体中最具关键作用的,这主要是因为:第一,政府是目前社会组织的直接管理者。目前,大部分国家都将政府作为社会组织的直接管理者,在组织的产生、运行过程中,政府相关职能部门起着主要的规范监督作用。例如,在美国的社会组织管理中,"州务卿"在组织的备案、报告、解散等多个环节发挥着直接的作用;在奥地利,基层行政机关是由该国法律明确规定的社团主管机关,具有对本国社团的登记、惩罚、终止等权力;在俄罗斯,财政、消防、卫生防疫等多个政府职能部门都有权对国内各种社会联合组织进行监督;在日本,对社会组织等非营利性组织的主管机关是组织的主事务所所在地的都、道、府、县知事,对跨地区的组织,则由经济企划厅作为主管机关。第二,政府是公共利益的代表。公共利益是公共管理的根本目标,作为公共管理的主体,无论是政府还是社会组织都应该以公共利益作为组织的核心价值取向。现代政府是公共管理的主体,对民众负责,以实现公共利益最大化为根本目标。在这一前提下,政府对社会组织的管理也是出于实现公共利益的需要,一方面,通过各项政策鼓励社会组织更好地为民众服务,促进公共利益实现;另一方面,对社会组织的各种弊病也依法进行严格的治理和整顿,维护公共利益。可见,政府这些具体的社会组织管理行为,都是以维护和实现更大范围、更深层次以及更长远的公共利益为出发点的,这在原则上能够保证政府在对社会组织的管理适度、合理和有效。第三,政府是强制性的管理主体。政府在一定范围内是具有权威的,对管理对象具有普遍的强制力。具体到社会组织管理上,政府能够依据各项法律法规,通过各种强制手段制止社会组织的违法行为。这种政府对社会组织的管理能够做到及时、有效,特别对于一些专制、妨碍公正甚至危害国家安全的社会组织,政府以公共权威的身份强制性地介入更能体现政府对民众负责的态度,也能够收到更好的成效。

总之,政府出于自身的种种特性和现实条件,在社会组织管理中起到了关键性的作用,因此,应当成为社会组织的最主要管理者。

(2)社会共同管理是支持

强调政府是社会组织的主要管理者,并不意味着要否定其他组织、个人参与社会组织的管理。事实上,除了政府之外,目前西方国家的社会组织管理中企业、媒体、民众所组成的他律体系和社会组织的行业自律体系也发挥了重要的促进和监督作用,有效地弥补了政府管理的不足。在肯定社会管理的同时,也必须看到,社会化的管理还存在一些特点,一方面,社会化管理的直接手段是舆论,通过各种媒体对社会组织构成压力,这种方式是非强制性的,而且要对社会组织产生实质性的影响需要广泛的动员和影响,这在现实中很难实现。另一方面,社会化管理是依法的参与式管理,是在既定制度框架内进行的管理,民众通过向政府的反馈影响政府行为,对社会组织进行管理,这表明社会管理具有一定的间接性。因此,社会管理基于种种条件应当在社会组织管理中具有一定的独立性,这对社会组织和政府都有重要的积极意义,特别在转型国家中尤为明显。但相比政府而言,民众对社会组织直接实施管理还存在一些困难,应当发挥自身优势,在社会组织管理中对政府起到支持和补充的作用。

总之,社会组织的两面性和政府、社会管理的特性共同决定了政府必须对社会组织进行管理。接下来,就需要讨论政府对社会组织管理的具体方向和目标,即按照社会组织的两面性来设计政府管理。

2.政府管理的基本目标:两个任务

如前所述,政府对社会组织的管理是以各级行政机关为主的国家权力机关为实现一定的目标,利用各类资源,通过计划、组织、控制、发展、协调等手段,调整内部各分系统活动,处理与社会组织及其他环境要素之间关系的过程。其中,处理政府与社会组织的相互关系,实现政府与社会组织的共同发展是管理的主要目标,因此,政府对社会组织的管理就应当结合实际情况,尤其是以社会组织的两面性为管理的出发点,肯定社会组织的积极作用,通过各种方式促进社会组织对政府、企业和民众作出更大的贡献,同时,依法及时有效地治理社会组织的不法行为,维护公共利益,规范社会组织的运行。

(1)培育社会组织

社会组织相比政府、企业而言,具有自身的优势,能够对社会发展具有重要的积极影响,这决定了在政府管理中的两个具体任务。

第一,肯定社会组织的存在。社会组织具有自身的优势,社会组织的积极性是主流,这就决定了社会组织在社会发展中具有不可或缺的地位,不能将社会组织整体性地排除在社会管理服务体系之外，不能以各种理由取代或抑制社会组织整体性地产生和发展，特别是在一少部分社会组织出现各种问题的情况下，必要的限制和治理是正常的，但不能因此而扭曲对社会组织整体积极性的认识。

第二，培育社会组织发展。允许社会组织的存在和发展只是开端，要让社会组织作出更大的贡献，需要政府的支持。一方面，社会组织自身的条件决定了政府支持的必要性。社会组织通过有偿服务和会费的方式能够从社会取得一定的支持，但社会组织说到底是公益性的组织，这就决定了其不能完全按照市场规律进行等价交换，很多服务都带有福利性，经常以低偿甚至无偿的方式提供。这种情况下，对于一部分"入不敷出"的社会组织①就需要外界的各种支持来维持自身的生存和发展。另一方面，社会捐助的有限性决定了政府必须帮助社会组织。社会组织，尤其是公益性的社会组织大多具有接受捐助的资格，能够通过各种公益活动争取更多的社会捐助。但社会捐助是基于民众的慈善精神和经济条件自愿产生的，就整体而言，还比较有限，难以形成社会组织稳定的经费来源，特别是在转型时期，受到价值观、生活状况等各种条件的影响，社会捐助对于社会组织的支持就更为匮乏。在这种条件下，政府就应当成为社会组织背后最为稳定的支持者。根据西方国家的经验，政府都对本国社会组织，尤其是公益慈善组织给予大力的支持，例如，英国政府每年提供给慈善组织的资助总额约33亿英镑，相当于慈善组织每年营业总额的三分之一，法国社团收入的54%来自国家财政拨款。同时，政府也通过外包的方式和社会组织订立契约，购买社会组织的各种服务，这对于社会组织而言也是一笔重要的收入。除了资金的支持外，政府也能通过各种政策手段来为社会组织创造更为宽松的生存环境，例如，很多西方国家

---

① 从各国实际情况上看，从事慈善、社会救助等工作的社会组织在经费收入上普遍要比行业协会等社会组织更多地依靠政府。

对社会组织的成立条件限制很少,各种手续也非常简便,这都有利于社会组织更好地发展。

总之,社会组织的积极性要得到政府和社会各界的认同,肯定社会组织存在的合理性，并且为了进一步促进社会组织的积极作用,政府应当通过各种方式培育社会组织的发展。

(2)监督社会组织

在肯定社会组织积极性,政府给予支持和培育的同时,也应当看到社会组织还存在着很多问题,虽然造成这些问题的原因是复杂的,需要结合具体的情况才能加以分析,但从目前来看,加强政府对社会组织不法行为的监督和治理在各个国家的社会组织管理上具有一定的普遍性。首先,社会组织的很多问题是自身无法解决的。社会组织的腐败、专制、妨碍公正、危害国家安全等行为很难通过社会组织的自律来防止,其主要原因在于很多社会组织的根本目标就是为特定群体服务,相比社会整体而言,一个个具体的社会组织都具有独立的局部利益指向,这种利益的局部性和独立性将很可能造成利益间的冲突,社会组织的专制、妨碍公正等行为就是证明。可见,社会组织的问题是由其自身本质属性决定的,很难通过自身来加以解决,这就需要政府作为公共利益的代表,在更高层次上进行协调和控制。这一点在国家主义和多元主义的观点中将具体分析。其次,政府作为公共利益的代表,具有普遍的强制力,这种政府行为的性质和方式都决定了必须由政府来监督社会组织,并且能够有效代表民众的意愿,预防和治理社会组织的种种不法行为。

总之,社会组织的两面性决定了政府管理的双重性,即培育与监督并重的"两个任务"。相应地,政府对社会组织的态度也应该是"不能没有也不能不管",在具体的管理方法上,政府既不能采取片面化的方法,对社会组织不加区别地取缔,也不能认为是公民自组织的范围而置之不理。

　　最后需要说明的是，以上分析是一种普遍性的分析，是对各个国家社会组织和政府管理共性的研究，因此，基于社会组织两面性对政府管理所作出的分析，是一种理想化的政府管理，是对政府管理方向性的判断，是一个"应然的政府"。而对于实际的政府管理行为，需要结合社会组织和政府管理的实际情况进行认真地分类，如对社会组织问题的具体成因以及政府管理的实际运作等进行分类、有针对性的研究。这就必须从一般到个别，将研究的重点集中在中国的政府管理和社会组织发展的相互关系上，进行有针对性的分析，从而进一步明确中国政府社会组织管理模式的现状、问题及其改革的必要性。

第四章 中国社会组织的
发展及管理

中国政府的社会组织管理模式是处理政府与社会组织关系的主要途径,与其他国家的社会组织管理模式相比,既有一定的普遍性,也具有明显的特殊性。作为研究政府与社会组织关系最为制度性的依据,社会组织管理模式是外部环境、政府和社会组织三者相结合的产物,并随着三者的变化而不断调整。这里认为,中国政府的社会组织管理受特定时期各种条件的影响,具有明显的国家主义特征,但随着条件的变化,原有的国家主义管理模式已经难以适应目前的情况,对其进行改革的必要性已经越来越明显。

第一节 社会组织的发展

从管理的实际效果出发,能够更为客观地对管理模式作出判断。研究中国的社会组织管理,首先从管理对象,即社会组织的实际情况来进行分析,能够为后面政府管理的研究提供一个实证性的参考和线索,为本书的论点提供现实性的依据。

一、规模:稳中有变的增长

1. 社会组织的规模增长

中国的社会组织在新中国成立初期就已经存在。①新中国成立

---

① 对社会组织的存在时间,很多学科都有过相关的研究,普遍性地认为中国在近代已经存在一定数量的民众自发性的组织。但考虑到本书的研究对象和时代背景,因此,对中国社会组织发展历史的划分仍然从 1949 年中华人民共和国成立开始。

以后,党和政府取缔了大部分旧体制下存在的社团,仅仅保留了一少部分,共 36 家全国性社团组织,[①]主要包括一些学术类、专业性组织,如中华医学会和中国红十字会,以及一些文化交流、商贸促进类组织,如中国工业合作协会,在这两类之外,还包括宗教团体和群众性组织。这样,新中国成立初期中国的社会组织(社团)主要包括群众团体、社会公益团体、文艺工作团体、学术研究团体和宗教团体(不发展教众)。这五类组织共同构成了新中国成立初期中国社会组织的总体规模。据统计,1950 年,共有全国性社团 47个。在接下来的时间里,即 1950—1965 年,中国社会组织的数量就开始进入一个较为低速的"爬升时期",但正是这段时期,也是我国社会主义经济建设取得巨大成就、人民生活水平获得提高、文化事业迅速发展的时期。详见下表。

表 3.1　1950—1965 年全国性社团数量变化[②]

年份	全国性社团数量	年份	全国性社团数量	年份	全国性社团数量	年份	全国性社团数量
1950	47	1954	58	1958	75	1962	87
1951	50	1955	60	1959	77	1963	93
1952	53	1956	68	1960	78	1964	97
1953	57	1957	72	1961	81	1965	98

通过上表,1950—1965 年间,中国全国性社团的平均年增长率为 4.9%。这种增长速度在 1978 年中国实行市场经济体制改革之后得到了提升。详见下表。

---

① 王名:《中国社团改革——从政府选择到社会选择》,社会科学文献出版社,2001年版,第 74 页。

② 资料来源:范宝俊:《中国社会团体大辞典》,转引自王名:《中国社团改革》,社会科学文献出版社 2001 年版,第 81 页。

表 3.2　1978—1990 年全国性社团数量变化

年份	全国性社团数量	年份	全国性社团数量
1978	115	1985	421
1979	175	1986	475
1980	233	1987	514
1981	273	1988	561
1982	297	1989	623
1983	322	1990	674
1984	369		

　　根据上面的数据,1978—1987 年间,中国的全国性社会组织年平均增长率为 18.82%,社会组织不仅在发展速度上得到提升,而且在总体规模上获得了一个比较大的扩展。这种情况随着社会主义市场经济体制的逐步完善,在近二十年间继续得到保持。详见下表。

表 3.3　1991—2007 年社会组织数量变化

年份	社会组织数量	年份	社会组织数量
1991	117000	2000	154000
1992	160000	2001	211000
1993	170000	2002	244000
1994	175000	2003	266612
1995	180000	2004	288000
1996	184000	2005	315000
1997	181000	2006	354000
1998	166000	2007	380369
1999	143000		

为了更为直观地说明问题,以表 3.3 的数据为基础,制成图表,如下。

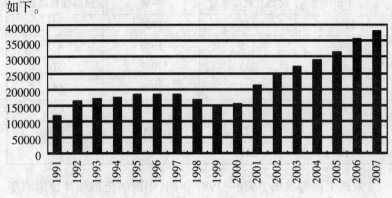

图 3.1　1991 年—2007 年中国社会组织总体数量变化①

根据对数据的分析,1992—2007 年,中国社会组织的平均年增长量是 15492 个,平均增长率为 8.12%。通过对数据的进一步分析,社会组织速度加快的年份(1991、1994、2000、2001、2005、2006)比减速的年份(1992、1993、1995、1996、1997、1998、1999、2002、2003、2004、2007)要少。换句话说,中国社会组织的增长始终处于一个不断调整发展速度的状态中,并且相对低速的增长时期居多。因此,中国社会组织真正的"爆炸"增长的时期是在 1990—1992 年间,是发展初期的一个正常的现象,到达一定的总体规模之后,社会组织发展在更多的时间里面其平均年增长率稳定在 6%—8%左右。这种稳中有变的增长趋势是目前中国社会组织在发展规模上的一个明显特点。如下图。

---

① 自制图表:数据来源于中华人民共和国民政部 1991—2007 各年度《民政事业统计公报》。需要说明的是,由于组织产生、理论认定和制度建设等原因,每一年的数据都是以"社会团体"的数量为主,并不完全包括当年的全部社会组织数量,随着相关制度的完善,自从 1999 年开始,民政部在"社会组织"的数据中加入了"民办非企业单位",2005 年加入了"基金会"。

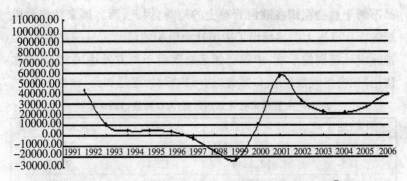

图 3.2 1989 年—2007 年中国社会组织的年增长速度①

总之,自新中国成立以来,中国社会组织至今已经走过了半个多世纪的发展历程。在这段时间里,社会组织在规模上的总体趋势是,从产生到逐渐发展壮大,从低速增长到迅速扩展,至今已经形成了稳中有变的渐进式增长。在这段时间里,社会组织与外界环境的联系也越来越紧密,从滞后到一致,社会组织已经逐渐跟上中国经济政治文化发展的步伐,越来越多地参与到社会的发展中来。

2. 社会组织规模上的比较研究

中国社会组织在增长上一直保持着一个相对稳定的速度,但和同时期西方发达国家相比,在总量、年均增长量上还有一定的差距。根据美国加利福尼亚大学 NPO 研究中心的统计, 美国 1993—2003 年非营利机构的平均年增长量约为 38872 个, 年增长率为 67.5%,目前约有 160 万的机构总量。这种差异的存在要求在肯定中国社会组织规模扩大的同时,也必须看到,相比于大多数西方发达国家的社会组织数量,中国社会组织的总体规模仍然偏小。这种规模上的差距,一方面是由于统计范围上的差异造成的,例如,在美国的相关统计中,多使用"非营利性机构",并按照联邦税法 501(C) 的 25 种组织分类进行,公立学校和宗教机构也在其列,但这些组织在中国

———————

① 数据来源:中华人民共和国民政部 1991—2007 年度《民政事业统计公报》。

都不属于社会组织在政府管理上的范畴,因此,西方国家在相关组织的统计范围上明显超出了中国社会组织的范畴。另一方面,即使排除统计范围的干扰,中国仍然远远落后于西方发达国家,尤其在使用"社会组织数量/人口数量"这一指标时,更是如此,详见下表。

表 3.4　主要国家社会组织数量/人口数量(1999 年)[①]

国家(地区)	社会组织数量	人口数(万)	每万人 NGO 数量
法国	600000–700000	5885	110.45
日本	1228344	12641	97.17
比利时	82000	1020	80.39
美国	1400000	27030	51.79
匈牙利	35915	1011	35.52
德国	180000–250000	8205	26.20
印度尼西亚	350000	20368	17.18
新加坡	4600	316	14.56
巴西	210000	16587	12.66
印度	1000000	97967	10.21
中国台湾	20473	2192.9	9.34
波兰	29850	3867	7.72
罗马尼亚	12000	2250	5.33
埃及	15000	6140	2.44
中国(2006 年)	354000	131448	2.69

　　社会组织的主要功能是代表民众,服务民众,因此,人均社会组织数量能够直观地表明目前中国社会组织在数量上距离社会需求还存在很大的差距,特别和其他国家相比,中国的人均社会组织拥有量很低,这也从一个侧面解释了为什么目前中国的社会组织还难

———————

　　① 资料来源:Lester M. Salamon, "Global Civil Society:Dimensions of the Nonprofit Sector",1999 The John Hopkins Center for Civil Society Studies.王绍光:《多元与统一——第三部门的国际比较研究》,浙江人民出版社 1999 年版。转引自王名:《中国社团改革——从政府选择到社会选择》,社会科学文献出版社 2001 年版,第 105 页。民政部:《2006 年民政事业统计公报》。国家统计局:《中华人民共和国 2006 年国民经济和社会发展统计公报》。

以提供更为充分有效的服务。

3. 结论

通过对中国社会组织规模上的历史发展和国别比较,能够得出如下结论,这里简要陈述:

(1)稳中有变的增长是中国社会组织在发展规模上的总体趋势。

(2)社会组织的规模与经济、人口等基本环境要素的变化存在滞后性,但逐渐趋于一致。

(3)和西方发达国家相比,社会组织的总量偏少,发展速度偏慢,人均拥有量差距明显。

二、功能:积极与消极并存

1. 整体功能范围的发展

(1)功能框架的形成

社会组织自新中国成立初期就已经存在,发展至今,在规模不断扩大的同时,组织的功能也在经历着变化。1949 年新中国成立伊始,中国共产党和政府取缔了新中国成立前成立的大部分民间团体,"1949 年之前城市里的集团——同业公会、同乡会、小集团、秘密社团、街坊协会等等或被取消,或加以改造。"[①]尤其打击了一批反动会道门组织。[②]同时,党和政府发动群众,成立了一批大型的人民群众团体和体育文艺类团体,加上保留的一少部分社会组织。这些组织的功能非常明确,主要就是在党组织的领导下动员群众、组织群众参与各种经济、政治和文化活动,帮助新政权与其他国家建立政治、经济、文化往来,为新政权的巩固提供支持。[③]同时,在北京、上海等大中型城市中先后出现了工商业联合会、福利会、居民委员会、

① [美]费正清:《剑桥中华人民共和国史》,中国社会科学出版社,1992 年版,第 457 页。

② 对新中国成立初期政府打击发动会道门工作的介绍,详见公安部档案馆编:《狂飙——建国初期打击反动会道门工作档案选编》,中国人民公安大学出版社 2002 年版。

③ Qiusha Ma,Defining Chinese Nongovernmental Organizations,International Journal of Voluntary and Nonprofit Organizations,Vol. 13, No. 2, June 2002

群防队等群众自治性组织。如上海解放后,党和政府发动群众逐步建立起居民自己的群众组织。1949 年到 1952 年这三年时间里,根据居民的意愿,先后在上海市内各区 95%以上的里弄都成立了居民卫生小组、自来水管理委员会、环境卫生委员会、防空治安委员会、冬防服务队、肃反委员会、居民委员会。据统计,仅上海市杨浦区就成立了 3 个防护大队、冬防服务队 44 个、居委会发展到 226 个。①1951 年上海工商业联合会成立, 在上海市改组建立了 276 个同业公会,至 1953 年全部改组成为市工商联领导下的专业性组织,同年底,市工商联会员数增长至16.23 万户。在新中国成立初期,社会动荡的情况下,这些基层群众自治组织起到了相当有效的治安、文娱、就业安置、改善公共基础设施的作用。值得注意的是,这个时期成立的社会组织,确实发挥了一定的包括意见表达功能在内的政治性功能:人民团体在联系群众,发挥人民群众的积极性上,采取了丰富多样的形式在贯彻国家政策方面弥补了政府部门在政策执行方面的欠缺;②基层的居民委员会、地方工商业联合会在促进社会主义改造、开展基层民主选举、宣传国家政策等方面确实起到了非常重要的作用。但客观地讲,这一时期中国社会组织的功能由于当时国内国外环境,更多地集中在政策宣传、政治动员、组织选举等工具性政治功能以及治安、卫生等非政治性功能上。

总之,1950—1953 年,中国社会组织的功能得到了大体上的确定,是中国社会组织功能基本框架的形成时期,在这之后的不同时期,社会组织的功能都是以此为基础进行适度的调整。

(2)平稳增长时期

随着 1953 年旧社团改造的完成,1954—1956 年, 中国的社会

---

① 上海市杨浦区人民政府:《杨浦区志》,《上海杨浦》http://202.109.114.251/gb/shyp/ypgl/dzsk/ypqz/14—26/userobject1ai5828.html。

② 王名:《中国社团改革——从政府选择到社会选择》,社会科学文献出版社,2001 年版,第 77 页。

团体①继续增长,这个时期成立的社团以体育和文化类社团为主,例如,1956 年成立的 8 家社团中,有 5 家属于体育类社团。②在接下来的 1956 年"三大改造"完成和"三年困难时期"(1959—1961 年),中国的社会团体在功能上仍然保持着一个平稳的结构。在这一时期,在党和政府的号召下,代表工商业者的工商联确实在各级政府中起到了一定的利益表达功能。在基层,城市的每个街区,都成立了在政府官员和警察局领导下的居民委员会。委员们既组织有益的服务活动,如打扫街道卫生,设立修理自行车的小摊和急救站,也对当地居民的生活进行控制——组织他们参加政治学习会,检查没有注册的个体户或不正常的活动,进行夜间安全巡逻,后来发展到说服一些家长把他们的孩子送到农村和限制他们多生育。③随着居委会的发展,社会组织(主要是社会团体)开始逐渐纳入到以居委会为核心的城市基层管理服务体系之中,继续发挥着服务功能。特别是一些无业者,在动员下组织了缝纫组、加工工厂和参加其他经济生产活动,为便于其中的妇女参加工作,还开设了幼儿园、食堂、洗衣房和其他减轻家务负担的设施。随后,开始在城市建立一个全新的组织形式——城市公社,与当时正在成立的农村公社相呼应,成为一项基层自治服务的重要组织。④1960 年,在"大办城市人民公社"的形势下,全国各大城市的居委会的辖区范围扩

---

① 需要说明的是,随着三大改造的完成,中国当时并不存在现在所说的"民办"非企业单位等社会组织其他组成部分,在其后很长一段时间,社会团体都是中国社会组织的主体,因此,在这里能够以社会团体的功能来说明社会组织的功能。

② 王名:《中国社团改革——从政府选择到社会选择》,社会科学文献出版社,2001年版,第 77 页。

③ [美]费正清:《剑桥中华人民共和国史》,中国社会科学出版社,1992 年版,第 457 页。

④ 1960 年以后,放弃了创立城市公社的努力,但是这些劳动组织和服务设施都保留下来了。详见[美]费正清:《剑桥中华人民共和国史》,中国社会科学出版社 1992 年版,第463 页。

大,一般从 600 户扩大到 1000 户左右。同时,按街道(里弄)委员会建立基层党、团组织。居委会的任务,除做好居民的公共福利、文教卫生、治保调解工作外,还兴办生产组、里弄食堂、托儿所和服务站。在贯彻国民经济"调整、巩固、充实、提高"八字方针时,又积极配合政府有关部门,动员闲散人员回乡生产,动员知识青年支援边疆建设。

总之,这一时期通过基层党建、居委会改选、收编等方式把以往的委员会、群防队等划入了国家统一的控制内,社会团体已经开始被纳入到当时的社会管理、服务体系之中,发挥了一定的作用。但总体上这一时期的中国社会组织由于计划经济的影响而在功能上非常有限,"越来越多的生活必需品是通过这些新的官僚体系发放,而不是由市场发配或由个人或由几个人自愿结合的组织去搞"。①功能上,社会团体的中介性得到凸显,为党和政府服务,进行政治动员和宣传,为基层民众提供服务已经成为这一时期社会团体的主要功能。

(3)功能削弱时期

随着"反右扩大化"和"文化大革命"的开始,全国各大城市的公私合营企业被"割资本主义尾巴",一律改为国营企业。各级工商联组织被视为"资本家的组织",勒令停止办公和活动。工商联所有的房屋普遍被侵占。工商界人士的职务安排无形中被取消,银行存款被冻结,工资被扣被减,有的甚至停发,家庭财物被查抄,私有住房被占、被没收,还有些人下放改造,下车间劳动。在工商联受到"文革"破坏的同时,各大城市中的街道(里弄)干部也受到冲击,城市公社解体,居委会日常工作受到严重干扰,一批干部被送到干校劳动,基层社会团体的服务管理工作基本上处于停顿状态。1968 年 12 月,中共中央主席毛泽东发出"知识青年到农村

---

① [美]费正清:《剑桥中华人民共和国史》,中国社会科学出版社,1992 年版,第 457 页。

去,接受贫下中农再教育,很有必要"指示,街道配合学校动员知识青年"上山下乡"。各个城市的街道委员会纷纷与辖区内学校建立上山下乡联合办公室。据统计,1969 年至 1977 年间,仅上海市闸北区就动员了辖区内 9.2 万人"上山下乡"。[①]在此期间,居委会改名为街道(里弄)革命委员会(简称"里革会")。于 1971 年,上海市内各区里弄建立业余"工宣队",各里弄也相应建立有 40—50 人组成的"连队"。同时,以"向阳院"的形式,开展对青少年的教育活动。

除了上述几种社会组织外,这一时期最为重要也是最为特殊的组织是大批红卫兵团体以及各类群众自发性的半官方组织。1966 年 5 月底 6 月初,北京出现了第一批红卫兵组织。这些学生不仅批判学校的老师和领导,也不信任学校的共青团组织,他们按照自己的意志建立了全新的革命红卫兵组织。随着这些组织受到认同,更多的红卫兵、赤卫队等半官方组织成立起来,如北京红卫兵"西城区纠察队"、西安红卫兵的"红色恐怖队"、湖南的"红色政权保卫军"等。这些半官方的红卫兵组织,执行"矛头向下"的做法,大肆围攻、打击对党委或工作组有意见的学生、工人、干部,以及迫害原来的"阶级敌人"即地主、富农、资本家、右派分子及其家庭成员。

关于这一特殊时期社会组织的研究,普遍认为,由于"文革"的破坏性,整个社会进入了无政府状态,许多不合法的社会团体因而能够迅速出现。这一时期的社会团体大多是由具有共同理想与信念的年轻人组成的,如各地的"红卫兵组织"。与之相反,许多原来的社会团体也因为种种原因而停止了活动。[②]因此,这一时期的社会团体功能是与当时特定的政治因素相联系的,在维持了最基本的服务功

---

① 上海市地方志办公室:《闸北区志》,"上海通"www.shtong.gov.cn。

② 乔申乾,李勇:"中国社会团体发展的历史、现状和未来",见:吴玉章主编:《社会团体的法律问题》,社会科学文献出版社,2004 年版,第 276 页。

能之外,主体功能已经向政治动员、宣传方向转移,在总体上基本处于停滞状态。

(4)学术研究、行业管理功能的增强

随着 1976 年"文化大革命"的结束,1978 年改革开放的开始,中国的经济、政治制度都发生了重大的改变,中国社会组织也随之进入了一个功能重构时期。十一届三中全会之后,中国的经济、政治和社会生活开始逐步正常化,各种社会组织也顺应这种趋势,根据不同的条件纷纷建立起来。

首先,学术性社团增长。随着"文革"的结束,在"解放思想、实事求是"的要求下,思想教育工作、学术研究工作最先得到恢复,1979年成立社团 60 家,1980 年成立社团 58 家, 均以学术性社团为主,学会和研究会的数量占绝大多数。另外,社会科学类,作为"文革"时期破坏最为严重的学术领域, 其学术团体也开始大规模出现。在 1979—1980 年间成立的 118 家社团中, 学术性社团共有 95 家,其中社会科学类的社团有 66 家,自然科学类社团 29 家。而在"文革"前,中国学术性社团中,自然科学类社团占据绝大多数。

其次,经济性社团增长。随着社会主义市场经济体制的逐步建立,各项改革措施陆续出台,市场的激烈竞争和各种政策的调整使得企业之间、行业之间加强交流合作成为一种必然的选择;随着政府职能转变、机构改革的不断推进,政府也逐步将经济的直接管理职能转移出去。这种条件下,经济性社团,即各种行业协会、商会应运而生,得到了快速的发展。如 1986 年新成立社团 54 家。其中,33家是协会,在这 33 家协会中,行业协会共 24 家,占 72.7%。这种趋势在近年来也得到保持,例如,2000—2003 年,每年新批行业协会占新批社会团体的比重居高不下,如下表。

表 3.5　2000—2003 年全国新批社会团体、行业协会数量①

年份	全国新批社会团体总数(q)	新批行业协会数(h)	所占比例(h/q)
2000	9858	3700	37.5%
2001	9202	3670	40%
2002	11523	5150	44%
2003	16406	8510	51.8%

在 2003 年清华大学 NGO 研究所的调查中,2002 年社团属于行业与职业主导模式,这类社团的数量占社团总数的 34.4%;其次是教育、研究类的社团比例较高,占 18.4%;文化、娱乐类社团的比例也达到了 10.1%;而社区发展类、同学会等联谊性社团的比例最低,仅为 0.6%。根据民政部发布的数据,截至 2003 年底,在登记的 14.2121 万个社会团体中,其中行业性社团 41722 个、专业性社团 40325 个、学术性社团 37401 个、联合性社团 19640 个,其他社团 2079 个。可见,行业性社团数量最多,学术性社团也具有很高的比例。

总之,随着改革开放的进行,学术性、经济性社团成为中国社会组织中增长最快的两类组织,与这种增长相应的,社会组织的功能结构也发生了一定的变化,学术研究和经济功能的比重越来越大。

(5)其他功能的扩展

在学术性和经济性社团得到发展的同时,随着各种条件的成熟,其他功能的社会组织也在增多,逐渐完善中国社会组织的功能结构。

第一,环保类社会组织逐渐增多。改革开放以来,中国经济实现连年快速增长,在国力增强、人民富裕的同时,由于种种原因对国

① 数据来源:井华:"浅谈我国行业协会的管理与培育",中国社会组织 www.chinanpo.gov.cn。

内环境所造成的破坏也逐渐引起各界的重视,治理污染、节约能源、保护环境已经成为目前必须重视的问题。顺应这种趋势,环保社团也开始逐渐发展起来。根据 2005 年 7 月至 12 月,中华环保联合会在全国范围内首次组织开展的"中国环保社会组织现状调查研究"报告,1978 年 5 月,由政府部门发起成立的环保社会组织即中国环境科学学会第一家成立。1991 年、1994 年,民间自发组成的环保社会组织辽宁省盘锦市黑嘴鸥保护协会和"自然之友"先后成立。截至 2005 年底, 在 27 年中我国的环保社会组织共2768 家,总人数 22.4 万人。虽然环保社会组织获得了发展,但由于各种原因,仍然处在一个起步阶段,目前的数量与全国 31.5 万家社会组织、总人数 300 多万人相比,说明中国的社会组织的环保功能还需要进一步增强。

　　第二,教育、卫生类民办非企业单位迅速发展起来。随着改革开放的深入,改变了传统的教育、卫生格局,随着人口总量不断扩大、流动性增强、老龄化,民众将在教育、卫生领域产生巨大的需求。因此,各方面条件都决定了在政府之外,需要社会力量在相关领域提供支持,从事相关方面的工作,为民众提供相应的服务。中国的民办非企业单位正是这一条件下的产物。在全国以及部分地方民办非企业单位的建立中,教育、卫生类是主要的功能。详见下表。

表 3.6　2002 年全国及主要省市民办非企业单位成立数量①

2002 年	登记总数(个)	教育类(个)	卫生类(个)
全国	96338	52315	24041
山东	29147	11107	13689
广东	6057	4831	50

---

　　① 数据来源:中华人民共和国民政部:《2002 年民办非企业单位数据统计》,民政部www.mca.gov.cn.

续表 3.6

2002 年	登记总数(个)	教育类(个)	卫生类(个)
江苏	3781	2003	522
浙江	7422	6169	212
辽宁	2056	1294	62
福建	1009	620	30
上海	2426	1674	53
北京	1070	891	3
天津	1125	659	11

截至 2003 年底,在登记的 12.4 万个民办非企业单位中,其中教育类 62776 万个,卫生类 26795 万个,劳动类 9037 个,民政类 7792 个,科技类 4522 个,文化类 2811 个,体育类 2682 个,社会中介服务业 1777 个,法律服务业 728 个,其他 5571 个。可见,教育、卫生是中国民办非企业单位的主要功能,而其他功能相对还比较薄弱。

第三,社区社会组织得到极大发展。随着中国社区建设的推进,社区的功能日益丰富和完善,社区社会组织得以迅速发展,提供了很多便民、利民的服务。如下表。

表 3.7 1996—2005 年社区社会组织数量①

名称	1996	1997	1998	1999	2000	2001	2002	2003	2004	2005
便民、利民网点(万个)	25.9	30.7	34.5	40.6	45.2	54	62.3	66.8	70.4	66.5
社区服务设施(万个)	12.7	13.3	14.8	15.7	18.1	19.6	19.9	19.6	19.8	19.5
社区服务中心(个)	5055	5113	6154	7623	6444	6179	7898	7520	7804	8479

根据民政部公布的《"十一五"社区服务体系发展规划》,截至"十五"末期,全国社区服务中心已达到 8479 个,一般社区服务设施

---

① 数据来源:《社区服务建设 1996 年—2005 年》,中国政府网 www.gov.cn.

194796 个,特别是近年来通过实施老年福利设施"星光计划"和国债社区服务体系建设试点项目,全国城镇新增 3.2 万多个老年活动之家和约 2000 个较完善的综合社区服务设施。可见,社区社会组织的发展促进了全国社区服务体系的建设与完善。

2. 功能的有效性

在中国社会组织整体具备了丰富功能的情况下,这里要对社会组织的个体功能的有效性,即功能的实际发挥程度进行分析。

(1)初见成效

经过几十年的不断发展,中国社会组织至今已经初步形成了一个涉及社会生活方方面面,分布在行业中介、教育、科技、文化、卫生、劳动、民政、体育、环保、社区、农村专业经济等领域,初步形成了门类齐全、覆盖广泛的社会组织功能体系。在这一体系中,不同功能的社会组织都在发挥着积极的作用。

第一,公益性组织、慈善组织的作用不断增强。慈善服务领域不断扩大,为解决纷繁复杂的社会问题发挥了难以替代的补充保障作用。1998 年抗洪赈灾期间,中国各类慈善机构从海内外募集到的赈灾款物总额高达数十亿人民币之多。中华慈善总会与美国 CA 公司合作在中国开展的"微笑列车"项目,该项目自 1999 年正式启动以来已救治了中国 30 个省、市、自治区的 48900 多名唇腭裂患者,共支出手术费 1.23 亿人民币。著名的"希望工程",在云南,截至 2004 年底 14 年累计筹资 1.8 亿元,救助全省 16 个地州市 8.1 万余名大中小学贫困生。在黑龙江,截至 2004 年底,希望工程实施 12 年来,已累计接受海内外捐款 1 亿多元人民币, 建立 505 所希望小学,帮助 10 万名贫困学子改变了命运。在安徽,截至 2004 年底,希望工程事业开展 15 年共筹集各类资金近 1.5 亿元,援建修建希望学校 420 余所,资助了 14 万余名贫困学生重返课堂。根据中国青少年发展基金会的信息显示,希望工程自 1989 年 10 月 30 日宣布实施至 2004 年底,累计接受海内外捐款 25 亿多元,改变了 2602 万名贫困学子的人生命运,资助援建的 11266 所希望小学。另外,公益性社会组织的作用不仅体现在实际社会救助上,更能够推动中国慈善事业的发展,带动整个社会的慈善互助意识。根据联合国授权机构——中国科技促进发展研究中心公布的评估报告,在 2004 年底,在我国 29 个省会城市的 16 岁以上居民中,知道希望工程的占 93.9%,以各种方式参与希望工程的占 63.5%,这说明,慈善事业已经得到了广泛的社会认知,能够为民众更多地参与到慈善事业中来提供精神上的支持。

第二,经济性社会组织的作用不断增强。经济性社会组织主要包括行业协会、商会等组织,这些社会组织作为社会主义市场经济体制中的重要管理、服务主体,随着中国经济的发展,正在对企业、行业的发展提供有效的支持。例如,2006 年,中国糕点协会及各地方性糕点协会对月饼质量和包装的规范;2007 年,天津婚庆业协会对婚庆业合同文本的规范等都是行业协会在规范企业行为,促进行业发展,保护消费者权益等多方面所具有的积极作用。另外,行业协会也在积极维护着本行业、企业成员的整体利益,例如,2005 年,温州打火机协会应诉欧盟反倾销案获得成功,维护了国内打火机企业的利益,被誉为"中国社会组织的一次漂亮的国际亮相"。同年,中国化学制药工业协会、中国医药商业协会等 4 家全国性的行业协会以及 20 家省、市级的地方协会,在天津召开了两次会议,决定集体上书国务院有关部门,表达对政府部门酝酿中的一次大范围药品降价政策方案的意见和建议。可见,行业协会维护本行业、企业会员整体利益的功能非常明显。

第三,环保组织作用开始扩大。与行业协会、公益组织相比,中国环保社会组织的规模相对小一些。但随着中国环境问题的凸显,环保社会组织也逐渐发展起来,在多个环境保护领域发挥了重要的作用。例如,1999 年底,重庆绿色志愿者联合会组织志愿者进行的"徒步嘉陵江两岸环保行"活动;2000 年 5 月,"自然之友"启动的我国第一辆环境教育流动教学车——"羚羊车"。北京地球村在中央电视台开设了专栏《环保时刻》。中国环境文化促进会每年组织万人参与环境文化节,宣传人与自然和谐的环境文化。2002 年,重庆市绿色环保联合会组织市民召开研讨会,建议政府停建以牺牲重庆市主城区空气环境为代价的工程并得到了重庆市政府的采纳。2005 年 4 月,中华环保联合会在全国范围内开展了公开征集公众对国家"十一五"环保规划意见和建议,得到了国家环境保护总局和国务院领导的肯定。2005 年 4 月和 10 月,中华环保联合会先后组织了百名国内外专家对中国经济快速发展的环境战略开展了论坛,根据专家意见,起草了五份建议书,上报国家环境保护总局和有关部门。陕西妈妈环保志愿者协会围绕西部开发战略部署,在 10 个县一万户农户中开展"绿色家园环保示范户",发展绿色经济。2004 年 11 月,"绿色和平"公布了《金光集团 APP 云南圈地毁林事件调查报告》。浙江省饭店业协会知悉后发出《关于抵制 APP 纸产品的通知》,呼吁全省 417 家星级饭店抵制金光集团纸制品及其附属产品。1995 年 12 月,"自然之友"发起的对滇金丝猴的保护行动。可见,目前,中国的环保社会组织在宣传教育、监督建议、扶贫开发、环境维权、保护濒危物种等方面都发挥了重要的作用。

第四,民办教育、养老、卫生福利机构解决了民众的实际生活困难。中国的民办非企业单位服务功能较为明显,尤其是在解决一些新的社会问题,满足特定社会群体的实际需求方面,具有很好的效果。截至 2005 年底,在中国,由社会力量兴办的为老年人、残疾人、孤儿和弃婴提供养护、康复、托管等服务项目的福利机构已经发展到 1403 家,床位总数达 10 万余张。民办养老、福利机构的出现,是我国社会福利社会化进程的产物,极大地促进了以居家为基础、社区为依托、福利机构为骨干的社会福利服务体系的建立和完善。

最后,社区社会组织获得极大发展。随着社区的发展,目前,全国许多地方建立了比较规范的社区志愿者组织,志愿者协会、义工协会等各种形式的志愿者组织纷纷成立。如广州市已有 8 个区和县级市成立了义工协会,114 个街道成立了义工联络处,1139 个社区建立了义工工作站,每个街道、社区都建立了治安、敬老、帮困助残、医疗卫生、环保、科普 6 支以上的义工专业服务队;深圳市在 1989 年自发成立志愿者队伍,1990 年 6 月注册成立志愿服务团体,到 2005 年底,已拥有 55 个志愿者服务中心,280 个社区志愿者服务站,310 多支志愿者服务队,形成了市、区、街道和社区四级志愿服务网络。

总之,中国社会组织虽然发展的时间相对比较短,但已经取得了一定的成果,在多个领域发挥着重要的功能。但在看到成绩的同时,也必须承认,目前,中国社会组织在功能的实际发挥中还存在一些问题。

(2)问题凸显

随着中国社会组织的不断发展,在进行管理、提供服务的过程中,也出现了一些问题,像前面提到的腐败、专制、妨碍公正、危害社会稳定等问题已经在中国社会组织的发展中体现出来,这里将结合特定功能的组织进行说明。

第一,公益腐败、低效的出现。公益性社会组织为中国慈善事业的发展作出了巨大贡献,但同时,公益性社会组织由于种种原因出现了一些腐败现象,一些组织在公益项目的实施过程中存在效率低下的问题,这些问题都产生了不利的社会影响。典型的案例如,2001 年胡蔓莉因挪用善款而入狱,[①]2004 年付广荣利用社会组织攫取善款事件, 中国扶贫开发协会自 1996 年至 2005 年十年间,将绝大部分接受的社会扶贫捐赠款, 用于对外投资经营和外借给与扶贫毫无关系的企业,绝大部分投入到私营企业和房地产,已严

---

① 邓国胜:"NGO:并非圣洁的化身",《中国改革》2002 年第 6 期。

重违背其公益组织法规和捐款人意愿且造成大额损失。①这些事实都在说明,中国的公益性社会组织在其项目运作、资金监管等方面还存在一定的问题。

第二,行业专制、妨碍公正。行业协会是伴随着中国社会主义市场经济体制成长起来的。在这一过程中,随着各项条件的成熟,行业协会在行业管理、企业服务、政策咨询等方面发挥着积极的作用。但同时,部分行业协会也存在欺行霸市、虚假宣传、垄断专制以及串通合谋操纵市场等问题。典型的案例如,2004 年 2 月 19 日,湖南省长沙市一对夫妻因拒绝加入长沙市高桥大市场食品行业协会,竟双双被协会会长聂建生砍得鲜血淋漓,手指也被砍断。聂建生当时行凶的原因是因为这对夫妻拒交 400 元的入会费,他想用暴力逼迫其入会。随后的 2 月下旬,中国保健食品协会和中国国情研究会因多次操纵对企业的乱排序、乱评比、乱收费,一个被民政部注销登记,一个遭主管部门暂停活动清理整顿的查处。2006 年,湖北襄樊市轻工行业协会由于对襄樊市铝制品厂改制方案不满意,以党组名义下发"红头文件",免去襄樊市铝制品厂厂长职务,解散经营班子,并派出工作人员全面接管了企业,行使企业经营管理权。一年来,由于此举遭到职工坚决抵制,企业经营管理陷入混乱,改制停滞,至今风波未平。②中国抗菌材料及制品行业协会的认证在没有取得国家认证资格的情况下,大肆为一些企业颁发认证标志,误导了消费者。③"协会罢免厂长"等事件说明,中国行业协会的行为还需要进一步规范,还存在很多需要解决的问题。

第三,环保社会组织"有心无力"。环保组织一般没有直接的管

---

① 张凡,程晨:"开发第一,扶贫第二 中国扶贫开发协会的前世今生",《凤凰周刊》2007 年第 25 期。

② "市场经济的一种'怪胎'",《报刊文摘》2006 年 5 月 10 日,第 1 版。

③ 于家琦:"民间组织在舆情信息机制中的作用",《理论与现代化》2007 年第 3 期。

理职能,这类组织的作用主要集中在宣传教育、环境治理和监督建议上。因此,这类组织基本上难以对环境污染单位,例如某些污染企业施加直接有效的影响,更多的是通过向当地政府反映,以及组织受害民众上访维权,但即便是这部分职能,也被一些政府部门和企业认为是"添乱、惹麻烦",而公众对环保社会组织也缺乏深入的了解,都对环保社会组织实施环境监督,心存戒备和疑虑,持消极态度,导致环保社会组织不能正常参与环境的一些政策研究、法规建设、污染防治、公众参与等重要活动;再加上环境听证制度、公开制度、公众参与制度不健全,不能实行及时和有效的监督。可见,中国的环保组织虽然致力于环境治理改善工作,但由于得不到足够的外部支持,其功能的发挥也大打折扣。

第四,学术性、专业性组织滥用权力。如前所述,这类组织在中国具有相对较长的发展历史,为国家建设和社会发展作出了应有的贡献,但随着时代的发展,这类组织也暴露出了一些问题。利用多年来在相关领域树立起来的崇高威信和技术优势,部分专业学术类社会组织大肆接受企业赞助,未经科学论证就随意发布认证信息和排名公告,这种"借用专家权威,制造消费舆论"①的行为,严重误导甚至扭曲了民众的消费倾向和行为, 造成了极其恶劣的影响。典型的案例,如 2006 年,由欧典地板事件引发的中国消费者协会停止"3·15 标志"认证,并成为 2007 年改为全额财政拨款的直接原因。2007 年,牙防组②和全国牙病防治基金会被查出从事违规操作, 牙防组通过违规认证获取利益达 218.5 万元,在 1997—2006 年的账目审计中, 牙防组累计收入 2769.76 万元,除

---

① 宋功德:"消费者协会的自治悖论",见:沈岿主编:《谁还在行使权力——准政府组织个案研究》,清华大学出版社,2003 年版,第 323~324 页。

② 牙防组并不是法人实体,但由于其实质上是政府部门的非法人下设机构,其合法性来源于主管的卫生部,并承担卫生部赋予的部分政府职能,所以,仍然作为社会组织进行研究。

了认证收入外,还有赞助费 2068.61 万元,会议收入 359.76 万元等,不久后,牙防组被卫生部撤销。①以上事例揭示了中国专业学术性社会组织所存在的一些问题,虽然具有很高的学术地位和专业能力,但在一定条件下,这些优势反而可能成为这些组织误导民众、牟取私利的工具。

最后,社区组织"无人喝彩"。随着中国城市社区建设的积极展开,社区社会组织迅速发展,解决了很多民众日常工作生活中的实际困难。但在新建起的居住区内,需要一种新型的情感纽带来联系居民,同时满足人们生活娱乐的需要。但是,社区建设是一个过程,目前在改造地段新建的住宅楼还只是一个名义上的"社区"。内部居民构成上更为复杂,居民间的利益关系多元化、交叉化,难以在社区,这一地域性共同体内部形成共同的价值趋向。同时,由于现代都市生活的紧张与工作的巨大压力,也使得一部分居民对社区事务较为淡漠,无暇分心参加社区活动,只将其作为一个居住地。另外,虽然我市也有一部分社区是在已有居民楼群上建立起来的。但建立这些社区更多的是出于迎合某些形式的需要,并由当地派出所、民政部门简单"划片"产生的。这样做只是方便了政府基层部门的管理,社区内并没有相应的各种服务设施、机构。②而且,这样的社区居民构成更为复杂,人口流动性大,对社区社会组织公益活动开展都造成了很大的困难。

3. 结论

通过对中国社会组织功能上的分析,能够得出如下结论:

(1)社会组织整体上,功能广泛。

(2)社会组织整体上的功能结构比例不够合理。行业管理、教

---

① 王淑军:"5 月 22 日,牙防组财务收支情况曝光——牙防组事件还没完",《人民日报》2007 年 5 月 23 日,第 5 版。

② 陆明远:"中国民间组织在城市管理中的功能研究",《公共行政》2006 年第 3 期。

育、卫生类的社会组织占很大的比例,这一方面体现了当前社会的实际需求,但同时也意味着社会组织对环保、权益维护等新型社会需求的忽视,这一点需要通过发展相应社会组织来加以弥补,完善社会组织的整体功能结构。

(3)社会组织个体上,在功能上还存在一些问题,必须得到应有的重视,迅速加以解决。

三、结构:金字塔式的内外部结构

1. 外部结构

社会组织的建立和覆盖范围都具有地域性,按照不同的覆盖范围可以将社会组织分为全国性和地方性两类。具体到中国, 社会组织基本上都是按照不同行政区划而建立的,一般都具有明确的地域性和层级性。不同层级的社会组织在发展数量上也有所区别,并在 1949 年至今一直得到保持。1965 年,全国性的社会团体共 98 个,地方性社团约 6000 个,1991 年,全国性社会团体共 836 个,地方性社团共 11.6 万个,1996 年,全国性社团共 1845 个,县级以上社团总数为 18.7 万个。随着《社会团体登记管理条例》和《民办非企业单位登记管理暂行条例》的实施,并按照党中央、国务院的统一部署依法取缔了"法轮大法研究会"及其所属机构,截至 1999 年底,全国社会团体 136841 个,其中全国及跨省域活动的社团 1849 个,省级及省内跨地(市)域活动的社团 19759 个,地级及县以上活动的社团 50322 个。2002 年,全国性社团 1712 个,涉外社团 77 个,其中全国及跨省域活动的 10 个,地方性社团,包括省级、地级和县级社团共 24,2 万个。截至 2006 年底,全国性及跨省(自治区、直辖市)活动的社团 1730 个,省级及省内跨地(市)域活动的社团 21506 个,地级社团 56544 个,县级社团 112166 个。可见,层级越高的社会组织总量越少, 越接近于基层的社会组织数量越多。这就使得中国社会组织在外部结构上呈现出一个明显的金字塔式结构,如图。

图 3.3　2006 年中国社会团体级别分布①

　　在不同层级的社会组织彼此之间并不存在领导与服从关系,更多的是组织专心本地区本职能的工作,彼此之间的合作与协调较为有限和松散。根据清华大学 NGO 研究所于 1999 年在全国范围所做的非营利组织调查,在被调查的组织中,68.7%的社会组织的活动范围在一个市、区、县范围之内;有 8%的组织活动范围在两个或两个以上市、区、县范围之内;8.6%的组织活动范围在一个省、自治区、直辖市范围之内;5.2%的组织活动范围在中国内地范围之内;0.1%的组织活动范围在港、澳、台地区;0.9%的组织活动范围在港澳台与内地;0.1%的组织活动范围在国外;5%的组织活动范围在国内和国外;还有 1.3%为其他类型;另有 0.7%组织无回答。可见,中国社会组织具有明显的地域性,活动的范围集中在所属区域内,而对于跨区域的社会组织活动并不十分热衷。而在一些大型的社会组织当中,其组织网络的建立则相对比较完善,例如,中国青少年发展基金会的组织网络建立并非是靠团中央下文指示的行政手段实现,而是逐步与地方建立合作关系(亦称之为兄弟关系而非父子关系),②即通过签订协议授权的行使,历时 6 年,构造了全国性与地方性组织并存,职能分工明确,地域与职能分工相结合的全国的希望工程机构的组织网络。

---

① 数据来源:中华人民共和国民政部:《2006 年民政事业统计公报》。

② 郭于华:《事业共同体》,浙江人民出版社,1999 年版,第 25 页。

总之,由层级不同而变化的社会组织数量和纵向间松散的关系共同构成了中国社会组织外部结构的特点,即离散式的金字塔结构。

2. 内部结构

社会组织的内部结构,这里主要是指组织结构,即组织内部的纵向间权力集散程度和横向间的分工协作关系。

第一,意思机关不够"意思"。这突出表现在社会组织的意思机关,即会员大会或总会在代表成员合意方面的不足。社团总会是社团法人所特有的机关,由社团的全体成员组成,是社团法人的意思机关和最高权力机关。结合中国的相关法律法规,社团总会的职权包括:制定和修改章程;选举和罢免理事;审议理事会的工作报告和财务报告;决定终止事宜以及其他重大事宜。在行使职权中,会员大会(或会员代表大会)须有 2/3 以上的会员(或会员代表)出席方能召开,其决议须经到会会员(或会员代表)半数以上通过方能生效。这种民主的议事规则在一些国家得到了更严格的规定,例如,《德国民法典》规定,宗旨的改变需要全体成员同意,变更章程和解散需要出席大会的四分之三多数同意,同样或类似的规定在日本、美国等国家也有所体现。可见,总会或大会是社会组织内部结构中的最高权力机构,是个体意思汇聚成社团意思的场所,而社团决议则是汇集成社团意思的个体意思的结果,[①]以民主的议事规则来共同制定有关组织发展的重大决策。但在社会组织的实际运作中,大会的最高权力地位,甚至大会本身的存在都成为一个问题。根据清华大学NGO 研究所 1999 年首次在全国范围内对社会组织所展开的问卷调查,在受调查的组织中,有 46.6%的组织由理事会或全体会议等正式决策机构决定组织的战略决策和活动计划;10.7%的组织无正

---

① 详见金锦萍:《非营利法人治理结构研究》,北京大学出版社 2005 年版,第 95~100页,119 页。

式的决策机构,由全体成员协商决定;17.8%的组织无正式的决策机构,由两个以上的负责人协商决定;18.9%的组织无正式的决策机构,由负责人个人决定;3.4%的组织决策方式是其他类型;另有2.7%的组织无回答。可见,有一定比例的社会组织缺乏内部的民主决策机制,意思机关难以通过民主的方式制定出符合众意的决策,更多的由负责人决定组织事务。

第二,执行管理机关首长负责。董事会(理事会)是社会组织的执行管理机关,对内对外都具有重要的功能:社会组织的对外法人代表;对内决定组织的使命与目的;选任执行长并予以实质协助;定期评估行政主管的工作实效;从事组织目标的规划;确保组织的财务与资源的健全;决定并监督组织的方案与服务;提升组织的公共形象;充任内部冲突的最终仲裁者;定期评估自我的表现。①可见,董事会(理事会)拥有多项权力,是社会组织内部日常性的核心管理部门。在董事会(理事会)的运行机制上,各国有所不同,具体到我国,从制度和实践上看,社会组织采用的是独立职权制,即只有法定代表人才拥有对外执行权。根据《民法通则》第38条:“依照法律或者法人章程规定,代表法人行使职权的负责人,是法人的法定代表人。”按照《社会团体登记管理条例》第十六条、《民办非企业单位等级管理暂行条例》第十二条以及《基金会管理条例》第九条的有关规定,社会组织在登记过程中,都必须确定法定代表人及职责,《基金会管理条例》第二十条更是将理事长作为基金会的法定代表人。因此,对于中国社会组织执行管理部门的分析就具体到法定代表人或组织负责人的研究上,即社会组织的会长、秘书长、总干事、董事长、理事长等。②对于组织负责人,一个基本的概括就是“组织领导的核心人物,是行政主管和日常工作负责

---

① 详见金锦萍:《非营利法人治理结构研究》,北京大学出版社2005年版,第120页。

② 由于社会组织内部形式较为多样,所以,对负责人的职务命名也有所不同。

人",①这就意味着负责人握有巨大的权力,根据金锦萍博士的观点,这种做法将损害社会组织的自治原则,导致首长专权以及不利于法人诉权的实现,需要改为单独代表制。也有学者认为,首长负责制的问题主要是由于一些非会员制的社会组织缺乏有力的内部监督机制,需要以法律法规来确保其责任义务的实现。②这些观点在理论上都肯定了社会组织实行首长负责制所出现的问题。而在社会组织的实际工作中,也在一定程度上与之吻合,很多社会组织的负责人对项目运作、人事任免、财务管理拥有实质性的决定权,能够左右社会组织的发展。

最后,内部监督机构流于形式。社会组织应当具有内部的监督机构——监事会,是根据法律和章程设立的,以监督执行机关的事务执行为职权范围的机构。对于监事会的具体构成,各国有所不同,目前,中国的《基金会管理条例》第二十二条明确规定,基金会必须设监事,"监事任期与理事任期相同。理事、理事的近亲属和基金会财会人员不得兼任监事。监事依照章程规定的程序检查基金会财务和会计资料,监督理事会遵守法律和章程的情况。监事列席理事会会议,有权向理事会提出质询和建议,并应当向登记管理机关、业务主管单位以及税务、会计主管部门反映情况"。除了监事会之外,总会或大会也具有相应的监督权。尽管社会组织一般都具有这样的内部监督机制,但在实际中,这种机制的成效却非常有限,很难对组织负责人及各具体职能部门产生实质性的制约监督作用。这一方面与监事及监事会的构成和能力有关,对于复杂的社会组织事务,需要一定数量和具有专业素质的监事独立行使监督权力,③但这一点在

①　王名:《非营利组织管理概论》,清华大学出版社,2002年版,第72页。

②　详见蔡磊:《非营利组织基本法律制度研究》,厦门大学出版社2005年版,第147~148页。

③　刘春湘:《非营利组织治理结构研究》,中南大学出版社,2007年版,第141页。

目前还很难实现。另一方面,缺乏内部监督还和社会组织的负责人、外部环境等多个因素相联系。

总之,由于总会难以形成众意,理事会权力集中和监事会的能力有限,使得中国社会组织的内部结构同样呈现出金字塔形。

3. 结论

通过对中国社会组织间关系及内部各部门间关系,即内外部结构的分析,这里得出如下结论:

(1)社会组织地域性强,数量多少与层级高低成反比例关系,使得外部结构呈现离散型的金字塔结构。

(2)社会组织的内部包括代表、管理和监督三大机制,但管理部门负责人独掌大局,使得内部权力呈现纵向集中的金字塔结构。

四、资源:政府"扶上马,送一程"

1. 经济收入及物质条件

社会组织虽然是非营利性的,但仍然需要充足的资金、设备、办公场所等物质条件作为组织生存发展的基础。总体上,社会组织有两种资金来源,一种是向上依赖政府获取资源,另一种是向下依赖社会(包括市场、会员、狭义的社会)获取资源。[1]这种模式反映在社会组织经济收入的比例上,总体上的状况是政府资助的比例有所降低,会费、服务性收费的比例有所提高,这种趋势也由于组织的不同而有所差别。

根据清华大学 NGO 研究所 1999 年的调查报告,在 1998 年,中国社会组织最主要的收入来源是政府提供的财政拨款和补贴,该项来源几乎占了社会组织所有来源的一半,详见下表。[2]

---

① 陶传进,王名:"中国民间组织研究报告",见:吴玉章主编:《社会团体的法律问题》,社会科学文献出版社,2004 年版,第 385 页。

② 邓国胜:《非营利组织评估》,社会科学文献出版社,2001 年版,第 58 页。

表 3.8　社会组织收入结构

类型	比例(%)
会费	21.18
营业性收入	6.00
政府提供的财政拨款和补贴	49.97
政府提供的项目经费	3.58
国际组织、国外政府及其他组织提供的资助和项目经费	1.64
企业提供的赞助和项目经费	5.63
国内其他基金会提供的资助和项目经费	0.50
募捐收入	2.18
资本运作收入	1.21
会费以外,特定成员提供的个人赞助	1.98
贷款或借款	0.28
前一年度盈余资金	1.83
其他	4.02

可见,在 1998 年,来自于政府的各种经济支持占到当年社会组织总收入的 53.55%。资金比例相对应的是,有近一半的社会组织的办公场所也是由政府部门(业务主管单位)提供的。详见下表。[①]

表 3.9　社会组织办公场所来源

办公场所来源的类型	比例(%)
主管部门提供的办公室	46.6
自己所有的专用办公室	31.9
租赁的专用办公室	8.0
没有专门的办公室	8.0
组织领导或成员家中	1.7
其他	2.1
未回答	1.7

这种主要依靠政府财政物质支持的情况,在目前产生了一定的变化。根据 2002 年,由清华大学 NGO 研究所、青岛市社会组织管理

---

① 邓国胜:《非营利组织评估》,社会科学文献出版社,2001 年版,第 52 页。

局和青岛市委党校组成的课题组针对山东省青岛市社会组织的调研报告，在受调查组织中，有 10.7% 的社团接受政府全额拨款，22.8% 的社团接受部分拨款，15.6% 的社团具有政府授予的特许经营权，在具体的收入比例上，政府的财政拨款平均占据社团收入的 10.79%。可见，政府的财政支持已经出现了降低的趋势，同样的情况在其他地区和不同类型的社会组织中也有所体现。根据2003 年，浙江省社会组织管理局作出的《浙江省行业协会发展状况问卷调查分析报告》，在被调查的 350 家行业协会中，经费收入主要靠会员缴纳会费，多数协会没有获得政府的拨款。2002 年度获得政府拨款的仅 90 个协会，占 25.6%；向协会捐款的企业也仅占 33.4%。详见下表。

表 3.10　浙江省行业协会收入结构

经费来源	政府支持	会费	会员及社会捐赠	服务收入	其他	合计
所占比例	16.9%	51.8%	16.7%	11%	3.6%	100%

在工作条件上，行业协会在政府部门争取到的支持主要是获得办公用房。有 46.3% 的协会由政府提供办公用房，但曾获得政府经费资助的只有 25.5% 的协会，而且经费资助主要不是来自本级地方政府和业务主管单位，有 68.5% 的经费资助来自"其他机构"。

同样的情况在中国的环保社会组织发展中也有所体现。根据2005 年，中华环保联合会的《中国环保社会组织现状调查报告》，环保社会组织的费用来源，首先主要靠收取会费，其次是组织成员和企业捐赠，以及政府与主管单位拨款，再次是咨询服务的微薄收入。2005 年，我国环保社会组织共筹集资金 29.77 亿元，其中环保项目及活动的经费支出占 67.2%，其支出比例基本合理，已经接近日本 1995 年非营利组织支出活动费用的比例(80.1%)。而在工作条件上，环保社会组织的工作条件，总体上比较差，办公场所欠缺。60% 以上没有自有的办公室。政府部门发起成立的环保组织 60% 以上由主管部门提供办公室；学生社团办公场所多设在校团委，没有专门的办公室；民间自发组织的办公场所,主要依靠租赁和借用;国际环保社会组织驻中国大陆机构,一半拥有自己的办公场所。为了加强与社会的沟通与交流,53.2%和47.5%的环保社会组织拥有自己的网站和内部刊物,80%以上的组织拥有计算机,学生环保社团拥有率只有27.1%。

可见,随着时代的发展,社会组织对政府单纯经济支持的依靠正在减少,但政府财政支持仍然是中国社会组织收入结构中重要的组成部分。同时,社会组织正在努力拓宽自身的经济渠道,改善工作条件,通过提供服务、社会募捐等形式得到的经济收入比例在不断提高。

2. 人力资源

人力资源是社会组织开展活动的必要保证,社会组织的人力资源具有一定的特殊性,包括专职和志愿者两个方面,前者主要是指社会组织中具有全职工作并领取报酬的员工,后者是志愿加入社会组织的工作,付出劳动但不领取报酬或只接受少量补助的志愿者。

(1)数量

目前中国社会组织的人力资源总体上比较匮乏,兼职现象较为普遍,无论是专职还是志愿者,都难以充分满足社会组织发展的需要。在清华大学 NGO 研究所 1999 年的调查中,被调查的社会组织在人力资源上普遍出现专职、志愿者稀缺,兼职现象普遍的特点。详见下表。[①]

表 3.11　社会组织人力资源结构

人员规模	专职人员比例(%)	兼职人员比例(%)	志愿者比例(%)	人员规模	专职人员比例(%)	兼职人员比例(%)	志愿者比例(%)
0	6.9	4.6	34.4	10—14	10.2	9.2	7.7
1—4	33.5	44.3	17.5	15—39	9.2	10.6	10.6
5—9	38	21.3	11.8	40 及以上	2.2	4.5	18

① 邓国胜:《非营利组织评估》,社会科学文献出版社,2001 年版,第 55 页。

这种情况在近年来仍然得到保持。在 2003 年清华大学 NGO 研究所的调查中,2002 年中国社会团体的平均专职工作人员数为 3.56 人,平均兼职工作人员数为 5.32 人,平均志愿者人数为 10.52 人。据此推算,2002 年,中国社团的专职人员数为 47.5 万人,兼职人员为 70.9 万人,志愿者为 140.3 万人。在 2003 年浙江省行业协会的调查中,该省行业协会也存在人力资源严重不足的问题。平均每个行业协会专职工作人员仅 1.88 人,兼职工作人员平均每个协会 3.84 人。在 2005 年中国环保社会组织的调查中,我国环保社会组织共有从业人员总数为 22.4 万人,其中全职人员 6.9 万人,兼职人员 15.5 万人, 有近 30% 的环保社会组织中只有兼职人员没有全职人员。“自然之友”是全国人数最多的环保社会组织,会员总人数已超过 10 万人;平均每个环保社会组织的全职人员在 25 人左右。

(2)结构

这里的结构主要是指社会组织人力资源的构成及特点,将选取年龄、学历和负责人背景三个指标来进行分析。

第一,年龄结构总体上合理,但负责人年龄结构老化问题仍然存在。在清华大学 NGO 研究所 1999 年的报告中,30 岁以下的职员占所有职员的比例为 3.047%;30—49 岁的职员比例为 44.97%;50—59 岁的职员比例为 17.83%;60 岁以上的职员比例为 6.72%。在 2003 年的浙江省行业协会调查中, 该省行业协会专职工作人员平均年龄 43.9 岁,大专以上兼职工作人员平均年龄 41 岁。在 2005 年的中国环保社会组织中,80% 左右的专职工作人员为 30 岁以下的青年人,70% 的负责人在 40 岁以下。这种中青年为主的年龄结构具有一定的合理性。但在部分社会组织负责人的年龄上,仍然存在着年龄偏大的现象。

第二,学历层次较高。1999 年,中国社会组织职员(专、兼职)的文化程度以高中中专、大专和大本为主,分别占到 31.70%、27.40%、27.80%,而初中及以下学历的比例为 11.40%,研究生及以上学历的为 2.07%。这种学历结构结合当时社会组织职员的年龄分布来看，应当属于总体上较高的学历结构。这种情况近年来有逐渐趋于高学历的趋势。在 2003 年的浙江省行业协会中，行业协会的专职工作人员，大专以上学历占 48%，兼职工作人员，大专以上学历占 62%。在 2005 年的中国环保组织调查中更为明显，50%以上的员工拥有大学以上学历，13.7%拥有海外留学经历，90.7%的负责人拥有大学以上学历。可见，中国社会组织人力资源的年龄和学历正在朝着积极的方向变化。

最后，负责人及主要管理干部经过政府产生，并多具有政府背景。结合前面分析的社会组织内部负责人掌握实权的特点，这里将负责人的背景作为分析社会组织人力资源结构的一个指标，以此来研究社会组织负责人的来源和知识结构。根据清华大学 NGO 研究所 1999 年的调查，在被调查组织中，有 28.4%的组织主要管理干部是根据组织章程通过民主选举产生；23.2%的组织干部是由组织负责人提名并经主管部门批准；38.5%的组织主要管理干部是由主管部门派遣和任命；8.6%的组织无特别的规则，还有 1.4%未作回答。可见，经过政府批准或政府直接任命是社会组织中高层人员产生的主要方式。而根据 2003 年清华大学 NGO 研究所在青岛市的调查，该市 52%的社团的人事任免权由业务主管单位掌握。与之相应的，这部分人员中大多具有官方背景，有 49.2%的组织执行负责人在担任组织领导人之前在政府行政部门任职；有 27.9%的人在事业单位任职；有 7%的人在其他社会组织任职；另外，还有 11.5%的人在其他部门任职，另有 3.4%的组织无回答。可见，政府、事业单位是社会组织负责人的"摇篮"，为社会组织培养提供了大量的人力资源。目前，一些规模比较大，时间比较长的社会组织负责人也多是前政府官员。同样的情况也出现在社会组织的兼职人员背景上，有政府官员兼任社会组织负责人的情况也具有一定的普遍性，但这种情况随着近年来政府相关政策的出台开始逐渐减少。

（3）人力资源管理面临诸多难题

社会组织目前在人力资源管理上的主要问题是进人进不来、管人管不了，留人留不住。而造成这些问题的主要原因在于社会组织的人力资源管理现状。

第一，待遇福利差。在清华大学 NGO 研究所 2002 年的青岛市调查中，该市 73.4% 的社团没有为员工购买社会保险，而报酬水平与整个地区的平均工资水平相比中等偏低。同样的情况也适用于不同类型的社会组织，在 2005 年中华环保联合会的中国环保社会组织现状调查中，在全职人员总量中，有 43.9% 的全职人员没有薪酬，有薪酬的也是当地的中等以下水平；有 56.3% 的环保社会组织没有能力为其职员提供失业、养老、医疗等福利保障。在 2003 年浙江省社会组织管理局的全省行业协会发展状况调查中，协会经费用于工作人员工资、福利的占 27.5%，仅有 51.1% 的专职工作人员在协会领薪，68.5% 的专职工作人员没有办理社会保险情况下的工资、福利支出比例。即使不考虑增加人员，仅就全部专职人员在协会领薪和依法办理社会保险，专职人员工资福利支出将达到协会经费支出总数的 60% 以上。这样的薪酬待遇连满足员工基本的生活工作需要都成问题，社会组织难以吸引和留住人才也就很好理解了。

第二，大量的兼职、志愿者也是社会组织人力资源管理上的难题。社会组织不同于政府和企业，具有大量的兼职和志愿者，这部分人力资源在组织上相对松散，很难通过简单的奖惩激励措施来实现对这个庞大群体的有效管理。对于兼职员工而言，由于多数具有政府、事业单位职务，所以难免会对社会组织的工作有所忽视；对于志愿者而言，多数属于临时的自愿加入，要有限的专职人员管理数量庞大且流动性强的志愿者队伍，显然会遇到很大的困难。可见，复杂的人力资源构成是社会组织人力资源管理困难的另一个主要原因。

总之，中国社会组织在人力资源上，具有如下特点：总体数量有限,兼职比例偏高;人员的知识、年龄结构合理,但老龄化问题仍然存在;中高层人员的产生受政府影响,大部分具有官方背景;员工薪酬福利水平偏低,结构复杂,需要更为有效的内部管理。

3. 制度支持

社会组织是独立的法人实体,依法享有自主管理权,从组织成立、组织发展到组织消亡,都需要一定的制度提供保障并进行规范。因此,这里将制度支持作为社会组织的一种资源,从社会组织的一些现实问题入手,来说明现有制度对社会组织的支持范围和程度。

(1)非法人型社会组织大量存在

法人是具备主体资格的组织体,能够独立地享受权利,承担义务和责任。一般来说,各国都对本国社会组织的成立有一定的要求,只有在符合要求,经过相应程序的前提下,社会组织才能实体化,成为独立法人,依法享有各项权利义务并受到制度的保护和支持,否则,将成为非法人型社会组织,无论是组织自身还是各项活动都无法得到有力的制度支持。根据中国《民法通则》第 37 条的规定:"法人应当具备下列条件:(一)依法成立;(二)有必要的财产或者经费;(三) 有自己的名称、组织机构和场所;(四) 能够独立承担民事责任。"社会组织成为法人就必须具备上述条件。但目前,有大量的社会组织没有成为法人,只是以一种非法律承认的状态存在着。截至 2006 年底,中国共有登记注册社会组织 35.4 万个,有学者认为,中国目前实际拥有的社会组织至少有上百万,[①]根据谢海定博士于 2002—2003 年在深圳、安徽部分地区的调查,经过正式登记的社会组织数量只占社会组织实际数量的 8%—13%,具体来说,经过登记的社团组织数量占社团组织实际数量的 1/12—1/20,经过登记的民办非企业单位占实际数量的 1/10—1/12。这个数字与目前有学者估

---

① 贾西津:"中国公民社会的理论与实践",见:吴玉章主编:《社会团体的法律问题》,社会科学文献出版社,2004 年版,第 108 页。

计"中国各类社会组织保守估计至少在 300 万个以上"①的情况相吻合。可见,目前中国社会组织中的大部分仍然游离于体制之外,以非法人状态存在,这就意味着大部分组织难以得到现有制度的有效规范和支持,是以极其不稳定的状态存在,或者只能得到制度的"默认",如绿家园、中国硬笔书法家协会,或者自生自灭,或者被政府强制性取缔,典型的案例如 2007 年山东省寿光市的寿光义工组织被市民政局以"未经注册的非法团体"为由要求自行解散,使得这些能够为社会发挥积极作用的组织无法生存。

(2)社会组织能够使用政府资源

政府以往更多的是为社会组织提供金钱、办公场所、工作设备等硬件,并且根据比较分析,西方发达国家的政府也为本国社会组织提供各种资助。但事实上,中国的社会组织能够使用的政府资源,决不仅仅是硬件,还包括政府的影响力、政策建议等非物质性的资源,这部分资源的使用是中国社会组织在资源上的一大特点。根据2003 年清华大学 NGO 研究所在青岛市的调查,55.5%的社团认为业务主管单位的作用很大,40.2%的社团认为有些作用,在实际活动中,50.6%的社团有问题经常找业务主管单位,40.7%的社团认为寻求政府帮助的作用很大,53.3%的社团认为有些作用,而不找政府的仅有 3.8%,而 22.4%的社团能够得到政府在资金之外的资助。在具体活动形式上,社会组织通过邀请政府有关领导参加会议或协办会议等方式能够有效地提高组织的知名度和影响力,并且在一部分有官方背景的负责人或官员兼任的社会组织中,社会组织能够更多地参与到公共政策过程之中,仅此一点就能极大地提升组织的社会地位,为组织的发展提供可靠的保证。

总之,制度对社会组织的影响是全面而深刻的。而目前的中国社会组织整体上的制度资源相对还比较有限,有相当多组织无法得

---

① 俞可平:《中国公民社会的制度环境》,北京大学出版社,2006 年版,第 12 页。

到制度的承认,而在一些符合政策或具有官方背景的组织中,制度资源又非常丰富,这种两极分化的现象是目前中国社会组织在制度资源上的一个总体特点。

4. 社会认同

社会组织的发展不仅需要政府、法律法规的保护和促进,更需要企业、民众等社会力量的信任和支持,只有在社会认同的前提下,社会组织才能通过社会得到广泛的资源。因此,这里将社会认同,即企业、民众等社会主体对社会组织的态度、认知程度等作为社会组织的一项资源进行研究。

总体来看,目前广大企业、民众对社会组织整体的认可程度正处于一个不断提高的过程中,但总体水平还有待提高。而一些服务好、能力强的社会组织个体,在所在区域已经建立起了一个良好的形象,能够得到社会更多的信任和支持。根据 2006 年南开大学2006 年第四届百项创新工程之 NGO 研究课题组的《NGO 在滨海新区发展中的功能与问题调研报告》,社会组织、非政府组织等在我们的社会中缺乏广泛的认知度。在天津市开发区当地居民的访谈中,当访问者提到 NGO、非营利组织这些概念时,居民的反应大部分是"什么是 NGO?""似乎听说过,不是很了解",但是当我们提到具体某一个社会组织的名字时,反应就会好很多。例如在华纳社区和居民交谈的时候,提到社区服务志愿者协会、老年人协会这些组织的具体名称时,他们的反应是"知道知道!"尤其一位老人还和课题组讲了他在老年人协会参加的活动及自己的评价。这种不知道什么是NGO,却知道具体组织,甚至积极参与了其活动的现象无疑是值得我们注意并加以分析的。这种情况具有一定的普遍性,在高校中也存在这样的情况。但对于在开发区居住的一些外籍人士,就不存在这个问题,这些外籍人士非常熟悉 NGO 的概念,也十分关心开发区的 NGO 发展,积极参与一些活动,例如社区服务志愿者协会与心血管医院组织的"明天计划",就有很多外籍人士参与。同样,企业也对社会组织,尤其是行业协会、商会等十分熟悉,他们对于行业协会有很高的认知度,但是对行业协会所具有的 NGO 的特性和行业协会与 NGO 之间的关系,却并不是很明确。而且一些企业对于像志愿者协会、老年人协会等这类社会服务、保障性功能比较强的 NGO 的活动,则了解更少。这一点与国外的企业有很大的差别。一些在开发区的外国企业,十分重视发展企业文化,同时这些企业在本国有较好的传统,积极参与到 NGO 的事业当中,每年与一些 NGO 合作开展活动,这些外资企业在开发区也积极投身到本地 NGO 的活动中。例如开发区社区服务志愿者协会的负责人提到他们的活动,常常可以得到上述那些企业的支持,构成他们资金的一个来源。

这种社会认同上"轻整体、重个体"的现象在全国具有一定的普遍性,在 2003 年的浙江省行业协会调查中,有 2415 个企业就行业协会对企业发展是否有帮助问题作了回答。其中 478 个企业认为"非常有帮助",占 19.8%;1565 个企业认为"有帮助",占 64.8%;认为"帮助不大"的有 301 个企业,占 12.5%;认为"没有帮助"的有 45 个企业,占 1.8%;认为"不但没有帮助反而增加负担"的 26 个企业,占 1.1%。可见近 85% 的企业认为行业协会对企业发展是有帮助的。同时有 60% 企业认为近两年来行业协会发挥的功能是越来越好了,只有 2% 的企业认为行业协会发挥的功能越来越糟,还有 38% 的企业认为行业协会的功能与以前相比"没有什么变化或说不清楚"。企业对行业协会的总体服务水平评价还是比较高的,2648 个企业中,有 502 个打了 5 分,打 4 分的 1152 个企业,占 46.7%。因而在不考虑其他因素可以自由退会的前提下,仍有 90% 的企业愿意继续留在协会。但是,同样是对协会作用的评价问题,从另一个角度提问时,回答与上述情况很不一致。如问:"您认为,与未加入协会的同行企业比较,加入协会是必要的,还是无所谓?"结果是认为:"有必要"的只占 36%,"没必要"的占 3.7%,"无所谓"的比例最高占 46.8%,说不清楚的占 13.5%,我们在访谈中了解到,多数企业没有选择"有必要"的原因,主要是行业协会提供的服务,对会员与非会员没有大的区别,入会与不入会差别不大。

总之,正是基于这些调查的发现,这里认为,目前中国社会组织在社会认同上,一个个具体的组织已经开始深入人心,但总体来看,还难以形成像政府、企业那样众人皆知的普遍性整体,企业、民众对社会组织的认识不足,社会组织整体的社会认知度有待提高。

5. 结论

通过对社会组织各类主要"资源"的分析,能够得出如下结论:

(1)经济、物质条件上,很多社会组织都是靠政府支持起家,而随着不断发展壮大,相当多的社会组织对政府单纯经济支持的依靠正在减少,但政府财政支持仍然是中国社会组织收入结构中重要的组成部分。同时,社会组织正在努力拓宽自身的经济渠道,改善工作条件,通过提供服务、社会募捐等形式得到的经济收入比例在不断提高。

(2)在人力资源上,社会组织的资源总体有限,兼职比例偏高;人员的知识、年龄结构合理,但老龄化问题仍然存在;中高层人员的产生受政府影响,大部分具有官方背景;员工薪酬福利水平偏低,结构复杂,需要更为有效的内部管理。

(3)在制度支持上,目前的中国社会组织整体上的制度资源相对还比较有限,有相当多组织无法得到制度的承认,而在一些符合政策或具有官方背景的组织中,制度资源又非常丰富,这种两极分化的现象是目前中国社会组织在制度资源上的一个总体特点。

(4)在社会认同上,目前一个个具体的社会组织已经开始深入人心,但总体来看,还难以形成像政府、企业那样众人皆知的普遍性整体,企业、民众对社会组织的认识不足,社会组织的社会认知度有待提高。

以上是从规模、功能、结构和资源四个方面概括中国社会组织的现状及特点,而要更为清楚地把握这些特点的成因,还需要从社会组织的政府管理体制入手,寻找二者的相关性。

第二节　中国社会组织的政府管理模式

社会组织具有普遍的双重性,一方面,社会组织可以对政府管理、社会发展产生积极的推动作用;另一方面,社会组织也可能产生严重的危害,为此,政府应当明确对社会组织"扶持+规范"的双重任务。目前,各国政府都对本国社会组织设立了相应的管理体制,对各国社会组织产生了直接和深远的影响,相比之下,中国社会组织具有自身的特殊性,这些特殊性的形成同样与中国政府的社会组织管理有着密切的联系。这里认为,目前政府对社会组织的管理具有典型的国家主义特征,即政府作为唯一的实际管理主体,直接决定着中国社会组织的发展,但伴随着一系列条件的转变尤其是社会组织问题的产生,国家主义的管理模式已经暴露出了诸多不足,改革的必要性已经非常明显。为此,这里将从制度框架、管理原则和管理过程三个方面对中国政府的社会组织管理体制进行概括,并结合政府管理的"两个任务"和社会组织的特性来进一步探讨现有社会组织管理体制的合理性及问题。

一、国家主义的社会组织管理模式概述

1. 制度框架

(1)宪法层面上,社会组织既是公民的基本政治自由权利,又是政府管理的法定对象。根据现行《宪法》第三十五条规定:"中华人民共和国公民有言论、出版、集会、结社、游行、示威的自由。"这是对公民结社权的规定,也意味着在中国,公民以自发的形式组成社会团体是受到宪法保护的。同时,《宪法》第十九条规定:"国家鼓励集体经济组织、国家企业事业单位组织和其他社会力量依照法律规定举办各种教育事业。"第二十一条规定:"国家……鼓励和支持农村集体经济组织、国家企业事业组织和街道组织举办各种医疗卫生设施,开展群众性的卫生活动,保护人民健康。"这些规定都为从事相关工作的民办

非企业单位的产生提供了重要的制度基础。在肯定了社会组织存在的同时,《宪法》也将对社会组织的行政管理权划入政府的管理范围内。根据《宪法》第八十九条规定:"国务院行使下列职权:……(六)领导和管理经济工作和城乡建设;(七)领导和管理教育、科学、文化、卫生、体育和计划生育工作;(八)领导和管理民政、公安、司法行政和监察等工作。"可见,在宪法层面上,将社会组织的管理权赋予了政府,社会组织无论是在教育、卫生等具体的功能领域要接受政府的领导,同时,社会组织作为中国民政事业的一部分,同样要接受政府的领导和管理,这为以政府为中心的社会组织管理模式提供了基本的前提。

(2)法律层面上,对社会组织没有专项法律,但在很多法律中,都有涉及到社会组织的条款。一方面,相关法律都将社会组织列入到本法的管辖范围;另一方面,相关法律也为社会组织设定了相应的权利和义务。《行政许可法》第十三条规定:"在下列方式能够予以规范的,可以不设定行政许可:(一)公民、法人或者其他组织能够自主决定的;……(三)行业组织或者中介机构能够自律管理的。"《中华人民共和国治安管理处罚法》第五十二条规定:"有下列行为之一的,处十日以上十五日以下拘留,并处五百元以上一千元以下罚款;情节较轻的,处五日以下拘留或者五百元以下罚款:(一)违法国家规定,未经注册登记,以社会团体名义进行活动,被取缔后,仍进行活动的;(二)被依法撤销登记的社会团体,仍以社会团体名义进行活动的;……"《中华人民共和国道路交通安全法》第六条规定了社会团体以及其他组织应当对本单位的人员进行道路交通安全教育。《中华人民共和国残疾人保障法》在第十五条、二十九条、三十四条中都对从事帮残、助残工作的社会组织作出了相应的规定。《中华人民共和国律师法》第五章专门对律师协会的性质、结构、职责等各项工作进行了详细的规定。此外,值得注意的是,虽然对社会组织没有总体性法律,但对个别具有重要国际、社会影响和悠久历史的组织,目前已有专项法律进行界定,如中国红十字会,作为从事人道主义工作、具有社会团体法人资格的社会救助团体,具有《中华人民共和国红十字会法》,由该项法律规定组织的各项权利义务。这种法律中规定了社会组织相关权利义务的情况体现在目前的各部专项法律中,在此不一一详述。可见,缺乏专项法律造成了目前社会组织管理制度框架中的断层,这就决定了"人大"和司法机关难以在管理社会组织的过程中直接援引明确的法律条款,加之《宪法》已经将社会组织的实际管理权赋予了政府,因此,法院在审理社会组织案件中难以得到有效的法律依据,无法进行选择性适用,这直接导致了这两大国家权力机关在社会组织管理中的边缘化,也为以政府为中心的社会组织管理模式创造了条件。

(3)行政法规层面上,对社会组织设有专门的三项《条例》,还包括大量的其他规范性文件。目前,针对中国社会组织中的主体,社会团体、民办非企业单位和基金会,国务院都出台了相应的条例,即《社会团体登记管理条例》(1998 年 10 月 25 日,《中华人民共和国国务院令第 250 号》发布,自发布之日起施行)、《民办非企业单位登记管理暂行条例》(1998 年 10 月 25 日《中华人民共和国国务院令第 251 号》发布,自发布之日起施行)、《基金会管理条例》(2004 年 2 月 4 日国务院令第 400 号公布,自 2004 年 6 月 1 日起施行)。三项条例都对相应类型的社会组织的性质、范围以及登记、年检等管理环节作出了相对较为清楚的规定。此外,民政部等政府职能部门也针对社会组织管理的需要出台了相应的部门规章及文件。如民政部的《民办非企业单位登记暂行办法》(1999 年 12 月 28 日民政部令第 251 号发布,自发布之日起施行)对民办非企业单位的分类、登记管理机关的审核登记程序等作出了具体的规定。又如《取缔非法社会组织暂行办法》(2000 年 4 月 10 日民政部令第 21 号发布,自发布之日起施行)对非法社会组织的界定、取缔程序等作出了严格的规定。国家体育总局的《健身气功管理暂行办法》(2000 年 9 月 11 日国家体育总局令第 4 号公布,自公布之日起施行)第六章专门对健身气功社会团体的性质、政府管理等作出了具体的要求。在中央政府的法规规章基础上，地方人民政府也结合本地区特点制定了相应的社会组织管理规则、办法，如《天津市行业协会管理办法》(2005年6月28日天津市人民政府令第90号)、《深圳市行业协会暂行办法》(深圳市市政府三届一五一次常务会议审议通过，深圳市人民政府令第143号，自2005年7月1日起施行)等，这些地方行政法规及文件都对本地区的社会组织及管理作出了更有针对性的规定。可见，行政法规对社会组织及其政府管理作出了最为具体的规定，是中国政府社会组织管理的直接依据，这就使得政府既是社会组织管理的制度设计者同时也是实际管理者，这在制度上已经明确了中国社会组织的管理的实际主体就是以政府为中心的。

　　总之，目前中国社会组织管理的制度框架总体上还有待完善，虽然在《宪法》和行政法规层面上具有相应的规定，但仍然没有一部专项的法律对社会组织及其管理进行规范，这相比于西方发达国家社会组织管理的制度建设情况，还有些滞后。同时，在法规层面上，中央三项《条例》结合多项部门规章以及各地方规范性文件成为目前中国社会组织及其政府管理的实际制度依据。如图。

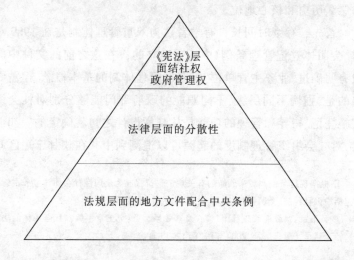

《宪法》层面结社权政府管理权

法律层面的分散性

法规层面的地方文件配合中央条例

因此，制度框架的特点决定了政府是社会组织管理的核心，能够直接而有效地影响甚至决定社会组织的发展。

2. 管理原则

在了解了制度框架的基础上，这里需要进一步了解目前政府在社会组织管理上的基本原则，因为这些原则是社会组织管理体系的核心要素。总体来看，目前政府的管理原则包括如下三方面：双重管理原则（属地化管理、部门化管理）、非竞争原则和优惠原则。

(1)双重管理原则

第一，双重管理原则可以说是中国政府在社会组织管理中最为悠久的，也是最为核心的原则。所谓政府对社会组织的双重管理，是指社会组织需要两个主管单位，一个是业务主管单位，另一个是登记管理单位，按照现行条例，前者是与社会组织功能相关的县级以上各具体政府职能部门以及国务院或者县级以上地方各级人民政府授权的机构，[①]后者则是与社会组织所在区域的政府民政部门，可见，两个主管单位都是行政部门，都对社会组织拥有多项具体的管理权，因此，称之为政府对社会组织的双重管理原则。之所以称双重管理为一种"原则"，主要原因在于双重管理在社会组织管理体制中的悠久历史和核心地位。

首先，存续时间长。有学者认为双重管理体制是在 1989 年的《社会团体登记管理条例》中正式确立的，[②]在这之前的文件中的确没有明确过"业务主管单位"等双重管理体制的基本概念，但需要指出的是，强调不同层级、不同职能的政府部门能够分别对社会组织实施登记、指导和管理的功能是从制度设计之初就确定的。如前所述，对社会组织管理制度的起源可以追溯到中共在陕甘宁边区政权

---

① 根据现行条例和后来颁布的有关规定，授权成为全国性社会团体业务主管单位的包括中国社科院、全国妇联、残联、文联、作协等 22 家组织。

② 吴玉章："'政府管理社团'模式及其效果"，见：吴玉章主编：《社会团体的法律问题》，社会科学文献出版社，2004 年版，第 12~13 页。

时期,自《陕甘宁边区民众团体组织纲要》、《陕甘宁边区民众团体登记办法》,一直到 1998 年的《社会团体登记管理条例》(《中华人民共和国国务院令第 250 号》)、《民办非企业单位登记管理暂行条例》(《中华人民共和国国务院令第 250 号》)以及 2004 年的《基金会管理条例》(2004 年 3 月 8 日国务院令第 400 号公布),在这段时间内出台的各项条例、规章无一不将政府双重管理作为其关键性的原则。

其次,双重管理是社会组织管理体制中的核心。在社会组织管理的各项条例规章中,基本上都首先确定了双重管理的原则,明确了不同层级不同职能的政府部门在社会组织管理中的地位和分工。例如,1998 年的《社会团体登记管理条例》分为总则;管辖;成立登记;变更登记、注销登记;监督管理;罚则和附则共七章,在每一章当中,都规定了相关政府管理部门的管理权限。同样的情况,在《民办非企业单位登记管理暂行条例》和《基金会条例》中都有所体现。详见下表。

表 3.12　双重管理在以往制度中的表述

时间	条例或规章名称	相应条款
1942	《陕甘宁边区民众团体组织纲要》	第五条:"凡民众团体须向政府申请登记,其登记办法另定之。" 第六条:"民众团体得协助政府进行各种公益事业,并受当地政府之指导。"
1942	《陕甘宁边区民众团体登记办法》	第二条:"边区内一切民众团体,需皆呈报当地政府转呈民政厅申请登记,由厅审核后发给登记证,其在延安市者,直向民政厅申请登记。"
1949	《陕甘宁边区人民团体登记办法》	第七条:"凡取得登记证之人民团体,均须遵守人民政府法令,受所属人民政府之指导……"
1950	《社会团体登记暂行办法》	第六条:"社会团体之申请筹备登记,由主管机关审查批准,但不发给登记证。" 第十三条:"全国性的社会团体之申请成立登记,由中央人民政府内务部审查批准并发给登记证。地方性的社会团体之申请成立登记,由省(市)或大行政区人民政府审查批准并发给登记证,……"

续表 3.12

时间	条例或规章名称	相应条款
1989	《社会团体登记管理条例》	第六条："社会团体的等级管理机关是中华人民共和国民政部和县级以上地方各级民政部门。社会团体的业务活动受有关业务主管部门的指导。" 第八条："有关业务主管部门和登记管理机关应当对经核准登记的社会团体负责日常管理。"
1998	《社会团体登记管理条例》	第六条："国务院民政部门和县级以上地方各级人民政府民政部门是本级人民政府的社会团体登记管理机关。国务院有关部门和县级以上各级人民政府有关部门、国务院或者县级以上地方各级人民政府授权的组织,是有关行业、学科或者业务范围内社会团体的业务主管单位。法律、行政法规对民办非企业单位的监督管理另有规定的,依照有关法律、行政法规的规定执行。"
1998	《民办非企业单位登记管理暂行条例》	第五条："国务院民政部门和县级以上地方各级人民政府民政部门是本级人民政府的民办非企业单位登记管理机关(以下简称登记管理机关)。国务院有关部门和县级以上地方各级人民政府的有关部门、国务院或者县级以上地方各级人民政府授权的组织,是有关行业、业务范围内民办非企业单位的业务主管单位(以下简称业务主管单位)。法律、行政法规对民办非企业单位的监督管理另有规定的, 依照有关法律、行政法规的规定执行。"

续表 3.12

时间	条例或规章名称	相应条款
2004	《基金会管理条例》	第六条："国务院民政部门和省、自治区、直辖市人民政府民政部门是基金会的登记管理机关。 国务院民政部门负责下列基金会、基金会代表机构的登记管理工作： （一）全国性公募基金会； （二）拟由非内地居民担任法定代表人的基金会； （三）原始基金超过 2000 万元，发起人向国务院民政部门提出设立申请的非公募基金会； （四）境外基金会在中国内地设立的代表机构。 省、自治区、直辖市人民政府民政部门负责本行政区域内地方性公募基金会和不属于前款规定情况的非公募基金会的登记管理工作。" 第七条："国务院有关部门或者国务院授权的组织，是国务院民政部门登记的基金会、境外基金会代表机构的业务主管单位。 省、自治区、直辖市人民政府有关部门或者省、自治区、直辖市人民政府授权的组织，是省、自治区、直辖市人民政府民政部门登记的基金会的业务主管单位。"

　　总之，双重管理是中国政府对于社会组织管理中原则性的规定，意味着社会组织的各个方面都被纳入到政府的管理范围之内，即社会组织管理是政府行政管理的一部分。①在明确了双重管理的地位之后，还可以对这一原则进一步细分为两项原则，即属地化管理原则、部门化管理原则。

――――――――――――

　　① 吴玉章："'政府管理社团'模式及其效果"，见：吴玉章主编：《社会团体的法律问题》，社会科学文献出版社，2004 年版，第 12~13 页。

首先,属地化管理,也称为分级管理。这一原则要求中国所有合法的社会组织都必须由所在行政区域内的政府部门作为业务主管单位和登记管理单位,接受所在地政府的直接管辖。这一原则同样具有较长的历史,是社会组织管理中的重要原则,在以往各项条例规章中都进行了较为明确的规定,详见表3.12。可见,分级管理是双重管理原则进一步细化社会组织管理的结果,不仅要求两个政府部门同时对社会组织进行管理,而且要求在空间上保证政府与社会组织的对应性,进一步加强政府对社会组织的管理效果。

其次,职能对口化管理。这一原则主要规定的是业务主管单位和社会组织之间的关系,要求政府部门是"有关行业、业务范围内"的社会组织的业务主管单位,这意味着业务主管单位与社会组织之间不仅是级别关联,还是职能关联,二者在业务范围上存在一致性。这与西方国家对社会组织所采取的分类管理在表面上很相似,但由于过于细密的"分类",使得政府部门与社会组织的相关性过于强烈,这种职能一致性同样保证了政府与社会组织功能上的对应性,进一步增强了政府对社会组织的管理程度。

(2)非竞争原则

所谓非竞争性原则,就是为了避免社会组织之间开展竞争,禁止在同一行政区域内设立业务范围相同或者相似的社会组织。这一原则在1989年的《社会团体登记管理条例》中得到确立,在该条例的第十六条中规定:"在同一行政区域内不得重复成立相同或者相似的社会团体。"这在1998年的新《社会团体登记管理条例》中得到保留,该条例第十三条规定:"在同一行政区域内已有业务范围相同或者相似的社会团体,没有必要成立的,等级管理机关不予批准筹备。"这一原则在对民办非企业单位的管理中同样适用,在《民办非企业单位登记管理暂行条例》第十一条作出了与社会团体同样的非竞争性限制。这一原则体现了政府对社会组织发展的严格限制,将社会组织成立的选择权牢牢控制在政府手中,继续增强政府对社会组织的控制力。

（3）政策优惠原则

在对社会组织进行严格管理的同时，政府也在通过制定法律法规、推行政策来给社会组织发展提供支持，其中最为典型的支持就是各项政策优惠。具体包括减免税收、财政支持、人力支持和扩大宣传等等，这些将在后文中加以详述。政策优惠原则的确立为社会组织的发展提供了巨大支持，有利于中国社会组织的迅速成长，同时，这种广泛的支持也加强了政府；尤其是业务主管单位、等级管理机关与社会组织的联系，使得很多社会组织需要借助政府的支持才能继续发展下去，这样在客观上使得一部分社会组织，特别是一些有官方背景的社会组织必须保持与政府的一致性，更为主动地接受政府的管理。[1]因此，优惠原则同样有利于加强政府的管理。

总之，在对社会组织的管理上，政府坚持双重管理、非竞争性以及政策优惠等原则，这些原则的贯彻将社会组织的管理权完全掌握在各个具体的政府部门手中，直接确立了以政府为核心的社会组织管理模式，而这些原则的具体落实则必须分析目前政府对社会组织管理的各个环节，以进一步明确当前政府对社会组织采取国家主义管理的特点。[2]

3. 管理环节

制度和原则都要通过有效的执行才能实现，政府对社会组织的管理具体到实际工作过程中，在各个环节都坚持着以政府为中心的社会组织管理模式，保证了政府对社会组织的有效管理。

（1）成立登记

社会组织要取得合法的身份，首先就需要通过政府部门的登记

---

① 这一问题在西方发达国家中同样存在。详见[美]罗伯特·古丁，汉斯·迪特尔·克林格曼：《政治科学新手册》，钟开斌等译，三联书店2006年版，第813页。

② 王名：《非营利组织管理概论》，中国人民大学出版社，2002年版，第51页。

注册程序。目前在中国成立社会组织的标准相对比较高,程序比较复杂,并且在各个具体的环节都需要政府的相关管理部门履行职责。根据现行条例的有关规定,成立社会团体,需要具备一系列条件,例如会员数量、工作条件、合法资产等,并且这些条件规定了相对较高的标准,尤其在会员数量和合法资产两项上,相对于西方发达国家要高出很多。同时,在成立登记环节,社会组织所履行的程序也较为复杂,首先,需要经其业务主管单位的审查同意,向登记管理机关提交相关申报材料, 在 60 天内获得批准筹备的社会组织需要在 6 个月内召开会员大会, 通过章程, 产生主要内部管理机构,至此,筹备工作结束,向登记管理机关申请登记,登记管理机关在 30 日内完成审查,发给相应的登记证书,在这之后,社会组织还需要申请刻制印章开立银行账户,这些也要到登记管理管理机关备案。如果某些组织需要设立分支或代表机构,同样要取得双重管理主体的同意。在这个一般性的成立等级程序之外,还包括一些对社会组织成立的限制性条款,如在组织命名、负责人背景等方面都有着非常详细的规定。

可见,在成立登记环节中,无论从标准还是从程序上,对社会组织资质的严格限定以及政府相应的职能范围都保证了政府能够把好社会组织的"入口"。

(2)日常管理

对社会组织的日常管理关键在于明确的双重管理主体的分工协作关系以及社会组织在各项工作中所必须遵循的要求。在日常管理中,主要分为监督管理和处罚两项内容。在监督管理中,登记管理机关和业务主管单位有着各自的职责, 共同进行对社会组织的审查、监督、处罚工作。同时,社会组织也必须履行义务,如社会公布、接受财政部门和审计机关的特种监督等。在对社会组织的处罚中,主要是由登记管理机关进行处罚的判定和执行,对不同性质和情节轻重的社会组织违法行为给予不同程度的处罚。

可见,在日常管理中,政府部门是社会组织的实际管理者,掌握着对社会组织各项日常活动的监督管理、处罚权,能够实质性地影响甚至决定社会组织的各项工作。

(3)注销登记

社会组织由于各种原因而结束,同样需要政府部门的相应管理,即社会组织的注销登记环节。在这一环节中,社会组织的注销需要在业务主管单位的指导下完成清算,并向登记管理机关提交相关材料后,才能注销。另外,在社会组织撤销内部分支或代表机构时,同样需要业务主管单位的同意才能进行。可见,在社会组织的"出口",政府同样具有主导性的作用。

4. 税收优惠

目前,中国政府对于社会组织所给予的税收优惠政策比较繁杂,并且在管理原则和管理环节上都有所体现,因此,这里单独进行介绍,而在后面对其他国家情况的介绍中,仍将其作为政府管理的基本环节之一。按照税收优惠政策的对象,可以从社会组织(受捐赠者)、企业、个人(捐赠者)三个角度来进行分析和研究,即可以划分为对社会组织的税收优惠政策,对向社会组织捐赠的企业的税收优惠政策,对向社会组织捐赠的个人的税收优惠政策三种情况。

(1)对社会组织的税收优惠政策

对社会组织本身,目前的中国各项法律法规规定了丰富的税收优惠政策,基本上涵盖了向社会组织征收的各个税种。

第一,企业所得税。

目前,政府对社会组织依照相关法律法规征收企业所得税。根据《中华人民共和国企业所得税暂行条例》及其实施细则和《事业单位、社会团体、民办非企业单位企业所得税征收管理办法》规定,事业单位、社会团体和民办非企业单位取得的生产、经营所得和其他所得,应当缴纳企业所得税。但对于社会组织企业所得税的收缴,也

记入了免除部分,①计算公式如下:

应纳税收入总额=收入总额-免征企业所得税的收入项目金额。

另外,对于非营利性的科研机构,税法还规定:非营利性科研机构从事技术开发、技术转让业务和与之相关的技术咨询、技术服务所得的收入,按有关规定免征企业所得税。对于非营利性科研机构从事非主营业务收入用于改善研究开发条件的投资部分,经税务部门审核批准可抵扣其应纳税所得额。

对于公益事业基金会,税法规定:对这些基金会在金融机构的基金存款取得的利息收入,不作为企业所得税应税收入;对其购买股票、债券(国库券除外)等有价证券所取得的收入和其他收入,应并入应纳企业所得税应税收入总额,照章征收企业所得税。

第二,营业税。

目前,根据《营业税法》、《中华人民共和国营业税暂行条例》以及《中华人民共和国营业税暂行条例实施细则》的有关规定,对于社会组织的营业税,政府也设定了相应的免税项目,给予了一定的优

---

① 具体免税项目是:

(1)财政拨款;

(2)经国务院及财政部批准设立和收取,并纳入财政预算管理或财政预算外资金专户管理的政府性基金,资金,附加收入等;

(3)经国务院,省级人民政府(不包括计划单列市)批准,并纳入财政预算管理或财政预算外资金专户管理的行政事业性收费;

(4)经财政部核准不上交财政专户管理的预算外资金;

(5)事业单位从主管部门和上级单位取得的用于事业发展的专项补助收入;

(6)事业单位从其所属独立核算经营单位的税后利润中取得的收入;

(7)社会团体取得的各级政府资助;

(8)社会团体按照省级以上民政,财政部门规定收取的会费;

(9)社会各界的捐赠收入。

《事业单位、社会团体、民办非企业单位企业所得税征收管理办法》(1999年4月26日 国家税务总局 国税发65号)第三条。

惠措施,具体来说,主要是根据特定社会组织的功能作用和具体行为来划定的。具体项目包括:

(1)托儿所、幼儿园、养老院、残疾人福利机构提供的养育服务、婚姻介绍、殡葬服务。

(2)医院、诊所和其他医疗机构提供的医疗服务。非营利性医疗机构、疾病控制机构、妇幼保健等机构按国家规定取得的医疗卫生服务收入免税;营利性医疗服务机构取得的收入直接用于改善医疗卫生条件的,自取得执业登记之日起3年内取得的医疗服务收入也可免税。

(3)学校和其他教育机构提供的教育劳务。这里的学校和其他教育机构,是指普通学校以及经地、市级以上人民政府或者同级政府的教育行政部门批准成立、国家承认其学员学历的各类学校。

(4)纪念馆、博物馆、文化馆、美术馆、展览馆、书画馆、图书馆、文物保护单位举办文化活动取得的门票收入,宗教场所举办文化、宗教活动的门票收入。这里所称的纪念馆等单位举办的文化活动,是指这些单位在自己的场所举办的属于文化体育税目征税范围的文化活动,其门票收入,是指销售第一道门票的收入。宗教场所举办文化、宗教活动的门票收入,是指寺庙、宫观、清真寺和教堂举办文化、宗教活动销售门票的收入。

(5)财政性收费、社会团体收取的会费。

(6)非营利性科研机构从事技术开发、技术转让业务和与之相关的技术咨询、技术服务所得的收入。

第三,增值税。

现行税法规定,直接用于科学研究、科学实验和教学进口的仪器、设备,免征增值税。因此,进口上述规定产品的社会组织可以享受该税收优惠政策。

第四,关税。

现行税法规定,外国政府、国际组织无偿赠送的物资可以免进口关税。

第五,房产税。

目前,根据《中华人民共和国房产税暂行条例》(国发[1986]90号)第五条规定,政府对社会组织制定了优惠的房产税税收减免政策。①具体来说,以下社会组织可以免缴房产税:

(1)由国家财政部门拨付事业经费的单位自用的房产。对实行差额预算管理的事业单位本身自用的房产免征房产税。对由国家财政部门拨付事业经费的单位,其经费来源实行自收自支后,从事业单位经费实行自收自支的年度起,免征房产税3年。自用的房产是指这些单位本身的业务用房。企业办的各类学校、医院、托儿所、幼儿园自用的房产,可以比照由国家财政部门拨付事业经费的单位自用的房产,免征房产税。

(2)公园,名胜古迹自用的房产。公园,名胜古迹自用的房产,是指供公共参观游览的房屋及其管理单位的办公用房屋。但需要说明的是,上述社会组织出租的房产以及非本身业务用的生产、营业用房产不属于免税范围,应征收房产税。公园、名胜古迹中附设的营业单位,如影剧院、饮食部、茶社、照相馆等所使用的房产及出租的房产,应征收房产税。

第六,车船使用税。

中国对非营利组织制定了车船使用税的免税政策。具体如下:

(1)国家机关,人民团体,军队自用的车船。上述单位自用的车船免税,但对其出租等非本身使用的车船征收车船使用税。

(2)由国家财政部门拨付事业经费的单位自用的车船。

(3)防疫车,救护车船等各种特种车船。非营利性医疗机构、疾病控制机构、妇幼保健机构等卫生机构自用的车辆船舶免税。营利

---

① 详见[美]利昂·E.艾里什、靳东升、卡拉·西蒙:《中国非营利组织适用税法研究》,世界银行委托研究报告,2004年12月。

性医疗机构取得的收入直接用于改善医疗卫生条件的,自取得执业登记之日起 3 年内,自用的车辆、船舶也可免税。政府部门和企业、事业单位、个人投资兴办的福利性、非营利性老年服务机构自用的车辆、船舶免税。

第七,城镇土地使用税。

中国对社会组织制定了征收城镇土地使用税的免税政策。城市土地使用税的免税项目具体如下:

(1)由国家财政部门拨付事业经费的单位自用的土地。这里的由国家财政部门拨付事业经费的单位,是指由国家财政部门拨付经费,实行全额预算管理或差额预算管理的事业单位。不包括实行自收自支、自负盈亏的事业单位。自用的土地,是指这些单位本身的业务用地。另外,企业办的学校、医院、托儿所、幼儿园,其用地能与企业其他用地明确区分的,可以比照由国家财政部门拨付事业经费的单位自用的土地, 免征土地使用税。集体和个人办的各类学校、医院、托儿所、幼儿园用地是否免税,由当地的省、自治区、直辖市的税务部门确定。

(2)公园、名胜古迹自用的土地。公园、名胜古迹自用的土地,是指供公共参观游览的用地及其管理单位的办公用地。

同时,现行税法还规定,以上社会组织生产、营业用地和其他用地,不属于免税范围,应按规定缴纳土地使用税。比如,公园名胜古迹中附设的营业单位,如影剧院、饮食部、茶社、照相馆等使用的土地,应依法缴纳土地使用税。

第八,耕地占用税。

现行税法规定,对学校、幼儿园、敬老院、医院等非营利性组织的用地,可以免征耕地占用税。其中的学校,是指全日制大、中、小学校(包括部门、企业办的学校)的教学用房、实验室、操场、图书馆、办公室及师生员食堂宿舍用地,给予免税。医院,包括部队和部门、企业职工医院、卫生院、医疗站、诊所用地,给予免税。殡仪馆、火葬场用地给予免税。另外,学校从事非农业生产经营占用耕地,不予免税。职工夜校、学习班、培训中心、函授学校等不在免税之列。疗养院等不在免税之列。税法同时规定,上述免税用地,凡改变用途,不属于免税范围的,应从改变时起补交耕地占用税。

第九,契税。

现行税法规定,国家机关、事业单位、社会团体、军事单位承受土地、房屋用于办公、教学、医疗、科研和军事设施的,免征契税。企业事业组织、社会团体、其他社会组织和公民个人经过有关主管部门批准,利用非国家财政性教育经费面向社会举办教育机构,承受土地、房屋用于教学的,也可以免税。这里所称用于教学的,是指教室(教学楼)以及其他直接用于教学的土地、房屋;所称用于医疗的,是指门诊部以及其他直接用于医疗的土地、房屋;所称用于科研的,是指科学试验的场所以及其他直接用于科研的土地、房屋。其他直接用于办公、教学、医疗、科研的土地、房屋的具体范围,由各地省、自治区、直辖市人民政府确定。税法同时规定,享受免征契税的纳税人改变有关土地、房屋的用途,不再符合减免契税规定的,应当补缴税款。

第十,车辆购置税。

目前,政府对社会组织征收车辆购置税并没有特殊的免税政策,但税法规定,纳税人自产、受赠、获奖或者以其他方式取得并自用的应税车辆的计税价格,按照最低计税价格核定。

(2)企业向社会组织捐赠的税收优惠政策

根据现行税法的相关规定,企业向社会组织捐赠或者发生其他业务的,可以享受以下税收优惠政策。

第一,土地增值税。

目前,政府对社会组织征收土地增值税的免税政策主要有:转让国有土地使用权、地上的建筑物及其附着物并取得收入,是指以出售或者其他方式有偿转让房地产的行为。不包括以继承、赠与方式无偿转让房地产的行为。可见，当企业作为房产所有人、土地使用权人将房屋产权、土地使用权赠与社会组织时，是可以享受免税待遇的。①

第二，企业所得税。

A. 根据《中华人民共和国企业所得税法》第九条以及《中华人民共和国企业所得税法实施条例》第五十一条、五十二条的规定，企业向"公益性团体"②作出的"公益性捐赠支出"，③不超过"年度利润总额"④12%以内的部分，准予在计算应纳税所得额时扣除。

B. 企业、事业单位、社会团体等社会力量，通过非营利性的社会团体和国家机关（包括中国红十字会）向红十字事业的捐赠，在计算缴纳企业所得税时准予在应纳税所得额中全额扣除。

C. 对企事业单位、社会团体等社会力量，通过非营利性的社会团体和政府部门向福利性、非营利性的老年服务机构的捐赠，准予

---

① 详见[美]利昂·E.艾里什、靳东升、卡拉·西蒙：《中国非营利组织适用税法研究》，世界银行委托研究报告，2004 年 12 月。

② 公益性团体，是指同时符合下列条件的基金会、慈善组织等社会团体：（一）依法登记，具有法人资格；（二）以发展公益事业为宗旨，且不以营利为目的；（三）全部资产及其增值为该法人所有；（四）收益和营运结余主要用于符合该法人设立目的的事业；（五）终止后的剩余财产不归属任何个人或者营利组织；（六）不经营与其设立目的无关的业务；（七）有健全的财务会计制度；（八）捐赠者不以任何形式参与社会团体财产的分配；（九）国务院财政、税务主管部门会同国务院民政部门等登记管理部门规定的其他条件。根据符合上述条件的，主要是这里所说的社会团体是经国家税务总局批准的组织，包括中国青少年发展基金会、希望工程基金会、宋庆龄基金会、减灾委员会、中国红十字会、中国残疾人联合会、中国青年志愿者协会、全国老年基金会、老区促进会、中国之友研究基金会、中国绿化基金会、光华科技基金会、中国文学艺术基金会、中国人口福利基金会、中国法律援助基金会、阎宝航教育基金会，以及经民政部门批准成立的其他非营利的公益性组织。详见[美]利昂·E.艾里什、靳东升、卡拉·西蒙：《中国非营利组织适用税法研究》，世界银行委托研究报告，2004 年 12 月。

③ 公益性捐赠，是指企业通过公益性社会团体或者县级以上人民政府及其部门，用于《中华人民共和国公益事业捐赠法》规定的公益事业的捐赠。

④ 年度利润总额，是指企业依照国家统一会计制度的规定计算的年度会计利润。

在缴纳企业所得税前的所得额中全额扣除。①

D. 企事业单位、社会团体等社会力量通过非营利性的社会团体和国家机关向农村义务教育的捐赠,准予在缴纳企业所得税前的所得额中全额扣除。②

E. 对企事业单位、社会团体等社会力量,通过非营利性的社会团体和国家机关对公益性青少年活动场所(包括新建)的捐赠,在缴纳企业所得税前全额扣除。③

F. 为支持文化、艺术等事业发展,纳税人通过文化行政管理部门或批准成立的非营利性的公益组织对文化事业的捐赠,纳入公益、救济性捐赠范围,在年度应纳税所得额 10%以内的部分,经主管税务机关审核后,可在计算应纳税所得额时予以扣除。④

G. 企业向依法成立的协会、学会等社团组织缴纳的会费,经主管税务机关审核后,允许在所得税前扣除。

(3)对个人向社会组织捐赠的税收优惠政策

个人向教育、社会公益事业、遭受严重自然灾害地区、贫困地区和青少年活动场所等捐赠的,可以在当年的应纳税所得额中得到扣

---

① 老年服务机构是指专门为老年人提供生活照料、文化、护理、健身等多方面的福利性、非营利性的机构,主要包括:老年社会福利院、敬老院(养老院)、老年服务中心、老年公寓(含老年护理院、康复中心、托老所)等。

② 农村义务教育的范围,是指政府和社会力量举办的农村乡镇(不含县和县级市政府所在地的镇)、村的小学和初中以及属于这一阶段的特殊教育学校。纳税人对农村义务教育与高中在一起的学校的捐赠,也享受所得税前扣除政策。

③ 公益性青少年活动场所,是指专门为青少年学生提供科技、文化、德育、爱国主义教育、体育活动的青少年宫、青少年活动中心等校外活动的公益性场所。

④ 对文化事业捐赠是指:

(1)对国家重点交响乐团、芭蕾舞团、歌剧团和京剧团以及其他民族艺术表演团体的捐赠;

(2)对公益性的图书馆、博物馆、科技馆、美术馆、革命历史纪念馆的捐赠;

(3)对重点文物保护单位的捐赠。

除,具体情况如下:

A. 个人将其所得通过中国境内的社会团体、①国家机关向教育和其他社会公益事业以及遭受严重自然灾害、贫困地区的捐赠,捐赠额未超过纳税人申报的应纳税所得额30%的部分,可以从应纳税所得额中扣除,超过部分不得扣除。

B. 个人通过非营利性的社会团体和国家机关向红十字事业的捐赠,在计算缴纳个人所得税时,准予在税前的应纳税所得额中全额扣除。

C. 自2001年7月1日起,个人通过非营利性的社会团体和国家机关向农村义务教育②的捐赠,在计算个人所得税时,准予在税前的应纳税所得额中全额扣除。

D. 个人通过非营利性的社会团体和国家机关对公益性青少年活动场所③(包括新建)的捐赠,在计算个人所得税时,准予在税前的应纳税所得额中全额扣除。

E. 个体工商户将其所得通过中国境内的社会团体、国家机关向教育和其他社会公益事业以及遭受严重自然灾害地区、贫困地区的捐赠,捐赠额不超过其应纳税所得额30%的部分可以据实扣除。纳税人直接给受益人的捐赠不得扣除。

(4)税收优惠的问题

目前政府对于社会组织、捐赠企业、个人三方面都给予了一定的税收减免政策。但在实际操作上,现有的税收优惠仍然存在一些

---

① "社会团体"采取列名单的方法,名单与企业所得税允许用于公益、救济性的捐赠扣除的名单基本相同。

② 农村义务教育的范围,是指政府和社会力量举办的农村乡镇(不含县和县级市政府所在地的镇)、村的小学和初中以及属于这一阶段的特殊教育学校。纳税人对农村义务教育与高中在一起的学校的捐赠,也享受所得税前扣除政策。

③ 公益性青少年活动场所,是指专门为青少年学生提供科技、文化、德育、爱国主义教育、体育活动的青少年宫、青少年活动中心等校外活动的公益性场所。

问题。

首先，由于目前中国社会组织的发展还有很多有待规范的地方，因此，在判断社会组织是否符合免税标准时，政府一般仍然以特定行为是否营利为主要标准，而并不考虑组织本身的性质、目标等。这就使得现有税法中的很多规定丧失了应有的效力，同时，把大部分的免税判断权放到了政府自由裁量的范围内，这在客观上加强了政府对社会组织的控制力。

其次，税收优惠难以真正促进社会捐赠。如前所述，目前，企业必须向特定的社会组织捐献才可以在年应纳税所得额的3%内进行扣除。这在一定程度上将社会公益资源集中到了一少部分社会组织中，同时，相应的优惠力度也难以真正促进企业的捐献热情。

再次，对于个人而言，现有政策也难以发挥促进捐献的积极作用。如前所述，从现有税收政策上看，捐赠对所得税所产生的影响较大，但中国的税收制度目前以流转税为主，所得税并不是主体税种，这就决定了中国的税收制度对捐赠行为的影响力较小。

可见，在税收政策上，总体上看，政府对社会组织是给予了一定的优惠、扶持措施的。但这些优惠政策由于种种原因还难以真正起到促进社会捐赠、激发企业民众参与、拓展社会组织资源渠道的目的。而这些措施在客观上，使得一些社会组织更加需要政府的支持，政府也能够在税收监管过程中对社会组织进行直接的影响。

总之，在具体的管理环节中，从社会组织的注册登记、日常管理、注销登记以及税收政策上，都伴有政府部门的各项管理措施。因此，可以说，中国目前的社会组织管理模式是以政府为中心，由政府进行实际操作的，这一点非常符合国家中心主义的界定。

二、管理模式的合理性

管理模式的产生和维持需要一定的条件，这些条件构成了特定管理模式形成的基础，只要这些条件没有发生改变，那么，特定管理模式就有可能继续维持下去，否则，将必须作出调整。因此，分析管理模式首先就要客观地认识其产生和存在的条件,以此为基础才能对其作出相对清楚的判断。如前所述,现有的社会组织管理模式以政府为核心,具有典型的国家中心主义特点,那么,这里就必须回答哪些条件促成了这种管理模式,这些条件是否具有现实性,这些问题本质上是要明确现有管理模式与外界条件的适应性问题,这将成为判断国家中心主义管理模式的合理性的重要前提之一。

1. 符合特定时期政治社会环境稳定安全的需要

如前所述,以政府为中心的管理模式起源于中国共产党在战争时期的边区政策,双重管理等基本原则和管理环节也成型于 1950 年,在当时的环境下,党和政府对于当时大部分社会组织的首要工作是清理、整顿,选择性地保留一少部分社会组织成为党和政府工作的助手,在此基础上,对新建立的社会组织实施相对严格的管理。这样的做法主要是为了肃清当时残存的反动势力,维护巩固新生政权,为即将开始的社会主义建设创造相对稳定的政治社会环境。从此以后,以政府为中心的管理模式延续至今,在 1989 年和 1998 年的两部条例中继续得到保持。

2. 符合特定时期政府管理的需要

在社会组织管理模式形成的过程中,计划经济体制和全能政府起到了决定性的作用。在中国的计划经济时代,政府具有全能主义的特征,具有广泛的职能范围和深入的控制程度,通过各种行政命令来实现资源的配置,能够控制、影响社会的各个领域,提供民众需要的公共产品。这种政府特点作用到社会组织管理上,必然导致政府对社会组织持相对谨慎的态度,采取相对严格的管理,逐渐形成了以政府为中心的社会组织管理模式。

(1)政府对社会组织直接而严格的管理

计划经济体制下,政府不仅在大政方针等宏观层次上具有主导性的作用,而且是很多微观领域的管理者和执行者。具体到对社会组织的管理,政府从全能主义出发,认为社会组织同样是本部门行政管理的一部分,以管理本部门内部事务的方式进行管理,使得社会组织的各项活动都置于政府部门的监控之下,能够对社会组织的各项工作实施直接而有效的管理。

(2)按照政府体制设计的社会组织管理模式

如前所述,无论是制度框架还是双重管理等基本原则,一个直接的效果就是将中国的社会组织分级分类化,并且与特定政府部门形成了严格的对应关系,即"条块结合、归口管理",这种管理模式客观上符合中国政府的行政管理体制。由于缺乏专项法律的统合,所以社会组织管理的制度设计实际上是由行政部门主导的,而根据中国《中华人民共和国立法法》的相关规定,国务院有权制定行政法规,国务院各部委及直属机构有权制定本部门权限范围内的规章,省、自治区、直辖市和较大的市人民政府有权制定地方性法规,制定规章。这就意味着各个行政立法主体都有权力根据各自工作的需要对涉及到的社会组织及其管理进行制度设计,因此,这就把中国政府的分工、分权框架带入到了社会组织的制度框架中,即不同部门、不同层级的政府部门各自制定相应的社会组织管理制度,这些制度与相应的政府部门级别、职能一致,这样的结果就是政府体制与社会组织制度框架的高度一致性。具体来说,中国的政府体制,在横向上,分工相对更细一些,直接表现在中国国务院目前组成的"小部制"上,相比于西方发达联邦国家或中央以及行政部门设置上采取的"大部制",中国的同级政府部门设置更多,分工更为复杂;在纵向上,中国是单一制国家,地方政府必须遵循中央的统一领导。这种政府体制的特点就决定了社会组织制度设计上必然体现出不同政府部门间的相互关系,即《条例》(国务院、中央)结合规章(部门、地方)的制度框架。

(3)现有制度框架是渐进式发展的结果

现有中国社会组织管理制度起源于 1942 年 4 月 3 日由中国共产党根据地政权公布的《陕甘宁边区民众团体组织纲要》、《陕甘宁边区民众团体登记办法》,其中都规定了政府是社会组织的实际管理机关。在 1949 年的《陕甘宁边区人民团体登记办法》第三条中，明确了县级以上人民政府都有权对相应区域的社会组织进行管理。从此之后，中央结合地方、条例"结合""规章"的中国社会组织制度框架已经形成，并在其后的各部"条例"、"办法"中得到保持。如 1950 年的《社会团体登记暂行办法》(1950 年 9 月 29 日政务院第 52 次政务会议通过，1950 年 10 月 19 日公布)第九、十、十三条，1989 年的《社会团体登记管理条例》、1998 年的《社会团体登记管理条例》(中华人民共和国国务院令第 250 号)第七、八条。可见，中国社会组织的制度框架具有明显的渐进性，而这种制度框架的最大优点在于能够将社会组织管理的实际权力归于各级各职能政府部门，由这些部门直接控制社会组织的发展，既能保证社会组织适应政府在本地本职工作中的实际需要，也能保证政府可以近距离接触社会组织，更加便于管理。

3. 符合特定时期社会组织的发展

(1)为管理社会组织积累经验

中国社会组织的发展时间还比较短，制定高层次的专项法律还需要时间。英国 12、13 世纪已经出现了 500 个左右的慈善组织，直到 1601 年《英国慈善法》才颁布；美国从 1776 年开始，到 1954 年联邦税法《501C3 条款》概括了 25 种符合免税条件的非营利组织类型，直至 1987 年才出台了关于社会组织的专门法律《美国非营利法人示范法》，1996 年又颁布了《美国统一非法人非营利社团法》，继续完善公民结社的法律体系；法国在 17 世纪和 18 世纪早期已经出现了文学类和科学类的自治性组织，直到 1901 年才出台了《法国非营利社团法》。西方发达国家社会组织的制度建设过程表明，作为一种新型组织，其发展成熟是需要时间的，西方发达国家关于社会组织的专门法律一般都需要本国社会组织及政府管理一二百年甚至更长时间的经验积累作为基础，事实上这也是一个社会组织、政府与各外部要素相互磨合的过程。与之相比，中国虽然自古就有自治、公益的思想，但由于缺乏必要的政治、经济以及社会条件支持，所以与西方前近代传统共同体公益组织相比,我国传统时代在国家组织早熟、控制严密的同时,民间公共生活并不活跃,"共同体公益"不发达。①因此,中国社会组织的发展更主要的还是从 1949 年开始,甚至必须考虑到改革开放对社会组织发展的巨大推动作用,相应的,社会组织获得一个稳定的总体规模和发展空间大约是在 1990 年前后。到目前为止,社会组织自身的结构、功能以及政府对于社会组织的管理体制等仍处于一个不断学习、摸索、积累经验的阶段,政府相关职能部门、社会组织工作者以及学术界对于中国社会组织的发展还处于一个相互沟通、共同探索的过程中。处于这个时期的很多管理原则、环节还不能以法律的形式加以确定。因此,虽然中国社会组织的发展需要一部高层次的立法来加以保证, 相应的政府管理需要法律来规范,但目前在总体上我们还缺乏建立该项法律的坚实基础。

(2)保证了部分社会组织的生存

以政府为中心的严格管理在保证了社会组织服从政府领导的同时,也使得二者的关系变得较为密切,一部分社会组织能够得到政府的各种支持,这对于中国社会组织的早期发展客观上的确起到了一定的推动作用,具体表现为部分社会组织是由政府直接或间接组建并由政府提供各项资源,即官办社会组织。如前所述,部分社会组织是由政府提供办公场所和活动经费的,甚至有些社会组织的负责人也是由政府指派产生的,社会组织的高层领导部分是由退休的政府高层官员担任或由现任官员兼任的,部分组织的中层干部及以上享有行政级别。这主要是由于中国部分社会组织是在以往的政府改革中,由原政府部门或事业单位"翻牌"而成的,为了实现改革的顺利进行, 部分社会组织仍保留原有的行政级别及相关人事制度。这些做法一方面给予社会组织人力、物力上的支持,部分兼任人员

---

① 秦晖:"从传统民间公益组织到现代'第三部门'——中西公益事业史比较的若干问题"见:秦晖主编:《传统十论》,复旦大学出版社,2003 年版,第 152 页。

确实在社会组织的工作中起到了重要的作用，但不可否认的是，兼任也造成了社会组织内部官僚主义严重。这些问题已经开始受到党和政府相关部门的重视。中组部、国务院、民政部、人事部都相继发文，要求严格控制社会组织的"兼任"问题，但值得注意的是，这些文件在用词上都使用了"原则上"、"从严管理"这样的字眼。例如，中共中央办公厅、国务院办公厅《关于党政机关领导干部不兼任社会团体领导职务的通知》（中办发[1998]17号）、《中共中央办公厅、国务院办公厅关于进一步加强社会组织管理工作的通知》（中办发[1999]34号）、中组部《关于审批中央管理的干部兼任社会团体领导职务有关问题的通知》、《民政部、人事部关于全国性社会团体专职工作人员人事管理问题的通知》（民发[2000]263号）等文件中，都规定了担任社会组织的领导干部，必须是担任现职的副县（处）长以上领导干部，按照中共中央、国务院有关规定，经组织部门正式任命的副县（处）级以上非领导职务的人员以及人大和政协机关的领导干部。①可见，这种做法是党和政府对兼任现象分步骤、分对象的积极改制，是一种渐进式处理，并已经取得了很大进展。笔者认为，兼任现象的存在是一种历史性、体制性的特殊现象，是中国社会组织在发展初期的必要选择。随着时代的发展，这种现象将会逐渐消失，事实上，现在很多社会组织当中的领导人员已经开始由本组织选举产生，同时在某些领域，聘请具有相关社会威望及管理经验的现任或退休政府官员出任名誉职位，这正代表了中国社会组织在人力资源管理上的逐渐成熟与进步。

总之，以政府为中心的社会组织管理模式是在特定历史条件下

---

① 人大机关的领导干部是指正副委员长、正副主任、正副秘书长及人大办事机构和工作机构（仅指法制工作委员会）的副县（处）级以上领导干部；政协机关领导干部是指正副主席、正副秘书长及政协全国委员会办公厅和各级地方政协办事机构的副县（处）级以上领导干部。

形成的,强调的是政府在社会组织管理中的核心地位,保证了社会组织能够绝对服从政府的领导,客观上使得社会组织与政府的其他管理活动保持一致。另外,这种管理模式对发展初期的社会组织具有一定的积极作用。但在明确现有管理模式合理性的同时,必须看到这一模式已经开始暴露出越来越严重的弊端,对政府、对社会组织乃至对于更广阔的社会变革都已经形成了一定的阻碍,改革的必要性已经越来越明显。

三、管理模式的弊端

虽然以政府为中心的社会组织管理模式曾经起到了一定的积极作用,符合特定历史条件,但目前,这一管理模式已经逐渐产生了一系列的问题,不仅对社会组织的进一步发展产生了消极的影响,甚至对于政府改革、市场经济以及民众权利等也没有起到积极的作用,因此,这里对现有管理模式的弊端进行分析,提出改革的必要性。

1. 社会组织进一步发展的瓶颈

现有管理模式的确对于特定时期的社会组织发展起到了推动作用,但对于目前社会组织的发展需要已经出现了明显的不适应。

(1)社会组织数量的匮乏

如前所述,目前中国社会组织的人均拥有量和总体数量与西方发达国家存在较大的差距,尽管近年来,中国社会组织一直保持着一个稳定的增长速度,但毕竟只是近一段时间才出现的,而在现有管理体制下,各个政府部门作为社会组织的业务主管单位,无论从客观工作实际还是遵循非竞争原则,都会选择性地监管极少数的社会组织,这对于社会组织的总体数量而言将造成阻碍。

第一,从近期来看,社会组织总量增速缓慢。如前所述,在近十余年来,中国社会组织的年平均增长量为 15800 个,平均增长率为 8.13%,并且总体上增速平稳。而这个速度要想尽快追上西方发达国家的人均 NGO 拥有量还需要很长的时间。造成目前中国社会组织总体数量增速缓慢和增速稳定最直接的原因就是以政府为中心的社会组织管理模式,在现有体制下,各级政府部门都不可能大规模地接收社会组织,这就使得社会组织难以在数量上获得一个更大的提速。

第二,从长期来看,现有管理模式将成为社会组织总量的瓶颈。当各级政府部门基本上都接收了下属社会组织,由于现有管理模式中对业务主管单位监管责任的要求,政府将结合自身实际情况不再接纳新的社会组织,这就造成了在已有社会组织不解散的情况下,很难再成立新的社会组织,最终导致社会组织的总体数量停滞不前。虽然目前还没有到达这个瓶颈,但从长远来看,由于管理模式的原因而对社会组织数量产生"封顶"作用是很可能出现的。

第三,从总体来看,大量的社会组织无法得到政府承认。如前所述,目前中国存在大量的非法人型社会组织,这些组织在数量上非常庞大,但都无法得到现有制度的支持和维护。造成这一现象的主要原因一方面在于目前社会组织管理环节上较为严格的准入条件,比如注册资金、会员数量等注册条件的设定,这些条件令一些社会组织难以通过登记许可;①另一方面,在于非竞争原则下的政府限量选择,只能保证极少部分的社会组织能够和政府建立业务指导关系,从而取得注册的基本条件。可见,现有管理模式决定了大量非法

---

① 根据《社会团体登记管理条例》第十条的规定,成立社会团体,应当具备下列条件:"(一)有 50 个以上的个人会员或者 30 个以上的单位会员;个人会员、单位会员混合组成的,会员数不得少于 50 个;(二)有规范的名称和相应的组织机构;(三)有固定的住所;(四)有与其业务活动相适应的专职工作人员;(五)有合法的资产和经费来源,全国性的社会团体有 10 万元以上活动资金,地方性的社会团体和跨行政区域的社会团体有 3 万元以上活动资金;(六)有独立承担民事责任的能力。"这是社会组织成立的"高门槛",例如一些帮贫助困的义工组织根本不需要 50 人和 3 万元的活动资金,而他们所提供的服务同样能够帮助有困难的民众。造成这一矛盾的深层次原因依然是现有管理模式的必然选择,由于非竞争和有限性,这就决定了特定行政区域内的合法社会组织必然是稀缺的,在这种情况下,这些少数的能够"登记"的组织自然应当负担起全区域的相关工作,为此,其所具备的条件也应当是比较高的,但这种方式从根本上上违背了社会组织立足基层、服务民众的本质,并客观上助长了部分社会组织的违法乱纪行为。

人型社会组织的存在,即"非法组织"的大量存在。

(2)社会组织结构的离散化

西方发达国家的经验表明,社会组织不仅是面向基层民众,而且在特定问题上应当形成网络,共同致力于更大范围利益的维护。而在这方面,现有的管理模式更趋向于将社会组织离散化。如前所述,双重管理下的分级分职能管理是社会组织管理模式的基本原则,社会组织需要与相应行政级别的政府部门结成业务指导关系,这种关系对社会组织的发展造成了两种直接的影响:一方面,社会组织的功能与主管单位的功能保持一定的一致性,这种一致性可能是社会组织承担一些政府部门的原有职能,也可能是与主管单位就某项职能进行分工;另一方面,社会组织的级别也与主管单位的行政级别保持了一致,这种一致虽然并不会使社会组织及其主要领导人成为政府结构的必要组成部分,但这种层级性确实影响到了社会组织的规模、服务范围以及不同级别社会组织间的相互关系。可见,双重分级管理模式使中国的社会组织与政府部门形成了职能关联与级别关联,这两种关联的结合决定了社会组织发展与政府体制之间存在着较为紧密的相关性,同时,也在很大程度上阻隔了不同层级社会组织之间的联系。

(3)社会组织功能的缺位和越位

社会组织既是公共服务的提供者,也是公共利益的维护者,特别在特定民众利益受到侵害的情况下,更需要这些组织提供各种援助和救济。但在实际工作中,这些组织往往难以发挥应有的积极功能,反而凭借自身特殊的地位进行违规操作,如腐败、专制等,造成了社会组织功能的缺位和越位。这些问题的产生也与现有管理模式有着直接的关系。首先,社会组织的能力不足。近年来的多次社会组织调查都显示,目前大部分中国社会组织都有资金短缺、专业性不强等问题,这些问题虽然与社会组织发展时间短暂有一定的关系,但更为深层次的原因在于现有管理体制对社会组织事无巨细的限制,比如在人事、财政及项目等方面,这些限制都严重束缚了一些社会组织的创新发展,其结果只能是这些组织裹足不前,难以培养出专业化的工作能力。其次,社会组织的腐败和专制。近年来,围绕中国社会组织腐败专制所出现的案例时有发生,造成这些问题的原因在于现有管理体制赋予了这些社会组织垄断性的地位,尤其对于一些官办社会组织而言, 这种垄断性地位加上与政府千丝万缕的联系;使得其能够以"准政府"的身份来肆意行使权力,同时,这种特殊的地位和身份也有助于其躲避相关政府部门的监督,直到发生重大案件才被发现。

总之,尽管现有管理体制曾经帮助中国社会组织取得了一定的进步,但毋庸讳言的是,随着时代的发展,这一体制已经越来越不适应社会组织的发展。从社会组织进一步发展的角度上,现有体制应当有所变革,才能保证中国社会组织无论从能力还是从规模上获得更大的上升空间,才能跟上当代中国社会转型的步伐。

2. 政府在社会组织管理上的矛盾

现有管理体制作用到政府的实际管理过程中, 对管理原则、权限分工等都造成了一定的矛盾。

(1)"社会自主"与"政府主导"的矛盾

目前政府对于社会组织的管理是培养社会力量,"激活公民及社会组织参与社会建设和管理的动力和责任感",[1]"对于加强社会建设和管理、推进社会管理体制创新和人民群众参与经济社会事务管理,具有十分重要的意义"。[2]可见,鼓励民众积极参与,这是目前培育社会组织的基本目标之一,是政府具体管理中的基本指导思想,但

---

① 姜力:"在全国民间组织管理工作视频会上的讲话",中华人民共和国民政部,www.mca.gov.cn.2007 年 1 月 31 日。

② 李学举:"李学举部长在全国民政厅局长会议上的讲话",中华人民共和国民政部,www.mca.gov.cn.2006 年 11 月 24 日。

目前的实际管理模式却是以政府为中心的严格管理，这就造成了政府管理一个核心性的矛盾，即"社会自主"与"政府主导"的矛盾。

基于中国社会组织的现状，本书认为，构成目前中国社会组织发展困境的主要原因是"社会自主"发展目标与目前中国社会组织所处的"政府主导"的管理模式之间的矛盾。

第一，西方发达国家的社会组织发展是一个"自下而上"的过程，是社会自组织的产物，其社会管理与利益代表的合法性是内生的。更确切地说，西方社会组织是在政府"有限政府"的背景下产生发展起来的，可以说，社会利益代表以及管理服务等功能都是西方社会组织的内生性功能，是经过西方制度背景下的产物。由此就决定了在西方社会组织的研究重点并不在于组织作为社会利益代表的合法性问题上，而是侧重于通过完善、规范政府管理体制，更好地实现社会组织的各项功能，使政府决策能够更好地体现社会公众利益。可见，这是个制度设计的问题，是一个工具性的问题，本质上就是解决西方政府管理体制中社会组织的"进入"问题。

第二，中国社会组织的产生在很大程度上就是一个"自上而下"的产物，甚至可以说是改革开放的产物，这也使得应该作为中国社会力量代表的社会组织，由于其产生和发展所处制度环境的特殊性，其组织目标、组织结构和组织行为中都带有明显的"行政化"特征。在这种情况下，中国社会组织发展的首要问题是其社会利益代表的合法性问题。与西方社会组织相比，这是一个价值性的问题，是决定中国社会组织今后发展方向的最主要矛盾。解决这个主要矛盾，就要有效地协调好社会自主与政府主导之间在理论与实践上的复杂关系。

基于上述分析，本书认为，现有的政府社会组织管理模式正是造成这一主要矛盾的重要原因，同时也是解决这一矛盾的突破口。一方面，"社会自主"理论强调社会组织的社会自治权利和利益表达功能的实现，这些功能的实现是需要适当的管理制度作为保障的，以双重管理体制为核心的政府规制对中国社会组织的发展起到了相当重要的积极作用;另一方面,"国家主导"的发展模式的确对中国社会组织产生了很多消极的影响, 主要表现为官办社会组织"行政化"和民办组织的"商业化"问题。"行政化"的本质是官办社会组织与政府高度一致性的组织运作模式与其公民社会组织的价值准则之间的矛盾,而"商业化"的本质则是部分社会组织由于缺乏稳定的制度支持,难以进入政府决策过程的被迫选择。从总体看,"国家主导"的发展模式虽然夹杂了政府自身的一些功利性目的, 并导致了社会组织发展的一些问题, 但政府规制的根本目的还是为了实现政府职能转变,更好地适应社会发展。这一根本目标的实现过程,也将是社会组织逐渐承担功能,有效整合并代表社会力量,配合政府相关部门管理社会事务,提供公共服务并参与监督政府决策的过程。

(2)不同管理部门之间的矛盾

第一,"登记管理机关"与"业务主管单位"的矛盾。根据双重管理体制的规定,中国社会组织一般都具有两个政府部门作为管理单位,《社会团体登记管理条例》与《民办非企业单位登记管理暂行条例》都对两个管理主体的职责权限作出了规定。登记管理机关履行下列监督管理职责:(1)负责社会团体(民办非企业单位)的成立、变更、注销的登记或者备案;(2)对社会团体(民办非企业单位)实施年度检查;(3)对社会团体(民办非企业单位)违反《条例》的问题进行监督检查,对社会团体(民办非企业单位)违反本条例的行为给予行政处罚。相对的,业务主管单位履行下列监督管理职责:(1)负责社会团体(民办非企业单位)筹备申请、成立登记、变更登记、注销登记前的审查;(2)监督、指导社会团体(民办非企业单位)遵守宪法、法律、法规和国家政策,依据其章程开展活动;(3)负责社会团体(民办非企业单位)年度检查的初审;(4)协助登记管理机关和其他有关部门查处社会团体(民办非企业单位)的违法行为;(5)会同有关机关指导社会团体(民办非企业单位)的清算事宜。可见,根据目前的法律法规,两部门在社会组织管理的权责划分上,存在一定程度的交叉,体现了对社会组织严格管理的制度设计初衷,是登记备案制度与业务管理制度的结合。

一般来说, 西方发达国家中都设有负责本国社会组织登记、注册以及备案的职能部门,在中国,这部分管理职能主要是由政府的民政部门负责。在此之外,中国社会组织还要接受相关业务主管部门的管理。并且从社会组织成立的要件来看, 没有相关政府业务主管部门的同意函及批准文件,政府民政部门是不能受理并准予注册登记的。这里涉及的不只是一个履行登记手续问题,而是政府部门对社会组织"双重"的监控。在当前的国际、国内条件下,无论是从规范组织发展, 还是从政治责任的角度来说,民政部门都没有能力独立承担登记、监管和必要的培育、发展的职能,所以双重管理有其存在的必要性。但这一体制在规范了社会组织的同时,产生了两个负面影响:一是导致能够取得合法身份的社会组织在双重管理的条件下,丧失了独立性,组织功能在很大程度上得不到高效的执行;二是导致大量社会组织只能放弃在民政部门登记的方式,而选择以其他身份(如在工商管理部门以企业身份注册或者不注册)和方式进行活动。这在事实上加大了政府对于社会组织的管理难度。同时,双重管理加强了政府在登记管理方面对社会组织的监控、管理和限制,并通过分散责任回避了登记管理部门与社会组织的直接冲突, 使得非营利组织在通过登记注册成为合法组织之前, 必须首先成为政府所属的一定职能机构所需要和能够控制的对象,并受其管理和控制。①这种方式容易导致管理部门之间的权责不清,产生不必要的管理障碍。这种发生在登记与业务主管部门之间的关系虽不是直接对立的,但在一定程度上也是一种矛盾关系的体现,从根本上说,是"社会自主"与"政府主导"这对基本矛盾在政府管理体制上的具体表现。

第二,不同层级部门管理机关的矛盾。现有管理体制的一个突

---

① 王名:《非营利组织管理概论》,中国人民大学出版社,2002 年版,第 50 页。

出问题是法出多门,缺乏统一,容易产生冲突。如前所述,目前中国社会组织制度框架中,在国务院颁布的三项《条例》之外,中央政府各部门、地方各级人民政府都有相应的社会组织管理规章,这种行政立法的制度来源使得现有政府体制的一些问题也会被带入到社会组织的制度框架中,典型的如条块分割问题等,不同层级不同职能的政府部门都要从本职工作出发制定社会组织的管理制度,这就很可能在社会组织的制度框架中产生一些冲突或者矛盾的地方,并且,在一些专项法律中有对特定社会组织的规定,如《律师法》对律师协会的规定,这就产生了众多的制度交叉现象,既有不同层级的法律法规之间的交叉,也有不同的政府职能的交叉。这样的结果,一方面,导致制度缺乏一致性;另一方面,影响政府管理的有效性。

(3)制度供给和需求的矛盾

社会组织的发展需要制度的支持,政府管理同样需要合理、合法的制度来指导,但在实际工作当中,在合法社会组织之外,还存在着大量的非法人社会组织,这类数量庞大的组织目前在中国的相关制度中还没有得到明确的界定和规范,这就造成了制度供给和需求的矛盾。如前所述,据调查,中国目前存在的非法人型社会组织的数量非常庞大,远远超过通过登记的社会组织数量。从政府管理的角度,这一情况意味着现有的社会组织管理模式在管理范围上存在着很大的"盲区",是缺乏制度规范、政府管不到的区域,但这类组织仍然需要制度的支持,特别在一些纠纷的处理当中,往往由于其非法的身份而找不到制度依据。可见,现有管理体制决定了社会组织管理制度和范围的有限性,由此产生了大量非法人型的社会组织。这两方面因素共同构成了制度的有限供给和旺盛需求之间的矛盾,使得政府的管理难以与大量非法人社会组织的需要相适应。

(4)组织类型多样与政府统一管理的矛盾

社会组织是公民结社的产物,可以说,有不同的社会需求就会产生不同功能的社会组织。虽然从性质上,这些组织都具有社会组织的基本属性,但在具体的工作中仍然存在着很大的差别,在组织目标、内部结构、活动范围、资源途径等方面,不同类型的社会组织具有各自的特点。社会组织类型的多样化对政府管理提出了更高的要求,要求政府能够针对不同类型社会组织的需求,做到有针对性的管理,即分类管理。对此,西方发达国家的社会组织管理中已经普遍采用了分类管理方法,根据组织的目的和行为来对复杂多样的社会组织进行分类划定。虽然不同国家的分类标准和结果不尽相同,①但大体上都涵盖了慈善组织、行业协会、商会、环保组织、社会救助组织等社会组织的基本类型。相比之下,中国政府目前所采用的社会组织管理,在一定程度上也采取分类管理的方法。首先,从制度的角度上看,目前对于社会组织管理进行规范的三部条例分别对应了社会团体、民办非企业单位和基金会,尤其对于基金会的管理,相关条例作出了较为针对性的规范。其次,从实际管理上看,形式多样、范围广泛是社会组织发展上的一个基本特点,因此,从管理的实际效果出发,面对类型多样的社会组织,政府在管理上必然持有不同的态度,采取不同的措施。

可见,目前在中国社会组织的管理上,政府是采用了一定的分类管理方法的,但这种分类管理还存在很多问题,难以适应社会组织的发展需要,尤其在处理政府—社会组织关系上,目前的方法还带有明显的国家主义特征。首先,分类管理制度不健全。西方发达国家的社会组织分类主要是通过法律来实现的,如美国、英国、德国等国家,根据不同类型的社会组织分别制定了不同的专项法律。相比之下,中国目前的制度还停留在法规层面,这对于规范政府—社会组织的关系难以起到理想的效果。并且,针对社会团体和民办非企业单位的两部条例在内容上较为接近,容易在管理上出现模糊不清

---

① 不同的国家分类标准有所区别,甚至同一个国家根据管理的需要也对社会组织作出了不同的分类,例如,在美国,根据法律地位,可以将社会组织分为法人型社会组织和非法人型社会组织,并分别制定了《美国非营利法人示范法》(1987)和《美国统一非法人非营利社团法》(1996),同时,联邦税法还将社会组织具体分类为 25 种,具体分类详见表 4.2。

的地方。①其次，分类的出发点具有一定的保守性和功利性，分类管理成了分类控制。根据康晓光先生的研究，目前中国政府对于类型多样的社会组织已经构建了一套分类控制体系。在这一体系中，政府出于"自身利益"，根据不同组织的挑战能力和提供的公共物品，对不同的社会组织采取了不同的控制策略。例如，对协会、商会和有官方背景的社会组织，政府认为这些组织不会对政府构成挑战，并且提供了政府、社会所需的公共物品，因此，采取了鼓励和支持的策略；对于草根社会组织和非正式组织，政府认为这些组织根基尚浅，能力有限，采取了不加干预或者限制的态度；而对政治反对组织，政府认为其已经构成了公开的现实挑战，采取了坚决的禁止和取缔方法。②对于这一观点，本书认为，目前在具体操作上，政府的确对于不同组织采取了不同的态度和做法，从国家稳定的角度，对于一些政治性组织采取打压，从社会发展的角度看，对一些具备公共物品供给能力的组织进行扶持，这些做法也具有一定的合理性。但问题在于，目前的分类管理实际上还处于一种无法可依的状态，结合相应的管理体制设计，这就使得政府处于主导地位，对社会组织的管理更多的是一种"控制"，很可能主观地对社会组织作出判断，在管理上具有一定的保守性和随意性，这从长远来看，都不利于政府、社会组织乃至社会整体的和谐发展。

　　总之，从管理实效的角度，现有管理模式虽然保证了政府能够主导性地控制社会组织，但同时也造成了多部门在共同管理社会组织的过程中的一些矛盾，这些矛盾的激化将直接影响管理目标的实现，降低政府的管理效果。因此，从这一角度上，现有管理模式也存

---

　　① 需要说明的是，目前对于民办非企业单位的《民办非企业单位登记管理暂行条例》于1998年颁布，目前仍处在"暂行阶段"，对于这类新型组织的规范还需要一定的时间来积累经验。

　　② 对于政府对社会组织所采用的"分类控制体系"的具体分析，详见康晓光、韩恒："分类控制：当前中国大陆国家与社会关系研究"，《社会学研究》，2005年第6期。

在着改革的必要性。

3. 加重民众结社的负担

社会组织是公民结社的产物,在这个意义上,政府对社会组织的管理也就是对民众结社自由权利的维护和保障。结社权的实现有助于培育公民社会、促进民主政治的实现,促进经济建设和社会文明进步以及满足民众的各种需要,这与社会组织对社会的重要意义在本质上是一致的。因此,结社自由是公民享有的一项最基本的宪法权利,当今世界各国均普遍规定或承认公民享有结社自由的基本权利。但在结社权的具体实现过程中,仍然存在着一些阻碍,例如,与西方发达国家相比,目前在中国成立社会组织的条件较高、程序复杂、管理繁琐等,使得民众的结社权利难以充分实现。而这些阻碍在很大程度上都是由于现有管理体制所造成的。可见,现行的双重管理体制给公民行使结社自由权利带来了过于沉重的负担,①阻碍了民众结社权的实现。

总之,以政府为中心的社会组织管理模式对社会组织、政府以及民众权利的实现已经产生了复杂的影响,不仅造成了社会组织进一步发展的瓶颈,削弱了社会组织的积极作用,而且提高了政府管理社会组织的难度,使得实际管理行为逐渐偏离了政府发展社会组织的基本目标,加重了民众实现结社权的负担。可见,目前围绕社会组织及其政府管理所出现的一系列问题,其关键就在于以政府为中心的社会组织管理模式,即国家主义的管理模式,这种模式从根本上反映的是计划经济体制下,政府全能主义的国家—社会关系,虽然在特定历史条件下,这一管理模式起到了积极的作用,但随着社会转型的推进,这一模式越来越难以适应目前形势的需要,已经逐渐暴露出了种种不足。因此,改革这一模式,调整以政府为中心的社会组织管理体制就成为了一个必然的要求。

---

① 黄建军,张千帆:"论结社自由的宪法保障",见:魏定仁等主编:《中国非营利组织法律模式论文集》,中国方正出版社,2006年版,第30页。

第五章 国家—社会关系视角下的社会组织管理模式比较

以政府双重管理为中心的社会组织管理模式已经暴露出诸多问题,越来越难以适应当前中国社会转型的进程,对这种国家主义管理模式进行改革的必要性也越来越明显。因此,确定社会组织管理模式改革的基本方向就成为进一步需要解决的问题。对这一问题的认识,需要从两个方面进行:首先,需要借鉴其他国家在社会组织管理上的宝贵经验,以此作为方向选择的经验性基础。其次,应当充分考虑中国的实际情况,以此作为改革的实践基础。这里首先对目前其他国家,主要是西方发达国家所采用的社会组织管理模式进行比较性研究。

第一节 业务主管型管理模式

业务主管型的社会组织管理模式主要是指由政府的相关业务部门全权负责对社会组织的管理。这一模式与目前中国的社会组织管理模式比较相似,都是以政府作为社会组织管理的核心,都坚持归口、分级管理的基本原则,相对于西方发达国家,这种模式和中国的双重管理体制一样,都比较保守。①但在具体的制度设计上,这一模式与中国的双重管理体制也有所区别,具有一定的特点。目前采用这一模式的国家包括日本、越南等国家,下面将结合这些国家

---

① Helmut K.Anheier and Lester M. Salamon, Volunteering in Cross—National Perspective: Initial Comparisons, Law and Contemporary Problems, Vol.62, No.4, Amateurs in Public Service: Volunteering, Service—Learning, and Community Service.(Autumn, 1999), pp. 62.

的具体管理措施进行分析。

一、制度体系

在业务主管型管理模式中,对于社会组织管理的制度体系具有多部法律、法规共存的特点。以日本为例,目前社会组织在法人类型上包括民法法人、NPO 法人、特别法人、中间法人及其他类别。而针对不同类别的社会组织及其管理,都有相应的法律、法规进行规范,详见下表。

表 4.1　日本民间非营利性组织分布[①]

法人类型		活动领域	法律依据	批准方式	团体数量(2005)
民法法人	公益法人	所有领域	民法 1896	许可	25500
NPO法人	特定非营利组织活动法人	17 项特定事业	特定非营利活动促进法 1998	认证	26000
特别法人	社会福利法人	社会福利	社会福利法 1951	认可	19000
	医疗法人	医院、诊疗所、老人护理保健设施	医疗法 1948	认可	39000
	学校法人	设立私立学校	私立学校法 1951	认可	7600
	宗教法人	宗教传教	宗教法人法 1951	认可	183000
	职业训练法人	职业训练、职业能力审定	职业能力开放促进法 1969	认可	420
	更生保护法人	改造保护原服刑者的设施运营	更生保护事业法 1995	认可	160
其他	公益信托	所有领域	信托法 1922	许可	570

[①] 资料来源:民政部"日本 NPO 法律制度研修"代表团:"日本民间非营利组织:法律框架、制度改革和发展趋势"。

　　可见,日本政府对于社会组织的管理主要是通过法律来进行规范的,这与中国目前主要依靠法规来规范社会组织的管理存在一定的区别。而越南目前的社会组织管理制度同中国一样,主要是以政府法令的形式进行规范,即《越南社团组织、运作及管理规章》,但该规章明确规定, 这一规章是政府依照三项法律①的相关规定而颁布的。因此,业务主管型模式在制度体系的建立上与中国的双重管理体制存在一定的共性,都具有多项法律法规对社会组织及其管理进行规范,但也存在很多区别,其中最核心的区别是,在业务主管模式的制度体系中具有专门性的法律,并由该法律对社会组织及其管理起到基础性的规范作用。这就意味着在实行业务主管模式的国家中,政府对于社会组织的管理以及社会组织的各项活动是在法律的保护下进行的,而这些法律的产生是由独立于行政机关的国家立法机关完成的,这种立法模式更加能够保证制度的公正性,因此,所设立的法律法规就更容易获得各方的认同。②另外,这种制度特点也在一定程度上保证了政府与社会组织的关系能够更为规范。

　　二、管理原则

　　1. 依法管理原则

　　在业务主管模式中, 法律对政府及社会组织都作出了明确、详细而严格的规定,对二者的行为起到了重要的规范作用。如日本现行的《特定非营利活动促进法》共四章、五十条,对国内民间非营利性组织的活动范围、从设立到解散的各个环节、政府权责以及社会组织的权利义务等有关社会组织发展与管理的各个方面都作出了

---

　　① 三项法律包括 1957 年 5 月 20 日颁布的有关社团创建权利法的 102/SL/l004 号条例;1995 年 10 月 28 日颁布的民法以及 2001 年 12 月 25 日颁布的政府组织法。

　　② 一个典型的例子:1998 年 3 月,《特定非营利活动促进法》在日本国会得到各党派的一致赞同而顺利通过,并且得到了社会各方的广泛认可,被大部分民间非营利性组织称为"自己的法律"。

详细的规定。这就从制度上规范了政府、社会组织二者的行为,尤其对于政府而言,能够限制政府作为社会组织业务主管机关的自由裁量权,保证社会组织能够不受政府权力的肆意干扰。例如,在《特定非营利活动促进法》第二、十、十一条对社会组织设立的条件作出了详细的规定,在十二条中明确规定了政府在受理社会组织设立申请时,如果符合该法律规定的相关条件,就"应当对其设立进行认证"。同样,在对社会组织的监督中,该法第四十一条第一款明确规定,业务主管机关必须在有"充分理由"的前提下,才能对社会组织进行相关的审核,并对具体的监督审核程序进行了详细的规定,如说明文件、惩罚手段等。另外,法律在规范政府管理行为的同时,也对社会组织的权利义务作出了详细而严格的规定,例如在社会组织的活动范围上,日本的《特定非营利活动促进法》明确设定为十二项活动,并在第二条中设定了排除条款。在社会组织的内部管理上,该法同样在理事、监事及议事规则上作出了具体的安排,并在第二十、二十一条对社会组织负责人的条件甚至主要负责人员的回避制度等都作出了相对于中国以及西方发达国家更为苛刻的限定。①而在社会组织权利的保护上,该法同样规定了政府的告知义务及听证制度。

总之,在以日本为代表的业务主管模式中,法律是管理的制度基础,通过法律对关系各方都作出了详细、明确而严格的规定,无论是政府还是社会组织,都必须严格依照相关法律进行活动。这种依法管理的基本原则将法律作为政府管理、社会组织活动的制度基础,贯穿于社会组织管理的各个方面,从而有效地保证了政府与社会组织关系的规范化,因而成为目前各个国家在管理社

---

① 例如第二十一条规定:"负责人员中,与任何一个负责人员有配偶或者三亲等内的亲属关系者不得超过一人,并且一个负责人员及其配偶或者三亲等之内的亲属的人数不得超过负责人员总数的三分之一。"

会组织中一个最为普遍性的经验，但就法律的具体内容而言，政府与社会组织的关系则各有不同，这就要对业务主管模式进行更为深入的研究。

2. 业务主管原则

在业务主管模式中，法律是管理所必须遵循的制度基础，而政府则是管理的实际实行主体，担负着对社会组织管理的大部分职责，对社会组织能够起到直接而有效的影响。具体来说，业务主管原则具有以下内容。

(1)单政府机关监管

业务主管原则强调政府的相关职能部门是社会组织的业务主管机关，负责对社会组织从批准成立申请到日常监管的一系列工作。这与中国目前以政府为中心的社会组织管理模式非常相似。但在主体的设置上，业务主管模式中对社会组织进行主要管理的只是政府的相关职能部门，虽然部分国家也有其他政府机关对社会组织进行登记，如日本的法务局，但该机构只负责对新成立社会组织的登记备案和通知等辅助性工作，并且是在得到业务主管机关的批准后才有资格进行。因此，在业务主管单位中，能够对社会组织起到真正管理作用的只有与之相应的业务主管机关，其他政府部门职能只起到辅助性的作用。这种单部门主管的原则贯穿于政府对社会组织管理的各个方面，是业务主管模式中重要的管理原则。

这一原则的确立将对社会组织的主要管理权赋予了政府职能部门，从政府监管的角度，能够使得业务主管机关与社会组织在业务上存在关联性，有利于政府结合本职工作对社会组织进行管理，客观上保证了政府对社会组织监管的全面和有效。因此，从国家—社会关系的角度上，单部门主管原则仍然是国家中心主义在社会组织管理上的具体应用，政府能够依法对社会组织进行较为严密的监管，在政府与社会组织的关系上，"政府通过民众长久以来服从于政府的传统以及较为温和严谨的政策来调整二者的关系，并以此满足民众的实际需要"。①在这种情况下，政府能够对社会组织采取一个相对保守的态度，单部门主管原则正是实现这一相互关系的主要途径。

(2)分级管理原则

在业务主管模式中，政府与社会组织的关系除了在业务上保持相关性之外，在区域上也具有较为密切的联系，这和中国目前的分级管理体制非常相似。一般来说，根据社会组织主要办公地点所在地来确定直接对其进行管理的政府部门，将其作为业务主管机关。以日本为例，《特定非营利活动促进法》第九条明确规定："特定非营利活动法人的政府主管机关是该特定非营利活动法人的主事务所所在地的都、道、府、县知事。而在二个以上都、道、府、县有事务所的特定非营利活动法人，由经济企划厅厅长作为政府主管机关。"而越南更是将社会组织按照行政级别划分为国家或省际级、省级、地区级以及公社级，并将这些社会组织认定为"社会—政治组织或社会—政治—专业组织。其运作应与政府职责相挂钩，并且依照总理指示受国家财政预算的支持"。②这种分级管理的原则将对社会组织的管理权赋予了各级政府机关，保证了政府与社会组织在地域和级别上的对应性，在业务关联的基础上，进一步加强了政府与社会组织的一致性，从而更加有利于政府对社会组织的严格监管。

总之，业务主管原则在本质上具有明显的国家主义倾向，其核心在于通过功能与级别两条锁链，将各级、各类政府部门与社会组织绑定在一起，形成了二者之间密切的相互关系，从而将对社会组织的控制权牢牢把握在了政府手中，保证了政府能够对社会组织实

---

① Helmut K.Anheier and Lester M.Salamon，Volunteering in Cross—National Perspective：Initial Comparisons，Law and Contemporary Problems，Vol.62，No.4，Amateurs in Public Service：Volunteering，Service—Learning，and Community Service.(Autumn，1999)，pp. 63.

②《越南社团组织、运作及管理规章》，第四条第二款。

施全面、细致且严格的监管。

三、管理环节

1. 许可认证制度

在业务主管模式中，政府在对社会组织进行实际管理的过程中，首先就是对组织的成立具有批准权，即社会组织管理过程中的许可认证制度。

一般来说，社会组织作为独立开展工作的机构，应当具备一定的条件，因此，在大部分国家的社会组织管理中，都对社会组织成立所应具备的资质进行了规定，但相比之下，业务主管模式中对于社会组织成立条件的设定较为复杂、要求达到的水平也比较高。

首先，程序比较复杂。以日本为例，一个社会组织在向业务主管机关递交成立申请时，需要出具以下文件：

"（一）章程；[①]

（二）关于负责人员的下列文件：1.负责人员名册（指关于每个负责人员的姓名、住所或者居所的名册）；2. 每位负责人员的同意任职信，以及内阁府令所规定的证明其住所或者居所的文件；3.每位负责人员做出的关于其不属于第二十条规定的范围并且将不违反第二十一条规定的誓约的书面誊本；4.领取报酬的负责人员的名册；

（三）记载了十名以上社员的姓名（社员是法人的，指法人的名称和法定代表人的姓名）及其住所或者居所的书面文件；

（四）确认第二条第二款第二项和第十二条第一款第三项的规定被遵守的书面文件；

（五）设立趣旨书；

（六）发起人名册（指每一个发起人的姓名和住所或者居所）；

---

① 在采用业务主管模式的国家中，对于民间组织章程的具体内容也进行了详细而严格的规定，详见日本《特定非营利活动促进法》第十一条以及越南《社团组织、运作及管理规章》第九条。

（七）记载有设立特定非营利活动法人的意思表示的会议记录誊本；

（八）成立时的财产清单；

（九）设有事业年度的，关于成立后第一个事业年度的说明；

（十）成立后第一个年度和第二个年度的事业计划（规定了财务年度的，指第一个财务年度和第二个财务年度。下同）；

（十一）成立后第一个和第二个年度的收支预算报告；"[1]

其次，条件比较高。政府在收到社会组织成立的申请和上述文件后，立即将这些文件以公告的形式向社会公开，并对这些文件进行审核。而社会组织必须具备下列条件，才能得到政府认证。

"（一）设立程序、申请以及章程的内容符合法律、法令的规定；

（二）提出申请的特定非营利活动法人是第二条第二款规定的组织；

（三）提出申请的特定非营利活动法人不是暴力犯罪组织（指日本《暴力犯罪组织成员不当行为防止法》（〈1991 年第 77 号法律〉第二条第二款规定的暴力犯罪组织；下同），也不受暴力犯罪组织或者其成员（包括一个暴力犯罪组织下属组织的成员）的控制；

（四）申请中的特定非营利活动法人的社员有十人以上。"[2]

"下列人员不得担任特定非营利活动法人的负责人员：

（一）禁治产人或者准禁治产人；

（二）破产人，并且尚未复权的；

（三）曾被判处徒刑或者更为严厉的刑事处罚，并且刑事处罚执行完毕或者停止执行之日起未满二年的；

（四）曾因为违反本法、《暴力犯罪组织成员不当行为防止法》（但第三十一条第七款除外）、《刑法》（1907 年第 45 号法律）第二百

---

① 日本《特定非营利活动促进法》第十条。

② 日本《特定非营利活动促进法》第十二条。

零四条、第二百零六条、第二百零八条、第二百零八之二条、第二百二十二条或者第二百四十七条，或者《暴力行为等行为处罚法》(1926年第60号法律)，而被判处罚金的刑事处罚，并且刑事处罚执行完毕或者停止执行之日起未满二年的；

(五)曾任某个已经解散特定非营利活动法人的负责人员，该法人的设立认证被根据本法第四十三条被撤销，并且自设立认证被撤销之日起未满二年的。"①

总之，在社会组织成立这一环节依然具有明显的国家主义倾向。政府依法拥有对社会组织成立的批准权，能够直接决定社会组织成立与否。同时，在社会组织成立条件的设定上，业务主管模式中社会组织得到批准的条件比较复杂、水平较高，这种"高门槛"的设置一方面降低了业务主管机关的管理幅度，使得政府能够从"入口"就对社会组织进行周密、严格的监管；另一方面在客观上加大了社会组织取得合法身份的难度，起到了控制社会组织发展的作用。这种"高门槛、严把关"的做法在其他业务主管模式国家中也得到了采用。

2. 日常监管

首先，业务主管机关掌握社会组织主要行为的批准权、检查权、惩戒权。在业务主管模式中，政府不仅在社会组织成立的环节上掌握直接的认证审核批准权，而且，在社会组织的日常运作中，也对其主要行为掌握直接的审批权。一般来说，需要政府审批的社会组织行为包括：社会组织的主要负责人资格及相互关系，组织章程的修改、组织的解散及合并、接受基金等。社会组织在进行上述活动时，必须实现向业务主管机关提出申请，在申请得到批准的情况下，这些行为才被视为合法有效。在对主要活动审批的基础上，业务主管机关还可以在"有充分理由怀疑"②的情况下，要求社会组织进行报

---

① 日本《特定非营利活动促进法》第二十条。
② 日本《特定非营利活动促进法》第四十一条。

告或者直接派遣官员到社会组织进行各种资料的检查。在检查过程中,业务主管机关有权对社会组织违法或不合理的行为责令其限期改进甚至直接撤销社会组织的认证。

其次,社会组织的报告制度。除了业务主管机关可以根据情况对社会组织进行检查外,社会组织还必须定期向政府提交各项报告资料,并有义务向成员或社会公开,否则将遭受严厉的处罚。一般来说,社会组织向政府所作的定期报告主要包括记载组织一定时间内的事业发展情况报告、财务报表、章程以及主要负责人名册等。以日本为例,社会组织"在每个年度的前三个月内,制作关于上一年度的一份事业报告书、财产清单、资产负债表和收支计算书,以及一份负责人员名册,此名册中所有领取报酬的负责人员的姓名,以及至少十名以上的社员的姓名(对于法人社员,指该法人的名称和法定代表人的姓名)和各自的住所或者居所。特定非营利活动法人应当在其主事务所保存这些文件,直到下一年度(特设财务年度的,指下一个财务年度)的最后一日。另外,如果社员或者其他有兴趣者要求查阅事业报告书等、负责人员名册等、章程或者有关认证或者登记的文件,特定非营利活动法人应当允许其查阅,但是有正当理由的情形除外"。①

3. 税收优惠

业务主管机关除了对社会组织的各项活动具有监督、审批权外,还可以通过税收管理来影响社会组织的发展。虽然各个国家的税制都有所不同,但一般而言,对于社会组织,政府都通过减免社会组织和捐赠者的相关税负两种主要税收优惠政策来管理社会组织。

首先,对社会组织的内容性课税。虽然大部分国家都会给予社会组织各项税收优惠,但在具体事实中则各有不同。在业务主管模式中,由于政府对社会组织采取了较为保守和严格的管理,因此,政

---

① 日本《特定非营利活动促进法》第二十八条。

府在税收管理上根据社会组织的具体活动内容给予相应的税收优惠。法律在明确对社会组织原则上非课税的基础上,严格限定了需要课税的社会组织行为,这些行为主要包括社会组织有可能从事的特定行业、特定内容的活动,对此,一般都要征收与其他法人组织一样的税额。以日本为例,由于社会组织所具有的公益性或非营利性特征,政府在法人税的征收上采取"原则上非课税"准则,对于社会组织收取的会费、捐款不课税,开展活动的收入一般也不课税。但对于社会组织从事特定的 33 个行业所取得的营利性活动收入,政府按照与普通法人组织一样的 30%税率征收。[①]

其次,对捐赠者的限定性税收优惠。为了鼓励社会力量支持公益事业,大部分国家都对企业、个人向社会组织的捐赠给予税收优惠,但各国采取的税收优惠范围和程度则有所不同。在业务主管模式中,虽然也对社会捐赠者给予税收优惠,但对能够享受优惠的捐款对象进行了严格的限定,即企业、民众只有向经过法律或政府认定的社会组织捐款后,才能享受到相应的税收优惠,这部分社会组织在比例上仅占总量的一小部分。以日本为例,捐赠的税收优惠政策就社会组织而言,仅限于特定公益增进法人和认定 NPO 法人。前者的认定,根据相关法规,由主管机关向财务省推荐,由财务省认定,有效期 2 年,这部分组织大约有 2.1 万左右,主要是社会福利和改造原服刑人员机构。后者需要在满足捐款比例、活动内容、内容分工、财政支出、信息公开、守法情况和政府证明等 7 项条件的情况下,经国税厅认定。截至 2006 年 7 月,在日本 2.7 万 NPO 法人中仅有 46 家得到认定。对于这两类社会组织的捐款,企业满足设定条件的数额:资本金×0.25%+年所得×2.5%,这部分数额可以记入亏损,个人满足设定条件的数额:年所得×30%—5000 日元,可以从应税收

---

① 如果收益不超过 800 万日元,则按 22%的税率征收,并允许收益事业收入的 20%可视同捐赠收入转入非收益事业收入不予课税。

入中扣除。

可见，在税收管理这一环节上，业务主管模式仍然坚持法治化和以业务主管为中心的原则，通过相关法律和政府的严格限定、管理，对社会组织享受税收优惠的资格审核、认定以及执行实施全面、深入的管理。这种做法通过税收优惠的形式对社会组织的各项活动进行了详细的划定，具有极强的"导向性"，①规范了社会组织的发展，并且在政府管理上具有很强的操作性，能够为政府提供一套较为准确的执行标准。但同时，这种做法强化了政府对社会组织的影响力，并且，业务主管模式所采取的税收优惠程度和范围也较为有限，这在一定程度上减弱了社会组织的政府、法律支持，限制了社会组织快速的发展。

四、总结

通过上述对业务主管模式的分析，下面对这一模式进行总结。在业务主管模式中，政府是社会组织管理的核心，但与中国不同的是，在政府之上设有专门的法律，这对规范政府和社会组织的关系具有积极的作用。但必须看到的是，尽管法律对政府管理和社会组织建设具有严格的限定作用，但仍然通过业务主管等原则赋予了政府对社会组织的主要管理权以及一定的自由裁量权。因此，在依法管理的前提下，政府能够对社会组织在认证制度、日常监管以及税收政策等多个方面对社会组织进行全面、严格的管理。可见，在这种管理模式中，政府对社会组织所采取的态度较为保守，具有明显的国家主义倾向。在具体的管理实践中，这种模式将产生正反两面的效果。

1. 业务主管模式的积极效果

业务主管模式中，通过对政府职责与社会组织权利义务的严格规定，在很大程度上实现了政府与社会组织关系的规范化。对于政府

---

① 民政部"日本 NPO 法律制度研修"代表团："日本民间非营利组织：法律框架、制度改革和发展趋势"。

而言,作为社会组织的主要管理者,业务主管机关能够结合职权和级别对社会组织进行相应的指导和监管,这种管理在具有专门性法律规范的前提下,更加有利于政府明确界限、规范操作,使得管理更加规范化和有效化。对于社会组织而言,这种管理模式明确了组织的权利和义务,并为社会组织在接受政府管理过程中可能涉及的权利维护设定了必要的程序。这对社会组织的发展具有很好的导向作用。

2. 业务主管模式的消极效果

业务主管模式对于管理体制的主要设计是将政府与社会组织按照功能与级别一一对应起来,实现政府对社会组织的针对性管理。虽然这种管理模式具有一定的积极作用,但仍然会产生很多不良后果,例如政府管理的专制化和社会组织建设迟缓。虽然具有专门性的法律进行严格规范,但政府仍然处于与社会组织关系中的优势地位,在法律规定的范围内享有对社会组织管理的自由裁量权,这就使得一些政府部门能够根据本部门利益影响社会组织的行动,而这样做的后果就是社会组织成立困难、独立性差以及存在一些违法行为,这些最终将阻碍社会组织的发展。以日本为例,法律对社会组织成立所设置的"高门槛"产生了大量的非法人资格团体。即便是取得认证的组织,也面临着人才不够、资金来源不足的困难,目前日本的社会组织工作人员平均不到 10 人,其中 2/3 是非专职人员,而日本社会组织只有不到 1/3 能达到 1000 万日元以上的财政收入,大约 70.1% 的资金来源于非营利活动的报酬,80% 的组织得到的捐赠少于 50 万日元。随着人力、资金上的匮乏,越来越多的社会组织开始逃避年度报告责任,不少组织不开展任何活动,处于休眠状态,甚至有些组织利用身份从事各种商业性互动、诈骗、违规募集资金等违法行为,[1]这与中国社会组织目前的问题很相似。因此,在业务

---

① 民政部"日本 NPO 法律制度研修"代表团:"日本民间非营利组织:法律框架、制度改革和发展趋势"。

主管模式中体现的是国家主义的社会组织管理模式,在这种国家—社会关系中,最大的问题在于社会组织并没有得到充分的发育,"政府的社会福利保障和非营利性、志愿性活动都被牢牢束缚着"。[①]

3. 借鉴意义

与中国目前对社会组织采取的双重管理体制相比,业务主管模式对于我国的社会组织管理具有如下的借鉴意义。

首先,制度体系完备,政府依法管理。业务主管模式尽管与双重管理体制有很多相似性,但在制度体系上,二者存在质的差异。双重管理体制的制度体系是以行政立法模式建立的,这就造成了社会组织管理中政府同时具有制度的规定权和执行权,这就使得政府对于社会组织处于更加优势的地位,在对社会组织管理的实际过程中,政府权力将更加不受制约。而在社会组织权利受到侵害的情况下,有限的法律依据分散在大量的部门法中,并且缺乏对社会组织管理进行规范的专项法律,使得这些组织很难在法律层次上找到相应的支持。同时,这也使得司法机关在处理相关诉讼过程中,其选择适用权难以发挥应有的保障审判独立的功能,给司法机关的审理带来了困难。相比之下,业务主管模式中的制度体系以专项法律为基础,明确了政府、社会组织各自的权利义务,这对政府管理能够起到更有效的规范作用。因此,专项法律规范下的政府依法管理是业务主管模式中值得中国社会组织管理借鉴的部分之一。当然,在后面的其他国家社会组织管理中,依法管理仍然是各国的管理原则,但具体的管理模式设计则各有不同。

其次,业务主管机关的集中化管理。业务主管模式与双重管理体制都将政府作为社会组织的主要管理者,对社会组织施行全面严

---

① Helmut K.Anheier and Lester M.Salamon,Volunteering in Cross—National Perspective：Initial Comparisons,Law and Contemporary Problems,Vol.62,No.4,Amateurs in Public Service：Volunteering,Service–Learning,and Community Service.(Autumn,1999),pp. 63.

格的管理。但区别在于,双重管理体制中设置了两个平级的政府职能部门,即业务主管单位和登记管理机关,二者共同对社会组织进行管理。虽然通过制度对二者的分工合作进行了规定,但事实上,二者的权限比较模糊,加之缺乏法律层次的清晰界定,这就直接导致了两个主管机关难以在具体的管理过程上形成有效的合力,双重管理难以起到预期的效果。相比之下,业务主管模式直接将社会组织的管理权集中到业务主管机关,虽然仍然具有保守的特点,但至少在管理体制中避免了多头管理可能引发的权责不分问题,更有利于政府对社会组织严格的管理。

总之,业务主管模式作为其他国家所采用的社会组织管理的主要模式之一,是与中国现行的双重管理体制最为接近的模式。与之类似的是,二者都具有明显的国家主义特征,将政府作为社会组织的主要管理者,并对社会组织施行较为严格的管理。尽管业务主管模式中,部门法律和集中管理具有一定的合理性,但这种国家主义的管理模式仍然产生了很多问题,如政府专制和社会组织发展缓慢等,这与中国目前双重管理体制下所产生的问题具有比较明显的相似性。因此,尽管两种模式仍有许多不同,但其本质上都具有明显的国家主义特征,这是决定两种模式具有很多共性的根本原因。

第二节　分权型管理模式

业务主管模式作为国家主义的社会组织管理模式,将社会组织的管理权集中到行政机关,并以此展开了对社会组织严格的管理。与之相比,分权型管理模式按照权力制衡原则,将社会组织的管理权分散到不同的权力机关,并且鼓励其他社会组织、媒体及民众参与监督。这样,通过社会组织与政府分权制衡的模式,既解决了集权管理所产生的专制,又避免了分权管理可能出现的矛盾,对于中国社会组织管理模式的变革具有一定借鉴意义。实行分权型管理的国家主要包括英国、美国以及澳大利亚等,这里将结合这些国家的实际管理情况进行分析。

一、制度体系

在分权管理模式中,对于社会组织及其管理设有专门法律进行规范,这与业务主管模式有一定的共性。除了专门的法律,对于各权力机关对社会组织的管理还包括其他的相关法律进行规范。以美国为例,目前对于社会组织及其管理进行规范的专门性法律包括《美国非营利法人示范法》、《美国统一非法人非营利社团法》,此外,还包括联邦税法、《游说登记法》、《联邦竞选法》等对社会组织的特定活动有所涉及的其他法律。在分权模式的体系中另外一个特点是各州、各地方权力机关也制定了本区域内的各项法律,这些法律使得在具体的管理环节上存在一些区别,同样对社会组织及其管理形成了有效的规范。另外,在制度的内容上,由于分权型的国家基本上属于"英美法系",这使得社会组织及其管理的相关法律内容中一般都非常注重程序上的规范,这也是区别于其他模式制度设计上的一个主要特点,这部分内容将在后面结合具体管理情况详述。

二、管理原则

在分权型管理模式中,政府、社会组织都必须严格遵守相关法律,履行自身的各种义务,如按要求向社会公开资料等,这一点与其他模式相同,这里不再赘述。

1. 分权管理原则

在分权型管理模式中,最为典型的特征是社会组织管理权的分散化。在实行分权管理的国家中,并不是由单一的政府机关全权负责对社会组织监管的,而是由行政、司法、媒体、民众共同组成对社会组织的监督体制,而行政和司法作为权力机关,能够对违法社会组织进行惩罚。

(1)政府职能部门的专项监管

在分权模式中,行政部门仍然是社会组织的管理者,但和业务主管模式以及双重管理模式相区别的是,是由专门的政府职能部门对社会组织的特定事务进行专项监管, 不干预社会组织其他事务。例如,美国的联邦税务局对社会组织的财务进行严格的监管,英国内政部下设慈善委员会和志愿者组织服务部,对特定类型的社会组织进行监督,澳大利亚政府的税务部门负责对社会组织税收地位的审核。可见,政府部门仍然是社会组织管理的主要管理者,但与国家主义模式相比,其管理的范围比较有限,对社会组织影响的程度也相对较低。

(2)其他权力机关的监管

在分权模式中,除了行政机关对社会组织的管理之外,其他国家权力机关也有特定的社会组织管理权。政府对社会组织的管理属于国家行政权的运用,而其他国家权力机关对社会组织的监管则意味着立法权、司法权等国家权力对于社会组织也有直接进行管理的权力。与政府财政税收部门主要负责社会组织税收管理类似的是,其他权力机关的管理也依法具有明确的界限,例如,美国的各级法院对社会组织及其成员的权益具有重要的保护功能,法院可以在特定成员提出申请的情况下,命令社会组织召开会员大会、向成员公开资料并保护资料的安全。并且,美国的非法人、非营利组织在符合特定条件的前提下也能够以"自己的名义起诉、辩护、介入或参与司法、行政或其他政府活动,或者仲裁、调解其他替代性纠纷解决活动;也可以以自己的名义,代表成员提起诉讼"。[①]可见,在分权模式中,司法机关也在法律的规范下能够对社会组织进行有效的管理。

2. 限定性管理原则

在分权型管理中,虽然有多个国家权力机关可以对社会组织进行管理,但这并没有导致政府对社会组织的严密控制,导致社会组

---

① 《美国统一非法人非营利社团法》第七条。

织失去应有的独立性,相反,在实行分权型管理的国家中,社会组织在很多领域具有非常独立的自治权。这种政府权力的有效性与社会组织自治权之间的平衡也可以被理解为另一种"分权"形式,即政府和社会组织之间的分权,而保证这种分权与制衡主要是依靠政府管理上的限定性管理原则。对于法定事务,政府对社会组织要进行相当严格的管理,除此之外,则对社会组织的其他事务采取放任式的管理,比较宽松。这种管理界限上的明确界定反映的是在这些国家中,国家、市场、公民社会三方的相对独立性,社会组织作为区别于政府、企业之外的"第三部门",在限制国家权力延伸和实现民众利益方面,具有"得到承认的权利",[①]因此,这些国家的社会组织普遍拥有较为独立的自治权,并受到政府和民众的信任和支持。以美国为例,国内很多州的地方政府只设到县一级,而将更为基层的管理和服务职能完全交给了社会组织完成,如马里兰州豪伍德县有 6 个镇,在镇中真正起管理作用的是社会组织,如哥伦比亚镇的哥伦比亚协会(Columbia Association),其决策机构是 11 人理事会,由镇中10 个住宅小区的居民直接选举产生, 加上 1 人作为开发公司的代表, 这个协会管理着镇中 3400 英亩的公共绿地,90 英里长的人行便道,165 个停车位,252 个步行桥梁,3 个大型湖泊和 20 个小型池塘,以及跑马场、球场等公共设施,并向居民提供宗教信仰活动设施、卫生保健、公共交通以及社区活动设施等。在协会之下,10 个住宅小区各自设有相应的社区协会,哥伦比亚协会对这些社区协会有专门的资金补贴。而在哥伦比亚协会与豪伍德县政府之间,是通过合同来划分彼此职责。县政府负责镇的公共安全、消防、道路建设维

---

① A.Sat Obiyan,A Critical Examination of the State versus Non—Governmental Organizations (NGOs)in the Policy Sphere in the Global South:Will the State Die as the NGOs Thrive in Sub—Saharan Africa and Asia?,African and Asian Studies,volume 4,no.3 2005 Koninklijke Brill NV,Leiden,pp.311.

护、路灯、供水排水以及电力等公共服务项目,其余则基本上由协会负责。这种地方政府与社会组织通过合同分权而治的情况在其他州和其他镇也基本如此,如同在豪伍德县的艾尔克莱基镇以及俄克拉荷马州的彭卡市等。可见,限定性原则将政府对社会组织的管理权控制在一个有限的范围内,在此范围内,政府对社会组织的管理无论在实体上还是在程序上都非常规范和严格;而在范围之外,法律并没有授权政府对社会组织进行更多的干预,这样,社会组织就获得了相对独立的空间,能够充分发挥自身的积极性、创造性进行工作。这种模式反映了在这些国家中,存在一个"看起来独立于商业和政府行政的社会领域",并被认为是"民主政治的基石,其独立性可以保护社会免受暴政的摧残"。①

三、管理环节

1. 备案登记制

在实行分权型管理的国家中,政府对大部分社会组织的成立采取较为宽松的管理,条件设定比较低,程序也比较便捷,一般情况下,以备案登记的形式即可成立社会组织。例如,美国社会组织成立的条件限定非常低,法律甚至不要求法人型组织必须拥有成员。②在成立的环节上,政府多采用备案制度,一般由州务卿办公室负责对社会组织申请文件进行备案工作,备案程序也相对比较简单,州务卿在申请文件原件、副本以及备案费收据上盖印或背书"已备案",载明州务卿姓名、官衔及日期即可。对于备案工作,法律将其视为政府的行政义务,只要满足基本要求就应当备案,即使拒绝备案,必须

---

① Helmut K.Anheier and Lester M.Salamon,Volunteering in Cross—National Perspective: Initial Comparisons,Law and Contemporary Problems,Vol.62,No.4,Amateurs in Public Service: Volunteering,Service—Learning,and Community Service.(Autumn,1999),pp.48.

②《美国非营利法人示范法》第6.03条,但法律仍然要求民间组织必须设有三人以上的董事会。

出具书面证明并且不能以此来推定申请文件的效力。同时,有了法律的保障,备案工作可以通过司法途径解决,法院可以命令州务卿对申请文件备案。类似的情况也发生在其他分权型管理的国家中,如英国的志愿者组织可以随意成立,只要满足三个成员(含主要负责人)和章程的基本条件即可,政府基本不加干涉。而在澳大利亚,对社会组织进行登记的工作主要在州和地方政府的司法部门,联邦政府不设登记机关,虽然对社会组织的成立有一定要求,政府也可以拒绝社会组织的成立申请,不过很少发生这样的事。[①]可见,在登记这一社会组织成立的管理环节上,政府的态度较为宽松,条件设定比较低,手续比较简便,这能够让更多的民众通过自组织的形式联合起来,有助于社会组织功能的细化,促进社会组织的分类化发展。这种社会组织细化分类的发展意味着民众并不一定必须参与某一特定社会组织才能表达、维护自身权益,较低的准入条件和限制可以让特定利益群体以创设新组织的方式是实现权利。这种发展上的特点一方面是政府管理的直接结果,而在根本上反映的是这些国家带有多元主义色彩的国家—社会关系。在多元主义模式中,公民社会被认为是打破传统政治、行政模式,[②]保护民众权利不受侵害,促进民主制度的建立和稳定的重要因素。[③]而要实现公民社会的这些目标,独立性的社会组织是必须的,实现独立性的首要环节就是在成立上,社会组织应当保有充分的发展权,否则,有限的社会组织将阻碍公民社会的建立。另外,多元主义强调个人权利的充分实现

---

① 吴忠泽:《发达国家非政府组织管理制度》,时事出版社,2001 年版,第 259,267~268 页。

② Christian Hunold,Corporatism,Pluralism,and Democracy:Toward a Deliberative Theory of Bureaucratic Accountability,Governance:An International Journal of Policy and Administration,Vol.14,No.2,April 2001,pp.164.

③ Robert A. Dahl,The Shifting Boundaries of Democratic Governments,SOCIAL RESEARCH,Vol.66,No.3(Fall 1999)pp.924.

以及政治资源的广泛分布,而在有限数量的社会组织中,个体利益
往往容易被多数利益所替代。为了解决这一问题,多元主义需要社
会组织不受限制地分类细化发展,以此来为个体利益的实现提供更
有效的组织化保障。

2. 日常监管

(1)严格的财务监管

在分权型的管理中,政府对社会组织最为主要的日常监管内容
就是财务监管。为此,不少国家都设立了非常完备、周密的监督制
度,并以此进行了严格的管理。以美国为例,联邦税法的 501(C)、
(D)、(E)、(F) 以及 521 条对非营利组织的具体类别进行了详细的
界定,见下表。

表 4.2　美国联邦税法对非营利组织的界定

联邦税法条款	非营利组织的具体类别
501(C)1	国会法案批准成立的公司,包括联邦信用联盟在内。
501(C)2	免税的持股公司
501(C)3	宗教、教育、慈善、科技与文学组织,以及那些为公共安全进行试验, 促进国内与国际体育事业和防止虐待儿童与动物的组织,私人基金会。
501(C)4	公民团体、社会福利组织和各地雇员协会,都在促进社会福利事业、教育和娱乐事业。
501(C)5	劳工、农业和园艺组织。这是一些改善工作条件,提高产量和效率的教育与公益组织。
501(C)6	工商团体、商会、不动产商会以及其他旨在改善一个或数个行业工作条件的组织。
501(C)7	提供娱乐和创造社会环境的社会与娱乐俱乐部。
501(C)8	向会员提供抚恤金、伤病和事故补偿金的互助组织。
501(C)9	志愿互益组织,负责向会员提供抚恤金与伤病、事故补偿金。
501(C)10	国内互助团体与协会。此组织将其收入捐助给其他慈善互助组织。

续表 4.2

联邦税法条款	非营利组织的具体类别
501(C)11	教师退休金协会。
501(C)12	包括慈善人寿保险协会,互助排灌组织,合作电话公司等按行业划分的互助组织。
501(C)13	殡葬公司,即为成员办理埋葬和其他丧葬事务的公司。
501(C)14	负责向成员提供贷款的国家特许信用证明,互助储备基金。
501(C)15	按成本向成员提供保险的互相保险公司或协会。
501(C)16	在推销和采购等方面支持农业生活活动的互助组织。
501(C)17	为支付补偿失业报酬救济金的补偿失业救济信托基金。
501(C)18	通过退休金计划向会员提供福利金的雇员退休信托基金。
501(C)19	退伍军人协会或其他组织。
501(C)20	预付佣金的团体法律服务信托基金。
501(C)21	矽肺信托基金是为实施"矽肺法案"提供赔偿的基金。
501(D)22	经营工商业的宗教团体。
501(E)23	合作医疗服务组织。
501(F)24	为教育事业提供投资的合作组织。
521	为农场主提供供销服务的农业合作组织。

以上这些法人型的非营利组织的财务要接受联邦税务局的监督并且向社会公开,具体的形式为 I990 表。这一报表类似于证券上市公司的报表,在内容上包括机构的基本财务信息,还包括关于各类开销的详细分类信息,并注明项目开销的用途。此外,该表格还必须列出主要的机构负责人、关键雇员的地址、工作时间、收入和补助。以此为标准,如果从该社会组织以及关联机构总的收入超过 10 万美元而其中关联收入超过 1 万美元,需要填写特别声明表格。对于社会组织所从事的有收入的经营活动和收费,也需要分类填写,并且注明商业分类和非营利免税分类。表格还要列出收入最高的五位雇员及五个支付最多的服务商,以便管理部门调查。甚至还要列出公众个人的捐款比例等细微数据。美国这种对社会组织财务进行

严格管理的方式在其他国家也非常普遍,例如,英国政府内政部也专设慈善委员会,专门审查慈善组织的捐款使用情况,澳大利亚的政府财政部门要求社会组织每三个月上交一次工作报告,详细说明相应的活动状况。总之,对于社会组织的财务状况,政府管理较为严格,但需要说明的是,这种在财务上的严格管理同样是在法律的规范下进行的,政府对社会组织财务状况的审核具有明确的标准,一般包括宗旨目的、政治限制、商业限制等,只要没有违反这些标准,社会组织正常的财务活动仍然不会受到政府的干预。可见,政府的严格监管并不是政府插手社会组织的工作,没有破坏社会组织的独立性,其目的在于保证社会组织的非营利、非政府等基本目标的实现,这正体现了这些国家的政府与社会组织分权而治的基本特点,是政府限定性管理原则的体现之一。

(2)其他法定事项的管理

除了对社会组织的财务状况进行严格的监管,政府也依法对社会组织的特定行为进行限制,如政治限制和商业限制。

第一,对社会组织政治行为的限制。在分权型模式的国家中,社会组织的成立条件较为宽松,因此,在这些国家中存在大量的社会组织,代表着不同的群体利益。一方面,这些社会组织能够为成员或特定对象提供具体、细致的服务,另一方面,这些社会组织也是特定民众利益的维护者,和政府展开对话,参与、影响政府决策也是这些国家社会组织的重要功能,但这种行为必须是在法律规范下进行的,否则将导致社会优势群体凭借自身强大的经济实力,在政策过程中居于重要地位,而那些没有力量的集团利益在政策过程中较少得到反映,甚至不能组织起来进行表达,[①]这将严重破坏政府决策的公正性。因此,对社会组织的政治行为需要进行限制。以美国为例,《联邦竞选法》规定,慈善团体不能为政治竞选而活动,其他社会组

---

① 谭融:《美国利益集团政治研究》,中国社会科学出版社,2002年版,第27~28页。

织也不能将钱直接用于个人参与竞选。向党派或政治游说机构捐款,捐款数额受到限制,捐款人和收款人均不减免所得税,受捐机构还应公布捐款人和资金使用情况。①为此,特设联邦选举委员会作为专门的行政机构来监督竞选资金的筹集,接受和公开财政报告。该委员会由总统提名参议院批准任命。②可见,政府对社会组织政治行为的限制是在法律的严格规范下进行的,并且,这种限制并不是以阻碍社会组织参与政府管理为目的的,而是从社会整体的高度,维持众多利益背景的社会组织在参与政治过程中的秩序,保证政府决策的公正性。因此,政府对社会组织政治行为的限制仍然是限定性原则的具体体现,反映了这些国家中政府与社会组织相互独立的关系。同时,保证了社会组织能够大范围地向政府反映意见,这符合多元主义中民众能够以自组织的形式影响政府决策,维护个人权利的观点。社会组织通过向政府施加影响力,是社会秩序的主要参与者,同时也在很大程度上成为社会利益冲突的主要竞争者。

第二,对社会组织商业行为的限制。社会组织具有非营利的基本属性,社会组织的各项收入不能被组织的创建人、成员、董事、雇员以及其他内部人员分掉,因此,政府一般都对社会组织的商业行为采取一定的限制措施。具体到分权型管理的国家,结合政府对社会组织财务的严格监管,对社会组织的商业活动也有所限制,主要是检验社会组织的主要活动和开支是否为了非商业性目的。对于社会组织商业活动的界定,不仅包括其直接经营活动,而且包括其控股、投资等间接性的经营活动,这些活动的收入如果被用于符合组织目的的工作,则仍然在合法的范围内,政府也将对其免税,否则将被课税,而且这些有去向的收入不能超过特定比例,如果一个社会组织持续关注于活跃的商贸活动,那么,政府将取缔该组织。可见,

---

① 吴忠泽:《发达国家非政府组织管理制度》,时事出版社,2001 年版,第 222 页。

② 谭融:《美国利益集团政治研究》,中国社会科学出版社,2002 年版,第 187 页。

政府对社会组织商业活动的限制主要是以主要宗旨为标准,衡量社会组织活动的范围,这种"合目的性"的限制,体现了限定性管理的基本原则,只要符合组织目的,其具体行为政府并不干预,这就保持了社会组织的相对独立性,政府与社会组织之间仍然处于分权而治的关系中。

(3)公开报告制度

除了向政府相关部门上交财务报告之外,社会组织还必须向备案机关送交年度报告,并有义务为成员提供年度财务说明书。这些报告在内容上并没有财务报告那么严格和具体,例如,美国的社会组织每年度向州务卿送交的年度报告只需要包括八项内容:法人名称、地址、主要负责人姓名地址、业务内容的简单描述、是否拥有成员、组织的法人性质等。可见,这些内容是社会组织在该年度情况的基本陈述,以上八项基本内容是由法律确定的,年度报告只要包含这八项内容即可。这种报告制度的主要目的并不是要求备案机关对社会组织的严格监管,而在于社会组织向政府备案机关履行告知义务,是备案制度的组成部分。

3. 税收优惠

在分权型管理的国家中,政府对社会组织及捐赠者都采取税收优惠的政策,对社会组织的发展起到了重要的推动作用。

对社会组织而言,政府对社会组织的税收优惠主要通过组织类型和收入类型两种方式来界定,首先,在税法规定范围内的社会组织基本上都享有免除特定税种(主要是所得税)的优惠,例如,美国联邦税法规定教会、慈善、教育和互助机构都享有免税待遇。但在这个组织范围内,对各项收入也要进行严格的审查,一般来说,只要收入最终被用于组织的非营利目的,那么,这部分即使是商业活动所得也仍然享有免税待遇。美国这种合目的性的税收优惠做法具有重要的理论及现实意义。通常情况下,社会组织追求其非营利宗旨最有效的方式,就是借助于经济手段。例如,如果非营利组织希望推动特殊艺术、文化或科学知识的普及与发展，最有效的方式就是出版和出售相关主题的高质量杂志。如果该组织"唯一的"目的是推动该特殊艺术、文化或科学知识的普及与发展，并且没有直接或间接分配任何利润，那么对于出版和销售该杂志的利润免税，就不失为有意义的税收政策。①对于捐赠者而言，一般的做法是按照法定的比例从捐赠者的应税所得中扣除，从而使其享有全部或部分的免税待遇。

在实行税收优惠的同时，为了保证这项政策能够起到预期的积极作用，政府也对这项政策进行更为具体的规定。例如，为了防止税收规避，美国税法在 1969 年也作出一定的限制，规定私人基金组织的净投资所得征收 4% 的所得税；同时，还要求基金会每年的所得必须分配掉，以免基金组织从捐赠之外积聚过多的资金。对于捐赠者的捐赠，政府同样利用税收政策来进行引导。例如，根据美国税法的规定，接受捐赠的社会组织包括公益慈善团体和私人非营利性慈善团体，前者是指主要靠社会各界提供资金支持，且活动范围面向社会公众的社会组织，如教堂、学校、学术团体等；后者是指主要靠特定少数人提供资金支持，且活动范围相对较小的社会组织，如社区墓地管理机构等。这两类组织都可以接受社会捐赠，但对捐赠者的优惠幅度是不同的。对公益慈善团体进行捐赠的个人或组织，最高扣除额不得超过捐赠人 AGI②的 50%，但超出的部分可以向后结转扣除，且结转期限不得超过 5 年。对捐赠给私人慈善团体的，最高扣除额不得超过捐赠人 AGI 的 20%，但超出的部分不得结转。可见，政府的税收优惠政策更倾向于鼓励民众向公益类的慈善团体捐赠，

---

① [美]利昂·E.艾里什、靳东升、卡拉·西蒙：《中国非营利组织适用税法研究》，世界银行委托研究报告，2004 年 12 月。

② AGI"adjusted gross income"，经过调整后的毛所得，是在个人全部所得中扣除不予计列的项目后，再减去必要的费用开支，即得出 AGI。参见孙仁江：《当代美国税收理论与实践》，中国财政经济出版社 1987 年版，第 19、29 页。

这对于这类组织的发展起到了有效的推动作用。

四、总结

1. 分权型管理的积极意义

分权型管理首先是将对社会组织的管理权分配到不同的权力机关,既包括行政部门,也包括司法部门。其次,这种分权还意味着政府与社会组织之间的分权制衡关系,政府对社会组织仍然具有相当重要的监管职能,对于社会组织的特定行为,政府依照法定程序进行严格的监管。但政府管理的范围具有明确的界限,不属于政府管理范围内的社会组织享有比较充分的自主权,政府通过合同等方式来和社会组织结成分权制衡关系,提供社会管理、公共服务。

这种模式的积极意义在于,首先,减轻了政府的负担。如前所述,社会组织无论在形式还是在内容上都非常复杂多样,具有多项功能,涉及到社会不同群体的切身利益,这就对社会组织的管理提出了更高的要求,既要促进社会组织的积极性,又要制约社会组织的消极性。对这一问题,分权型管理模式通过对社会组织的管理主体多元化和限定性管理原则来加以解决。相比行政部门独揽管理权而言,将社会组织管理权分配到其他权力部门,有效减轻了行政部门的负担,这并不是对政府权力的限制,相反,能够让政府对社会组织的特定行为进行更为具体、严格的监督,大大提高了政府管理的针对性、有效性。同时,政府与社会组织的关系更为规范化,社会组织在这些国家中同样要发挥重要的社会管理、服务职能,为了保证这些功能的实现,政府不是通过命令而是通过政策引导和合同的方式来规范社会组织的相应行为,这有利于政府对社会组织管理的规范化,减少政府的管理成本。

其次,促进社会组织发展。社会组织区别于政府和企业,在服务上具有一定的特点,能够在一定程度上解决民众的实际问题,因此,社会组织的发展具有一定的必然性,在大多数国家中都得到了政府、企业和民众的信任和支持。在分权型管理中,政府对社会组织总体上持比较宽松的态度,在管理上采取了更多鼓励社会组织发展的措施,如备案制度、税收优惠等。因此,分权型管理直接导致了在这些国家中社会组织的迅速发展。但政府管理上的宽松也是相对的,并不是对社会组织完全放任不管。事实上,在政府以促进为主的社会组织管理中,包含着严密的监管制度,对特定的社会组织行为,无论在内容还是程序上都伴随有严格的政府监管。这种政府监管是政府权力对社会组织的干预,但这种权力同样受到法律的限制以及其他权力机关严格的监督,例如,美国的法院有权命令政府部门对社会组织进行备案等。因此,政府的严格监管并不会导致政府权力过分干涉社会组织的独立性,相反,在政府、社会组织都受到严格监督的情况下,二者的关系更加清晰,社会组织的发展得到了更有效的规范和鼓励。

2. 分权型管理的问题

分权型管理所产生的最大问题在于社会组织多元化发展下所产生的竞争甚至冲突,这种关系将对社会的整体运行产生一定的不良影响。如前所述,政府的宽松管理使得民众结社的积极性高涨,对社会组织发展起到了巨大的推动作用,但同时,政府的宽松管理只是为社会组织的存在设立了一个界限,只要符合这个底限,社会组织就拥有高度的自治权。一方面,这保护了社会组织个体的权利,政府不能随意干涉;另一方面,这也使得社会组织的个体意识凸显,具有较强的独立性,是"与国家对立的领域"。①在资源稀缺的情况下,这将加剧社会组织之间的竞争和冲突,例如,目前美国的各类社会组织之间展开了激烈的竞争,"多数消失的社会组织不是等到犯错误,而是竞争能力下降而消失"。②同时,这种个体意识也导致一些社会组织只注重局部利益,对社会的整体协调构成了一定的阻碍,近

---

① 张静:《法团主义》,中国社会科学出版社,2005 年版,第 74 页。
② 蔡东进:"发展非营利组织需要制度生态",《南方周末》2007 年 10 月 18 日 E31 版。

年来在美国发生的一些社会组织抵制税收、内部专制事件就是证明。产生这些问题的原因是复杂的，其中政府的分权型管理起到了直接的作用。在分权型的政府管理中，为了保护民众结社自由，政府与社会组织相互独立、分权而治，这种相互关系在本质上体现了这些国家多元主义的国家—社会关系。多元主义认为，独立于国家的社会组织是民主政体中必要的部分，"对民族过程本身的运转、对减缓政府的高压政治、对政治自由以及对人类福利也是必要的"。①在多元主义的制度设计中，社会组织作为不同群体利益的代表，是"由那些关心政府的决策和执行的人们组成的集合体"。②多元主义认为，通过不同利益之间的竞争最终将促进社会的稳定，但却没有过于依赖直接的国家强制或集体统一性。③可见，在多元主义的制度安排中，社会组织的功能非常重要，代表社会多元的利益、满足成员的个体需要，通过与其他组织的竞争合作来影响政府的决策。为了实现社会利益之间的充分竞争，鼓励社会组织发展，让这些社会组织成为特定群体利益的代表就成为政府管理的目标，而政府则依法对社会组织的特定行为进行监管，只要社会组织不触碰法律的底限，就享有高度的自治权，这种分权而治的模式正是分权型管理的核心内容，反映的则是这些国家中多元主义的国家—社会关系。通过分权型的管理，社会组织得到了极大的发展，但同时，社会组织之间的

---

① [美]罗伯特·达尔：《多元主义民主的困境》，尤正明译，求实出版社1989年版，第1页。

② 很多学者都认为社会组织与利益团体在具体标的上存在一定的交叉性，如"利益集团是自愿性的组织"，"利益集团多为非政府性组织"。谭融著：《美国利益集团政治研究》，中国社会科学出版社2002年版，第1~2页。"利益集团和压力团体等概念都是为了进行分析或汇集而命名的概念，现实中存在的知识某某协会、工会、中心等各种团体。"[日]辻中丰：《利益集团》，郝玉珍译，经济日报出版社1989年版，第15页。本书也在这种意义上，将利益代表、诉求、维护作为社会组织的主要功能之一，借鉴"利益集团"的相关研究进行论述。

③ 邓正来：《布莱克维尔政治学百科全书》，中国政法大学出版社，2002年版，第579页。

竞争也变得十分激烈。一方面,竞争的确可以促进各个社会组织提高自身能力,提供更优质的服务;另一方面,在个体与个体、个体与整体之间的竞争也产生了各种各样的冲突和矛盾,处于优势地位的社会组织能够更有效地影响公共政策,局部利益也能够通过社会组织抵制公共政策的执行,阻碍了社会整体利益的实现,这一点在前面国家主义的研究中有所涉及。分权管理产生的这些问题关键在于遵循多元主义条件下的充分竞争原则,政府对社会组织的管理集中在鼓励竞争方面,而在提供秩序的方面比较匮乏,尤其在社会参与秩序的方面没有规范社会组织的竞争,导致了社会组织多元化发展下的无序竞争。

3. 借鉴意义

分权型管理是在多元主义背景下所产生的政府管理模式,这种政府管理的核心在于通过划定政府与社会组织的界限,鼓励社会组织的发展,在此基础上依法对社会组织进行严格的监管。这种方式对于中国政府对于社会组织的管理具有一定的借鉴意义。

首先,在社会组织管理权的配置上,行政管理权主要集中在特定政府职能部门,其他权力机关、媒体以及民众也对社会组织进行有效的监督。在分权型管理中,政府同样对社会组织有监督权,但与前面模式中政府管理部门与社会组织间职能关联不同的是,对社会组织的管理权是集中在特定政府职能部门,主要是财政部门中,即分权型管理中,政府对社会组织的管理主要是专项监管,并不像前面模式中政府对社会组织具有广泛的管理权。这种做法的好处在于规范了政府的行为,增强了社会组织的独立性。而对于社会组织管理的其他内容则交给其他权力机关、媒体、民众来执行。这种权力的配置模式在一定程度上加强了媒体、民众等社会主体对社会组织的监督,有利于弥补政府管理的不足,事实上,近年来,美国发生的一些社会组织丑闻都是由媒体首先发现的。同时,民众正是这些国家中社会组织的主要社会基础,是组织资源的主要提供者,因此,社会监督管理还可以有效增强社会组织对民众的依存度、回应性,提高了民众关注、参与社会组织的积极性,密切了两者的联系,这对于社会组织的健康发展起到了重要的作用。因此,分权型管理中这种集中政府管理范围,促进社会监督的做法对我国具有一定的借鉴意义,对于减轻政府管理压力,防止目前中国一些社会组织官僚主义严重、内部专制、腐败等问题具有积极的作用。从长远看,这种做法将促使社会组织的组织能力,尤其在服务民众、反映民众诉求等方面取得长足的进步。

其次,在政府对社会组织管理的过程中,政府管理的目标明确、界限清晰、程序规范。在分权型管理中,政府对社会组织管理的目标非常明确,就政府的财务监管而言,其目的就是要防止社会组织利用政策优惠"不务正业",从事营利性、政治性活动。这种明确的目标也为政府管理设定了清晰的界限,监管的范围主要集中在社会组织的财务状况上,这与前面模式中业务主管单位对社会组织的领导人资格、财务状况等进行全面的审核存在较大的差别。只要社会组织不去触碰这些法律禁止的底限,政府就不能对社会组织进行干预,社会组织因此得到了较大的自主权。在目标明确、界限清晰的前提下,政府对社会组织的管理在程序上比较规范,也比较严格,例如美国税务部门对社会组织的财务监管,以 I990 报表为核心,进行了非常精细、严格的设定,并通过向社会公开强化了对社会组织财务状况的监督。可见,这种制度设计明确了政府对社会组织的监管范围,相比于业务主管型管理,这种管理在范围上要小一些,但重点突出、效力集中,不仅节约了政府的管理成本,而且通过严谨的程序设计规范了政府的管理行为,提高了政府对社会组织的管理效率。因此,这种管理目标、范围、程序上的经验值得我国政府在社会组织管理上借鉴。如前所述,目前政府对社会组织的管理在目标上有待明确,在具体的操作层面,政府对社会组织的管理范围没有清晰的界限,而执行程序上还不够简化,大大提高了政府管理的成本,降低了政府对社会组织管理的效率。

　　总之，分权型管理在目标上，促进社会组织发展、规范政府行为，在具体的制度设计上，政府与社会组织界限清晰、分权而治，在操作上，程序规范，这些都对中国的社会组织管理具有一定的借鉴意义。但必须看到，分权型管理是和多元主义国家—社会关系相一致的管理模式，在实际生活中产生了一定的问题，尤其在造成社会组织激烈竞争，社会利益冲突等方面具有直接的作用，而这些问题对于正处在社会转型期的中国，是必须加以控制和避免的，否则不仅不会对中国社会组织的发展有益，更可能妨碍社会整体的稳定。因此，一方面要肯定分权型管理的积极性，另一方面要改变其"通过竞争实现稳定"的制度设计，在鼓励社会组织发展的同时，重视社会组织发展的有序性，在保证社会组织反映诉求、服务民众的前提下，将社会组织纳入到一定的秩序中，通过秩序来有效地抑制冲突，让社会组织成为社会利益的整合者，更多地起到"协调器"的作用。而这种"秩序"的提供，就成为合作主义主要面临的课题，在合作主义的国家—社会关系中，政府与社会组织之间，社会组织之间形成了有别于前两种模式的鲜明特点，值得我们去仔细的研究。

第三节　合作型管理

　　与业务主管型、分权型管理模式相比，合作型管理模式体现出典型的合作主义特征，更为注重保持政府与社会组织间的合作关系，政府仍然对社会组织的特定行为进行严格的监管，同时，政府也积极地支持和维护社会组织的发展。相应地，社会组织在保护企业、公民权利的同时，也要为政府决策提供辅助，具有更为鲜明的"中介性"、"互补性"特征。这就使得政府与社会组织间形成了一种分工合作的关系，这种关系与多元主义中政府与社会组织间分权制衡关系相比，弱化了二者间的对立关系，强调了政府、社会组织在实现个

人、局部利益的同时,"兼顾超越自我利益的社会公共利益"。①这种
关系是与合作主义相一致的,在这种关系下,政府对于社会组织的
管理也形成了特有的模式,这里将其定义为合作型管理模式,以德
国、法国为主要代表,下面将以这些国家的社会组织管理情况为例
对合作型管理模式进行分析。

一、制度体系

合作型管理模式在制度体系的构建上,与其他管理模式既有联
系又有区别。首先,共性在于合作型管理模式具有完整的制度体系,
以德国为例,从宪法到各项部门法都对政府管理、社会组织发展进
行了专门的规定,如《德意志联邦共和国基本法》(德国宪法)、《德国
民法典》、《联邦德国结社法》、《德国工商会法》等,另外,各州也在联
邦法律的基础上结合自身特点制定相应的法律。这就使得合作型管
理模式与其他管理模式一样,具有一套涵盖不同层级的法律规范体
系。其次,合作型管理模式的制度体系也具有很多特点,一方面,在
不同层级法律完善的基础上,注重法律的针对性,根据特定的内容,
均制定了相应的专门法律,如针对德国工商会制定的《德国工商会
法》,针对政府对社会组织管理的《联邦德国结社法》,而对社会组织
基本权利义务等的规定更多地集中在《德国民法典》中。可见,合作
型管理模式在制度体系的结构上,不仅重视纵向间不同层面的制度
建设,而且也"通过严密规范的法律制度区分不同的社会组织并给
出相应的制度框架"。②这种横纵结合的特点增强了法律对政府、社
会组织的规范性,同时,为司法机关对社会组织的管理、与行政部门
的合作等都提供了制度上的前提,对此,将在后文详述。另一方面,
由于采用合作型管理的国家多数属于大陆法系国家,所以在法律的
具体设计上,并没有像英美法系的分权型管理那样的注重操作程

① 张静:《法团主义》,中国社会科学出版社,2005年版,第74页。
② 王名、李勇、黄浩明:《德国非营利组织》,清华大学出版社,2006年版,第52页。

序,而是将管理的基本原则和程序结合起来。这种制度上的特点在明确方向的前提下赋予了政府和社会组织更多的自主权,这为构建二者之间的分工合作关系确定了基本的方向和框架。

二、管理原则

在管理原则上,合作型管理具有和其他管理模式相似的特点,例如对法律的严格遵守等,同时,合作型管理在管理的目标和方向上也具有明显的特性。

1. 合作管理原则

首先,这种合作关系是指对社会组织管理的不同权力机关的相互关系上。在对社会组织的管理中,合作型管理模式中具有多个国家权力机关,如联邦内务部、财政部、司法部、州最高官厅、州财政总局、州及地方各级法院等,这些权力机关分别负责不同的社会组织管理事务,这和分权型管理模式非常相似,但与分权型管理不同之处在于,合作型管理中,法律明确了多个管理部门之间的合作关系,如,《联邦德国结社法》第 4 条规定:社团管制机关(联邦内务部或州最高官厅)在调查社会组织时,可以请求负责保卫公共安全与秩序的主管官厅和机关协助,联邦内务部长也可向州的最高官厅请求调查。而这些部门在调查中,需要询问证人、扣押证据或进行搜查,则需要向管辖区的行政法院提出申请, 在发出法院命令后才能实施。在这段表述中,一方面,对不同部门的合作关系进行了明确的界定,这在其他管理模式中是不多见的。另一方面,通过法院命令等程序体现了分权制衡的原则。可见,在合作型管理中,不同社会组织管理部门之间并没有简单地按照分权制衡的原则来进行权限上的设定,在兼顾权力制衡原则的同时,更多的是将不同政府部门在管理中的分工合作规则加以明确。这种突出合作的管理原则的积极意义在于避免了将分权制衡原则所可能产生的部门冲突带入到社会组织的管理中,提高了多部门对社会组织的管理效率,这正是分工合作体系所产生的重要作用。

其次,这种合作还体现在政府与社会组织的关系上。在合作型管理中,政府与社会组织的关系是分工合作关系,无论是政府管理,还是社会组织发展,都围绕着公共利益目标,在二者的合作关系下共同展开。第一,在这种模式下,政府不再是限定性的管理,只是接受社会组织反馈的意见,而是"把许多公共事业项目分权给自治实体",①积极地与社会组织展开沟通、合作,给予其发展以各项支持。例如,在德国,政府成立了专门的机构负责与社会组织合作;公共财政拨出专款支持社会组织的发展;联邦和州的议会在制定法律法规的过程中不仅要听取社会组织的意见,大的社会组织领导人往往被邀请进入立法咨询机构成为委员,直接影响立法过程;社会组织的努力增大了政府的透明度,对各级政府机关起到了有效的监督作用。②在法国也存在类似的情况,如法国机械制造商协会每周同政府的工业部长、商业部长直接通电话,交换信息,研究工作。③第二,社会组织在积极参与政府管理,得到政府支持的同时,也独立地开展各项工作,承担了大量政府职能,例如,在德国,工商会有很高的社会地位和管理职能。政府设立的注册署在办理企业注册后,必须把企业注册文本复印件转交由工商会入册存档。《德国工商会法》规定,工商会有对企业进行管理的职能。政府要下达建设计划,或审定重大建设项目,必须首先征求工商会的意见,政府制定或修改经济法也要首先听取工商会的意见,企业产品出口许可证都得由工商会签署,其他部门无权签署。一些地区的税务部门给企业增税,也必须事先征得工商会同意。除此之外,工商会还具有企业资格认证、监督惩罚违规企业等重要的管理功能。民众通过社会组织的各项活动提

---

① [德]汉斯·班贝格:"德国的行政现代化:新瓶装旧酒",见:国家行政学院国际合作交流部编译,《西方国家行政改革述评》,国家行政学院出版社,1998年版,第130页。

② 王名、李勇、黄浩明:《德国非营利组织》,清华大学出版社,2006年版,第29页。

③ 贾西津、沈恒超、胡文安:《转型时期的行业协会——角色、功能与管理体制》,社会科学文献出版社,2004年版,第86页。

高了自身的环保意识、参与意识、慈善公益意识、互助意识等,充分体现了社会组织公共服务的基本功能。

总之,在这种合作关系下,政府管理和社会组织发展形成了良性互动。就政府管理而言,与社会组织进行沟通、对社会组织提供支持都最终成为完善政府决策、提高政府能力的途径,就社会组织发展而言,参与公共政策、开展公益活动都增强了社会组织的合法性,获得了社会各界的广泛认同。可见,在实现公共利益这一基本目标下,通过政府的合作型管理避免了政府与社会组织间分权制衡所带来的冲突,实现了政府管理与社会组织发展的良性互动,有效整合了政府与社会的力量。因此,合作管理原则对于政府对社会组织的各项具体管理工作具有重要的指导意义。

2. 分类整合原则

分类管理是西方发达国家对社会组织管理中的重要原则之一,在合作型管理中,这一原则表现得尤为明显。所谓分类管理,是指根据社会组织的不同功能、不同特点确定类型,根据特定类型的共性进行相应的管理。分类管理是对社会组织的具体化管理,要求政府管理部门对社会组织进行合理的类型划分,根据不同类型社会组织的特点制定相应的管理制度。首先,对各种社会组织的科学分类,是实现科学管理与高效运作的基本前提。社会组织是相对于政府、企业而言的"第三部门",这种范围的界定使得社会组织和政府、企业一样,拥有丰富多样的具体形式,可以选取多个标准进行灵活的分类,每一种分类都是对社会组织具体性的判断,能够为这些组织的针对性管理提供充分的依据,因此,对社会组织进行科学的分类是管理的基本前提。在合作型管理中,对社会组织的分类主要体现在法律上,对不同功能的社会组织制定了相应的法律,如《德国工商会法》等,在法律中明确了特定类型社会组织的性质、地位、权利义务等,这都为社会组织独立开展工作,处理与其他各类组织的关系提供了可靠的制度支持。其次,政府的分类管理为民众结社、社会组织发展提供了重要的依据和标准。政府依据社会组织的不同条件，制定不同的管理标准，采取不同的管理措施，如税收优惠等，这些根据社会组织类别设定管理的做法能够让民众和社会组织明确政府的基本态度、管理环节和能从政府得到的支持，这在客观上规范了社会组织的发展，密切了政府与社会组织的关系。

分类管理在避免社会组织无序竞争，密切了政府与社会组织关系的同时，也有可能导致政府对社会组织的过度影响，破坏社会组织的独立性。因此，在合作型管理中，不仅采用了分类原则，还在此基础上，实现了不同类别社会组织的内部整合，以此来保持社会组织的独立性。社会组织的内部整合是合作型管理中的重要特征，区别于分权型管理中社会组织的多元化发展，合作型管理中的社会组织更注重形成一个合理的分工合作体系，通过同一类型社会组织的内部体系来完成大量的利益整合、意见表达、自我管理服务的功能。在这种模式中，社会组织体系内部完成了大部分的社会组织具体管理工作，不同层次、地域的社会组织都在这个体系中通过与其他社会组织的分工合作实现了基本的组织目标。在这种情况下，政府管理的介入程度就比较有限，只在法定范围内和特定公益项目中对社会组织进行管理，社会组织的自主性就得到了有效的保证。以德国为例，德国社会组织为数众多，截至 2002 年，在各级司法部门登记注册社团 550000，财团（基金会）10000，另有大约 500000 社会组织没有进行登记注册，这使得德国的社会组织人口比为 1:75，是世界上社会组织人口比较高的国家之一。面对如此庞大数量的社会组织，德国并没有设置专门从事社会组织的行政管理机关，对社会组织的管理功能是由行政、司法部门分工合作实现的，社会组织的内部也形成了合理的分工合作体系，如德国的行业协会、商会，在整个市场经济运行机制中，分布着众多的行业协会和商会。从组织形式来看，行业协会重行业联合，这类组织的成员以行业为主，多带有自愿性；商会重本地区企业的联合，会员不分行业。国家法律强制性规定企业必须参加商会,各地区、各州分别建立商会,最后在联邦一级形成最高级组织,从而在全国范围内形成了纵横交错,既有分工又能相互协调的金字塔形组织网络,例如,德国工业联合会(BDI)下有35个全国性工业行业协会,其下有153个州的代表机构,在往下还有344个专业行业协会,它们联系着80000个企业,法国工业联合会(FIM),由下面的50个全国性工业行业协会组成,工业联合会上面是法国雇主协会,可见,在合作性管理中,在政府管理之外,都形成了一整套结构完整、分工明确、合作密切的金字塔形社会组织网络。社会组织结成网络,并不是过分强调其对政府的监督制衡作用,更多的是在发挥行业服务、管理协调的功能,积极地与政府展开各项合作。据统计,德国的企业主加入各种行业协会的比例达90%以上;几乎所有的企业都加入了商会。政府正是通过这些组织与所有企业发生联系,实现那只"看不见的手"的作用。行业协会和商会已成为德国市场经济运行机制中不可缺少的组成部分。可见,在政府与社会组织合作的关系中,分类整合原则使得社会组织形成了有效的内部整合机制,在政府和民众之间发挥了有效的中介性作用,这些都非常符合合作主义中要求的"履行代表性职能,同时履行协调职能:协调其成员和国家的关系","通过层级结构来治理利益联合问题"。①总之,分类整合原则有效地提高了政府管理的效率,促进了社会组织的发展,健全了政府与社会组织的相互配合,完善了分工协作的公共管理服务体系。

三、管理环节

1. 登记注册制度

在合作型管理中,社会组织需要符合法律规定的资格条件,通过相应的登记注册程序,才能享有独立的法人资格。对于社会组织成立的条件,合作型管理体现了分类管理的基本原则,对各类社会

---

① 张静:《法团主义》,中国社会科学出版社,2005年版,第64页。

组织的成立条件进行了规定,一般较为简单却不失严谨,如,《德国民法典》要求非营利性社团登记的基本条件包括:第一,社员人数不少于七人;第二,有社团章程,章程内容必须包含社团的目的、名称和所在地;第三,社团的名称应明显区别于在同一地点或者同一市镇内现存的已登记社团的名称;第四,社团必须有二人以上构成的董事会;第五,向区法院提出申报并提交如下文件:由至少七名社员签字的章程正本和副本;关于选任董事会的证书副本。在非营利性社团之外,《德国民法典》还对财团(基金会)的成立条件进行了规定:第一,有书面形式确认的捐助行为或经司法机关确认的遗产捐助;第二,因捐助行为获得包括财团名称、所在地、目的、财产、董事会组成在内的财团章程;第三,向所在地的州司法机关提出申请。可见,在成立条件的规定上,德国的社会组织管理体现了分类管理的特点,同时,在命名等具体细节上也做了必要的规定。

在登记程序上,由基层法院负责对德国社会组织的登记和证明是德国社会组织管理过程中的一个重要特点。德国的社会组织必须到所在地的法院,在法院建立的登记簿上登记注册。这项工作一般是由区法院或初级法院负责,如果社会组织的所在地跨越两个以上区域,并没有由共同上级主管法院负责登记,而是由州司法部门来决定其中一个所在地的区法院进行登记,这保证了对社会组织的登记核准权是由基层法院掌握的。在基层法院中,一般都设有社会组织登记处,由专门的司法行政人员来具体负责登记注册工作,在登记过程中,社会组织要提供登记申请书、章程(明确组织的非营利目的)和组织成立大会记录的原件和副本,登记申请书必须在公证人员在场的情况下由所有的董事会成员签字,公证人必须对签字给出证明。法院主要审查社会组织会员的人数是否符合规定、是否有章程以及场所、内设机构是否在德国等内容。完成登记后,需缴纳10欧元,将社会组织记入登记簿。如果法院拒绝登记,需向社会组织申请人说明理由,由此引起的争议,起诉文本在两周内提交登记注册法院,由法官判决,判决结果可上诉至州法院。由司法机关负责社会组织的登记注册工作,能够有效地保证对社会组织成立的合法性判断,增强了社会组织相对于政府的独立性,为政府与社会组织合作关系的展开提供了一个基本平等的身份保障。

2. 日常管理

(1)奖惩制度

在合作型管理中,对社会组织的日常管理主要是由社团管制机关来完成的,社团管制机关一般是由政府的特定部门担任,在德国,管制机关是由州的最高官厅(针对州内社会组织)和联邦内务部长(针对跨州活动的社会组织)担任的。政府与社会组织的关系较为密切,政府通过奖惩的方式来对社会组织的发展产生直接的影响。首先,政府对社会组织进行奖励。社会组织从事多个领域的工作,对业绩突出、贡献卓越的社会组织,政府给予相应的奖励,能起到有效的正激励作用,对其他社会组织也起到了导向作用。例如,德国政府非常重视对有贡献的社会组织进行物质和精神奖励,法兰克福市政府每年对在非营利组织岗位上有贡献的人进行表彰;在非营利组织中,连续 10 年从事公共服务的人,将得到政府提供优惠奖励,如免费使用国家办的游泳馆等。其次,政府对社会组织的违法行为以禁令的形式进行惩戒。一般情况下,政府不干预非营利组织的内部具体事务,但在法定情况下,管制机关可以采取禁令、调查、财产扣押与没收、清算等行政手段来惩罚违法的社会组织,但需要说明的是, 政府的这些惩戒措施是不能完全单方面作出的,部分严厉的惩戒措施(如财产扣押没收、取缔社会组织等)需要取得法院或者参议院的批准。政府对社会组织的违法行为主要通过禁令来处罚,《联邦德国结社法》第 3 条规定,如果管制机关认为,一个社团的目的和活动是与刑法相抵触的,该社团的宗旨是不利于宪法秩序的、不利于国际团结友好的思想的,并且管制机关以命令加以确定后,对这个社团应予以禁止。禁令的范围包括属于该社团的一切组织,但不包括具有独立主体资格的分支机构。禁令以书面方式发出, 应说明理由并送达至社团及分支机构并在联邦公报、州政府通报上公布, 禁令最迟在联邦公报生效后由管制机关执行,处罚的具体内容将在登记簿上注明。如果社团对禁令不服,可在行政法院起诉,但在诉讼过程中,禁令不停止执行。可见,在处罚这一环节上,合作型管理模式具有典型的大陆法系特点,将管制机关与社会组织之间的处罚行为视为行政行为,列入行政法律关系的范畴,以专门的行政法院来审理,社团管制机关具有行政优益权。总之,在合作型管理中,政府通过奖惩的方式,能够对社会组织的行为施加较为直接的影响,但相比国家主义的管理而言,社会组织的独立性得到了更好的保护, 政府只是在法定的事项中才能对社会组织进行惩处,并受到其他权力部门的制约和监督,这使得合作型管理既能够密切政府与社会组织间的联系,又能够保证双方的独立性。

(2)财政支持

政府对社会组织除了日常的监督管理之外,还对社会组织进行专门的财政支持,起到了很好的支持作用。在具体的操作过程中,政府并不是对所有的社会组织都采取统一的标准进行补贴,而是针对不同类型的社会组织,进行严格的审查,按照社会组织的实际需要进行专门的财政拨款,这样保证了政府公共资源的合理配置。以德国为例,社会组织的资金主要来源,包括会费、活动的收入、企业和个人捐款以及各级政府补贴。但不同的社会组织,其收入结构是不一样的,对于行业协会、商会而言,会员企业缴纳的会费是主要的经济来源, 会费标准一般在企业营业额的千分之一或按企业人数交纳,如德国拜耳公司,每年要向制药协会交纳营业额的千分之一的会费,为114万马克,符腾堡州房产协会每个会员每年交12马克,其80321个会员,会费共963852马克。可见,会费为行业协会商会提供了充足的经济支持,甚至很多协会都有自己的办公大楼和现代化办公设备。①在收取会费的同时,这些协会也为会员提供了各项优质的服务,为企业的发展创造了适宜的环境。而对于一些社会福利、公益服务组织而言,则依靠政府拨款、承接项目来开展工作。德国各级政府每年都有许多资金用于社会福利项目,但这些项目不是政府亲自去做,而是采取招标的方式,让社会组织去实施。如黑森州朗根市政府每年财政有 4700—4800 万欧元, 用于社会福利服务的资金大约有 200 万欧元,约占财政总资金的 4.3%,基本上都安排给相关的社会组织。这些社会组织要获得政府的项目资金,应向政府有关部门递交详细的项目申请书和实施计划。政府在审查时,主要评审非营利组织的目的、能力以及项目设计实施的合理性,最后由市议会来决定。这些资金是德国社会福利服务组织的主要经济来源,其比例几乎占了组织总收入的 2/3。而私人基金会等慈善组织来自政府的资金就很少。其他如职业协会、工会、环境协会、文化协会等社会组织的收入,主要靠会员交费和房屋出租及各种售票构成。可见,政府对于社会组织的财政支持是针对性、制度性的支持,这既体现了政府对特定功能社会组织的重视和扶持,又提高了公共资源的使用效率,降低了政府的管理成本。如德国黑森州朗根市政府只有 2 人负责管理社会组织承担政府资助的项目,管理的效果也很好。

3. 税收优惠

在合作型管理中, 政府在税收方面给予社会组织一定的优惠,主要包括对社会组织及其各项活动收入的优惠、对社会捐助行为的税收优惠,但在具体实施中,与其他模式存在着较为明显的区别。

(1)对社会组织免税的执行

社会组织的构成较为复杂,所从事的活动形式多样,因此,政府并不是对所有的社会组织及其活动都采取免税的政策,这就需要首

---

① 贾西津,沈恒超,胡文安:《转型时期的行业协会——角色、功能与管理体制》,社会科学文献出版社,2004 年版,第 85 页。

先对社会组织的免税资格进行认定。一般而言,在合作型管理中,免税资格的认定主要依据社会组织及其活动的目的来判断, 例如,德国《税法通则》将慈善组织列入到免税主体中,并具体界定为三类组织:服务于公共福利的慈善机构;服务于有需要的个人的慈善机构;服务于教会目的的慈善机构, 税法对这些目的也进行了具体的解释。而对于社会组织的活动及其收入,也主要依照目的来裁定是否免税。《税法通则》中对这些符合慈善目的的活动进行了列举:健康、社会服务、艺术、青年关怀、教育和自然保护等,这些都包括"典型的慈善目的"。[①]在目标和行为都明确的情况下,相关法律列举了 59 种获得承认的组织。

其次,在免税内容上,政府对于具有免税资格的公益性组织免征法人所得税、遗产税、净资产税,但不免除增值税。在具体的实施过程中, 公益组织的免税资格是由政府的财政部门批准的,社会组织成立后,要将其章程寄送到所在地财政部门,在章程中必须明确组织的不分配利润条款,并将管理成本作出限制,由财政部门修改到符合公益原则后才得到认可成为公益性社会组织,从而获得税收优惠,在这之后, 社会组织每年要向财政部门提交详细的表格和财务报告,财政部门每三年进行一次财务检查,以确保该组织遵守其章程中的公益目的和非营利原则。对于社会组织的各项收入,一般常规性的会费、募捐收入、政府补贴和私人基金会补贴等,这些收入通常都享受免税待遇,而对于活动收入,则以宗旨为标准进行划定,对于和宗旨相关的活动收入免税,而无关的收入则要纳税。

总之,在对社会组织进行免税优惠中,以明确的法律规范为前

---

① [德] 鲁佩特·格拉夫·施特拉赫维茨:"德国的社团和基金会——服务提供者还是市民社会主体",钟瑞华译,见:[英]阿米·古特曼主编:《结社——理论与实践》,吴玉章等译,三联书店,2006 年版,第 377 页。

提,政府对社会组织进行合目的性的审查,这能够促进社会组织积极拓展自身工作领域,创新工作方式,从而更有效地实现公益目标。

(2)对捐赠的税收优惠

社会捐助一直是社会组织,尤其是公益性社会组织的重要资源,可以说,社会捐助的规模在很大程度上决定着社会组织的发展,因此,目前大部分国家都给予社会捐赠以税收上的优惠,以此来鼓励社会力量更多地投入到社会组织的公益项目当中。捐助包含了捐赠者的自愿和捐赠行为的无回报,二者共同构成了界定社会捐助的主要标准。在合作型管理中,政府对社会捐赠者的税收优惠一般采用税前扣除的形式,优惠幅度比较高,具体的操作程序也较为简便。以德国为例,在税收优惠的比例上,对于那些给慈善性、教会组织和专门被承认是追求公益目标的组织捐赠,个人最高可以扣除 5% 的税前收入,对科学性、慈善性和专门追求文化目标的组织捐赠,则可以达到 10%。对于法人捐赠者,则享有更高的优惠比例。同时,个人和法人捐助还享有一定的减税有效期。在申报减免税的程序上,捐赠主体在纳税申报时,货币资金和实物捐助在应税收入中扣除的前提条件是出示接受捐助者(享有免税资格的公益组织)开出的捐助证明,该证明必须记载了捐助者及捐助的具体信息、捐助的使用、在财政部门的登记标志以及接受捐助者的签字等重要信息,以此来证明接受捐助者得到了捐助并将该捐助按符合目的的用途使用。另外,财政部门为了减轻公益组织开具证明的负担,规定了邮局和金融机构的汇款证明在满足特定条件(数额低于 100 马克、特别账号捐款等)下可以作为捐助证明。同时,财政部门严格监督公益组织开出的捐助证明,如存在虚假等问题,受捐助组织将承担捐助额的40%的税款,捐助者也有权收回捐助。总之,对捐赠者的这些税收优惠政策在设定和操作上都能够有效地规范社会组织的行为,提高社会捐赠的利用率,增强公众对社会组织的信心。

四、总结

1. 合作型管理的积极意义

合作型管理模式本质上是与合作主义相一致的,体现的是政府与社会组织间的分工合作关系。通过对合作型管理的分析,这里认为,政府在处理与社会组织的关系中,在依法的前提下,注重发挥了三项基本的功能:提供社会组织合法性和支持;维护公共利益;制定维护政治参与秩序。而社会组织则以系统的形态发挥了另外三项功能:利益代表;内部协调管理;公共服务。这些都具有典型的合作主义特点。首先,合作主义认为国家—社会关系的发展是以"国家建制的发展为条件"的,政府在合作型管理中的提供合法性支持、坚持公共利益的基本目标和秩序的维持都是在政府与社会组织关系中得以发展和必须遵守的基本前提。其次,政府在鼓励社会组织发展的同时,也积极地采取监管措施,这体现了合作主义中对社会自治"正面、负面作用同在"的基本判断。再次,社会组织强调内部的整合机制,强调其在国家和社会之间的中介作用,这非常符合合作主义对其"独立于国家和私人生产机构的第三领域,是连接国家和社会机构的中介机制"的基本界定,其与政府的合作,符合合作主义中的基本观点,"功能团体和国家进入经常的交流过程","确定的功能团体利益有利于影响权威决策过程;它受到国家的支持,但国家的承认必须遵守一定的条件",[1]而在社会组织维护个人利益的同时,其有效的内部利益整合和对政府管理的遵守,体现出其"兼顾超越自我利益的社会公共利益"的特点。总之,基于合作主义的特点,使得合作型管理模式具有如下的积极意义。

(1)公共资源的合理配置

合作型管理的最大优点在于实现了政府、社会各方面公共资源

---

[1] 合作主义对公民社会性质的表述,详见张静:《法团主义》,中国社会科学出版社2005年版,第74页。

的合理配置,对此,合作型管理是通过三个方面来实现的。

第一,坚持公共利益的基本目标。在合作型管理中,无论是政府管理还是社会组织发展,都始终强调其工作的基本出发点,即公共利益。政府和社会组织正是在这一基本目标的认同下确立双方的位置和关系的,这就使得合作型管理具备了一个最为合理的前提,这一目标为二者处理相互关系确定了基本的标准,从而有效地降低了出现冲突的可能性。

第二,政府、社会公共资源的合理使用。在公益目标的前提下,政府在具体操作上采取了对社会组织支持与监管并重的方法,构建了二者的合作关系,这对于政府而言,是有效提高政府管理效率的重要途径。现代政府管理的实践已经证明,全能主义的政府管理已经不适应经济、社会的整体发展,强调政府的有限性、服务性,构建服务型政府是当前政府发展的主题。从德国的情况来看,政府在行业管理和公共服务等方面并没有实施具体的管理,而是由大量的社会组织来完成行业管理、服务、社会福利等工作,同时,政府也不是撒手不管,而是通过激励、项目合作等方式来直接与社会组织展开合作,用政府资源来帮助社会组织成为这些领域的主力军,在节约政府管理服务成本,提高政府能力的同时,社会组织在发展过程中也能越来越多地得到企业、民众的支持,政府在这一过程中始终起着间接性的支持、监管作用。

可见,通过公益目标的确立,政府与社会组织合作关系的构建,改进了政府管理方式,促进了社会组织发展,使得政府资源、社会公益资源都得到了更为有效的开发和利用。

(2)提高政府能力

合作型管理在提高了公共资源使用效率的同时,对政府而言,能够提高政府能力,增强政府的社会认同感,树立良好的政府形象。合作主义认为,政府在社会组织政治参与、公共服务的过程中,应当起到重要的协调多方利益、维护公平的作用,即"利用合法结构进行咨询以满足整体的制度需要和组织利益的平衡"。①这在合作型管理中,体现为政府需要利用财政、法规等管理手段来协调与不同社会组织的关系,在实现公共利益的目标下,鼓励一部分社会组织,限制一部分社会组织。这既是政府在社会中享有一定权威的体现,又在一定程度上增强了政府的影响。另外,要实现政府的这些功能,除了明确政府的公益目标之外,政府必须要获得社会组织、社会各界的广泛支持和信任,这就使得政府必须对社会组织的要求具有回应性和更高的效率,及时有效地反馈社会组织的各种诉求,通过财政拨款、项目合作等方式来积极与社会组织达成合作以有效地解决社会问题。这些都是政府在合作主义模式中必要的改革和创新,不仅提高了公共资源的使用效率,还丰富了政府的管理手段和公共服务供给模式。可见,在合作型管理中,无论是目标,还是具体的管理实践,都促使政府提高管理水平。

总之,合作主义对政府提出了更高的要求,需要政府在坚持公共利益目标的情况下,展开与社会组织的积极合作,增强自身的回应性和管理效率,以此来实现政府在合作主义中的重要作用,这些都成为提高政府管理水平的动力。

(3)健全社会组织自治

合作型管理模式对社会组织发展来说,最大的优势在于实现了社会组织自治与公共性的平衡。合作主义承认社会组织作为社会利益代表对民主政治的支持作用,但并没有采取多元主义"以多元竞争实现公共利益"的结构,而是设定了社会组织的分工合作体系,以此来完成社会组织所担负的政治、服务功能。为此,合作主义通过对社会组织的分类整合,让每一个功能行业只有一个最高的代表团体,这样,社会组织之间就解除了竞争关系,变成上下排列的科层关系。在这一结构中,由最高代表负责整体利益的综合和表达,进入国

---

① 张静:《法团主义》,中国社会科学出版社,2005年版,第97页。

家体制,成为政策咨询的常规代表,①这同时也意味着其合法性得到了政府的承认。而越靠近基层的社会组织,则更多地担负起公共服务的功能,降低了政府的管理、服务成本。同时,社会组织这种独特的体系也赋予了社会组织有效的自我协调、管制能力,不仅能够规范社会组织的行为,降低了政府直接治理社会组织违法行为的管制成本,而且避免了由于社会组织分歧所产生的冲突, 有效整合了社会组织的资源。这种整合性进而能够增强社会组织的合法性,从而更能够得到政府的信任和重视。可见,社会组织体系的建立不仅为社会组织自治提供了获得政府承认的合法性基础, 而且为其增强内部协调控制能力,规范社会组织发展提供了有利的结构性支持。

2. 合作型管理的问题

合作型管理是合作主义关系下产生的政府—社会组织管理模式,在解决其他模式问题的同时,也存在着一些尚待完善的地方。

合作型管理能否有效,关键在于其能否保持并促进政府与社会组织的合作关系。这种合作必须是在相对独立情况下基于分工而产生的,这样才能保证政府与社会组织的合作产生预期的效果。但是,在现实中,二者的关系是非常难以把握的,这就对政府的管理和社会组织的运作提出一定的挑战。

首先,对于政府而言,容易在管理中破坏社会组织的独立性。合作主义,尤其是传统合作主义虽然没有像国家主义那样强调国家至上,但仍然承认国家在代表、实现公共利益过程中是具有主导地位的,因此,政府在二者关系中是处于优势地位的,这就使得政府能够通过各种手段来影响社会组织的发展, 从而破坏了组织的独立性。

---

① 有学者认为,相对于美国的游说机构,德国的工商联合会更像一个国家常规机构。详见 Wolfgang Streek and Philippe Schmitter,From National Corporatism to Transnational Pluralism:Organized Interests in the Single Europe Market,Politics and Society,Vol.19,Prat2,pp.133-164;1991.

尤其对于一些依靠政府财政拨款才能维持运作的社会组织,如慈善组织等,就更容易按照政府的意愿来提供服务,因此,有学者将其称为"政府的仆人"。①对此,本书认为,即使社会组织按照政府意愿来提供服务,也是具有一定积极意义的,前提是这些服务仍然具有公共性,是能解决实际问题的,这一问题将在后文详述。

其次,对于社会组织而言,容易形成垄断,弱化利益整合。相对于政府的强势而言,合作主义认为,需要建立起社会组织的结构化体系来维持二者的平等地位。但在这种结构的产生和形成过程中存在一定的问题。一方面,社会组织结构的产生受到政府的干预。传统合作主义考察德国、法国的实践认为,这些国家内部的社会组织结构是在专制制度下建立起来的,主要目的在于提供专业、高效的社会服务。②在这种条件下,社会组织的主要工作是服务,而很难形成有效的利益整合体系,向政府反映意见。另一方面,随着民主化的推进,社会组织在这些国家也形成了一定的利益整合体制,但随之而来的问题是高级组织在话语权上的垄断地位存在被滥用的可能,特别是这些社会组织得到政府的认可,与政府结成密切关系之后,这种利益表达上的垄断性就更加难以动摇。在这种情况下,政府的优势地位与高级社会组织的垄断性表达相结合,将对基层社会组织、民众的利益造成潜在的威胁。从这种意义上,有学者认为,合作主义作为一种进步是具有活力的,但作为一种结构或许是没有生命力的。③

① [德] 鲁佩特·格拉夫·施特拉赫维茨:"德国的社团和基金会——服务提供者还是市民社会主体",钟瑞华译,见:[英]阿米·古特曼主编:《结社——理论与实践》,吴玉章等译,三联书店,2006年版,第370页。

② Helmut K.Anheier and Lester M.Salamon,Volunteering in Cross—National Perspective:Initial Comparisons,Law and Contemporary Problems,Vol.62,No.4,Amateurs in Public Service:Volunteering,Service—Learning,and Community Service.(Autumn,1999),p. 48.

③ Lucio Baccaro,What is Alive and What is Dead in the Theory of Corporatism,British Journal of Industrial Relations 41:4 December 2003 0007‐1080 p.700.

3. 借鉴意义

对于中国的社会组织管理而言,合作型管理模式无疑具有重要的理论和实践价值。

首先,以公共利益作为构建政府、社会组织合作关系的基础。合作主义能够在专制体制下产生,一个最为重要的原因就是能够将国家—社会关系进行功能性的分层,从而弱化了激进的政治民主化变革所带来的负面影响。在合作主义中,志愿活动及组织是政府在面对强烈的社会福利需求的情况下,通过财政支持建立起来的,这就使得这些组织是以解决社会实际问题,提供公共服务为目标的,并与政府保持着较为稳定的联系。这种社会组织的生长路径非常适合转型时期的国家,在处理经济、政治、文化、社会多个系统转型的过程中,需要协调各个子系统的关系,分系统之间的变革步调出现一定的差异是正常的。[①]而随着中共十七大的召开,已经明确中国目前通过各项措施改善民生、提供充足的公共服务是最为现实和迫切的任务,在这种情况下,通过政府的各项措施尽快提高社会组织的服务规模、服务水平就成为完成任务的重要途径之一,而合作主义以及合作型管理正是突出公共利益目标,以此来构建政府社会组织的合作关系,实现公共服务高效供给的管理模式。因此,合作主义和合作型管理所强调的公共利益目标、公共服务职能等都对目前中国的社会组织管理具有重要的理论指导意义。

其次,政府在与社会组织合作中的多元化管理手段。明确了目标和关系后,政府在管理实践中,非常注重利用各种措施来鼓励社会组织的发展,在多个领域与社会组织展开广泛的合作。如前所述,德国政府不仅通过行政禁令的方式来规范社会组织的违法行为,财政部门通过财政审查来监管社会组织的经济行为,而且积极与社会

---

① 详见朱光磊:"中国政治发展研究中的若干思维方式问题析论",《天津社会科学》,2005 年第 6 期。

组织保持联系,开展项目合作,提供财政拨款,表彰奖励作出贡献的社会组织,这些措施都丰富了政府对社会组织的管理手段,并且更为人性化,从而能够收到理想的效果。相比之下,目前中国的政府管理部门对社会组织的管理手段更多地集中在审查、命令、拨款上,较为单一,并且在执行上还存在一定的问题,不利于激发社会组织的积极性。但近年来,民政部门已经开始对一些有突出贡献的社会组织进行表彰,这一举措值得继续推广下去。

最后,社会组织形成的功能体系具有重要的意义。合作型管理中不仅需要构建起政府与社会组织的合作关系,还要建立起社会组织的功能体系,形成一个结构化的社会利益整合机制和公共服务供给机制。这种体系既能够减轻政府的管理成本,又能够提高社会自治水平,实现了公共资源的合理配置。这种体系对于中国社会组织的管理变革具有重要的意义,在不丧失政府对社会组织发展的控制力的同时,能够最大限度地提升社会组织的公共服务、社会自治能力,具体将在后文详述。

可见,合作型管理对于中国的社会组织管理改革而言,具有较好的适应性,在政府管理的目标、政府—社会组织关系以及政府管理的具体操作上都有很多值得借鉴的内容。

综上,通过对三种社会组织管理模式的比较,虽然在具体的体制设计上,各国有所不同,但规范化、分类化管理是西方发达国家在社会组织管理上的共性,也是中国政府在社会组织管理上可以借鉴的宝贵经验。除此之外,各种管理模式都是适应于该国国情产生的,因此,在分析这些管理模式对于中国社会组织管理改革的借鉴意义时,必须首先明确目前的实际情况,立足于政府、社会组织以及其他各方面的具体条件来对各种管理模式中的合理部分进行选择性地借鉴吸收,形成一套适合于中国社会转型的社会组织管理模式,实现政府、社会组织的良性互动。

第六章 构建中国社会组织合作型管理模式的思考

随着中国社会转型的深入,改变以往主导性的政府—社会组织关系,构建符合社会发展需要的政府—社会组织良性互动已经成为一种必然的选择。从目前来看,构建这一新型关系的关键在于调整政府主导型的管理模式,通过政府有效的管理来实现一种既能解决现实问题, 又具有建设性的政府—社会组织互动模式。为此,这里将从调整社会组织管理的总体要求、基本认识和具体路径三个方面来进行分析。

第一节 调整的总体要求

管理模式的调整首先应当确定科学的目标, 满足特定的要求,以此来作为指导管理变革、衡量管理效果的重要标准,对社会组织管理的调整同样如此。因此,这里首先就要立足实际,对社会组织管理模式的调整提出总体性的要求,为下面具体的管理变革提供方向性的指导。

一、切合社会转型的要求

中国目前正在逐步深入的社会转型是决定政府—社会组织关系发展,影响政府管理的根本性因素,因此,确定社会组织管理的首要条件就是要紧密围绕社会转型的特点,切合社会转型的要求来设计管理制度。只有这样,才能使得政府对社会组织的管理顺应时代发展的潮流,发挥持续性的积极作用。

1. 社会主义市场经济体制的建立与完善

"社会转型是由市场经济的建立所推动的社会变迁。"[1]考察中国的社会转型,首先就要分析中国经济体制的变化,并由此进一步探讨社会组织管理改革的必要性,即在社会主义市场经济体制建立和完善的过程中,政府对社会组织的管理模式所应当作出的调整和发挥的作用。

在市场经济的建设中,企业成为独立的经济主体,以自身利益最大化为主要经营目标。这样,在计划经济时代久受压抑的逐利动机、利润动机和商业动机等也得到社会的普遍认可或合法化。任何经济主体都可以在法律的框架下和秩序的要求内,追求被认为是符合自身需要的各种利益。[2]这种游戏规则的变化,在激发社会生产活力、提高生产力的同时,也同样产生了其他一些影响,这些变化都在对中国社会组织及政府管理提出了新的要求。

第一,市场经济为社会组织的发展及政府管理开辟了制度空间。如前所述,在计划经济时代,党和政府对社会组织的功能定位于政治宣传动员和基本的社会服务方面,而在经济领域基本上不存在广泛的管理、服务功能。这种情况随着社会主义市场经济体制改革而发生了重大的变化,成为了中国社会组织发展最关键的推动力量。市场化改革通过为社会组织的发展创造了需求,引发适应性变迁,相应地拉动政府主导型改革进入社会领域和政治领域。随着市场化改革的深入,原来的那套计划经济管理体制逐渐开始变革,为了建立新型的经济管理体制,政府主动或被动地响应了市场的要求,允许和推动各类市场中介组织的发展。在 1993 年中国共产党第十四届中央委员会第三次全体会议通过的《中共中央关于建立社会主义市场经济体制若干问题的决定》中更是明确的指出:"发展市场

---

① 沈亚平:《社会秩序及其转型研究》,河北大学出版社,2002 年版,第 257 页。

② 沈亚平:《社会秩序及其转型研究》,河北大学出版社,2002 年版,第 5 页。

中介组织,发挥其服务、沟通、公证、监督作用。当前要着重发展会计师、审计师和律师事务所,公证和仲裁机构,计量和质量检验认证机构,信息咨询机构,资产和资信评估机构等。发挥行业协会、商会等组织的作用。中介组织要依法通过资格认定,依据市场规则,建立自律性运行机制,承担相应的法律和经济责任,并接受政府有关部门的管理和监督。""发展农村社会化服务体系,促进农业专业化、商品化、社会化。从农民实际需要出发,发展多样化的服务组织,形成乡村集体经济组织、国家经济技术部门和各种专业技术协会等农民联合组织相结合的服务网络。各级供销社要继续深化改革,真正办成农民的合作经济组织,积极探索向综合性服务组织发展的新路子。"可见,在经济体制的变革中,社会组织在市场经济中的地位得到了党和政府的承认,这将成为其政府培育社会组织发展的重要制度基础。在肯定这些市场中介组织推动社会主义市场经济体制发展的同时,也必须清楚地看到这些市场中介组织也存在着功能失灵, 即社会组织是有利益追求的法人行动者,也就是存在独立的但并不确定的身份。这种身份的灵活性将使得这些社会组织可能成为"准政府、自利的企业和充满派性的小群体"。同时,由于社会组织在政府、市场、民众之间的这种联接作用,将为社会组织提供各种资源,这种资源的获取与地位的独立,将使得社会组织存在失灵的风险。①在这种情况下,政府的监管将成为必要的选择。但这种政府权力的运用是在市场经济体制自由发展的前提下使用的, 这必然要求政府无论是在对社会组织的培育还是监管中都应当转换管理思路、调整管理方式,减少对经济领域的直接控制,政府由全能型政府向有限政府转变。随着政府对社会组织管理模式的调整,社会组织必然随之兴起。

　　第二,市场经济也为社会组织发展和政府丰富管理方式创造了

---

① 对各类中介组织在市场经济制中失灵的分析, 详见方卫华:《中介组织研究》,社会科学文献出版社 2007 年版,第 389~394 页。

资源基础。在改革以前,中国几乎每个个人和组织都要仰仗政府提供的资源生存,所需的一切资源都掌握在政府手中,获得资源的渠道都被政府所控制。改革为独立于政府的个人和社会组织的生存与发展创造了资源基础。首先,户籍制度、就业制度、社会保障制度的改革,日用消费品市场的开放,对租房和外地人购房限制的逐渐放宽等等,这一切造就了可以自由迁徙、自由择业的社会劳动力。自由劳动力的出现使得社会领域中的各类组织可以比较自由地获得人力资源,而无须经过政府的批准。其次,所有制结构的多元化,创造了不属于政府的经济资源及其所有者,他们可以根据自己的意愿而不是政府的态度使用自己掌握的经济资源。这样一来,那些得不到政府财政支持的社会组织也有可能生存下去,其"求生之道"就是争取获得独立于政府的经济力量的支持。政府管理方式的改革开辟了个人、社会组织获得这些资源的渠道,如允许捐赠和接受捐款,甚至给予减免税优待。与此同时,对外开放则开辟了另一个资源空间和资源获取渠道,来自境外的知识、信息、资金,通过报刊杂志、书籍、互访、培训、会议、资助等形式,源源不断地进入社会领域,为社会组织提供了前所未有的生存资源和发展机会。[①]

第三,市场经济的缺陷也影响了社会组织,对政府管理提出了更高的要求。市场经济有其自身的缺陷,它遵循自由竞争的原则,企业经营的逐利动机可能导致市场出现失灵,社会组织作为在市场运行中的管理者、服务者,在解决市场失灵的同时,也需要控制自身可能产生的问题。这种既要保证社会组织在市场中的积极作用,同时,又要预防、控制其消极作用的目标,相比于计划经济时代,就对政府对社会组织的管理提出了更高的要求。

2. 现代政府制度的建立

[①] 详见何增科主编:《公民社会与第三部门》,社会科学文献出版社 2000 年版,第 11 页。

随着中国社会主义市场经济体制的建立,政府没有必要也不应该再像以往那样,对社会生活事无巨细都要实施控制和管理。因此,社会转型提出了政府转型的需要,即由以前市场经济为基础的政府取向的政府类型向以市场经济为基础的社会取向的政府类型的转变,[①]逐步建立起符合社会发展的现代政府制度。在这一制度的构建过程中,政府的社会组织管理模式需要进行相应的调整。

第一,政府的职能转变需要发展社会组织来作为必要的社会基础。进入 20 世纪 90 年代中期以后,政府职能转变问题逐渐提上议事日程,于是就产生了政府放弃的职能由谁来接管的问题。以"政企分开"为核心内容之一的国有企业改革、非国有企业的发展、市场机制的逐步形成, 赋予了中国的企业越来越大的自主权和独立性,使得以行政权力为基础的"部门管理模式"失去了有效运转的前提条件,于是计划体制时期建立起来的一整套宏观经济管理模式也随之失去了原有的效用。为了适应市场经济环境,重建宏观经济管理体制,以政府和行业协会之间的密切合作为基础的"行业管理模式"应运而生。在这种情况下,社会组织的发展进入了一个新阶段,在党和政府的大力推动下, 出现了具有行业管理和服务职能的行业协会。在这种新型体制中,行业协会成为企业与政府之间的桥梁,同时还发挥着单个企业和政府都无法承担的"行业自律职能"。可见,政府通过对社会组织的培育为职能转变创造了有利的社会环境,使得行业协会成为市场环境中行业管理的必要手段,也是推动经济进一步增长的必要条件。

另外, 政府机构改革所产生的压力也需要发展社会组织来缓解。中国的部分社会组织是由原政府部门"翻牌"转制产生的,这是中国社会组织产生的一条非常特殊的路径,即社会组织的"蓄水池"模型。这一模型认为社会组织是政府部门安排冗余工作人员的蓄水

---

① 沈亚平:《社会秩序及其转型研究》,河北大学出版社,2002 年版,第 11 页。

池,在机构改革的过程中,政府精简机构所产生的冗余人员越多,社会组织及其工作人员的数量也应该越多。根据王名教授的研究,在大多数机构改革中,机构改革精简人数与社会组织从业人数成正比,符合"蓄水池"模型。①可见,社会组织的发展能够缓解政府机构改革所产生的压力,但同时,也对社会组织管理提出了特殊的要求,需要通过政府管理来引导这些官办组织逐渐走向社会,成为真正意义上的民间性组织。

第二,政府管理以民众利益为出发点,需要社会组织的积极参与。与以往政府本位型不同,现代政府制度中,公民由权力客体成为权力主体,政府的行政模式也由政府结构内部的多层行政转变为参与行政,这不仅需要公民参政议政意识的增强,而且也需要公民表达意见渠道的多元化,公民既可以通过不同渠道获得政府信息,又可以通过不同媒介进行意愿表达。实现这一转变,一方面需要政府在自身建设上加以完善,如实行行政听证制度、公共质询制度等,但由于新制度的社会认同和推行需要一段时间,因此,在另一方面,则需要一些与民众接触更多、公民参与程度更强的社会组织,既可以帮助政府推行新政策,又可以帮助政府收集民意民情,保证政府改革的顺利进行。由于中国社会组织的发展,作为社会阶层分化、利益多元化的产物,不同阶层的社会组织作为该阶层利益的代表,对外表达本阶层的意见,维护共同利益。随着中国单位制和人民公社制的解体,新的城市社区组织、各类行业协会、农村农民委员会等新型社会组织已经担负起了政府与公民的沟通桥梁的角色,收到了良好的成效。

因此,有了社会组织的加入,公民才能有组织地参与到政府中来,有效地表达自己的意见,成为决策主体之一,这在一定程度上也

---

① 对于政府机构改革与民间组织从业人数相关性的研究,详见王名:《中国社团改革》,社会科学文献出版社 2001 年版,第 83~89 页。

减少了社会不安定的因素,缓解了改革遇到的阻力,保障了政府广集民意,政府为民解忧,促进了我国政府向社会本位型迈进。

另外,在促进社会组织代表民意,反应诉求,参与决策的过程中,政府并不是一个被动的意见反馈者。在社会利益分化的情况下,政府更应当保证公共政策的公平性,在广泛接受民意的前提下,在实现公共利益的目标指引下,为社会利益的整合和传输提供秩序,并根据社会意见独立地作出判断。在这一过程中,政府不仅要听取意见,更要成为公共利益的维护者,防止社会组织利用资源优势攫取小团体利益,这就要求政府在对社会组织的管理过程中,不仅要积极与社会组织沟通、合作,更要起到必要的监督、协调作用,保证政府决策真正以公共利益为导向。

3. 社会需求的多样化

改革开放以来,中国的社会经济飞速发展,人民生活水平迅速提高,与此同时,也不可避免地形成了一些新的社会问题和社会需求。人们在寻求解决这些社会问题和满足这些社会需求的过程中,发现政府与市场都有其自身的局限。因此,需要有一种新型组织,而社会组织在解决这些社会问题和满足这些社会需求时可以发挥其独特的不可替代的作用。具体表现在:满足民众多元化的需求、社会稳定的需要、社会中间层的形成等方面。而在社会组织满足不同社会需求的同时,政府的管理也应当适时调整,起到积极的作用。

第一,满足民众需求。改革开放以来,随着多种所有制结构的形成,单位制度的不断弱化,社会出现了游离于传统单位组织之外的多元化利益主体:单个的农户、个体户、私营企业和合资企业等等。由于这些新的利益主体往往处于分散经营的状况,在激烈的市场竞争中需要有新的组织形式来维护自己的利益。例如,单个生产的农户需要有统一购销、加工、储运服务的专业协会,个体户需要有规范市场行为、维护自身利益的联合会或协会等等;另一方面,在大量游离于行政体系之外的利益主体出现之后,政府也需要有一个中介性组织来沟通政府与它们之间的联系,这不仅有利于减少政府搜集信息的成本,提高公共政策的效率,也有利于社会控制和社会稳定。因此,政府大力倡导社会组织在社会主义新农村建设中的发展,积极与各地商会、行业协会进行沟通,这些都是政府对社会组织管理过程中有益的尝试和探索。

第二,解决社会问题。改革开放以来,尤其是实行社会主义市场经济体制以来,劳动生产的效率得到了极大的提高,但也导致了一些社会不公正的现象,出现了许多新的弱势群体以及由此产生的社会问题。例如,贫富差距的扩大和贫困人口问题、流动人口及流动人口中的妇女和儿童问题、失业人口的增多和城市贫困阶层的形成、性传播疾病与艾滋病问题、吸毒问题、拐卖妇女与儿童问题、老年人问题等等。完全通过市场来解决这些问题显然是不可能的,而完全通过政府来解决这些问题也是不现实的。特别是改革开放以后,政府在提供社会福利、解决社会问题方面心有余而力不足。在"政府失灵"和"市场失灵"的情况下,社会需要有组织的创新,来弥补政府与市场的不足。而国际经验表明,社会组织在满足弱势群体的社会需求、解决一些长期性的社会问题方面具有独特的优势。例如,社会组织具有创新性、灵活性的优势;具有与基层联系密切、了解基层实际情况的优势;具有成本低、效率高的优势等等。这些优势使社会组织在满足弱势群体的需求、解决社会问题方面具有政府与市场不可替代的作用,人们也寄希望于社会组织在消除贫困、解决就业、增进社会融合方面作出应有的贡献。在这些领域中,政府并不是无所作为,而是应当通过多种方式来帮助社会组织,例如很多西方国家都对公益组织实施大量的财政拨款,并进行严格的监管来保证善款的有效应用,这些都是对政府社会组织管理提出的新要求。

总之,社会转型是中国的社会组织发展及政府管理的基础,理解社会转型的需求,才能由此判断出调整政府管理的基本方向,从而确定改革的主要目标。

二、解决现实存在的问题

作为政府管理模式的调整,不仅要具有一定的前瞻性,符合社会转型的总体趋势,而且,还要具有较强的现实性,能够有效解决现实存在的问题。因此,作为政府对社会组织管理模式的调整,必须能够应对目前存在于社会组织发展中的各种困难和问题,这样才能让管理变革取得实质性的效果。这里将就中国社会组织目前存在的四个方面问题对政府的社会组织管理提出要求。

1. 促进社会组织增长

改革开放以来,社会组织的总体数量得到了很大的增长,但毋庸讳言的是,目前中国社会组织的人均数量还远远落后于西方发达国家甚至一些发展中国家。社会组织作为一类新兴的社会组织,其有限的规模制约了其地位的提升,难以发挥应有的作用。在这种情况下,促进社会组织的数量增长,让更多的社会组织参与到社会发展中来,就成为一个必要的选择,而实现这一选择目前的关键就在于政府管理的调整。如前所述,目前政府对于自身职能定位、社会组织的作用等基本问题还处于一个逐渐摸索、调整的过程中,目前的社会组织管理总体上还比较保守,以双重管理体制为核心的管理模式相比其他国家更容易控制住社会组织的增长速度,这就造成了目前虽然存在旺盛的社会结社需求, 即非法人型社会组织的大量存在,但社会组织仍然增速稳定的现象。因此,基于目前社会组织总量与社会需求之间的过大差距,这里首先提出,应当通过调整政府对社会组织的管理模式来促进社会组织的快速发展,以此来逐渐满足各个方面对社会组织的强烈需求。

在保证社会组织增长的同时,政府管理仍然需要保持必要的控制力,根据各国的社会组织成长过程以及我国社会组织的发展经验来看,社会组织数量的过快增长虽然能够缓解社会需求,但同时,也容易产生各种问题,"法轮功"等恶性事件说明,促进社会组织的数量增长并不是政府撒手不管就可以实现的,相反,这对政府管理提出更高的要求，要求政府既能够保证社会组织的加速成长，还要预防控制好随之而来的各类负面问题。

2. 规范社会组织功能

社会组织的发展不仅要实现数量的快速增长，更重要的在于其能够为社会发展作出积极的贡献，这就需要对社会组织的功能进行探讨。目前，社会组织正在多个领域发挥着积极的作用，但仍然存在两个方面的问题。首先，社会组织整体上的功能结构有待完善。如前所述，行业管理、教育、卫生类的社会组织占很大的比例，这一方面体现了当前社会的实际需求，但同时也意味着社会组织对环保、权益维护等新型社会需求的忽视，这一点需要政府通过各种新的政策措施来发展相应社会组织加以弥补，完善社会组织的整体功能结构。其次，社会组织个体上，功能的实现还存在一些问题，必须得到解决。目前，部分社会组织存在滥用权力牟取不正当利益的行为，这些问题的滋生蔓延将严重破坏中国社会组织发展的社会环境，甚至影响到社会转型的整体进程。因此，作为社会组织的直接监管部门，政府必须负起必要的责任，设定专门的管理制度，对社会组织的违法乱纪行为进行严肃的惩处，这一点，《国务院关于修改〈价格违法行为行政处罚规定〉的决定》已于 2008 年 1 月 9 日国务院第 204 次常务会议通过，对行业协会串通企业涨价等行为设定了严格的禁止和处罚办法，具有一定积极的意义。除政府直接管理之外，还应当积极完善社会监督体系，鼓励民众、专业性组织对社会组织的行为进行监督和举报，这些都有利于预防和纠正社会组织的错误行为，保证社会组织功能的正常发挥。

3. 发展社会组织网络

社会组织在数量和功能上的发展都需要一定的组织基础。随着社会问题的不断复杂化，以往只存在于基层的社会组织开始承载起越来越多的民众诉求。无论是向政府反映民意，还是向民众提供服务，这些功能都在向更高级的社会组织网络提出要求，而结合目前我国的实际情况以及西方国家社会组织的管理经验来看,发展社会组织的合作网络是一条比较可行的方案。

第一,社会组织发展的要求。随着党和政府将社会组织的功能定位于反映诉求、公共服务和自我管理,这种功能上的完善必然要求社会组织在结构上的变化。一方面,反映诉求和自我管理都要求社会组织无论在内部机构设置还是在外部关系协调中逐渐形成分工明确、合作密切的组织网络体系,只有这样,复杂多样的民众诉求才能有序地向上反映到政府部门,否则,分散型的传递渠道很可能导致信息的失真,同样,自我管理也需要有独立的社会组织来对社会组织行为进行外部监控,而像目前这种社会组织属地化发展,各自为政的机构显然不能满足其发展上的要求。

第二,目前中国社会组织离散型的金字塔结构是社会组织网络形成的基本前提。如前所述,由于政府管理的原因,社会组织按照行政区划而分级归口管理,这就使得中国在不同的行政级别上都分布有相似功能不同级别的社会组织,这种分布与合作主义中社会组织体系的结构非常相似,所不同的在于这些不同级别、地域的社会组织之间并没有经常性的联系, 而更多的是与主管单位保持一致,这一点正是社会组织管理调整中需要解决的部分。

第三,社会组织内部的金字塔结构需要政府权力进行规范。如前所述,目前中国社会组织的内部存在比较强的能人效应,这在给社会组织带来活力的同时,也导致其内部管理容易出现负责人大权独揽,导致腐败专制的问题。为了防止这一问题,各国社会组织内部均设有不同的部门来完成代表、管理和监督三大功能,彼此之间分权制衡。目前中国社会组织内部一般都设有相应的机构,而与西方国家不同的是,西方社会组织的成员有权向法院或者政府部门申请来召开社会组织的成员大会,行使会员权利,审查各项社会组织的文件,这可以被视为政府对社会组织内部结构的一种保护。而我国目前对这一问题还没有明确的规定,这在一定程度上也纵容了社会组织负责人专权。因此,政府管理的调整并不是完全不干预社会组织的内务,而是在一个明确的范围上帮助社会组织内部结构趋于完整、机制有效运行。

4. 拓展社会组织资源

对于社会组织的资源,可以分为经济、人力、制度和社会认同四个方面,在这四个方面中,政府管理都将发挥重要的作用,起到充实、拓展的作用。

首先,在社会组织的经济、物质资源方面,政府仍然将在特定领域起到关键性的作用。如前所述,很多社会组织都是靠政府支持起家,即使到了现在,一部分社会组织仍然需要政府的财政拨款才能维持下去,这种政府"扶上马还要送一程"的社会组织发展模式一直以来受到很多批评, 普遍认为这样将导致社会组织越来越依赖政府,而难以发挥预期中的独立化、社会化发展。对此,这里认为应当进行具体的分析,一方面,政府拨款的确容易造成社会组织的依赖性,从长远来看不利于社会组织的发展;另一方面,特定类型的社会组织是需要政府拨款才能发展下去的,这一点在很多西方国家的管理经验中已经得到证明,如公益慈善组织、专业性组织(消费者协会)等,这些组织具有典型的公益性质,如果也将这些组织推向市场,从实践来看,将产生更为严重的问题,典型的事件如中消协通过各种认证活动收取企业费用,产生消费误导等问题,最终,政府将中消协纳入到财政体系中由财政供给。这一事件说明了将公益类社会组织推向社会、市场在现阶段仍然缺乏条件,而由政府拨款供给具有一定的合理性。在由政府拨款保证其生存的情况下,通过政府的各种管理措施来积极引导这些组织适当地拓展经济渠道,逐渐增强它们的社会化能力才更为可行。同时,对于一些社会基础雄厚的社会组织,目前也基本上实现了经济独立化,如行业协会、商会等。总之,随着社会组织不断发展壮大,相当多的社会组织对政府经济支持的依靠正在减少,但政府财政支持仍然是中国社会组织收入结构中重要的组成部分。同时,社会组织需要政府在税收优惠等管理措施上提供便利,从而为拓宽社会经济渠道创造有利的制度环境。

其次,在人力资源上,政府需要为社会组织"正本清源"。从西方发达国家的经验来看,社会组织都是实现就业的重要渠道,这也使得这些社会组织能够获得充足的人力资源。而相比之下,中国社会组织的人力资源存在三个主要问题:总体有限,兼职比例偏高;中高层人员的产生受政府影响,大部分具有官方背景;员工薪酬福利水平偏低,结构复杂,需要更为有效的内部管理。这些问题的形成一方面与政府的管理有一定的关系;另一方面,这些问题需要政府管理上的调整来加以解决。目前,政府正在集中实现社会组织与政府"脱钩",杜绝政府官员在社会组织中兼任要职的现象,这能够在一定程度上改善社会组织的"蓄水池"形象,让更多的社会组织职位向社会公开招募,拓展社会组织的人力资源渠道。

再次,在制度支持上,政府要增强制度供给。如前所述,在制度层面上,目前有两大问题阻碍了中国社会组织进一步发展。第一,对于已注册的社会组织而言,没有专项法律对政府管理、社会组织权利义务等具体问题进行清楚的界定,而只能依靠其他部门法中的发条款以及各项行政法规,这容易导致政府对社会组织的过度干涉以及社会组织无法运用法律武器来捍卫自己的权利。第二,对于未注册的社会组织而言,一个现实问题就是大量的非法人型社会组织由于难以满足注册条件而无法取得合法身份,而在目前的社会组织管理中,这就意味着这些组织无法得到任何来自于法律、政府的承认和支持,成为非法组织,随时都面临着被清理的危险。对待这一现象,西方发达国家中也存在大量的非法人型社会组织,例如,德国通过注册的社会组织共达55万家,而未注册的社会组织达到50余万家。但这并不意味着这些未注册组织是非法组织,相反,对于这些组织,西方国家普遍设置针对性的法律来进行规范,同样为这些组织的生存发展提供了必要的制度支持,典型的如美国1996年颁布的

《美国统一非法人非营利社团法》,对这些非法人组织的权利责任等进行了详细的规范。相比之下,目前已注册的社会组织都没有法律支持,那些未注册的更是无从谈起。总之,中国社会组织整体上的制度资源相对还比较有限,有相当多组织无法得到制度的承认,这种制度上的空白需要政府科学的管理来进行弥补,通过行政立法及管理上的实践为社会组织法律的出台准备必要的前提。

最后,在社会认同上,政府需要为社会组织提供展示的平台。如前所述,社会组织整体上缺乏民众的广泛信任和支持,虽然目前一个个具体的社会组织已经开始深入人心,但总体来看,还难以形成像政府、企业那样众人皆知的普遍性整体,企业、民众对社会组织的认识不足,社会组织的社会认知度有待提高。因此,扩大社会组织的影响,取得民众的信任不仅要社会组织努力提高工作水平,同时也需要政府通过项目合作等方式来为社会组织提供一个展示能力的机会,通过与政府的合作,不仅能够增强社会组织的能力,而且还能让广大民众认识到社会组织的存在价值,更容易去认可这一新型的社会组织。

总之,社会组织在发展中遇到的现实问题对政府管理提出了新的要求,因此,在政府管理的调整中,必须能够解决上述这些问题,才能保证管理变革能够取得阶段性的实际效果,从而继续发展下去。

三、借鉴国外实践的经验

作为社会组织管理的调整,在符合社会转型需求、解决现实问题的前提下,有必要对西方国家的社会组织管理实践进行分析,从中汲取有益的管理经验,为自身改革提供一定的参考。通过对三种代表性社会组织管理模式的分析,这里认为,政府对社会组织的管理模式,与国家—社会关系具有密切的相关性,在不同的国家—社会关系中,政府与社会组织的关系也有所不同,政府的社会组织的管理及其效果也各有不同,因此,这里在分析三种主要管理模式特点的基础上，对其在中国社会组织管理中的适应性进行探讨。详见下表。

表 5.1　国家—社会关系与政府—社会组织管理模式对照表

国家—社会关系	国家主义	多元主义	合作主义
政府—社会组织关系	政府主导	分权制衡	分工协作
政府对社会组织的管理	主导型管理	分权型管理	合作型管理
社会组织的地位（政府）	服从	对立	伙伴
社会组织的政治参与	弱	过强	强
社会组织的公共服务	弱	过强	强
社会组织的公共性	弱	中	强

1. 国家主义—主导型管理的适应性

在国家主义中，强调国家的主导性，对社会自治持消极的态度，这就使得这些国家的政府与社会组织关系严重失衡，政府占绝对主导的地位，对社会组织采用主导型管理，在各个方面对社会组织实施全面、严格的监管。在这种管理下，社会组织处于服从的位置，听命于政府，成为政府的工具，这反映在社会组织的功能上，一方面，由于社会组织更多听命于政府，使得其自下而上的社会利益整合传递功能较弱；另一方面，严格的监管也抑制了社会组织的活力，其在公共服务的供给上也难以取得更大的提升。在社会组织整体功能被政府管理所弱化的情况下，社会组织对于社会整体发展的支持就相对比较有限，其公共性需要进一步增强。因此，这种模式从实际效果上不符合目前中国社会转型的要求，也不利于中国社会组织现实问题的解决，其借鉴意义较为有限。

2. 多元主义—分权型管理的适应性

多元主义与国家主义相反，对国家权力持怀疑的态度，认为过大的政府权力将侵害公民权利，而非常强调社会自组织在监督政府、提供服务方面的功能。因此，在这种国家—社会关系中，政府和社会组织是分权制衡的关系，相应地，政府也采用分权型的管理模式,只对有限的法定事宜严格监管,允许社会组织自由发展,不干涉社会组织的其他活动。在这种管理模式下,社会组织在本质上更关注所代表的特定群体利益,尤其在针对政府管理上,社会组织更是制衡政府的重要主体。这就使得社会组织的功能出现了问题,一方面,社会组织要积极游说政府,争取有利于本集团利益的政策;另一方面,社会组织的各种服务也带有了明显的偏向性,前面列举的美国青年商会性别歧视和居民社区协会抗税事件都说明了这一点,这在其他管理模式中是不多见的。这些都反映了多元主义中,社会组织片面追求局部利益,而破坏整体公共性的问题。可见,在政府分权管理中,社会组织的激烈竞争并不能保证社会整体的协调,反而削弱了整体利益的实现,但相比国家主义而言,社会组织更为高效和具有代表性,也能对政府施加更大的影响,从这个意义上,这里认为分权型管理促进了社会组织发展,但仍然存在很多问题。因此,分权型管理对于中国社会组织管理而言,承认政府过分干预对社会组织的危害,将社会组织视为保护公民权利、监督政府的重要途径而鼓励其发展,这些基本认识及管理措施都值得我们去学习。但同时,社会组织只关注局部利益,利用各种手段控制政府决策,降低政府管理的公共性等,都是目前处于社会结构分化重组,贫富差距扩大过程中的中国必须慎重考虑的,否则,发展社会组织不仅不能解决社会问题,起到社会稳定的作用,反而会加剧社会矛盾,降低政府的管理能力。

3. 合作主义—合作型管理的适应性

相比之下,合作主义更加适合于中国目前的实际情况,对于中国社会组织管理具有更多的借鉴意义。

第一,符合社会转型的进程。中国社会转型具有整体性和渐进性的特点。首先,社会转型是社会的整体性变革。改革的顺利推进需要一个相应的社会基础,没有相应的社会力量,改革不是不可以强行去推动,但是勉强启动的改革就难免会夭折,难免会畸形发展也难以解决与经济发展的衔接问题和保持民生的稳定。①
社会转型涉及到不同领域的功能、结构调整,这就要求各个子单元
的改革相互配合,共同推动社会的整体性发展。具体到政府—社会
组织关系,合作主义—合作型管理着力塑造政府—社会组织的合
作关系,政府以职能转变为中心的行政体制改革需要社会组织的
进一步发展来支持,而社会组织则在政府的培育、监管下进一步
发展壮大,两者相互促进、相互合作,可见,合作主义—合作型管
理能够有效地实现中国社会转型的整体性要求。其次,社会转型
是社会的渐进性调整。中国的社会转型是渐进性的调整,这体现
在政府—社会组织关系上,对以往的国家主义—主导型管理所进
行的调整就需要在坚持基本原则的前提下逐步改革。合作主义—
合作型管理强调政府对社会组织的培育、监管作用,但与国家主义
中政府本位不同的是,合作主义重视的是政府—社会组织的分工合
作关系,政府仍然在这一关系中扮演着重要的角色,同时,社会组织
也能够改变以往政府工具的地位,逐渐向独立化发展。总之,合作主
义—合作型管理更加符合社会转型整体性、渐进性的特点,较之其
他模式具有更强的适应性。

　　第二,符合政府管理体制变革的要求。在合作主义中,不仅包括
政府要积极回应社会组织所整合反馈的民意,而且非常强调政府对
社会利益关系的积极影响,在政府—社会组织间建立起有效的分工
合作关系。政府作为公共利益的守护者,并不直接主导每一个社会
领域,而是通过建立社会自组织的方式来实现管理和社会利益整合
传递,政府起到了仲裁、调整的作用。②这意味着合作主义既承认国

---

① 朱光磊:"中国政治发展研究中的若干思维方式问题析论",《天津社会科学》2005
年第 6 期。

② Jonathan Unger;Anita Chan.China,Corporatism,and the East Asian Model,The
Australian Journal of Chinese Affairs,No.33.(Jan.,1995),p.30.

家在公共利益上的代表性和独立性,也看到了政府在功能上的有限性,不主张全能主义的政府管理,同时,合作主义也看到了社会自组织所存在的两面性,认为政府需要对社会组织采取培育和监督并重的管理。因此,在这种关系中,政府与社会组织都是有限的,在实现公共利益的过程中,二者需要形成分工协作关系。这决定了政府应当对社会组织采用合作型的管理模式,通过各种措施来保证与社会组织的合作顺利进行。相应地,社会组织也成为政府工作中的伙伴,在功能上形成了稳定的结构,一方面,有效整合了社会利益,成为政府决策的重要参与者;另一方面,分担了政府的很多职能,成为公共管理、服务的主要提供者。这种职能上的有机结合,既缓解了社会组织作为多元社会利益代表发生激烈冲突而产生的社会矛盾,又保证了社会组织的独立性,增强了其在公共服务上的积极性,并且在政府的协调下,能够更好地满足不同群体的需求,真正实现了两大组织优势的相互促进,在实现公共利益方面,取得了更好的效果。对此,有学者认为,中国目前其他领域的改革体现出合作主义的趋势,政府正在通过吸纳新型社会力量的方式来实现自身对外部环境变迁的适应性变革。[①]可见,这种协调性的发展使得合作主义—合作型管理更为适合转型时期的中国社会组织管理模式调整。

　　第三,符合社会组织发展的需要。从世界主要国家社会组织的发展来看,政治参与、公共服务是社会组织的两大基本功能。在近年来,中共和政府的重要文件中,意见表达、社会服务、规范管理方面的功能已经成为今后社会组织着力发挥的主要功能,可见,在发展方向上中西方发达国家社会组织具有一定的共性。在明确方向的同时,也必须预防一些可能产生的问题。西方国家的社会组织,尤其是在多元主义—分权型管理中,社会组织强调自我实现的功能,忽视

---

① 详见 Bruce J. Dickson. Cooptation and Corporatism in China: The Logic of Party Adaptation, Political Science Quarterly, Vol. 115, No. 4. (Winter, 2000—2001), p. 517~540.

甚至侵害了社会整体的利益,同时,这种强调自我利益实现的社会组织也容易为人所利用,从事与国家、与人民不利的行为。因此,在强调社会组织独立化的同时,应当预防社会组织的违法乱纪行为,必须及时调整政府定位,改进政府管理能力,做到政府—社会组织的共同发展。在这方面,合作主义—合作型管理既要求社会组织有效发挥管理、服务的功能,同时,由于其核心在于构建政府—社会组织的合作关系,所以,社会组织并不是以"对立"的角度来进行政治参与功能的,更多的是强调与政府的沟通和相互信任,通过政府的依法治理以及社会组织的自我管理相对有效地缓解了社会组织可能出现的问题。在这一点上,合作主义—合作型管理显然对于中国的社会组织发展具有更强的适应性。

第二节　调整的基本思路

在明确了以合作主义—合作型管理作为今后中国社会组织变革的基本方向以后,这里需要进一步解决,在具体的管理变革中,如何确立变革的基本思路。任何范式的转换均开始于头脑中的观念,这是因为"头脑的设置"是范式转换的核心部分。[①]因此,调整社会组织管理模式首先是政府对于社会组织认识上的转变。同时,这也是最有难度的部分,"改革的难度与其说在于提出新思想新观点,毋宁说在于摆脱旧思想旧观点的束缚"。[②]因此,政府应当从如下几个方面调整对政府本身、社会组织的定位。

一、对政府经济、社会管理职能的重新定位

社会组织管理直接调整的是政府与社会组织的关系,而在这对

---

① [美]约瑟夫 M.普蒂,哈罗德·孔茨:《管理学精要——亚洲篇》,丁慧平译,机械工业出版社,1999 年版,第 19 页。

② [英]M.凯恩斯:《就业利息和货币通论》,徐毓楠译,商务印书馆,1963 年版,第 37 页。

关系中,政府处于主导地位,因此,调整社会组织管理模式,首先要调整政府的职能,这是调整社会组织及其管理模式的前提。

1. 政府职能转变的必要性

在计划经济时代,中国农村地区的人民公社制,城市的单位制都是功能高度一体化、刚性的经济、社会管理模式。在这种模式中,政府是经济、社会管理、服务的唯一提供者,这种垄断性的控制在一定时期曾经为中国的政治经济发展起到了积极作用, 但其弊端也在从多个方面逐渐显现。仅就政府而言,财政压力、机构臃肿、效率低下、官员腐败等与其大包大揽的职能定位具有直接的关系。这种垄断地位说明,社会组织要发展,政府通过向社会组织分权、放权,调整政府在社会管理体系的定位是基本前提。同时,这种调整将受多方面因素的影响,社会组织发展是其中一个重要因素。随着经济体制改革的进行, 城市所有制结构的变化使得单位已不再是城市唯一的组织形式, 城市劳动力人口可以在不依赖单位的情况下,获得生产、生活所需的资源。因此,随着单位体制的破产,需要建立新型的社会保障体制。由于政府和企业能力有限,无法满足社会保障的需要,政府只得要求社会力量加盟,包括要求家庭成员互助、社区成员互助。政府逐渐意识到,有些事情自己做不了也做不好,而让社会组织来完成具有更为积极的意义,于是允许成立一些提供社会保障服务的社会团体, 如主要为残疾人服务的残疾人联合会、主要为贫困地区失学儿童服务的中国青少年基金会。另外,在经济全球化的过程中,"入世"促使中国的行业协会、商会等经济类团体走上国际交往的舞台,作为政府,应当适应这一形势,作必要的职能调整。

2. 经济职能的转变

在经济领域,从促进社会主义市场经济建设的角度,政府应逐渐淡出行业管理的微观领域。对于一些战略性资源,政府保持必要的控制是合理的。但对于其他的经济领域,政府已经没有必要沿用计划经济体制下的对口管理模式,政府的职能应向宏观调控的方向发展,为市场经济的运行提供必要的保证,着力克服市场经济所产生的种种问题。而转移出来的行业管理职能,从西方国家的经验来看,大部分是由经济性社会组织来担负的。在行业管理中,政府充分尊重并维护这些组织的独立性,通过与这些行业协会、商会保持经常性的沟通来实现国家经济产业政策的制定和执行。同时,在法律的授权下,政府也监督这些社会组织,预防和制止这些社会组织从事价格合谋等扰乱市场秩序,危及民众利益的行为。

3. 社会管理职能的转变

在社会管理领域,从满足民众日益丰富的社会需求的角度,政府应当构建社会协同的社会管理模式,通过多方面的参与来提供公共服务。近年来,中国政府朝向服务型政府的改革方向已经逐渐清晰,这对政府的公共服务能力提出更高的要求。经济体制结束之后,单位、公社的服务供给体制已经解体,目前正处于新型公共服务体制的酝酿形成时期。一方面,在市场经济体制中,大部分企业对员工的服务能力相对于计划经济体制已经非常有限;另一方面,政府面对大量的公共服务需求也难以独力承担,在很多服务上都容易出现问题,甚至激化了一些社会矛盾。因此,在社会管理中,政府也应当改变以往政府全面提供公共服务的局面,通过培育社会组织,如慈善组织、社会服务组织、环保组织等,通过这些社会力量来完成一部分公共服务的提供。西方发达国家的服务型政府建设经验表明,这些活跃于基层的社会组织的确为民众解决了很多实际的生活问题。政府的职能就转向提供更大范围的基础设施建设等,并通过一定的政策来对这些社会组织提供帮助,同时,政府也监督这些社会组织,防止这些组织出现挪用善款等违法行为。

二、对社会组织功能的重新定位

西方社会组织最初设计的目的是为了扩大服务,取消官僚的障碍。①但对于中国,社会组织的功能定位有所不同。新中国成立初期,党和政府对于民间结社行为的总体态度是不断趋于谨慎的,功能定位上是保守的。在相当长一段时期内,党和政府将社会组织定位在"人民群众参政议政的渠道"、"群众运动的重要组织者和领导者"、"我国社会主义政权的重要社会支柱"、"革命和建设的重要力量"。②因此,从职能定位上看,社会组织是党和政府实施群众路线的主要方式之一,实质上是党的领导机关和各级政府向社会的延伸,其职能完全是由于党和政府发挥政治职能的需要而产生的。但随着改革开放的深入,政府必须对社会组织的定位进行修正。

1. 社会组织在经济、政治以及社会管理中具有独特的优势

社会组织所提供的服务带有一种"俱乐部产品"的性质,是对特定领域、特定阶层的服务,更加具体,更加灵活,这是政府难以做到的。因此,社会组织这种求精、求细的工作方式确保了从微观上做好本组织成员的服务工作,这是对政府工作的一种补充。由于政府的某项具体政策很难做到同时满足全部民众的要求,一项政策的实施往往需要相应的政策补偿作为补充,必然继续加重政府的行政成本,这时,大量代表社会不同群体利益的社会组织所提供的公共产品则发挥了弥补政府决策公共性的不足,减轻政府负担的作用,保证了政府的总体政策规划顺利进行,这也将改善社会组织的传统形象,赢得更大的发展空间。

2. 社会组织必须强化服务功能

专业化的服务水平是社会组织获得更大发展的基本保证。组织的功能决定了组织在现有社会结构中的地位。事实证明,要解决目前的众多社会问题,仅仅依靠政府职能部门和相关企事业单位是不

---

① [美]罗伯特·古丁,汉斯·迪特尔·克林格曼:《政治科学新手册》,钟开斌等译,三联书店,2006年版,第813页。

② 康晓光:《权力的转移》,浙江人民出版社,1999年版,第169页。

够的,也不符合社会发展的实际需要。在这种认识下,实现社会管理、服务的社会协同、公众参与已经成为共识。为了实现这一转变,社会组织的发展是必须的,通过发展社会组织来补充传统社会管理功能上的缺失,这种补充的前提就是社会组织能够具备一定的专业水平和业务能力,这样才能发挥其应有的作用。

3. 社会组织的发展必须是渐进的

多元参与需要明确的分工协作,无序的多元参与将导致难以预期的后果。从各国的发展经验来看,公民结社存在着脱离社会控制,危及政权甚至破坏社会稳定的可能,而出现这种现象在很大程度上是与社会组织参与社会管理服务、进行利益表达的秩序状态相关。一般来说,当现有管理模式无法满足某些社会组织的发展要求时,这些体制外组织更倾向于使用非常规手段来实现自身目的。因此,增强现有制度的弹性,最大限度地提高现有参与秩序的包容性,是实现社会组织发展稳定可调的制度基础。但这种制度调整相对于复杂、变动中的社会需求在总体上只能是相对的、滞后的,尤其在中国目前的渐进式改革过程中就更是如此。总之,在稳定可控条件下强化社会组织的社会服务功能是构建新型社会管理模式的必要组成部分,要实现这种转变,除了社会组织自身建设外,还需要政府对社会组织重新定位,作出相应的管理模式调整。最近的十六届六中全会也顺应这种趋势,将社会组织的功能重新定位于"提供服务、反映诉求、规范行为"。

三、理性地选择中国社会组织发展的基本方向

社会组织的基本发展路径必须得到进一步明确。政府对于社会组织的基本定位正在发生转变,正在由原来的单一政治工具向复合社会主体过渡,这种主体性的增强符合本书提出的合作主义的基本方向。

1. 这种转变首先取决于党和政府对当前社会发展形势的基本判断

根据前面分析,我们可以看出目前党和政府已经将社会组织视为完善社会管理体系,提供社会服务的重要组成部分,对其作为社会利益代表的功能也列入了基本职能范围,这些都在说明,目前的社会组织对于社会发展的积极作用正在得到前所未有的社会认同,这种基本定位的转变将最终推动社会组织更快地发展。但同时,对国内外局势的审慎思考也要求目前对于社会组织不能一味"放开",社会组织发展也要符合稳定的要求。这种政府对总体形势的判断已经为本书提出的政府—社会组织合作关系及管理模式提供了重要的支持。在这种复杂的因素影响下,强调自治的多元主义容易产生更多的问题,相比之下,强调利益群体间协调和秩序的合作主义具有更强的针对性。

2. 转变基本路径的特殊性

如前所述,政府对于社会组织的管理需要同时解决两个时代的任务,因此,在社会组织管理的具体调整上既存在着普遍性同时又具有一定的特殊性。

第一,社会组织的"进入"是中西方政府对于社会组织管理都要解决的关键问题。在西方国家经济、政治以及社会制度的影响下,西方社会组织的发展主要是一个"自下而上"的过程,是社会自组织的产物,其社会服务、利益代表的合法性身份是与生俱来的,是西方非营利性社会组织的内生性功能。与之相对应的,西方社会中的社会组织规制研究主要侧重于通过完善、规范管理制度,以期更好地实现其相应功能,从而使公共政策更好地体现社会公众利益的问题。这是个政治制度设计的问题,是一个工具性的问题。这一目标本质上就是解决西方政治制度中的社会组织如何更好地"进入",避免利益团体破坏社会公正的问题。①相比之下,中国社会组织发挥利益代

———————————

① 为了应对利益团体凭借优势与政党、政府相勾结破坏社会公正,西方发达国家普遍通过立法的形式进行严格的限制,例如美国 1971 年的《联邦竞选法》、1974 年的《联邦竞选法修正案》。

表的功能是正常的,并得到了党和政府的肯定,因此,中国政府同样要考虑在利益分化的当代如何为社会组织反映社会利益诉求提供制度性"入口"的问题。可见,社会组织作为社会利益代表,反映诉求是中西方社会组织发展和政府管理上的普遍性问题,但对于中国现阶段而言,还存在一定的特殊性。

第二,在解决"入口"之前,首先要解决组织属性问题,即相当一部分社会组织作为民间利益代表的合法性问题,这是一个价值性的问题。这个问题是在探讨社会组织功能之前就必须理清的,也是目前社会组织定位中忽略的一部分。这一问题反映到政府管理上,就是政府培育社会组织独立发展的问题。事实证明,我们必须在观念上有所突破,才能为日后的政府管理调整明确基本的思路,社会组织在大多数西方国家都具有一定的利益表达功能,是社会利益分化、政治民主化的正常产物,其前提是社会组织相对于政府的独立性。与西方社会组织的产生相比,中国社会组织在很大程度上是党和国家政治行为的结果,即政府选择的产物。虽然近些年来,由于政府职能转变的深入发展及社会力量的增强,一批官办协会开始脱离与政府的关系,全国各地也先后成立了一些基本上由民间力量支持、管理的社会组织,但是官办社团受传统的管理观念和自身运作方式的影响,仍保留着比较强烈的"行政化"色彩,而纯社会组织由于受到其自身资源有限的制约,必须要从事一定的商业性活动,以此来维持组织的生存,事实上这种商业行为所带来的利益刺激,对这些组织所秉承的公益性目标和非营利性的运作方式构成了潜在的威胁。同时,所有合法的中国社会组织都要受到"双重管理体制"的影响,特别是与业务主管单位的关系使得组织的独立性很难得到真正的实现,这些因素相互作用,构成了中国大部分社会组织独特的"官民二重性"问题。基于中国社会组织的现状,本书认为,构成目前中国社会组织发展困境的主要原因是西方社会组织研究中所强调的社会自主发展模式与目前中国社会组织所处的政府主导的制度环境、发展路径之间的矛盾,这种差异将会对社会组织未来的发展方向产生直接的影响,而能够包容差异的包容制度安排才是合理的选择,而合作型管理作为这样一种制度安排,将成为中国社会组织管理的发展方向,协调好社会自主与政府主导之间在理论与实践上的复杂关系。

第三,客观上,中国社会组织目前的一些特殊性是适应环境的体现。目前中国社会组织所具有的一些特殊性,例如官员兼任、资源分配、制度建设等,都是过渡性、适应性的现象,是社会组织在中国的现实情况下得以发展的具体需要。虽然由于这些特征的存在使得中国社会组织与西方社会组织存在较大的差异,并且在实际操作中产生了诸多问题,但其合理性仍然需要认真的总结,从中能够更为全面地分析影响社会组织的各个因素,这是明确今后发展方向的现实依据。

四、对社会组织管理模式调整的定位

1. 调整管理模式是促进社会组织发展的关键

如前所述,具体的政策选择与执行是政策目标能否实现的关键因素之一。本书认为,社会组织管理模式的调整是解决社会组织诸多矛盾的突破口。一方面,社会自主理论强调社会组织的社会自治权和利益表达功能的实现,这些功能的实现是需要适当的制度调整作为前提的,同时,社会自治也存在自身的问题,必须得到政府的规范;另一方面,国家主导的发展模式的确对中国社会组织产生了很多消极的影响,其主要表现为官办组织的"行政化"和民办组织的"商业化"问题,"行政化"的本质是官办组织与政府高度一致性的组织运作模式与其公民社会组织的价值准则之间的矛盾,而"商业化"现象的本质则是代表公众意愿的民办组织,缺乏制度支持,难以进入社会管理服务领域的问题。国家主导的发展模式虽然夹杂了政府自身的一些功利性目的,但从总体来看,政府建立和控制社会组织的根本目的还是为了实现政府职能转变,更好地适应社会主义市场

经济体制的建立和完善。这一根本目标的实现,需要社会组织作为社会力量的代表,参与监督政府决策,配合政府相关部门管理社会事务,提供公共服务。因此,改革现有管理模式就成为调整各类社会组织问题的枢纽,决定着社会组织能否得到进一步的发展。

2. 理性对待调整的渐进性

本书认为,社会组织管理制度相比于其他领域的改革进程存在一定的滞后性,这是与社会组织的定位相关的。社会组织以往中国社会组织的发展在一定程度上是对传统社会管理体制的补充和完善,是对政府发展、市场运行的一种适应性调整,这就能够解释改革开放以来,社会组织的建设在总体发展的情况下仍然滞后于政府改革和经济发展的原因。同时,这种各领域发展的相互关系也要求目前社会组织的参与必须是制度内的参与,这也是中国渐进式改革所决定的。但也应该看到,随着各领域改革的相关性逐渐增强,这种滞后性总体上是在不断减弱的,政府对社会组织的管理也应当作出调整来实现社会组织与社会整体发展的协调一致。

第三节　调整的具体路径

构建合作主义的政府—社会组织关系,通过对政府管理模式的调整来实现合作型管理是总的概括,下一步需要对调整的具体路径进行说明。总体上,实现合作型管理需要政府与社会组织调整以往的统合关系,以规范化作为管理模式调整的实质内容。需要说明的是,虽然国家—社会关系能够划分为合作主义、多元主义,但通过前面的分析,目前西方国家在社会组织管理上仍然存在很多的共性,并不能将两种模式进行绝对的分隔,因此,在具体路径的设计上,这里仍然以合作型管理为核心,同时选择性地吸收借鉴其他管理模式的优点进行补充。下面将具体从管理主体、管理客体、管理内容以及管理方式等四个方面来进行说明。

一、管理主体：由行政垄断走向行政优位下的多部门参与

通过对西方主要国家的社会组织管理模式进行分析，无论是合作型管理还是分权型管理中，在管理主体上普遍是以多个国家权力机关分工负责对社会组织实施监管，这样做的优势在于防止行政部门对社会组织的过度干预，同时，也有利于社会组织合法权益的保障。同时，为了避免多部门管理所可能产生的矛盾，西方国家普遍建立起完善的法律制度来进行明确。在多个部门共同管理的前提下，行政部门仍然是管理的核心，尤其在合作型管理中，行政部门不仅对社会组织进行专门性的严格监管，同时，还通过多方面的激励措施来培育社会组织的发展，积极与社会组织保持沟通，使得政府—社会组织形成有效的分工合作关系。西方国家在社会组织管理主体上的特点具有积极的借鉴意义，政府管理意味着政府权力的干预，但不同功能的权力所针对的问题是不同的，随着现代社会问题关联性的逐渐提高，仅仅依靠单一行政权力就显得不够充分了。随着社会组织的功能逐渐扩大，所涉及的社会利益层面逐渐深入，以往的双重管理主体就逐渐难以满足现实发展的需要了。目前，对社会组织的管理主体主要包括业务主管单位、登记部门，前者由相关政府职能部门担任，后者则由各级民政部门负责。这种行政系统内部的双重管理一方面，符合行政权在各国权力结构中的重要地位，也适应了社会组织的主要功能范围，能够满足对社会组织社会服务这一主体功能的管理要求；另一方面，社会组织总体趋势是不断扩大的。这就要求作为规制主体的管理部门需要具备更多样的能力，首先，要求行政部门能力的提高，能够针对新问题作出及时的调整；其次，社会组织利益综合、利益表达、利益协调的功能已经难以在行政系统内部得到充分的解决，需要更多国家权力部门的介入，例如人大机关、党务机关、司法部门的相应权力对社会组织的多种社会功能进行规制。从西方各国的发展经验看，在社会组织发达的国家中，仅由行政系统负责社会组织的管理是不现实的。因此，本书提出，在规

范各自权力界限的前提下,逐步向行政优位下的多部门参与结构过度,既符合目前党和政府对社会组织的总体定位,又减轻了行政部门的负担,适应了社会组织自身的发展需要。

二、管理客体:权力单向延伸走向权利双向代表

新中国成立初期,党和政府出于特定历史条件的考虑,更多的将社会组织定位于政府工作范围的延伸,社会组织多数成为权力系统的受动者、执行者,这使得社会组织只能成为政府权力向下延伸的途径。但随着经济、政治社会条件的变迁,社会组织作为被管理的客体,首先需要明确其社会利益代表、社会服务主体的自身定位,其次尽快提高其专业化水平,最后,在适当的时候,构建社会组织的沟通交流网络。本书认为,借鉴西方国家合作型管理经验构建政府与社会组织合作关系是有积极意义的,表现在社会组织自身发展上就是要求社会组织能够结成有效的分工协作网络,即合作主义中的社会组织"金字塔"模式。这一结构并非中国社会组织目前的离散型结构,而是强调不同层级之间的社会组织能够真正共享资源,整合利益。考虑到目前中国的实际情况,政府对经济的干预多一些是必要的,政府的政策通过这个"金字塔"在不同层级的行业社会组织间层层向下传达,直至传达到每一个企业。反之,企业需要与政府沟通时,通过"金字塔"层层向上反映,最后通过金字塔的塔尖,即一些全国性的大型社会组织来代表整体与政府谈判,解决一些重大的问题,例如行业利益而与政府进行一系列政策上的游说,或者处理与别的利益集团的关系以及处理与国外同行业的关系。而塔尖的下层,即地方性的社会组织会进行越来越技术化的操作,包括具体交流本行业的信息,为会员企业提供具体的服务等。因此,调整政府目前的管理体制是进一步促进社会组织发展的关键,其核心思想是结合中国政府体制的特殊性来进行设计,以加强中国社会组织的网络化发展为切入点,尤其在纵向间关系上,强化全国性社会组织对下级组织的指导、管理、监督、协调功能。受目前政府结构以及双重分级管理体制的影响,已经初步形成了层次不同、区域有别的准金字塔式的社会组织发展格局,但同时受政府对社会组织开设分支机构严格管理的影响,目前欠缺的是不同层级的社会组织之间还缺乏明确、通畅的联系渠道。

三、管理内容:合作型管理模式的调整与完善

1. 制度建设:法规组合到法律体系

合作型管理中,对社会组织及其政府管理制定了完备的法律,这从制度上为政府—社会组织关系的规范化提供了坚实的基础,因此,在管理内容上,首先应当改变目前中国对于社会组织管理只依靠行政法规的现状,逐步建立起完善的法律体系。法规组合容易出现各部门、各地区政府部门及社会组织各自为政、多头领导,容易出现权限模糊以及权力真空,法律体系意味着制度建设的系统性、科学化。多部门规章结合是目前中国社会组织制度建设的主要特点,具有一定的合理性,首先,中国社会组织的发展时间还比较短,高层次部门法的建立还需要时间。其次,专项条例结合众多部门规章制度的现状是政府权力结构在社会组织管理上的具体表现。但必须肯定的是,多头立法虽然适应了政府结构,但也将目前条块分割的政府体制弊端带入到了社会组织管理及自身建设之中。突出表现为社会组织交流相对匮乏,社会组织建设也开始出现一定程度的地方保护主义,地方政府与社会组织的利益勾结,社会组织官僚主义等问题。专门法律才是社会组织制度建设的方向,是社会组织进一步发展的必要保证,但法律的建立需要相关条件的配合,越是高层次的法律越是需要充分的酝酿准备,否则,将很容易产生法律制度的动荡,反而阻碍了社会组织的发展。在这一点上,我们还有很多问题需要明确,比如后面将要谈到的在社会组织的管理体制、人力资源以及财政收入等。但随着各项条件的逐渐成熟,出台相应的专项法律已经成为一种趋势。因此,提高制度层次,以法律的形式来规范中国社会组织发展的总体思路和具体路径是有着比较强的现实意义的。

2. 准入准出制度:行政准入到抓大放小

对社会组织的成立设定相应的条件和规则,是政府对社会组织实施管理的一个重要环节。任何一种社会组织都是社会的组成部分,社会组织需要通过一定的形式取得社会的承认,并得到法律的保护。因此,对社会组织进行准入准出管理,把好"入口"和"出口",不仅是社会化管理的需要, 也是社会组织存在和发展的基本要求,既是国家确认其合法性的基本形式,也是社会组织取得社会承认的法定渠道。虽然各国政府在社会组织的成立和解散过程中都发挥了一定的作用,但仍然存在很大的区别。在合作型管理中,政府一般不对社会组织的成立设置苛刻的条件,程序也较为简便,社会组织只需符合法(律)定条件,就可以到地方政府部门或司法部门办理备案登记手续, 受理单位非经法定事由不能拒绝社会组织的成立申请,而社会组织的解散一般被认为是组织的合法权利,由组织最高决策机构决定后只需将决议通知相关政府部门即可,组织名下财产也由相关法律明确规定了去向。合作型管理对社会组织成立、解散较为宽松的管理能够体现出政府对社会组织发展较为支持的态度,从制度上激发了民众的结社热情。相比之下,目前中国社会组织的准入准出制度遵循行政准入制度,以"严进严出"为基本原则,在组织申请条件、组织年检、报告等具体管理制度上相对比较严格。但这也在一定程度上产生了效率低下、缺乏弹性的问题,相当一部分民间结社止步于门槛费、组织规模这些硬性指标,同时一部分取得资格的社会组织必须每年耗费大量精力面对各级各类政府部门的各种检查,这些都阻碍了社会组织的顺利发展。因此,本书认为,虽然相对严格的管理对于不够成熟的社会组织是合理的, 但在操作过程中,也必须顺应政府改革的趋势,强调管理效率,适当保持制度的弹性,对于部分确实影响深远、范围广泛的大型社会组织,政府在其成立解散过程中仍然应当把好关,谨防这些组织利用体制的漏洞牟取非法利益,造成公共资源的巨大损失。同时,对于一些基层的服务类、学术类等社会组织,由于其所从事工作的特点,一般没有必要设立和大型社会组织一样苛刻的条件,可以考虑试行备案制,①适当放宽社会组织成立的政府限制,这样可以避免很多不必要的矛盾,也可以减轻政府管理的负担。

3. 政府管理:分级统合到分类规范

在合作型管理中,政府对社会组织实施针对性的管理,在基本管理制度一致的情况下,对于特定类型的社会组织,政府给予必要的支持,例如公益社会组织,政府通过项目合作和定期拨款的方式给予扶持,充实了这些组织的资金。相比之下,目前中国政府对社会组织虽然也进行了一定的分类管理,但总体上,现有管理体制更多的是依赖于分级统合管理,即通过各级地方政府对不同类型的社会组织进行归口管理,这就产生了一定的问题。社会组织是个大而化之的概念,在具体管理中,不同类型组织需要不同的管理,这要求对社会组织进行科学的分类。但目前更强调的是通过多管理主体来实现分级统合管理,即双重管理体制。双重管理体制除了说明社会组织的管理主体同时包括两个政府部门之外,还包含了分级管理的原则,即对社会组织按照其所开展活动的范围和级别,实行分级登记、分级管理。另外,政府对于社会组织管理的另一个原则是非竞争性原则。这三个方面共同构成了目前政府对于社会组织管理的基本模式,社会组织需要与相应行政级别的政府部门结成业务管理的关系,这种关系对社会组织的发展造成了两种直接的影响:一方面,社会组织的功能与主管单位的功能保持一致;另一方面,社会组织的级别也与主管单位的行政级别存在密切的关联。可见,双重分级管理模式使社会组织与政府部门形成了职能关联与级别关联,这两种关联的结合决定了社会组织发展与政府体制之间存在错综复杂的

---

① 对于一些服务类的社区社会组织,中国一些大城市政府正在考虑推行备案制的可能。

利益关系。因此,这种以往的双重分级管理会导致社会组织总体上管理的分散化,并导致社会组织对政府的单向服从关系。为此,对社会组织进行分类管理具有更为重要的积极意义,可以满足不同社会组织的实际需要,实现两者关系的规范化。

4. 人事管理:"蓄水池"到"旋转门"

在合作型管理中,政府与社会组织保持着密切的沟通,共享资源,其中,人力资源的交流是一个主要的方面,通过人力资源的合理流动,政府与社会组织更容易促进彼此的合作,因此,实现政府与社会组织之间的人力资源双向流动对改变目前中国的政府—社会组织关系具有积极的意义。对于中国,社会组织内部的人事管理制度是决定社会组织与政府关系的又一个重要因素。目前,相当一部分的社会组织高层领导是由退休的政府高层官员担任或由现任官员兼任的,部分组织负责人是由原政府官员离职后担任,部分组织的中层干部及以上享有行政级别。这种现象被称为"蓄水池",[1]将社会组织作为政府官员的后备和分置任职场所。这主要是由于中国部分社会组织是在以往的政府改革中,由原政府部门或事业单位"翻牌"而成的,为了实现改革的顺利进行,部分社会组织仍保留原有的行政级别及相关人事制度。这些做法一方面给予社会组织人力物力上的支持, 部分兼任人员确实在社会组织的工作中起到了重要的作用,但不可否认的是,兼任也造成了社会组织内部官僚主义严重。这些问题已经开始受到党和政府相关部门的重视。因此,必须由"蓄水池"向"旋转门"[2]转变。政府官员任职于社会组织是可以的,但必须是在政府与社会组织关系规划化的基础上进行的,是一种正常的人

---

① 王名:《中国社团改革——从政府选择到社会选择》, 社会科学文献出版社,2001年版,第83页。

② [美]朱莉·费希尔:《NGO与第三世界的政治发展》,邓国胜,赵秀梅译,社会科学文献出版社,2002年版,第126页。

力资源流动,具有自愿、平等、双向的特点,同时,社会组织也应该向
社会各界敞开大门,欢迎各界人才进入组织任职,逐渐成为多背景
人员的选任化、专职化。事实上,随着管理政策的逐渐调整,部分社
会组织当中的领导人员已经开始由本组织选举产生,随着社会组织
功能的增强, 各种背景的专业人才都将进入组织担任专门的工作,
同时在某些领域,政府允许社会组织聘请具有相关社会威望及管理
经验的现任或退休政府官员出任名誉职位,这正说明了政府在社会
组织的人力资源管理上正在逐渐走向成熟。

5. 收入来源:政府一元到社会多元

社会组织的收入是指组织开展业务活动,依法取得的非偿还性
资金。包括基金业务收入、其他业务收入、政府资助收入、投资收益
和其他收入。①政府的财政支持至少在现阶段还是维系社会组织生
存发展的主要力量,但如果比例过高,甚至成了社会组织的唯一经
费来源,就脱离了正常的范围,即组织财政经费的单一化。稳定的政
府拨款在保证了社会组织生存的同时也在一定程度上影响了社会
组织的独立性,使这些社会组织由服务社会向服务政府转变,造成
政府与社会组织的利益趋于一致。当然,在看到问题的同时,也必须
客观地认识到,在社会组织的发展初期,政府给予必要的财政支持
在客观上是有利于社会组织发展的,对此不能一概而论。通过对分
权型管理和合作型管理的分析,西方发达国家中政府对社会组织的
支持,政府的财政支持仍然是各国社会组织的重要资源,这体现了
政府与社会组织之间并不是绝对的分开,在很多方面仍然保持着密
切的联系。因此,从资源的角度来看,中国社会组织的问题不在于政
府的财政支持,而在于自身稳定的财政收入渠道较为单一。因此,在
稳定政府拨款的同时,必须拓宽社会组织的资源途径,实现资源的
社会多元化的收入来源。目前中国社会组织还要依赖政府的财政支

---

① 王名,刘培峰:《民间组织通论》,时事出版社,2004 年版,第 134 页。

持,但这种情况正在得到初步的改善,其中,环保类组织和行业协会
的经费已经开始摆脱单纯依靠政府的情况。这一方面说明了目前中
国的部分社会组织开始获得更为丰富的资源,使其独立性得到一定
的增强;另一方面,结合西方发达国家的经验,完全放弃政府的支持
是不合理的行为,如果丧失了政府这一稳定的资金来源,仅靠国外
捐助等渠道,社会组织的发展是没有真正稳定的保证的。因此,片面
强调社会组织的社会化筹资是不合理的,社会化对于社会组织而言
虽然是良药,但药性太猛,让在发展初期的社会组织还难以实现。本
书认为,在现阶段,在保持稳定财源的基础上实现组织筹资渠道的
多元化,适当降低政府财政的比重才是比较合理的管理调整途径。

6. 监督机制:项目审批到目标管理

解决"志愿失灵"是政府管理的主要目标之一。目前,大部分国
家都对本国社会组织设立了严格的监督制度,包括国家权力机关、
新闻媒体、普通民众、社会组织在内的广大社会主体都在不同程度
上享有对社会组织的监督权。其中,政府是社会组织最为直接和主
要的监督主体。如前所述,在多种管理模式中,政府都对社会组织进
行严格的监管,而区别在于,在合作型管理中,政府的监管更为规
范,在对社会组织的具体监管中,更多的是"合目的性"的管理,只对
社会组织触犯法律规定的行为进行纠正,对于其他行为,只要该行
为符合社会组织的公益目的,政府并不进行干涉。西方国家的经验
表明,政府对社会组织进行的目标管理在很大程度上促进了社会组
织在工作上的积极性、创造性,同时也降低了政府的管理成本。相比
之下,中国社会组织目前存在的"行政化"、"商业化"、"公益腐败"等
现象已经成为制约其发展的主要障碍,解决这一问题,建立一套完
善的监督体系是十分重要的。因此,需要借鉴西方国家的社会组织
监督管理经验,对社会组织进行目标性的预防和制约,具体包括项
目管理、评估体系、监督主体等三个方面。第一,项目审批走向目标
管理。作为社会组织的主要管理部门,业务主管单位主要关注社会

组织的各个项目,通过行政审批的方式来实现对社会组织的监督管理。这种做法在目前已经暴露出效率低下、降低积极性、制约发展等问题,本书认为应该逐渐向目标管理过渡,实现原则化管理,更好地发挥社会组织的主观能动性,提高专业水平。第二,加快构建社会组织评估体系。评估体系是监督的基础,任何监督措施在缺乏客观依据的情况下都会成为权力滥用。因此,需要设定科学系统的评估指标体系,制定高效合理的评估流程,使社会组织的评估体系尽快系统化、专门化,成为社会组织管理的重要组成部分。第三,政府为主、组织自律、民众参与的多元监督模式。首先,任何一个国家的社会组织要发展,都必须实现与政府的良性互动,目前处理与政府之间的关系仍然是各个国家的大多数社会组织领导人的主要工作内容之一。同时,社会组织的健康发展也需要政府的有效监管。在各国不断出现的社会组织腐败事件说明恰恰是由于失去了政府及民众的有效监督,才造成了社会团体不能有效表达社会意见,阻碍了组织公益事业的开展。其次,增强社会组织的自律机制是十分重要的。需要赋予社会组织一定的职能权限,使其在法定权限内具有一定的自由裁量权。应建立"社内民主"机制,切实加强社会组织中理事会和常务理事会的作用,将其作为整个组织的最高决策部门。最后,民众监督需要更多的途径。新闻舆论、政务公开等都是西方国家民众监督的主要方式,相比之下,中国的现状还需要改善。通过多元监督模式的建立,既加强了组织作为社会利益代表的合法性,完善了组织内部的自律机制,同时又有效地配合了政府部门、社会各界的外部监督,保证了整个组织健康地发展。

7. 税收政策:政府优惠到民众实惠

社会组织在一些国家中也被称为免税组织或减税组织,其税收管理是通过对社会组织活动的评估,依据税法手段给予社会组织不同的免税、减税待遇,对社会组织进行审时度势的调节,根据其活动是否符合法律和政策的要求,进行积极的鼓励、促进消极的限制、禁止以达到规范社会组织活动的目的。[①]对于社会组织的公益活动,世界各国大多采用减免税的方式来鼓励民众积极参与, 为社会组织创造较为有利的政策环境,具体到合作型管理中,政府对社会组织的税收管理相对较为宽松, 一般超过投资收入的 25% 的资产积累和资产分配是被禁止的。有关商业活动,如开办俱乐部旅馆、来自慈善杂志的广告收入, 超过 6 万马克运动项目的入场费和来自商业赞助的收入虽然可以接受,但这些收入要缴税。另外,在税收管理过程中,程序比较简单, 主要依靠统一的捐献证明来完成税收减免工作。相比之下, 考察中国目前的社会组织税收管理体制已经暴露出了相当多的问题,在国家税务总局政策法规司课题组 2005 年的调查中,在部分地区的社会组织税收管理中,存在着税收征管严重失控、税收支出被滥用、不能适应非营利组织商业化运作趋势的需要以及捐赠扣除特许制度弊病严重等问题。[②]税收政策是与社会组织、社会大众紧密相关的政策,其在理性的制度设计之外,必须保证效率、便捷。缺乏高效便捷的操作,税收政策的设计初衷就难以真正惠及大众,这在一定程度上会影响民众参与社会组织的积极性。因此,本书提出,应废除特定接受捐赠组织的特许制度,通过推行普遍税务登记的做法,逐步建立起免税组织独立认证制度,在这一制度中,政府通过对社会组织的免税资格和财务状况审核及统一票证管理来强化对社会组织各种行为的监管。同时,在具体管理环节上,政府应制定所得税税前捐赠扣除的具体办法,真正税收管理中的效率意识,提高税收服务的效率,真正将政府在政策上的优惠变为社会组织、企业及民众的实惠。

四、管理方式:从身份到契约

随着社会组织定位的转变, 政府的管理方式也需要作出调整。

---

① 吴忠泽:《发达国家非政府组织管理制度》,时事出版社,2001 年版,第 141 页。
② 详见国家税务总局政策法规司课题组:"非营利组织税收制度研究",《税务研究》2004 年第 12 期。

以往,对社会组织定位与政府权力的延伸,在这种情况下,政府对社会组织的管理是一种身份管理,将社会组织视为权力系统的附属,对其管理的具体方式沿用政府内部的管理方式,以刚性的政府命令为主要方式,上级单位任命社会组织负责人,对社会组织的各项活动进行审批、监管。但随着社会组织逐渐成为社会利益的代表,自身功能逐渐广泛,独立性不断增强,这就要求政府的管理方式必须作出调整。相比中国的双重管理体制,西方发达国家的政府在对于社会组织的管理,是一种合作型的管理模式,即以政府—社会组织的分工合作为基础,通过订立契约的方式来规范双方的权利义务,这样既可以减轻政府在具体管理服务工作上的成本,也促进了社会力量自我组织、自我管理、自我服务的能力。可见,合作型管理并不意味着政府都不会对总体规模庞大、功能范围广泛的社会组织只做放任式的管理,而是强调管理制度的完善、管理内容的规范和管理方式的合理,西方国家的经验表明,政府与社会组织的合作关系更容易节约管理成本,促进政府自身能力提高,激励社会组织更大的主观能动性。近年来,部分地方政府已经开始了这方面有益的尝试。本书认为,政府的管理方式应当向契约式的管理过渡,通过各种契约对双方的权利义务加以明确,这既有利于前面提到的政社关系规范化,又能够对政府、社会组织起到相当有效的激励、制约作用。

总之,中国的社会转型为社会组织发展及政府的管理模式调整提供了必要的条件,合作型管理模式等西方国家的社会组织管理实践也为中国的社会组织管理提供了充足的经验。目前,政府对社会组织的管理相对还比较保守的,相比西方国家,中国社会组织的发展还处于初始阶段,在取得成绩的同时,也必须客观地看到,中国社会组织的发展过程是复杂曲折的,在组织、功能等方面还存在着较大的特殊性,这一方面是社会组织适应中国具体国情的表现;另一方面,这些特点也在一定程度上反映了目前社会组织发展所遇到的历史性与体制性障碍。实现中国社会组织的健康发展要求我们必须理性地对待这些差异,既不能照搬西方的发展模式来让中国社会组织"削足适履",也不能因循守旧,导致社会组织停滞不前。本书认为,认识中国社会组织的发展方向,设计社会组织管理的基本模式,客观冷静地分析现状是基础,积极开放地借鉴经验是前提,高效协调的实施管理是保证,科学合理地创新制度是关键。只有顺应时代的发展,把社会组织放在中国整体的社会发展当中来分析,才能设计出合理有效的政府管理模式。

参考文献

英文参考文献：

[1] A.SAT OBIYAN, " A Critical Examination of the State versus Non—Governmental Organizations (NGOs) in the Policy Sphere in the Global South: Will the State Die as the NGOs Thrive in Sub—Saharan Africa and Asia?",African and Asian Studies, volume 4,No. 3.

[2] Anita Chan, "Revolution or Corporatism? Workers and Trade U-nions in Post—Mao China",The Australian Journal of Chinese Affairs, No. 29. (Jan., 1993), pp. 31—61.

[3] Bruce J. Dickson, "Cooptation and Corporatism in China: The Logic of Party Adaptation",Political Science Quarterly, Vol. 115, No. 4. (Winter, 2000—2001), pp. 517—540.

[4] Camille Richard, "DEVELOPING ALTERNATIVES TO RESET-TLEMENT FOR PASTORALISTS ON THE TIBETAN PLATEAU", NOMADIC PEOPLES NS (2005) VOLUME 9 ISSUES 1 & .2.

[5] Caroline M. Cooper, "'This is Our Way In': The Civil Society of Environmental NGOs in South—West China",The Author 2006. Journal compilation.

[6] P. M. Wilderom; John B. Miner, "Defining Voluntary Groups and Agencies within Organization Science",Organization Science, Vol. 2, No. 4. (Nov., 1991), pp. 366—378.

[7] Chris Briggs,"Lockout Law in a Comparative Perspective: Corporatism, Pluralism and Neo—Liberalism",The International Journal of Comparative Labor Law and Industrial Relations, Volume 21/3, 481—502, 2005.

[8] Christopher Ham and Michael Hill, "The Policy Process in the Modern Capitalist State", Harvester Wheatsheaf, 1993.

[9] Claus Offe, "The Attribution of Public Status to Interest Groups", in Suzanne Burger ed., Organizing Interests in Western Europe, Cambridge University Press, 1981.

[10]Daniel Bell,"American Exceptionalism Revisited: The Role of Civil Society", The Public Interest, No.95, 1989.

[11]DEBORA J. HALBERT, "Citizenship, Pluralism, and Modern Public Space", Innovation, Vol. 15, No. 1, 2002.

[12]Dryzek, John S,"Political inclusion and the dynamics of democratization", American Political Science Review 90, 1996,1.

[13] Halbert,Citizenship, Pluralism, and Modern Public Space Innovation, Vol. 15, No. 1, 2002.

[14]Huey—Tsyh Chen and Quilan Liao,"A Pilot Study of the NGO‐based relational Intervention Model for HIV Prevention among Drug Users in CHINA",AIDS Education and Prevention, he Guilford Press ,17(6), 503‐514, 2005.

[15]J. Wagona Makoba,"Nongovernmental Organizations (NGOS) and Third World Development: an Alternative Approach to Development",Journal of Third World Studies, Vol. XI X, No. 1.

[16]John Flower and Pamela Leonard, "Community values and state cooptation Civil society in the Sichuan countryside",COMMUNITY AND STATE IN SICHUAN.

[17]John Keane, Democracy and Civil Society, London: Verso, 1998.

[18]Jonathan Schwartz," Environmental NGOs in China: Roles and Limits", Pacific Affairs: Volume 77, No. 1 – Spring 2004.

[19]Jonathan Unger; Anita Chan, "China, Corporatism, and the East Asian Model",The Australian Journal of Chinese Affairs, No. 33. (Jan., 1995), pp. 29—53.

[20]Larry G. Gerber, "Corporatism and State Theory: A Review Essay for Historians",Social Science History, Vol. 19, No. 3. (Autumn, 1995), pp. 313—332.

[21]Louis J. Ayala, "Trained for Democracy: The Differing Effects of Voluntary and Involuntary Organizations on Political Participation",Political Research Quarterly, Vol. 53, No. 1. (Mar., 2000), pp. 99—115.

[22]Lucio Baccaro, "What is Alive and What is Dead in the Theory of Corporatism",British Journal of Industrial Relations 41:4 December 2003 0007 – 1080 pp. 683 – 706.

[23]Margaret M. Pearson, "The Janus Face of Business Associations in China: Socialist Corporatism in Foreign Enterprises",The Australian Journal of Chinese Affairs, No. 31. (Jan., 1994), pp. 25—46.

[24]Michael W. Spicer, "VALUE PLURALISM AND ITS IMPLICATIONS FORAMERICAN PUBLIC ADMINISTRATION ",Administrative Theory & Praxis Vol. 23, No. 4, 2001: 507 – 528.

[25]Michael Walzer,"The Idea of Civil Society", Dissent, Spring 1991.

[26]Oscar Molina and Martin Rhodes," CORPORATISM: The Past, Present, and Future of a Concept",Annu. Rev. Polit. Sci. 2002. 5:305 – 31.

[27]Oscar Molina and Martin Rhodes," Corporatism: The Past, Present, and Future of a Concept", Annu. Rev. Polit. Sci. 2002. 5.

［28］Paul Streeten, "Nongovernmental Organizations and Development", Annals of the American Academy of Political and Social Science, Vol. 554, The Role of NGOs: Charity and Empowerment. (Nov., 1997), pp. 193—210.

［29］Philippe C. Schmitter, "Still the Century of Corporatism?" Trends Toward Corporatist Intermediation, Beverly Hills: Sage Publications Ltd., 1979 pp.47—49.

［30］Qiusha Ma,"Defining Chinese Nongovernmental Organizations", Voluntas: International Journal of Voluntary and Nonprofit Organization. Vol. 13, No. 2, June 2002.

［31］Rebecca Wells,Eric W. Ford,Michelle L. Holt,Jennifer A. McClure,Ann Ward, "Tracing the Evolution of Pluralism in Community—Based Coalitions",Health Care Manage Rev, 2004, 29(4), 329—343.

［32］RICHARD HIGGOTT´, "The Theory and Practice of Global and Regional Governance: Accommodating American Exceptionalism and European Pluralism",European Foreign Affairs Review 10: 575—594, 2005.

［33］ROBERT A. Dahl, "The Shifting Boundaries of Democratic Governments",SOCIAL RESEARCH, Vol. 66, No. 3 (Fall 1999).

［34］Salamon.M.Lester "The crisis of the nonprofit sector and the challenge of renewal",National Civic Review, 00279013, Winter96, vol 85.

［35］Sheila C. Dow, "Structured pluralism",Journal of Economic Methodology 11:3, 275 - 290 September 2004.

［36］Vladimir Tismaneanu, "Civil Society, Pluralism, and the Future of East and Central Europe",SOCIAL RESEARCH, Vol. 68, No. 4 (Winter 2001).

[37]Wai—Fung Lam and James L. Perry, "The Role of the Nonprofit Sector in Hong Kong's Development", International Journal of Voluntary and Nonprofit Organizations, Vol. 11, No. 4, 2000.

[38]William M. Evan, "Dimensions of Participation in Voluntary Associations",Social Forces, Vol. 36, No. 2. (Dec., 1957), pp. 148—153.

中文参考文献：

[1] [澳]欧文·E.休斯著:《公共管理导论》,彭和平等译,中国人民大学出版社 2001 年版。

[2] [澳]约翰·S.德雷泽克著:《协商民主及其超越:自由与批判的视角》,丁开杰等译,中央编译出版社 2006 年版。

[3] [德]恩格斯:《家庭、私有制和国家的起源》,张仲实译,人民出版社 1957 年版。

[4] [德]恩斯特·卡西尔:《国家的神话》,范进等译,华夏出版社 1999 年版。

[5] [德]斐迪南·腾尼斯著:《共同体与社会—纯粹社会学的基本概念》,林荣远译,商务印书馆 1999 年版。

[6] [德]黑格尔:《法哲学原理》,范扬等译,商务印书馆 1982 年版。

[7] [8] [9] [德]亨利希·库诺著:《马克思的历史、社会和国家学说:马克思的社会学的基本要点》,袁志英译,上海译文出版社 2006 年版。

[10][德]马克思、恩格斯著:《马克思恩格斯全集》第三卷,中共中央马克思恩格斯列宁斯大林著作编译局译,人民出版社 2002 年版。

[11][德]马克思、恩格斯:《神圣家族》,中共中央马克思恩格斯列宁斯大林著作编译局译,人民出版社 1958 年版。

[12][德] 尤尔根·哈贝马斯著:《公共领域的结构转型》, 曹卫东等译,学林出版社 1999 年版。

[13][法]埃米尔·涂尔干:《社会分工论》,渠东译,三联书店 2000 年版。

[14][法]科耶夫著:《黑格尔导读》,姜志辉译,译林出版社 2005 年版。

[15][法] 托克维尔著:《论美国的民主》(上、下卷),商务印书馆 2004 年版。

[16][美]B.盖伊·彼得斯著:《政府未来的治理模式》,吴爱明译,中国人民大学出版社 2001 年版。

[17][美]E.博登海默著:《法理学—法律哲学与法律方法》,邓正来译,中国政法大学出版社 2004 年版。

[18][美]L.科塞著:《社会冲突的功能》,孙立平等译,华夏出版社 1989 年版。

[19][美]P.B. 弗斯顿伯格著:《非营利机构的生财之道》,朱进宁等译,科学出版社 1991 年版。

[20][美]W.H.纽曼、小 C.E.萨默著:《管理过程—概念、行为和实践》,中国社会科学出版社 1995 年版。

[21][美]阿尔文.H.赖斯:《非营利创新管理》,潘若琳等译,北京大学出版社 2007 年版。

[22][美]安东尼·唐斯著:《官僚制内幕》,郭小聪等译,中国人民大学出版社 2006 年版。

[23][美]保罗·C.莱特著:《持续创新—打造自发创新的政府和非营利组织》,张秀琴译,中国人民大学出版社 2004 年版。

[24][美]彼得·C.布林克霍夫:《非营利标杆管理》,陆娜娜等译,北京大学出版社 2007 年版。

[25][美]彼德·布劳:《社会生活中的交换与权力》,孙非等译,华夏出版社 1988 年版。

[26][美]戴维·H.罗森布鲁姆、罗伯特·S.克拉夫丘克,德博拉·戈德曼·罗森布鲁姆著:《公共行政学:管理、政治和法律的途径》,张

成福译,中国人民大学出版社 2002 年版。

[27][美]戴维·奥斯本,特德.盖布勒著:《企业精神如何改革着公营部门》,周敦仁译,上海译文出版社 1996 年版。

[28][美]戴维·伊斯顿著:《政治生活的系统分析》,华夏出版社 1999 年版。

[29][美]丹尼尔·J.布尔斯廷著:《美国人—建国的历程》,谢延光等译,上海译文出版社 1997 年版。

[30][美]丹尼尔·J.布尔斯廷著:《美国人—民主的历程》,谢延光译,上海译文出版社 1997 年版。

[31][美]丹尼尔·J.布尔斯廷著:《美国人—殖民地历程》,时殷弘等译,上海译文出版社 1997 年版。

[32][美]菲利普·科特勒、艾伦·R.安德里亚森著《非营利组织战略营销》,孟延春等译,中国人民大学出版社 2003 年版。

[33][美]弗莱蒙特·E.卡斯特、詹姆斯·E.罗森茨韦克:《组织与管理:系统方法与权变方法》,陈旭明、李柱流译,中国社会科学出版社2000 年版。

[34][美] 弗朗西斯·福山著:《大分裂—人类本性与社会秩序的重建》,刘榜离等译,中国社会科学出版社 2002 年版。

[35][美]黑尔里格尔、斯洛克姆、伍德曼著:《组织行为学》(上、下卷),岳进等译,中国社会科学出版社 2001 年版。

[36][美]科恩著:《论民主》,聂崇信译,商务印书馆 2004 年版。

[37][美] 莱斯特·M. 萨拉蒙、S. 沃加斯·所可洛斯基:《全球公民社会—非营利部门国际指数》, 陈一梅等译, 北京大学出版社 2007 年版。

[38][美] 莱斯特·M. 萨拉蒙等著:《全球公民社会—非营利部门视界》,社会科学文献出版社 2002 年版。

[39][美]里贾纳·E.赫兹琳杰:《非营利组织管理》,北京新华信商业风险管理有限责任公司译,中国人民大学出版社 2000 年版。

[40][美]罗伯特·达尔:《多头政体—参与和反对》,谭君久译,商务印书馆 2003 年版。

[41][美]罗伯特·达尔:《多元主义民主的困境》,尤正明译,求实出版社 1989 年版。

[42][美]罗伯特·达尔:《多元主义民主的困境—自治与控制》,周军华译,吉林人民出版社 2006 年版。

[43][美]罗伯特·古丁、汉斯—迪特尔.克林格曼:《政治科学新手册》(上、下册),钟开斌等译,三联书店 2006 年版。

[44][美]乔·萨托利著:《民主新论》,冯克利译,东方出版社 1998 年版。

[45][美]乔治·弗雷德里克森著:《公共行政的精神》,张成福等译,中国人民大学出版社 2003 年版。

[46][美]施密特、谢利、巴迪斯著:《美国政府与政治》,梅然译,北京大学出版社 2005 年版。

[47][美] 托马斯·R. 戴伊著:《理解公共政策》, 中国人民大学出版社 2004 年版。

[48][美]托马斯·R.戴伊著:《谁掌管美国》,梅士等译,世界知识出版社 1980 年版。

[49][美]文森特·奥斯特罗姆著:《美国公共行政的思想危机》,毛寿龙译,上海三联书店 1999 年版。

[50][美]西奥多·H.波伊斯特著《公共与非营利组织绩效考评:方法与应用》,肖鸣政译,中国人民大学出版社 2005 年版。

[51][美]西达·斯考切波:《国家与社会革命—对法国、俄国和中国的比较分析》,何俊志等译,上海人民出版社 2007 年版。

[52][美]约瑟夫·M.普蒂、海茵茨、哈罗德·孔茨著:《管理学精要(亚洲篇)》,丁慧平等译,机械工业出版社 1999 年版。

[53][美]约瑟夫 M.普蒂、哈罗德·孔茨:《管理学精要——亚洲篇》,丁慧平译,机械工业出版社 1999 年版。

[54][美]詹姆斯·P.盖拉特著:《21 世纪非营利组织管理》,邓国胜等

译,中国人民大学出版社 2003 年版。

[55][美]詹姆斯·博曼、威廉·雷吉主编:《协商民主：论理性与政治》,陈家刚等译,中央编译出版社 2006 年版。

[56][美]詹姆斯·博曼著:《公共协商:多元主义、复杂性与民主》,黄相怀译,中央编译出版社 2006 年版。

[57][美]朱莉·费希尔:《NGO 与第三世界的政治发展》,邓国胜、赵秀梅译,社会科学文献出版社 2002 年版。

[58][南非]毛里西奥.帕瑟林.登特里维斯主编:《作为公共协商的民主:新的视角》,中央编译出版社 2006 年版。

[59][日] 升味准之辅著:《日本政治史》, 董果良译, 商务印书馆 1997 年版。

[60][英]M.凯恩斯:《就业利息和货币通论》,徐毓楠译,商务印书馆 1963 年版。

[61][英]阿米·古特曼:《结社——理论与实践》,吴玉章等译,三联书店 2006 年版。

[62][英]罗尔斯:《正义论》,何怀宏译,中国社会科学出版社1988 年版。

[63][英]迈克尔·曼:《社会权力的来源》(第一卷),刘北成等译,上海人民出版社 2002 年。

[64][英]帕萨·达斯古普特,伊斯梅尔.撒拉格尔丁编:《社会资本——一个多角度的观点》, 张慧东等译, 中国人民大学出版社 2005 年版。

[65][加]查尔斯·泰勒:《黑格尔》,张国清译,译林出版社 2002 年版。

[66]安蓉泉:《中国民间组织研究中的概念矛盾分析》,《国家行政学院学报》2003 年 2 期。

[67]蔡磊:《非营利组织基本法律制度研究》,厦门大学出版社2005 年版。

[68]陈金罗等:《中国非营利组织法的基本问题》,中国方正出版社

2006 年版。

[69] 陈晓春著:《市场经济与非营利组织研究》,湖南人民出版社 2001 年版。

[70] 邓国胜著:《非营利组织评估》,社会科学文献出版社 2001 年版。

[71] 邓国胜著:《公益项目评估—以"幸福工程"为案例》,社会科学 文献出版社 2003 年版。

[72] 邓正来:《市民社会与国家—学理上的分野与两种架构》,《中国 社会科学季刊》,1993 年总第 3 期。

[73] 邓正来主编:《布莱克维尔政治学百科全书》,中国政法大学出 版社 2002 年版。

[74] 丁煌著:《政策执行阻滞机制及其防治对策——一项基于行为和 制度的分析》,人民出版社 2002 年版。

[75] 范丽珠:《全球化下的社会变迁与非政府组织》,上海人民出版 社 2003 年版。

[76] 顾朝林:《中国城镇体系—历史.现状.展望》,商务印书馆 1996 年版。

[77] 郭于华等:《事业共同体—第三部门激励机制个案探索》,浙江 人民出版社 1999 年版。

[78] 何增科:《公民社会与第三部门》,社会科学文献出版社 2000 年版。

[79] 侯建新:《经济—社会史—历史研究的新方向》,商务印书馆 2002 年版。

[80] 胡鞍钢主编:《中国:挑战腐败》,浙江人民出版社 2001 年版。

[81] 黄恒学:《我国事业单位管理体制改革研究》,黑龙江人民出版 社 2000 年版。

[82] 贾西津等:《转型时期的行业协会—角色、功能与管理体制》,社 会科学出版社 2004 年版。

[83] 江汛清主编:《与世界同行—全球化下的志愿服务》,浙江人民

出版社 2005 年版。

[84]姜明安主编:《行政程序研究》,北京大学出版社 2006 年版。

[85]金锦萍:《外国非营利组织法译汇》,北京大学出版社 2006 年版。

[86]金锦萍著:《非营利法人治理结构研究》,北京大学出版社2005
年版。

[87]金志霖:《英国行会史》,上海社会科学院出版社 1996 年版。

[88]康晓光:《权力的转移—转型时期中国权力格局的变迁》,浙江
人民出版社 1999 年版。

[89]康晓光著:《创造希望—中国青少年发展基金会研究》,漓江出
版社 1998 年版。

[90] 雷洁琼等:《转型中的城市基层社区组织—北京市基层社区组
织与社区发展研究》,北京大学出版社 2001 年版。

[91]冷明权,张智勇著:《经济社团的理论与案例》,社会科学出版社
2004 年版。

[92] 李强:《生命的历程—重大社会事件与中国人的生命轨迹》,浙
江人民出版社 1999 年版。

[93]李亚平,于海主编:《第三域的兴起—西方志愿工作及志愿组织
理论文选》,复旦大学出版社 1998 年版。

[94]刘东国:《绿党政治》,上海社会科学院出版社 2002 年版。

[95]刘军宁等编:《经济民主与经济自由》,三联书店 1997 年版。

[96]刘军宁等编:《直接民主与间接民主》,三联书店 1998 年版。

[97]刘军宁等编:《自由与社群》,三联书店 1998 年版。

[98] 娄胜华著:《转型时期澳门社团研究—多元社会众法团主义体
制解析》,广东人民出版社 2004 年版。

[99]彭南生著:《行会制度的近代命运》,人民出版社 2003 年版。

[100]秦晖著:《传统十论—本土社会的制度文化及其变革》,复旦大
学出版社 2003 年版。

[101]邵金荣著:《非营利组织与免税—民办教育等社会服务机构的

免税问题》,社会科学文献出版社 2003 年版。

[102]沈岿:《谁还在行使权力—准政府组织个案研究》,清华大学出版社 2003 年版。

[103] 沈亚平主编:《社会转型与行政发展》, 南开大学出版社 2006 年版。

[104]沈亚平著:《公共行政研究》,天津人民出版社 1999 年版。

[105] 沈亚平著:《社会秩序及其转型研究》, 河北大学出版社 2002 年版。

[106]宋美云:《近代天津商会》,天津社会科学院出版社 2002 年版。

[107]孙立平:《转型与断裂—改革以来中国社会结构的变迁》,清华大学出版社 2004 年版。

[108] 谭融著:《美国利益集团政治研究》, 中国社会科学出版社 2002 年版。

[109]唐力行:《国家、地方、民众的互动与社会变迁》,商务印书馆 2004 年版。

[110]陶传进著:《环境治理:以社区为基础》,社会科学文献出版社 2005 年版。

[111]陶传进著:《社会公益供给—NPO、公共部门与市场》,清华大学出版社 2005 年版。

[112]田凯:《非协调约束与组织运作—中国慈善组织与政府关系的个案研究》,商务印书馆 2004 年版。

[113]佟丽华等:《和谐社会与公益法—中美公益法比较研究》,法律出版社 2005 年版。

[114] 童星主编:《公共管理高层论坛》第 3 辑, 南京大学出版社 2006 年版。

[115]王邦佐主编:《居委会与社区治理—城市社区居民委员会组织研究》,上海人民出版社 2003 年版。

[116] 王杰等:《全球治理中的国际非政府组织》, 北京大学出版社

2004 年版。

[117]王名、刘培峰:《民间组织通论》,时事出版社 2004 年版。

[118]王名、刘培峰等著:《民间组织通论》,时事出版社 2004 年版。

[119]王名:《中国社团改革——从政府选择到社会选择》,社会科学文献出版社 2001 年版。

[120]王名主编:《中国非政府公共部门》,清华大学出版社 2004 年版。

[121]王南湜:《从领域合一到领域分离》,山西教育出版社 1998 年版。

[122]王焱编:《宪政主义与现代国家》,三联书店 2003 年版。

[123]王焱等编:《自由主义与当代世界》,三联书店 2000 年版。

[124]王颖等:《社会中间层—改革与中国的社团组织》,中国发展出版社 1993 年版。

[125]王粤、黄浩明主编:《跨国公司与公益事业》,社会科学文献出版社 2005 年版。

[126]魏定仁:《中国非营利组织法律模式论文集》,中国方正出版社 2006 年版。

[127]吴锦良:《政府改革与第三部门发展》,中国社会科学出版社 2001 年版。

[128]吴玉章主编:《社会团体的法律问题》,社会科学文献出版社 2004 年版。

[129]吴正大、宋美光主编:《中介机构风险与防范》,经济科学出版社 1998 年版。

[130]吴忠泽:《发达国家非政府组织管理制度》,时事出版社2001 年版。

[131]席恒:《公与私:公共事业运行机制研究》,商务印书馆 2003 年版。

[132]夏大尉,史东辉等著:《政府规制—理论、经验与中国的改革》,经济科学出版社 2003 年版。

[133]俞可平等著:《中国公民社会的兴起与治理的变迁》,社会科学

文献出版社 2002 年版。

[134]俞可平主编:《治理与善治》,社会科学文献出版社 2000 年版。

[135]袁祖社《权力与自由—市民社会的人学考察》,中国社会科学出版社 2003 年版。

[136]张建俅:《中国红十字会初期发展之研究》,中华书局 2007 年版。

[137]张静:《法团主义》,中国社会科学出版社 2005 年版。

[138]张康之著:《寻找公共行政的伦理视角》,中国人民大学出版社 2002 年版。

[139]中国(海南)改革发展研究院编:《民间组织发展与建设和谐社会》,中国经济出版社 2006 年版。

[140]中国城市社区党建研究课题组编:《中国城市社区党建》,上海人民出版社 2000 年版。

[141]中国青少年发展基金会:《扩展中的公共空间》,天津人民出版社 2001 年版。

[142] 周晓虹主编:《中国社会与中国研究》, 社会科学文献出版社 2004 年版。

[143][日]辻中丰:《利益集团》,郝玉珍译,1990 年版。

[144][英]J.C.亚历山大,[中]邓正来:《国家与市民社会——一种社会理论的研究路径》,中央编译出版社 2002 年版。

后 记

2010 年,是我研究社会组织的整整第十一个年头。

这十年来,社会组织的发展有喜有忧,有成绩也有问题。伴随着社会组织的成长,我的研究也经历了一个从热情歌颂到理性辨析的过程。社会组织无论在西方国家还是在当代中国,都处于一个发展的有利时机,在近年来发生的国内外重大社会事件中,都能看到社会组织活跃的身影。作为一个从事社会组织研究的年轻学者,没有什么比这更能让我欣喜的了。2002 年,我的硕士学位论文"第三部门只是'第三'吗?",如今看来,这个问题应该已经有了肯定的答案。但同时,社会组织中出现的一些问题也逐渐进入我的研究视角,近年来,先后出现了个别行业协会、慈善组织扰乱市场秩序、滥用公益资源等问题,一些境外 NGO 更是在民族、宗教问题上侵害中国广大人民群众的切身利益,这些都使得我更加理性地看待社会组织,研究的内容也逐渐向社会组织的管理、规范上转移。当我开始着手写作本书时,一个核心的观点就是:"社会组织,能做贡献也能犯错误,应该为政府管理作出一个判断,设计一条路径。"在这一目标的指引下,本书以社会组织的两面性为现实基础,汲取国家主义、公民社会、多元主义、合作主义等不同理论中对社会组织、政府管理的分析,将社会组织的两面性和政府管理的合理性有机结合在一起。可以说,重新认识广受争议的"政府—社会组织关系",是本书的一个主体内容。

这本书能够完成,首先应当感谢的是培育我十年的师傅,南开大学周恩来政府管理学院沈亚平教授。1999 年,在沈老师的指引下，我开始把发展方向定在社会组织研究上。南开十载，师傅对我的言传身教和耳提面命将令我受益终生，记得他常对人这样介绍我："明远是我第一个带了十年的徒弟！"寥寥数语，每每念起都令我心怀感激！本书是在我的博士学位论文基础上修改而成的，在论文的选题、写作中，师傅都给予了大力的支持，因此，在这里，首先要对培育我十年的师傅，南开大学沈亚平教授致以最诚挚的谢意！这本书的完成，不仅是对我个人过去十年社会组织研究一个完整的总结和凝练，更是对师傅多年来的悉心栽培作出的一份总体汇报！

南开的求学路上，还有很多老师、前辈给予了无私的支持和帮助。南开大学朱光磊教授对我的信任和支持令我获益良多，每次聆听朱老师风趣而睿智的教诲，都能从中得到启迪，为我今后的人生道路提供了很多有利的参考和指引。南开十载，需要感谢的人很多，南开大学周恩来政府管理学院的杨龙教授、常建教授、王骚教授、柏桦教授、金东日教授、高永久教授、徐行教授、孙晓春教授、谭融教授、程同顺教授、孙涛副教授、张志红副教授、郭道久副教授以及院党委书记孙跃老师、副书记奚先来老师、院研究生办公室黄怡老师、院 MPA 中心的李牧老师等，各位老师的帮助都令我的南开岁月充满了感动，需要感谢的老师还有很多，在这里，请允许我向你们表示最诚挚的谢意！

在这本书的写作过程中，我来到了天津大学工作。天津大学公共管理学院的姜福洋院长、陈通教授和王世彤教授都给予了很大的支持，三位老师不仅对我有知遇之恩，而且，虽然工作时间不长，但三位老师都对我关于社会组织方面的研究给予了充分的肯定和信任，以谦谦君子般的儒雅和胸怀在相关领域积极为我创造条件，并为我提供了优质的研究平台，让我能够不断拓展自己的研究领域。另外，还要感谢我在天津大学的师长前辈、同事们，他们是赵国杰教授、傅利平教授、张再生教授、张俊艳、曹桂全、梁洨洁、何兰萍、杨文明、张忠利、闫东玲、李承宏、殷红春、许恒周、钟瑛、黎涓等各位老师,来到天大,我的工作和各位的无私关怀和帮助是分不开的,在此表示真诚的谢意!

我喜欢教师这个职业,也喜欢社会组织领域的研究,在不断的教学科研中,我还有幸结识了很多师长、同行,他(她)们对我的帮助令我终生难忘。这里特别要感谢的是天津广播电视大学文法学院的张淑云教授,她的智慧与无私让我得到了很多帮助和机会,对我的职业乃至人生成长都具有重要的影响,还要感谢的是文法学院的张胜利院长、王燕珺副院长,两位老师平易近人、严谨求真的待人、治学风格令我受益匪浅。在这里还要特别感谢中国移动通信集团天津有限公司的王丽昕,在过去的两年时间里,她帮助我完成了大量的工作,她的无私与关怀,令我心怀感激。本书能够顺利出版,感谢天津人民出版社的刘晓津女士和张献忠老师,感谢他们给予我的支持和帮助。

最后,要感谢的是我的父母,我的家人,他们对我的支持令我能够安心地完成本书,他们的亲情令我让我日出而作时始终有份牵挂,日落归家时始终有份温暖,感谢你们对我的关心与关爱!